As Sereias

Emilia Hart

As Sereias

Tradução
Jacqueline Damásio Valpassos

JANGADA

Título do original: *The Sirens.*

1ª edição 2025.

Editor: Adilson Silva Ramachandra
Gerente editorial: Roseli de S. Ferraz
Preparação de originais: Alessandra Miranda de Sá
Gerente de produção editorial: Indiara Faria Kayo
Editoração eletrônica: Cauê Veroneze Rosa
Revisão: Bárbara Parente

Dados Internacionais de Catalogação na Publicação (CIP)
(Câmara Brasileira do Livro, SP, Brasil)

Hart, Emilia
As sereias / Emilia Hart ; tradução Jacqueline Damásio Valpassos. -- 1. ed. -- São Paulo : Editora Jangada, 2025.
Título original: The sirens.
ISBN 978-65-5622-107-6
1. Ficção australiana 2. Ficção de fantasia I. Título.

25-275722 CDD-A823

Índices para catálogo sistemático:
1. Ficção : Literatura australiana A823
Cibele Maria Dias - Bibliotecária - CRB-8/9427

Jangada é um selo editorial da Pensamento-Cultrix Ltda
Direitos de tradução para o Brasil adquiridos com exclusividade pela
EDITORA PENSAMENTO-CULTRIX LTDA., que se reserva a
propriedade literária desta tradução.
Rua Dr. Mário Vicente, 368 — 04270-000 — São Paulo, SP — Fone: (11) 2066-9000
http://www.editorajangada.com.br
E-mail: atendimento@editorajangada.com.br
Foi feito o depósito legal.

Para Katie, que inspirou este romance, e para Jack,
que acreditou que eu poderia escrevê-lo.

O oceano tem suas cavernas silenciosas.

– NATHANIEL HAWTHORNE, "O OCEANO"

NOTA HISTÓRICA

Em 1788, uma frota de onze navios britânicos desembarcou em uma costa a dezesseis mil quilômetros da Inglaterra. Os navios transportavam condenados que o sobrecarregado sistema prisional britânico não conseguia mais manter. Uma minoria significativa era oriunda da Irlanda, que estava sob domínio colonial britânico há séculos. Exilados de sua terra natal, os condenados foram colocados para trabalhar a fim de criar uma nova colônia penal chamada Nova Gales do Sul. Nos oitenta anos seguintes, as autoridades britânicas transportaram milhares de condenados para Nova Gales do Sul e colônias próximas de (como eram chamadas à época) Terra de Van Diemen[1], Brisbane e Assentamento do Rio Swan[2]. Em 1901, essas e outras colônias vizinhas se uniram para se tornar a Austrália.

Os primeiros australianos, os aborígenes e os nativos do Estreito de Torres se desenvolveram nessa terra por milênios antes da chegada desses navios. Estima-se que mais de 250 línguas – refletindo nações

1. Hoje, Tasmânia. (N. da T.)
2. Atual estado da Austrália Ocidental. (N. da T.)

distintas, com culturas distintas - eram faladas na Austrália antes de 1788. A invasão britânica foi devastadora para os povos aborígenes e das Ilhas do Estreito de Torres. Suas terras foram tiradas deles. Muitos perderam a vida para a violência colonial e as doenças importadas. Após 1788, os povos das Primeiras Nações ficaram sujeitos a políticas racistas que visavam sua "assimilação" pela sociedade australiana branca, uma tentativa de privá-los de sua língua e cultura, bem como de suas terras. Os efeitos disso são sentidos até hoje.

Esse é um legado doloroso e não cabe a mim escrever sobre ele. Tampouco escrever sobre a influência duradoura dos povos das Primeiras Nações e sua conservação de língua, cultura e conexão com o país. Mas o encorajaria a pesquisar essa história. O Instituto Australiano de Estudos Aborígenes e das Ilhas do Estreito de Torres, acessível em aiatsis.gov.au, é um bom lugar para começar.

RECONHECIMENTO À NAÇÃO

Comber Bay é um lugar fictício, inspirado em minhas preciosas lembranças das temporadas passadas com a família em Batemans Bay, na Costa Sul de Nova Gales do Sul. Gostaria de prestar reconhecimento ao povo Walbunja, os Guardiões Tradicionais daquela terra, e meus respeitos aos Anciãos, tanto do passado quanto do presente.

PARTE UM

PRÓLOGO

Ela respira no ritmo do mar.

Inspira.

As ondas quebram contra as rochas, espumando pela boca da caverna. Geladas nos dedos dos pés, as coxas tremendo.

Expira.

A maré recua, deixando oferendas em seu rastro. Um cordão brilhante de algas marinhas. Pedaços de concha, perolados como osso.

Ela range os dentes, mas a dor a perpassa — algo lancinante e surpreendente —, e a respiração seguinte é um grito.

Outra contração, o grito engolido pelas ondas trovejantes. Ela sabe que está em segurança em sua caverna escura, de pedras lisas e com gotejamento constante de sal. Mas o mar está faminto e deve ser alimentado.

Ela coloca uma mão trêmula entre as pernas, sente o crânio do bebê com sua membrana amniótica ensanguentada.

Agora.

Levanta o tecido do vestido, enchendo a boca com ele, mordendo com força o pano, o corpo se recompondo. Mais um empurrão e ela urra, o corpo se abrindo até ficar vazio, exausto, e a criança está em seus braços. Ela toca as pequenas mãos de estrela-do-mar; os olhos semicerrados; os lábios rosa-concha.

Permite-se esse momento único e precioso. E, então, levanta-se, trôpega, sua cria choramingando em seu peito.

Abaixo da entrada da caverna, o mar se agita sobre as rochas, aguardando.

1

LUCY

SEGUNDA-FEIRA, 11 DE FEVEREIRO DE 2019

UNIVERSIDADE DE HAMILTON HUME

BROKEN HILL, NOVA GALES DO SUL

AUSTRÁLIA

900 QUILÔMETROS CONTINENTE ADENTRO

É o grito que a desperta.

O quarto cheira a mofo e sono. Ela consegue sentir a batida rápida de uma pulsação, as cordas tenras de uma garganta. Unhas arranham suas mãos.

Um amanhecer cinzento se infiltra pelas ripas das persianas, e nessa luz Lucy vê Ben abaixo dela, os olhos brilhando de pavor. Um vaso sanguíneo estourou em sua esclera esquerda, formando uma estrela vermelha. Ela recua sobre a cama, atordoada.

— Lucy — ele gagueja, uma das mãos agarrando o pescoço. — Mas o que...

As palavras lhe escapam entrecortadas, a voz estrangulada.

Estrangulada. As mãos dela em seu pescoço, a dilatação de seus olhos.

Ela o estava estrangulando.

Ele se senta na cama, acende uma luminária. Ela se afasta como um animal. Há movimento lá fora, no corredor. Uma batida à porta.

— Ben, companheiro? Você está bem? Pensei ter ouvido...

Ela se move devagar, como se estivesse na água. Sua pulsação martela na garganta. O ritmo se intensifica; Ben está tossindo agora. Pedindo ajuda.

A pressão da porta em suas costas. Ela agarra a maçaneta com dedos suados, usa-a para se agarrar à realidade. A porta já está destrancada, a fechadura defeituosa tilintando. Ela a abre com força, passa por Nick, o colega de quarto de Ben, e corre pelo corredor, subindo o lance de escada até o próprio quarto.

Uma vez lá dentro, apoia-se contra a porta, a respiração acelerada enquanto luta para processar o que acabou de acontecer. Seu dormitório está impecavelmente limpo como sempre, os livros em pilhas cuidadosas na escrivaninha e na mesinha de cabeceira. Mas as roupas de cama estão amarrotadas, o ar está viciado. O lençol está úmido, como se tivesse transpirado sobre ele.

Ela tenta recordar os eventos da noite. Evitando encarar o refeitório, ela pulou o jantar, acalmando o estômago ansioso com chá de gengibre em sua caneca favorita trazida de casa. Depois, colocou um *podcast* para ouvir e se acomodou para dormir cedo, esperando que a distração afastasse os pensamentos sobre Ben e o que ele tinha feito.

Houve um sonho, ela se lembra agora: água fria lambendo sua pele, pedras se enroscando em seus pés. O atrito da rocha contra o crânio. O hálito quente de um homem em seu rosto, os dedos enterrando-se em sua carne — o medo guerreando com a necessidade desesperada de lutar, de sobreviver...

E, então, ela acordou e se viu montada no peito de Ben, as mãos envolvendo a garganta dele com firmeza. O horror a inunda, entorpecendo as pontas de seus dedos, os lábios.

Estava em estado de sonambulismo. Algo que nunca — nem uma única vez na vida — lhe acontecera antes.

Olha para suas mãos, observa-as tremer. *Queria* machucar Ben — matá-lo, até — depois do que fizera a ela? Ou havia sido o sonho, que ainda perdurava como um gosto ruim em sua boca — o medo corrosivo, aquela necessidade primitiva de lutar, de sobreviver? Era como se alguma parte límbica de seu cérebro a tivesse direcionado para o quarto dele, uma marionete comandada pelo mestre.

Um olhar de pânico relanceado para a janela lhe diz que o sol está nascendo agora, deixando o céu rosado. Ela percebe um borrão escuro de movimento através do caixilho quadrado: um uniforme com letras em neon. Um funcionário da segurança do *campus*. Que Ben — ou seu colega de quarto, Nick — devia ter chamado depois que ela fugiu.

Ela imagina o que Ben teria dito: *Acordei, e ela estava com as mãos na minha garganta — estava tentando me matar*. Seus pensamentos entram em um turbilhão; ela tenta acalmar a respiração, mas descobre que é incapaz disso. O pânico aumenta cada vez mais, um calor terrível em seu sangue.

Haverá uma investigação, ela não tem dúvida sobre isso. Será suspensa, talvez até expulsa. Santo Deus, será que envolveriam mesmo a polícia? Ela poderia ser presa — acusada — por agressão?

Tudo o que tinha almejado e pelo que havia trabalhado. Acabado. Ela imagina Ben: hematomas brotando ao redor de sua garganta, as marcas de suas unhas na carne dele. *Ela* tinha feito aquilo. Mesmo que não se lembre, mesmo que não estivesse *desperta*.

Mas quem acreditaria nela, ainda mais depois do que aconteceu?

Afinal, já haviam ficado do lado dele.

O suor umedece suas axilas, a vontade de fugir cresce dentro dela.

Mas para onde poderia ir? Não para a casa dos pais. Isso significaria lhes contar que ela, Lucy, a *boa menina* deles, havia atacado alguém. E, pior, significaria contar a eles *o motivo*, revelar-lhes o que Ben fizera. Não, nunca poderia fazer isso. Mas, então, quem? Quem a ajudará, lhe proporcionará refúgio enquanto ela descobre o que fazer, como consertar as coisas?

E, então, a resposta lhe ocorre. Ela se troca com rapidez, vasculha o pequeno armário em busca de uma valise de mão para passar a noite. Roupas íntimas. Lenços umedecidos. Hidratante. *Laptop*. Carregador do *laptop*. Um bloco de anotações. Arruma tudo com dedos trêmulos.

Abre a gaveta da escrivaninha, pega um cartão-postal surrado, passa a ponta do dedo sobre o endereço rabiscado no verso.

Cliff House, 1 Malua Street, Comber Bay.

Há apenas um lugar para onde pode ir, apenas uma pessoa que pode compreender.

A estrada estende-se infinitamente à sua frente, fundindo-se com o horizonte. À sua volta, não há nada além de um matagal dourado vazio, quilômetros e quilômetros dele. Cacatuas-corella rosa-escuro — o pássaro favorito de sua mãe — irrompem de uma árvore seca quando ela passa.

Não há outros carros. Está sozinha.

Ela estica o braço para o banco do passageiro para pegar o iPhone, enfiando-o entre as coxas enquanto liga para a irmã. Depois de vários toques — Lucy prendendo a respiração no silêncio entre cada um —, o telefone faz um clique.

— Jess? — ela diz, a esperança apertando sua garganta como um nó. Mas depois a voz pré-gravada da irmã soa clara e concisa na linha.

— *Oi, você ligou para Jess Martin. Não posso atender agora...*

— Merda — Lucy sussurra enquanto desliga.

Seus olhos se enchem de lágrimas, borrando a paisagem à frente.

Ela diz a si mesma que está tudo bem. Que Jess uma hora vai atender, que saberá como ajudar.

Não saberá?

2

LUCY

SEGUNDA-FEIRA, 11 DE FEVEREIRO DE 2019

O telefone de Lucy toca algumas horas de viagem depois. Ela para no acostamento, o alívio a inundando. Por um momento, tem certeza de que deve ser Jess retornando a ligação.

Mas é sua amiga Em quem está ligando. Em, com seus cachos caóticos e unhas compridas de salão, que a esperava na aula das nove da manhã. Em, que já lhe mandara mensagem cinco vezes.

Kkkk, você dormiu até tarde

Não acredito que me deixou encarar uma aula em plena manhã de segunda sozinha. Foi punk

Mas sério você está bem?

Ei, acabei de ver o Nick. Ele disse que você atacou o Ben?! Lucy, o que está acontecendo?

Me liga.

Lucy enxuga os olhos com as costas da mão e, trêmula, inspira o ar profundamente para se recompor.

Mas não adianta. Seu rosto queima com a lembrança: de como foi crédula, de como foi tola.

Ela e Ben tinham ido para a cama pouco antes do início das férias de verão — na noite anterior à saída de todos do *campus*, em dezembro. De imediato, ficou evidente que aquilo significava mais para ela do que para ele: percebera isso no jeito experiente como ele havia tirado seu sutiã, na facilidade com que deslizara para dentro dela. Ela ainda consegue se lembrar de cada sensação, de cada suspiro murmurado. Como se soubesse, mesmo naquele momento, que aquilo nunca mais aconteceria. Afinal, como um cara como Ben — Ben, com seus belos ombros musculosos e cabelos escuros e lustrosos — poderia se interessar por alguém como Lucy?

Mas, então, ele a surpreendera. Havia lhe mandado uma mensagem de texto durante o intervalo, enviando *links* para vídeos de gatos e memes do X. Uma vez, até tinham conversado ao telefone, comparando anotações sobre os livros que estavam lendo (ele comprou *A Sangue Frio* por recomendação dela; ela leu *Joe Cinque's Consolation* por recomendação dele). Parecia tão fácil, tão natural, que ela se preocupava que estivessem entrando no terreno da amizade. Que nunca mais sentiria as pontas dos dedos dele em suas coxas, seus lábios contra a orelha.

E então, poucos dias antes do início do último ano, havia criado coragem e perguntado se ele queria uma foto.

Ela jamais tinha feito algo parecido antes. Para começar, ninguém nunca havia pedido uma fotografia sua; e por que pediriam? Quem desejaria ver Lucy sem roupa?

Mas ela pensou no suspiro de Ben enquanto afundava dentro dela, na maneira como tinha beijado a carne macia acima de sua clavícula. Como se não visse os filetes de pele ferida entre seus seios, ao longo de sua caixa torácica. Ele era diferente, podia sentir isso. Ele era alguém com quem estaria em segurança.

Seu coração parecia ter parado de bater enquanto aguardava a resposta, os minutos se alongando. Primeiro, os dois tiques azuis, depois aquelas palavras emocionantes: *Ben está digitando.*

Depende, ele respondeu. *Se for uma foto sua...*

Repetidas vezes, ela ajustou a iluminação, esperando que o brilho suave de sua luminária da mesinha de cabeceira escondesse a parte mais feia de sua pele. Deve ter tirado dezenas ao todo. Queria tanto estar bonita para ele...

Ficou feliz com a foto que escolheu: o cintilar escuro dos olhos, o brilho úmido dos lábios. A maneira como a luz da luminária dourava a curva de seu seio; o restante dela envolto em sombras sedosas.

Uau, ele lhe respondeu. *Você é linda.*

E ela olhara para a foto com novos olhos e pensara que talvez, quem sabe, ele estivesse certo.

Estava tão animada para voltar à universidade, para voltar a vê-lo, para continuar de onde haviam parado. Mas ele evitou o olhar dela na aula da tarde de terça-feira e correu para a próxima aula antes que ela pudesse dizer um oi. O estranho era que outras pessoas pareciam evitá-la também: os colegas da sala recuavam quando ela passava, murmurando entre si; um Mar Vermelho de fofocas.

Havia imaginado que era porque as pessoas sabiam sobre ela e Ben, que eles eram um casal, ou que estavam se tornando um. Permitira-se sentir uma pontada de orgulho.

Estava muito enganada.

Foi Em, que viu primeiro o vídeo no TikTok, quem lhe enviou o *link*.

Sinto muito, ela disse. *Mas, se fosse comigo, ia querer saber.*

O choque de deparar com o próprio corpo no vídeo foi ampliado pelo horror doentio da trilha sonora que o acompanhava: "Monster Mash". Estava tudo lá, visível, mesmo sob a distorção excessiva do filtro. A carne branca com marcas no torso, as listras prateadas nos seios, a parte interna dos punhos.

Mas o pior era a expressão em seu rosto — a ligeira lassidão de confiança.

Lucy dá seta antes de retornar à estrada, embora não haja tráfego — apenas um caminhão solitário e sacolejante mais à frente. Suas palmas estão úmidas no volante.

É por isso que tem de fugir. Porque ninguém vai acreditar que ela não queria machucar Ben — que estava em estado de sonambulismo, em meio a um pesadelo. Que não sabia o que estava fazendo.

Ele não queria que isso acontecesse, Ben havia dito quando ela o confrontou. Sim, ele compartilhara a foto com alguns amigos no WhatsApp, mas isso era algo que sempre faziam. Nunca imaginara — ele ainda não conseguia acreditar! — que alguém seria tão cruel a ponto de postar a foto no TikTok.

Estava arrependido.

Lucy engole em seco, lembrando-se da legenda, dos comentários.

Tipo quando a mina do seu amigo é literalmente uma górgona

Horrível

Isso que eu chamo de curtindo o além-vida adoidado

Talvez, de maneira um tanto ingênua, ela se surpreendeu com como a universidade se mostrara pouco disposta a tomar qualquer tipo de providência, com o desdém com que haviam tratado a situação.

— Não é um crime? — ela perguntara à assistente social estudantil, uma mulher de quarenta e poucos anos com vários brincos em cada orelha. — Compartilhar uma imagem íntima sem consentimento; eu pesquisei. Quero fazer um boletim de ocorrência.

A mulher estremecera, deslizando uma caixa de lenços de papel para Lucy, embora ela não estivesse chorando.

— Eu a aconselharia a pensar bem antes de dar esse passo — ela disse. — Entendo que esteja chateada, entendo de verdade, mas todo mundo comete erros. Algo assim poderia prejudicar seriamente a vida de Ben. Como também sou mãe...

Furiosa, Lucy havia se levantado da cadeira e ido embora.

Ben não tinha prejudicado a vida *dela*? Desde a descoberta do vídeo, ela passara a maior parte da semana no quarto. Nas aulas, sentava-se o mais perto possível da saída, deixando a sala antes que os outros se levantassem, antes que cem cabeças pudessem se virar para encará-la. A postagem fora removida por violar a política do TikTok, mas ela não tinha dúvidas de que as pessoas haviam feito capturas de tela; que a foto ainda circulava, pelo Facebook, WhatsApp e Snapchat. No dia anterior, tinha pedido um café na cafeteria do *campus*, e o garoto que a atendia apertara os olhos em reconhecimento, antes de ficar profundamente ruborizado.

Parecia que o mundo inteiro tinha visto a postagem. Que aquilo a perseguiria para sempre.

Na assembleia de recepção, dois anos antes, o reitor da universidade havia pedido a todos que olhassem para os alunos sentados a cada lado de seu assento.

— Este é o melhor curso de Jornalismo do país — ele dissera. — Temos ex-alunos trabalhando em todos os lugares, da Sky News ao *New York Times*. A maioria dos jornalistas que trabalham no *Sydney Morning Herald* e no *The Age* estudaram em Hamilton Hume. Lembrem-se disso durante o tempo em que estiverem aqui. O jovem ou a jovem sentados a seu lado não são apenas colegas de curso, mas um futuro colega de trabalho nas redações.

Era uma frase que Lucy não conseguia tirar da cabeça. Todos os seus futuros colegas de profissão a tinham visto cair em desgraça. Como poderia ter uma carreira depois disso?

Mas, apesar de sua fúria, a reunião com a assistente social estudantil a havia perturbado, plantado sementes de dúvida. E se a polícia a ignorasse também? Então, ficaria sem opções. Além disso, o pai de Ben era advogado trabalhista em uma empresa renomada em Melbourne. "O tipo que representa os empregadores em vez dos empregados", Ben lhe contara, com um tom de escárnio na voz. Ele odiava o pai, confidenciara, por "lubrificar a máquina capitalista". Mas Lucy duvidava de que o ódio o impedisse de pedir ajuda se precisasse. Era esse tipo de gente que teria de enfrentar caso prestasse queixa.

Por três dias, havia hesitado, sem saber como prosseguir. E, então, esta manhã, vira-se com as mãos em volta da garganta de Ben, como se seu corpo tivesse tomado a decisão por ela.

Bem... Agora, dificilmente ela pode contar à polícia sobre o vídeo, não depois do que fez.

Precisa se concentrar em chegar até Jess. Em ficar acordada: mais doze horas pela frente. Sua irmã havia se mudado recentemente para Comber Bay, na Costa Sul. Lucy nunca estivera lá, e só tinha o endereço porque Jess lhe enviara um cartão-postal de aniversário em setembro; o mesmo cartão-postal que agora está no painel. Um penhasco esgueirando-se sobre o mar, o pôr do sol lançando sombras na superfície da rocha. Letras berrantes apresentam o local como Mirante do Diabo, Comber Bay. O cartão é meio cafona, uma coisa para turistas — o que é estranho, nada a ver com Jess. Ela costuma confeccionar os próprios cartões — isto é, quando se lembra de enviá-los.

Feliz aniversário, Lucy, está escrito. *Sei que estive distante nos últimos meses e sinto muito. Mas adoraria te ver e colocar o papo em dia. Me avise se quiser vir para ficar — este lugar é um encanto. Enfim, espero que tenha um ótimo aniversário. Com amor, Jess, bj.*

Mas, para Lucy, era pouco e tarde demais. Ela ainda estava magoada com o tratamento frio que Jess havia lhe dispensado na última vez em que a vira — mais de um ano antes, no Natal retrasado, em 2017.

Estava começando a pensar que talvez pudessem retomar o vínculo que tinham quando Lucy era mais nova, agora desgastado pelos anos de distância. Tinha ido passar um fim de semana com Jess em Sydney durante as férias escolares anteriores. Fora ideia de Jess, e Lucy estava nervosa: sentia-se como uma criança no banco do passageiro do carro da irmã, abraçando a mochila com força enquanto Jess fazia perguntas hesitantes. Tudo bem com os estudos? Ela ainda participava do coral? Ainda queria ser jornalista?

Ela estava feliz?

Quando tinham chegado ao apartamento apertado de Jess em Marrickville, a exaustão latejava atrás dos olhos de Lucy, e a saudade de casa crescia sob suas costelas. Mas era evidente que a irmã se esforçara para deixar o lugar apresentável — havia lençóis limpos dobrados no sofá, e os padrões em zigue-zague no carpete puído sugeriam que ela tinha passado aspirador de pó recentemente. Ela até preparara a refeição favorita de Lucy: chili vegetariano, que tinha um gosto forte de alho queimado.

O constrangimento continuou até depois do jantar, quando Jess vasculhou com os dedos sua coleção de discos e puxou *The Good Son*, de Nick Cave.

— Papai *adora* essa música — disse Lucy, enquanto o piano melancólico de "The Ship Song" preenchia a sala.

— Eu sei — respondeu Jess, sorrindo. — Eu também.

Em uma imitação do canto dramático do pai, elas acabaram de pé no sofá, braços abertos enquanto gritavam as palavras. Mas logo estavam cantando de verdade — ambas tinham boas vozes, profundas e vibrantes naqueles pequenos corpos —, um pouco valsando, outro tanto girando pela sala de estar apertada de Jess, espalhando pilhas de livros e materiais de arte por toda parte. Lucy sentiu os anos se desvanecerem: parecia ter 5 anos de novo, equilibrando-se nos pés da irmã mais velha enquanto dançavam ao som de Wiggles.

Quando a música terminou, uma vizinha batia furiosamente na parede e Lucy estava sem fôlego. Os olhos da irmã brilharam e, por um momento constrangedor, Lucy se perguntou se Jess poderia estar chorando. Talvez a lembrança do pai fosse dolorosa para ela — ao longo dos anos, Lucy sentira uma tensão entre o pai e a irmã que ela não compreendia muito bem.

Mas, quando Lucy perguntou se Jess estava bem, ela apenas sorriu e disse que prepararia uma caneca de chocolate quente para cada uma, "com um pouco de Baileys, mas não conte para a mamãe".

Passaram o restante do fim de semana explorando os mercados e as galerias favoritos da irmã. Riram de um turista bêbado em Circular Quay e brincaram sobre fazer tatuagens iguais quando Lucy fosse mais velha. A linguagem especial que haviam compartilhado quando Lucy era pequena — o modo como guardava as lembranças da irmã mais velha cantando e desenhando com ela — parecia estar retornando.

Jess passou até a ligar para Lucy após a visita — toda semana em seu celular, em vez de dizer um rápido "oi" depois das conversas esporádicas com a mãe. Mas, de repente, os telefonemas pararam e, depois, naquele Natal, Jess tinha falado tão pouco com Lucy que ela passara toda a refeição festiva engolindo lágrimas.

E, então, quando o cartão-postal com seu pedido de desculpas insignificante chegara em seu aniversário, Lucy mandara uma resposta breve e fria.

Obrigada pelo cartão, foi tudo o que tinha escrito. *O aniversário foi bom.*

Havia ignorado o convite para fazer uma visita. Não conseguiria enfrentar outra rejeição.

Mas agora ela tem de deixar tudo isso de lado. Jess é a única pessoa que ela conhece que é sonâmbula, que pode ter alguma ideia do motivo de algo assim estar acontecendo com ela, de como ela pode lidar com essa situação.

Lucy até havia testemunhado a condição uma vez, quando tinha uns 5 ou 6 anos e Jess estava em casa, fazendo uma de suas raras visitas enquanto cursava a faculdade de Artes. Fora acordada por um som estrondoso, que primeiro pensou ser um monstro, antes de perceber que era o barulho da torneira da cozinha.

Segurando o corrimão com as duas mãos, tinha descido com cautela a escada, passado pelo corredor e entrado na cozinha, os braços curtos demais para alcançar o interruptor.

Jess estava rígida em frente à pia da cozinha enquanto a água jorrava da torneira. O medo se espalhou pelo peito de Lucy diante daqueles olhos abertos e vazios, mas mesmo assim ela havia deslizado o corpo para perto da irmã, puxando sua mão inerte. A expressão nos olhos de Jess era de tanta ausência, que Lucy correra de volta para a cama e se escondera sob as cobertas.

Mais tarde, quando Jess voltara a Sydney, Lucy perguntou ao pai sobre o que tinha visto. Ela se lembra de uma tensão ainda não vista no rosto dele, repentina como o fechar de cortinas. As mãos tremendo enquanto ele despejava cereal em sua tigela. Ele disfarçara isso com uma risada, bagunçando seus cabelos.

— Enfeitiçada, não, Docinho — ele disse. — Algumas pessoas, como Jess, andam por aí quando estão dormindo. Não precisa se assustar com isso, juro.

Quando está na metade do caminho para Comber Bay, Lucy se permite parar em um motel perto da rodovia. O letreiro em neon de "há vagas" piscando no alto a faz pensar em *Psicose*. A mulher na recepção levanta as sobrancelhas em um gesto de surpresa, sem dúvida esperando um caminhoneiro que faz viagens de longa distância em vez de uma garota de um metro e sessenta e dois com a cabeça quase raspada. Mas ela pega o dinheiro de Lucy e bate uma chave de bronze no balcão. A julgar pela enorme quantidade de chaves penduradas atrás da mesa, Lucy é um dos pouquíssimos hóspedes.

Lá dentro, os corredores cheiram a carpete antigo e cigarros, e as paredes estão cobertas de anúncios *vintage* de chá Bushells e cerveja Victoria Bitter. Há uma máquina de venda automática na qual ela compra um saco de batatas fritas e dois KitKats, decidindo ignorar as datas de validade. Ao lado da máquina de venda automática há um daqueles peixes cantores presos em placas de madeira, com suas barbatanas de borracha e escamas esverdeadas. Lucy estremece ao se lembrar do sonho que acompanhou sua caminhada sonâmbula na noite anterior. Há apenas fragmentos, mas eles bastam. Água do mar nas narinas, mãos afiadas na pele; pedra afiada contra o crânio. Ela não quer se lembrar de mais nada.

O quarto tem um cheiro rançoso. As cortinas estão fechadas, o padrão floral — combinando com a colcha — coberto de teias de aranha. Ela as abre, revelando a rodovia, o horizonte rosado de poeira. Um caminhão ruidoso passa, os pneus rangendo. Ela sente uma pontada de medo pelas horas de direção que a aguardam no dia seguinte, imagina as pálpebras se fechando, as mãos vacilando no volante. Imagina o metal se amassando, a música de vidro se quebrando.

Ela não pode estar cansada na manhã seguinte.

Precisa dormir.

Mas não consegue escapar da lembrança da garganta vulnerável de Ben nas mãos, da compreensão do que pode fazer — de quem ela pode machucar — quando estiver inconsciente.

Precisa ficar acordada.

Ela afunda na cama, estremecendo com a mordida das molas através do colchão fino. Precisa ouvir alguma coisa, ter uma distração. Um *podcast.* Crimes reais são sua preferência, mas qualquer coisa com tendência investigativa. O zumbido suave de uma voz familiar, um quebra-cabeça para o cérebro resolver até que seus pensamentos se tornem lentos e entorpecidos, a exaustão vencendo.

Lucy tinha 14 anos quando ouviu um *podcast* pela primeira vez, *Serial.* A voz de Sarah Koenig despertou algo nela, moldou a plasticidade de seu cérebro juvenil. Encantada pela questão de inocência ou culpa, maratonou os episódios, a necessidade de uma resposta ardendo dentro dela. Era inebriante, como o primeiro gole de um *alcopop*. Química doce e perigosa.

Soube então que queria ser jornalista. Queria ser a pessoa que falava ao microfone, desatando uma história como um carretel de linha com nós. Queria ser a pessoa que lutaria contra a injustiça com a única arma que importa: a verdade.

Fosse como fosse, esse era o plano.

Vão permitir que ela termine o curso agora, depois do que fez?

Mesmo que, por algum milagre, eles permitam... ela quer voltar?

Não tem certeza de se consegue encarar isso, a humilhação. Já era ruim o bastante saber que todos na sala de aula, no refeitório ou no bar da universidade a tinham visto daquele jeito, exposta e ávida. O que as pessoas vão dizer quando souberem que ela atacou Ben? Mesmo que ela dissesse a verdade — que era sonâmbula —, ainda assim pensariam que ela era louca. Desequilibrada.

Há outra coisa também. Algo que atinge o cerne de quem ela pensava ser, o plano que ela havia traçado para sua vida. A razão pela qual tinha buscado um diploma em Jornalismo, para começo de conversa.

É a dúvida que fervilhava dentro dela desde a reunião com a assistente social estudantil, o modo como ela havia desencorajado Lucy, impedindo-a de contatar a polícia. De dizer a verdade. Sentia-se uma fanática religiosa tendo uma crise de fé. De que serve uma arma que as pessoas têm medo de tocar?

Agora, ela vasculha o aplicativo de *podcast*, sem saber se quer ouvir algo novo e distrativo ou familiar e reconfortante. E então ela se lembra.

Baixara o episódio alguns meses atrás, depois que os pais haviam lhe contado para onde Jess estava se mudando. *Comber Bay*. Houvera uma faísca instantânea de reconhecimento ao ouvir o nome. Todo australiano com um mínimo interesse em crimes reais ou mistérios já tinha ouvido falar dele. O nome Comber Bay é mal-afamado, pronunciado no mesmo tom da descoberta do Homem de Somerton e do desaparecimento das crianças Beaumont. A sonolenta cidade da Costa Sul é como uma Hanging Rock da vida real.

É engraçado como alguns casos são esquecidos, mas outros vivem na consciência pública, tornando as vítimas de certa forma imortais. Claro, o mistério em si — um quebra-cabeça não resolvido, atraindo jornalistas picaretas e detetives — é parte disso. Mas, no caso de Comber Bay, Lucy suspeita de que o apelo seja mais profundo. É um dos poucos casos que consegue lembrar em que os desaparecidos (ou as vítimas, se as teorias sobre um *serial killer* forem verdadeiras) são homens.

A série é um especial dividido em duas partes em um *podcast* de que ela gosta, apresentado por um australiano anônimo com um tom monótono e uma meticulosidade que ela aprecia. *Comber Bay: Triângulo das Bermudas australiano*. Denominação inteligente. Não é de admirar que tenha reunido tantos ouvintes.

Ela aperta o *play* em "Parte 1 — Mirante do Diabo". Enquanto a sinistra música-tema toca em seus fones de ouvido, Lucy se pergunta mais uma vez por que Jess se mudou para um lugar tão infame. Embora duvide de que a irmã esteja interessada em crimes reais, pois Jess é uma artista: ela se importa com sentimentos, sensações, beleza. Ela mal lê as notícias.

Em uma pitoresca cidade litorânea a duzentos quilômetros de Sydney, um mistério perturbador permanece sem solução... Entre 1960 e 1997, oito homens desapareceram de suas praias arenosas. Samuel Hall, Pete Lawson, Bob Ruddock, William Goldhill, Daniel Smith, Alex Thorgood, David Watts e Malcolm Biddy. Embora as vítimas sejam diferentes em idade, profissão e classe social, todas têm uma coisa em comum: nenhum vestígio delas foi encontrado.

Enquanto ouve, Lucy tira o pote de creme medicinal da mochila e o abre, fazendo uma careta diante do odor químico. Esfrega-o nas marcas e espirais prateadas que cobrem seus tornozelos.

Os homens se afogaram, assim como os vinte nadadores que até agora pereceram no famoso Babinda Creek de Queensland? Ou foram mortos por um assassino que se safou de identificação — e da justiça — por mais de trinta anos?

Ela tranca a janela — os vidros são finos o suficiente para que ela ainda possa ouvir o barulho cadenciado da rodovia — e a porta.

Algum fenômeno natural poderia ser responsável pelos desaparecimentos? E o que dizer do estranho caso do Bebê Esperança, encontrado abandonado no Mirante do Diabo em 1982?

Exploraremos tudo isso e muito mais nesta série de duas partes, "Comber Bay: Triângulo das Bermudas australiano".

Antes de ir para a cama, ela tira a cadeira de baixo da mesa arranhada e a encaixa sob a maçaneta da porta. Espera que isso baste.

3

MARY

OUTUBRO DE 1800

COVE OF CORK, IRLANDA

As ondas batiam contra o cais, o borrifo gelado em suas bochechas. A mão de sua irmã roçou a dela, os dedos quentes e macios. Mary tentou entrelaçá-los nos seus, mas foi impedida pela contenção dolorosa dos grilhões de aço no pulso.

Olhou para os olhos arregalados, inocentes em sua cegueira. O amor formou um punho fechado em volta de seu coração.

Mo dheirfiúr.

Minha irmã.

— Por favor — Eliza sussurrou —, diga-me. O que consegue ver?

Mary engoliu em seco. Ainda podia sentir o gosto de poeira da estrada. A luz havia queimado seus olhos desde que foram retiradas da cela em Kilmainham, onde ratos corriam e água gotejava na pedra. Na carroça, a paisagem tinha passado velozmente, seu exuberante verde tão vívido que se alojou como um nó rígido e doloroso em sua garganta, com a noção de que talvez ela nunca mais voltasse a pôr os olhos nele. Não foi a única que desviou o olhar: as outras mulheres se benzeram quando passaram pelos lugares onde a luta havia ocorrido dois anos antes. Os lugares onde cabanas queimadas abriam a boca para o céu; paredes de barro estranguladas pela superfície verdejante, ou então ainda enegrecidas pelo fogo.

Nesses momentos, Eliza não dizia nada, um véu cobria seu rosto, e Mary sabia que, embora a irmã não pudesse enxergar a terra com todas as suas chagas abertas, podia sentir o cheiro das cinzas no ar, e ainda podia ouvir o eco do tiro do mosquete. Sabia que ela se perguntava o que poderia ter acontecido se a rebelião não tivesse sido malsucedida. Se os ingleses tivessem perdido o domínio da terra.

Parecia mais seguro não olhar, mantendo a visão fixa na sujeira entre os dedos dos pés. Aprendera a não fazer contato visual nos últimos meses, na fria cela de pedra da prisão, onde prisioneiros homens enfiavam dedos pretos através das barras, buscando alcançá-las.

Até agora, Eliza não havia pedido que ela lhe contasse o que via, não havia pedido que cumprisse seu dever de irmã.

Desde a infância, Mary pintava quadros para a irmã com palavras, trazia o mundo à vida dentro de sua mente. Caminhando por bosques salpicados de sol, ela arrancava folhas secas e avermelhadas do chão, levando-as ao nariz da irmã. Juntas, elas respiravam o aroma de turfa e terra, de coisas terminando e começando. Ela havia traçado o formato das colinas distantes na palma da mão da irmã, tinha dito a ela que era o tordo-de-peito-vermelho que cantava de um certo jeito, que era a gralha-cinzenta que gritava.

Mas ela não sabia como mostrar aquilo a Eliza. Mais do que isso — ela não queria.

— Estamos em um cais, com uma grande multidão — ela sussurrou, tentando reprimir o tremor na voz. — Sem espaços de folga, como um tecido bem confeccionado. — Ela se lembrava disso, da sensação do linho sob os dedos. O pai sorrindo enquanto ela fiava as fibras para prepará-las para o tear, tal como ele havia lhe ensinado.

Mary engoliu em seco. Não contou à irmã sobre a expressão das outras mulheres — pois eram todas mulheres, com o olhar inerte e bochechas encovadas — e como o medo delas refletia o seu próprio.

— O mar está diante de nós — continuou.

— Posso sentir o cheiro — Eliza disse, assentindo. — Qual você acha que seria a sensação de tocá-lo? Arderia, como a água do riacho perto de casa?

Mary pensou no pequeno riacho próximo à vila, a queimadura proibida que provocara em sua pele. Cabelo humano, emaranhado a folhas verdes de lentilha-d'água.

O cabelo de Byrne. Seu rosto, imóvel e frouxo na água. O coração descompassado quando ela pensou — quando parte dela rezou para — que ele estivesse morto, que o baque úmido da pedra contra seu crânio o havia matado. Mas isso significaria a corda em volta do pescoço de ambas.

Haviam tido sorte, o juiz dissera, franzindo a testa para o outro lado do tribunal enquanto Byrne cuspia sua insatisfação perante a sentença. Agressão significava apenas exílio.

Apenas. Uma palavra tão pequena para isso. Para nunca mais ver seu lar — a pequena cabana com suas flores azuis ondulantes, a extensão das colinas até o horizonte. A luz prateada no riacho.

Para nunca mais ver Da[3].

— Sim — ela mentiu, pois o mar não era nada parecido com o riacho. Era cinzento e furioso, lambendo as pedras como se fosse engolir a terra. Estendia-se até onde Mary podia ver, uma linha dourada e turva no céu.

— E o navio? — Eliza perguntou, parecendo mais nova agora. Ela havia percebido a mentira na voz da irmã. Tinha ouvido para mentiras, o pai sempre dizia, assim como para uma nota musical errada.

Mary não sabia como descrever o navio. Só sabia que era a maior coisa que já tinha visto. Suas velas enfunadas como enormes asas enquanto o mastro parecia perfurar as nuvens. Mary podia distinguir pelo menos três conveses, a madeira alcatroada e brilhante. Havia algumas

3. "Da" equivale a "papai" em irlandês.

janelas bem pequenas — a distância, mal pareciam ter o tamanho de uma unha.

O que levava a presumir que seria muito escuro lá dentro.

— Mary?

E, então, os olhos de Mary pousaram na figura de proa.

— Há uma mulher — ela disse. — Na proa do navio. Ela não é de carne e osso, mas de madeira e tinta, maior do que três homens juntos. Seu cabelo cai pelas costas em mechas esculpidas, os olhos são de um azul brilhante. E, em vez de pernas, tem...

Ela fez uma pausa. Agora, desejava não ter visto a figura de proa, não ter começado a descrevê-la para a irmã.

Alguém lhe deu um empurrão nas costas e ela tropeçou. As mulheres estavam sendo levadas para a beira da praia: podia ver pequenos barcos esperando por elas na água logo abaixo. Mary, Eliza e as quatro dezenas de mulheres ao redor delas seriam levadas neles para o navio e depois haveria meses de medo e escuridão antes que chegassem a uma terra estranha com um nome estrangeiro e assustador em sua língua. *Nova Gales do Sul*. Muito, muito longe de sua pequena aldeia, de sua cabra de olhos meigos. De Da.

— Mary? — A voz de Eliza soou alta e aguda de medo. — O que ela tem em vez de pernas?

Mary se firmou no lugar, empurrando-se contra a multidão e agarrando a mão da irmã, mesmo que os ferros ferissem seu pulso.

— Uma cauda — ela respondeu, agora gritando para ser ouvida, acima dos berros de outras mulheres. — Ela tem uma cauda de peixe.

— Ela é uma *merrow*[4] — Eliza disse. — Do *tír fo thuinn*, a terra sob as ondas. Assim como na história de Mam[5].

Mary não respondeu. Não queria pensar em Mam e no que tinha acontecido com ela. Não agora, quando o medo já gelava sua barriga.

4. Sereia do folclore irlandês. (N. da T.)
5. "Mam" equivale a "mamãe" em irlandês. (N. da T.)

Enquanto a multidão as empurrava para mais perto do cais, para onde os pequenos barcos balançavam à espera, ela desviou o olhar da figura de proa. Mas não foi capaz de esquecer a mulher pintada com sua cauda curva; as escamas verdes descoloridas pela ferrugem.

4

LUCY

TERÇA-FEIRA, 12 DE FEVEREIRO DE 2019

Lucy olha fixamente para a estrada cintilante, desejando que as linhas brilhantes no asfalto vençam as imagens fantasmagóricas de seu sonho. O cais, envolto em névoa e desespero humano. O navio com seus mastros perfurando o céu pesado, a orgulhosa sinuosidade de sua proa. A figura de proa da sereia com seus olhos pintados e vigilantes.

O sonho tinha uma pavorosa vividez, uma corporeidade. Isso, assim como o sonambulismo, era uma novidade tenebrosa.

Embora, ela se lembra agora, tenha havido um tempo na infância em que sonhava quase sempre com água. Ela não se lembra de muita coisa. Uma superfície salpicada de sol bem acima da cabeça. A sensação de que submergia, mas de uma maneira segura; que uma membrana líquida a protegia do mundo exterior. Isso passou a acontecer quando começou a frequentar a escola e entender que era diferente. Uma criança que não conseguia lavar as mãos, tomar banho, ir para uma aula de natação. Era algo surpreendente que desejasse mergulhar na água como as outras crianças, ser normal?

Gradualmente, esses sonhos desapareceram, sendo substituídos por pesadelos mais comuns. Dentes como pérolas ensanguentadas na palma da mão. Tentar e ser malsucedida ao correr mais rápido que algo, as pernas pesadas e trôpegas. Um exame para o qual ela não havia estudado. Os detalhes sumindo conforme o dia avançava, o sono se mantendo um lugar de segurança, um refúgio.

Isso não é assim. Os fragmentos restantes parecem queimar; são estilhaços na mente dela. Lucy ainda é capaz de sentir a pressão úmida de uma mão na sua, as palavras desconhecidas em sua boca.

Muh dri-four.

Acordando no meio da noite, os lençóis finos do motel amarfanhados, ela tinha murmurado as palavras em seu iPhone, observando com olhos turvos enquanto Siri produzia uma tradução.

Mo dheirfiúr.

Irlandês.

Minha irmã.

Como poderia ter sonhado em uma língua estrangeira? Uma língua que nunca leu, nunca ouviu?

Desejando que o sonho desapareça, ela se concentra na estrada, no mapa piscando na tela do telefone. Faltam seis horas de viagem. Ela vai conseguir. Toma um gole de Coca-Cola morna de posto de gasolina, aumenta o volume do *podcast*, deixando o mistério de Comber Bay distraí-la.

Danny Smith era o típico jovem australiano. Uma fotografia desbotada de 1980 o mostra na praia — a mesma praia de onde ele desapareceria mais tarde —, encostado em uma prancha de surfe. Listras de zinco cobrem suas maçãs do rosto como pintura de guerra. Um mullet *roça-lhe os ombros. Ele usa sunga e um colar feito de conchas.*

Seus amigos o descreveram com as frases de sempre. A vida e a alma da festa. Sem nada de muito extraordinário ou excêntrico. Amigão de todos. Um conquistador de mulheres.

Ele era salva-vidas de surfe, um nadador habilidoso que conhecia a praia como a palma da mão.

Mas, certa manhã, pegou sua toalha e foi até a água, para nunca mais voltar.

Lucy imagina uma onda se fechando sobre o corpo do homem, mandíbulas brancas estalando com força. Não pensa muito na teoria sobre o *serial killer* — parece improvável que um assassino se mantenha em ação por mais de três décadas. Além disso, não havia prova alguma: nenhum corpo foi recuperado. Isso por si só era estranho, ela supõe, se é que os homens realmente se afogaram. Um detalhe de outro caso de crime real não sai de sua mente — à medida que se decompõem, os cadáveres humanos gradualmente se enchem de gás, o que os faz flutuar e ser levados para a praia. Estranho, então, que nenhum dos Oito — é como o *podcast* se refere aos homens desaparecidos — tenha sido encontrado.

Após breves explicações sobre as circunstâncias dos outros desaparecimentos, do veterano do Vietnã que desapareceu em 1966 ao surfista itinerante visto pela última vez em 1997, o apresentador volta à teoria do fenômeno natural aventada no início do episódio.

Mas, se a criminologia não pode fornecer a resposta, talvez a ciência possa.

Pesquisadores sugeriram que os padrões incomuns de maré da área podem ser os culpados pelos desaparecimentos. Formam-se redemoinhos quando correntes de maré rápidas, que viajam em direções opostas, se encontram, criando um vórtice perigoso que pode sugar embarcações para o fundo. Um redemoinho ou outra anomalia de maré também pode explicar outros eventos locais, entre eles, um naufrágio do século XIX e, mais recentemente, a descoberta de uma criança pequena em uma caverna no Mirante do Diabo — de acordo com algumas teorias, a única sobrevivente de outro naufrágio menor.

Redemoinhos. Lucy pensa na *Odisseia* — Caríbdis, a boca espumosa escancarada enquanto espera por sua presa.

Conforme se aproxima de Comber Bay, Lucy para e verifica o iPhone em busca de direções, notando com uma onda de pânico que há mais mensagens de Em e algumas chamadas perdidas do escritório de administração da universidade. Há uma mensagem de voz também. Ela não a escuta, não abre as mensagens de Em. Nada de Ben, ela percebe. Um pequeno estremecimento de decepção é sucedido por vergonha.

Durante aquelas longas e lânguidas semanas de férias de verão, o toque de seu telefone — a possibilidade de outra mensagem dele — tinha sido suficiente para fazer seu coração disparar. Mas isso foi antes.

Ela abre a conversa no WhatsApp, relê a mensagem que Ben enviou um dia antes de ela acordar e se pegar no quarto dele.

Lucy, tudo o que posso fazer é me desculpar pelo que aconteceu. Nunca pretendi tornar aquela fotografia pública da maneira que ocorreu. Agora vejo que não deveria tê-la mostrado a ninguém sem antes verificar com você, mas, como não me disse explicitamente para não fazer isso, não percebi que não tinha seu consentimento. Claro, não fazia ideia de que a foto acabaria nas redes sociais. Espero que me perdoe por cometer um erro tão estúpido.

Ao reler as mensagens agora, ela fica impressionada com o tom dele, a autojustificativa lisonjeira. Ela se pergunta se o pai advogado o ajudou a elaborá-la, o ajudou a criar uma narrativa na qual não fez nada de errado ao mostrar a foto dela aos amigos, sendo ele tão vítima quanto Lucy. Ben não estava arrependido pelo que tinha feito, ela se dá conta agora, mas pelo fato de ter sido descoberto. Pelo fato de, por um breve momento, ela ter tido o futuro dele nas mãos.

Só que foi o próprio futuro que ela jogou fora.

Lucy volta para a estrada.

Tem que se concentrar em chegar a Cliff House e encontrar Jess, que parece estar ignorando as mensagens e ligações dela. Seus nervos estão à flor da pele. O que Jess vai dizer quando sua irmã caçula aparecer na sua porta sem avisar?

Mais uma vez, ela pensa naquele Natal, depois que Lucy havia terminado o Ensino Médio. A última vez que vira Jess.

Tinha recebido os resultados dos exames e eram brilhantes: mais do que suficiente para ingressar no curso de bacharelado em Comunicação na Hume, a faculdade de Jornalismo mais importante da Austrália.

Ela esperava sentir euforia; triunfo, até. Mas seu humor fora entorpecido pela mágoa enquanto tinha aguardado e aguardado que Jess ligasse. Mas não houvera nada — nem mesmo uma mensagem de texto de parabéns.

Os pais, pelo menos, estavam orgulhosos, apesar da reserva sobre seus planos de carreira. Tinham encharcado a cozinha com o conteúdo de uma garrafa empoeirada de champanhe desenterrada da garagem. Por um momento, os velhos argumentos haviam sido deixados de lado.

— Você não pode fazer algo mais socialmente responsável? — a mãe costumava perguntar quando Lucy falava de sua admiração por Nellie Bly e Veronica Guerin, por Christiane Amanpour e Susan Sontag. — Algo que *ajude* as pessoas de verdade?

Fácil para você dizer isso, Lucy pensava, o ressentimento brilhando no peito. Sua mãe era terapeuta: todas as manhãs, entrava em seu *hatchback* azul enferrujado e dirigia cinquenta quilômetros até Bourke, a cidade grande mais próxima. Lá, Maggie Martin trabalhava em um centro de extensão administrado por uma instituição de caridade criada para dar apoio a áreas rurais carentes. Lucy sabia — não porque a mãe lhe dissera, mas porque ela tinha lido seu perfil no site da instituição de caridade — que sua especialidade era abuso de substâncias, depressão e automutilação.

À noite, a mãe chegava em casa com a boca e os ombros para baixo, como se seu trabalho produzisse o próprio tipo de gravidade. Ela raramente sorria antes de começar o jantar, em geral uma refeição de natureza elaborada e procedência obscura, cujos ingredientes testavam arduamente as capacidades do supermercado local. *Coq au vin*, nhoque caseiro, tagine de cordeiro. Cozinhar parecia afrouxar algo nela, relaxar os músculos do rosto e suavizar as linhas da testa. Mas o alívio durava pouco: todas as manhãs, ela se arrastava de volta para o carro e começava a longa viagem mais uma vez, como uma mártir.

— Meu Deus, mãe, não vou ser o próximo Rupert Murdoch — Lucy dizia. — Eu *quero* ajudar as pessoas. Descobrindo a verdade. Fazendo justiça.

E quero curtir meu trabalho. Não ser como você.

— Querida, a mídia destrói a vida das pessoas. Especialmente a das mulheres — era a resposta favorita de sua mãe. — Olhe para Lindy Chamberlain. Monica Lewinsky.

— Mas são as mulheres que eu quero ajudar. E o movimento #MeToo? É a verdade que importa. É a única coisa que importa.

— Também costumava pensar assim — dizia sua mãe enquanto enchia a chaleira, um sinal de que a conversa havia acabado. — Mas depois eu cresci. E um dia você também vai crescer, Docinho.

Ela ainda não sabe ao certo o que fez a mãe mudar de ideia. Em seu aniversário de 18 anos, Lucy chegou em casa e encontrou a mãe desligando o telefone às pressas, as bochechas afogueadas.

— Jess está mandando um feliz aniversário — ela disse. Lucy engolira a mágoa pelo fato de a irmã não ter pedido para falar com ela, não ter lhe desejado ela mesma um feliz aniversário.

Mas, desde aquela noite, Maggie fechou a boca sobre o assunto da carreira de Lucy. E talvez fosse uma fantasia sua, mas Lucy se perguntou se Jess não havia colocado algum juízo na cabeça da mãe, persuadindo-a a apoiar as ambições de Lucy.

Talvez ela se importasse, afinal.

Tinha se consolado com esse pensamento nos dias que antecederam o Natal, chegando mesmo a aguardar com ansiedade a chegada da irmã. Seu pai havia pendurado luzes de fada na varanda, e a mãe tinha passado semanas envolvida com a preparação do pudim inglês de Natal, de modo que toda a cozinha se encheu com o aroma adocicado de especiarias e frutas.

Jess tinha chegado na véspera de Natal. Estava bonita, com um vestido longo e um xale com franjas, o cabelo preto esvoaçante. Parecera por um momento, os quatro abrindo presentes ao som de "Last Christmas", que tudo daria certo. Talvez Jess estivesse ocupada com um novo projeto de arte, um novo namorado? Talvez ela se explicasse, até mesmo se desculpasse?

Mas, quando ela e Jess tinham se sentado lado a lado na mesa festiva, os braços se roçando enquanto se esticavam para colocar comida no prato, Lucy sentiu: aquela frieza da distância. Jess não lhe fez perguntas e, quando Lucy indagou como estavam as coisas em Sydney — sua pintura, o apartamento —, ela respondeu com frases breves e superficiais.

Lucy se perguntou se ela tinha imaginado a diversão que haviam compartilhado alguns meses antes, dançando ao som de Nick Cave. Talvez até mesmo as preciosas lembranças de infância com a irmã fossem apenas histórias que ela contava a si mesma. Jess realmente a colocava no colo e lhe cantava canções de ninar? Elas espalhavam papel de embrulho e giz de cera por toda a mesa da cozinha, desenhando florestas sobrenaturais e cavernas submarinas?

Parecia quase impossível de acreditar. Ainda parece.

A entrada para Comber Bay é tingida com o verde dos eucaliptos, que se curvam e se fecham sobre a estrada. Ela baixa a janela e respira o ar delicioso: o aroma forte do eucalipto, a doçura inebriante das acácias. As cigarras zumbem, e ela ouve a música gutural do chamado de uma pega, os sons familiares reconfortantes.

Quase esquece que está perto da costa, até que a vegetação some de um lado e a baía aparece, fazendo o coração de Lucy parar no peito. Ela verifica o espelho retrovisor antes de diminuir a velocidade para apreciar melhor. É de tirar o fôlego: um emaranhado verdejante de arbustos, ornamentado por lampejos vermelhos de *banksia*, dá lugar à parte de arenito do penhasco. E então o mar, brilhante e irreal como uma pintura. Ela nunca viu tantos tons de azul: turquesa brilhante perto das ondas; mais longe, um azul tão escuro que é quase preto. Lucy estremece, pensando no mundo sob as ondas faiscantes.

O litoral se curva, e ela pode ver os penhascos do outro lado da baía, repletos de cavernas. O Mirante do Diabo. É a mesma vista que ela já viu no cartão-postal de Jess, mas o fotógrafo não havia capturado bem o aspecto assustador da face do penhasco. Ao vivo, as cavernas parecem mais profundas e escuras; uma em particular, mais próxima da linha d'água, é grande o suficiente para que ela quase consiga imaginar um demônio espreitando ali, observando o mar abaixo.

Da base da espinha de Lucy surge um arrepio. Talvez seja a constatação do que a água faria com sua pele. Ela imagina as ondas batendo nela como línguas, despojando-a de carne até que não lhe reste nada além de osso, ofuscante de tão branco.

Ou talvez seja o *podcast*; a ideia de todos aqueles homens desaparecidos, presumivelmente afogados. Mas, aliada ao formigamento do medo, há uma atração estranha também. Lucy luta para desviar o olhar das ondas brilhantes, hipnotizada pela maneira como elas se curvam sobre a costa. Uma parte dela quer se aproximar, sentir a espuma no rosto, a rocha lisa sob a palma das mãos.

Deve ser o cansaço, ela conclui, subitamente zonza. Precisa parar de dirigir, descansar. Verifica o telefone de novo: ainda nada de Jess. Pois bem. Sua irmã não será capaz de ignorá-la por muito mais tempo.

A via principal tem vista para a praia, uma fronteira entre o mato e o mar. Um estacionamento de frente para a água, alguns sedãs com pranchas de surfe ou varas de pescar amarradas nas capotas. Ela fica surpresa com a falta de movimento do lugar; o céu está tão límpido, uma cúpula azul lustrosa. Mas, também, é período escolar e dia de semana.

Em frente ao estacionamento, há uma faixa de lojas com toldos desbotados — uma loja de artigos gerais anunciando de tudo, do *Sydney Morning Herald* a artigos de pesca, uma agência dos correios. Há uma sorveteria e uma lanchonete de peixe e fritas, ambas vazias. Um café também, com janelas escuras, algumas cadeiras e mesas amontoadas do lado de fora.

Estranho que um lugar famoso como aquele possa dar a impressão de ser tão normal. E parece um lugar estranho para Jess viver — é ainda menor do que sua cidade natal, Dawes Plain, e a irmã sempre pareceu uma pessoa urbana, falando sobre os *pubs* de Sydney, a última exposição que vira no Museu de Arte Contemporânea ou na National Gallery.

Coisas que Lucy e seus pais nunca tinham vivenciado e não conseguiam entender. Ela fazia questão de usar a metrópole como uma capa, impedindo-os de chegar muito perto.

E, ainda assim, Lucy consegue perceber o fascínio da cidadezinha. Há beleza em tudo isso — no mato emaranhado, nas ondas quebrando, no céu infinito. Como se o lugar desejasse engoli-lo por inteiro, e você tivesse vontade de permitir.

Lucy desacelera mais uma vez depois de passar pelas lojas, verificando o restante da cidade — algumas casas, uma igreja de tijolos vermelhos — em busca da saída para Malua Street. A praia já ficou para trás, a estrada conduzindo-a através da copa escura das árvores. E, então, do lado esquerdo, uma placa — se é que pode ser chamada assim. As letras gravadas na tábua vermelha de eucalipto dão uma sensação inegável de informalidade. A estrada também parece informal: está mais para uma trilha de terra, na verdade. Lucy aperta o maxilar enquanto o carro estremece sobre as pedras, galhos baixos de árvores arranhando o para-brisa.

Ela passa por uma casa perto de um desvio, e a estrada se inclina para a esquerda. Lucy aperta os olhos para o que há à frente, vendo um intermitente lampejo azul em meio aos eucaliptos. A trilha fica íngreme, o Honda luta para subir o aclive, e Lucy sente o cheiro de maresia pela janela aberta. Por fim, Cliff House aparece, ladeada por troncos de árvores lacerados.

É antiga, estilo Federation, a madeira desbotada e pálida como osso. Maior do que ela esperava — dois andares. Uma varanda contorna a casa, repleta de folhas de eucaliptos que se arqueiam acima. Há uma velha placa imobiliária desbotada perto da caixa de correio, a madeira um tanto apodrecida. A palavra *VENDIDO* sobreposta a ela parece fresca e nova em comparação, e Lucy se pergunta se a casa estava no mercado há muito tempo antes de Jess comprá-la. Talvez estivesse desabitada, ou mesmo abandonada: uma das janelas está coberta com plástico, como se já estivesse quebrada antes. Um velho comedouro de pássaros balança vazio em uma árvore, lembrando-a de sua mãe. Ela reprime uma onda de saudade de casa.

O lugar é muito diferente da antiga habitação de Jess em Sydney. Ela poderia até pensar que estivesse no endereço errado, não fosse pelo carro estacionado à esquerda da casa, um Ford azul-petróleo que Lucy reconhece da última visita natalina de Jess.

Ela se pergunta agora se Jess teve algum tipo de colapso — se isso a tinha levado à mudança para Comber Bay. Tenta se lembrar do que os pais lhe disseram sobre esse último acontecimento na vida da irmã: havia sido no fim do ano passado, não muito antes da chegada do cartão-postal em seu aniversário.

— Como está Jess? — Lucy tinha perguntado a eles em uma de suas ligações semanais pelo FaceTime. — Vocês acham que ela vem pra casa no Natal este ano?

Seus pais haviam se entreolhado. Um entendimento tácito pareceu ser compartilhado por eles, e, quando se viraram para a câmera, foi a mãe quem falou. O pai, enquanto isso, olhou para o colo, um vinco se formando em sua testa — algo que Lucy tinha notado antes, quando falavam sobre a irmã mais velha.

— Acho que não, querida — dissera a mãe. — Ela está, na verdade... bem, ela está se mudando. Conseguiu comprar uma pequena casa na Costa Sul. Em um lugar chamado Comber Bay.

— Como é? Comber Bay? Onde todas aquelas pessoas desapareceram? Por que diabos ela iria querer morar lá?

— Quem é que sabe? Você conhece a Jess, não conhece? Um mistério para todos nós. — A mãe havia suspirado antes de mudar de assunto.

Lucy solta o cinto de segurança, a exaustão se instalando nela como chumbo. Precisa de um banho, comer alguma coisa. E, ainda assim, ela se sente estranhamente à beira das lágrimas. Seu coração se aperta. E se Jess ficar irritada — infeliz — ao ver Lucy, enfurecida por tê-la perturbado em seu esconderijo litorâneo? Parte dela quer dar marcha a ré no carro e ir para casa, para Dawes Plain.

Mas então ela pega o cartão-postal do painel, vira-o para ler a mensagem de novo. *Me avise se quiser vir para ficar.*

Com certeza ela não teria enviado isso se não estivesse falando sério, não é?

O baque da porta do carro soa assustadoramente alto em meio ao farfalhar silencioso da vegetação, e Lucy chega a esperar que Jess apareça na janela. Mas as vidraças estão vazias e escuras.

Lucy franze a testa, dá alguns passos em direção a casa. De onde está, à esquerda da casa, pode ver a construção inteira. Ela suspira. Agora o nome — Cliff House — faz sentido.

Onde se esperaria ver um quintal, não há nada além de pedras manchadas de líquen descendo para o mar lá embaixo. Através do mato, ela consegue entrever uma lasca branca de praia, o brilho azul do oceano. Sua respiração soa áspera nos ouvidos, inacreditavelmente alta, até que percebe que não é a própria respiração que está ouvindo, e sim o mar trovejando contra a costa.

Abraçando-se, afasta-se da beira do penhasco, voltando para a casa. Os degraus que levam à varanda da frente rangem sob seu peso. Uma rajada de vento se faz sentir, seguida por um som vítreo, quase melancólico. Um conjunto de sinos de vento está pendurado na porta, espalhando luz esverdeada pela madeira desbotada.

A maçaneta da porta de tela parece áspera sob seus dedos. Ela a abre e bate na madeira da porta da frente, a princípio com timidez, depois mais alto. A casa estremece, e ela se esforça para ouvir o som dos passos da irmã. Mas não há nada, ninguém.

Será que, no final das contas, ela não estava mesmo em casa?

— Jess? — ela chama, o tom de voz estranho com a falta de uso após a longa viagem. — Sou eu, Lucy. Você está aí?

Tira o telefone do bolso da calça *jeans*, vê que a bateria está com sete por cento. Chega a ela uma imagem repentina e terrível do carregador do telefone, ainda conectado ao lado da mesa de cabeceira do motel. *Porra.*

Ela disca o número de Jess mais uma vez.

Um tom de discagem e depois — um som estranho em comparação ao rugido das ondas e aos grasnados distantes das gaivotas — a descarga eletrônica de um toque.

Deve ser o telefone de Jess, tocando lá de dentro.

A pulsação de Lucy desacelera um pouco. Ela está em casa, então. Jess virá até a porta, deixará Lucy entrar.

Mas não há resposta, nenhum movimento dentro da casa. Apenas o toque insistente e assustador do telefone.

— Jess? — ela chama de novo, batendo na porta com mais força desta vez. Gira a maçaneta, esperando encontrar resistência, que esteja trancada — mas, para sua surpresa, ela se abre.

5

LUCY

TERÇA-FEIRA, 12 DE FEVEREIRO DE 2019

A casa cheira a tinta a óleo e linhaça. Está escuro, cortinas e persianas fechadas, e faixas de luz rosa e verde tingem o assoalho.

— Jess? — Lucy chama, a boca seca. Não há resposta; nenhum som, exceto o zumbido da geladeira e o suave gemido da madeira ao vento. Ela fecha os olhos, o estômago se contraindo com a lembrança do penhasco lá fora. Balança a cabeça, tateia em busca de um interruptor de luz. Ouve-se um alto tilintar; seus dedos roçaram um molho de chaves pendurado em um gancho ao lado da porta. As chaves, o telefone e o carro de Jess estão aqui — por que ela não está?

Lucy analisa o aposento. A visão dos pertences da irmã — vistos pela última vez no pequeno apartamento de Sydney — é chocante. Em Marrickville, havia um charme boêmio no velho sofá de veludo, nas plantas gravatinha e nas velas semiderretidas. Mas, ali, os móveis surrados de Jess aumentam a sensação geral de dilapidação, de decadência. O sofisticado papel de parede laranja, que, desbotado, adquiriu um tom doentio de ferrugem, descasca de uma parede para revelar bolhas de umidade por baixo. Uma lona cobre o que parece ser um buraco no chão, e Lucy se pergunta se a casa foi danificada por uma tempestade.

O caos não se atenua em nada com o acúmulo de telas e materiais artísticos: Lucy acha que a sala de estar também funciona como estúdio, outra diferença da vida de Jess em Sydney, onde ela alugava um espaço em um depósito para sua atividade criativa. Cavaletes de madeira se amontoam em cada canto, telas revestem as paredes. A mesa de jantar arranhada, que Lucy não reconhece, está repleta de jornais e louça suja. Jarros de vidro brilham em sua direção — das estantes de livros, da mesa de jantar, um equilibrado precariamente no braço do sofá. Alguns dos jarros estão cheios de água de aparência lamacenta, outros têm pincéis manchados de tinta, esticados como dedos esmagados.

Tudo isso é desconcertante — é como se sua irmã tivesse ficado tão absorvida pelo trabalho que não cuidasse mais das rotinas da vida diária. Mas é a enorme tela no cavalete que deixa Lucy com o coração na boca. Isso realmente a assusta.

Ela já viu os trabalhos artísticos da irmã antes, é claro. Estão espalhados pelas paredes da casa de fazenda dos pais, disputando espaço com os esboços de pássaros australianos de seu pai. Há um autorretrato, o rosto da irmã representado em tons aquosos de verde e azul. A superfície cintilante de um espelho d'água, torres vívidas de coral visíveis abaixo. Então, ela está familiarizada com a aplicação exuberante de tinta, as galáxias de cores.

Mas isso? Isso é diferente.

A pintura é enorme, quase tão grande quanto a parede atrás dela. A irmã pintou duas figuras femininas, as costas viradas para o observador enquanto tentam abrir caminho em um mar revolto. As pinceladas são frenéticas, generosas, e Jess lhes deu um efeito de brilho na pele, como se as duas se levantassem da tela. Lucy tem certeza de que, se estendesse a mão e tocasse o cabelo das meninas — claro, como o dela —, sentiria cada espiral, cada fio sob a ponta dos dedos.

Ambas as meninas estão nuas, as pernas engolidas por respingos furiosos de tinta. Azul, verde, roxo, preto, branco espumoso.

Mas é para onde as figuras parecem estar caminhando que faz o coração de Lucy parar. Os mastros orgulhosos, as velas infladas, diáfanas à luminosidade. A figura de proa — cachos de madeira caindo sobre seios empinados, a cauda curva e brilhante como o corpo de uma cobra. Uma sereia.

É o mesmo navio de seu sonho.

Os olhos de Lucy correm pela sala. À esquerda da pintura no cavalete, outra tela, mais escura e turva, está apoiada na parede. Ela distingue o brilho intenso dos olhos, brancos e rígidos contra um fundo de um profundo azul. Linhas de tinta mais clara entram em foco aos poucos, formando corpos agachados, bem juntos.

Ela estremece, desvia o olhar, os olhos recaindo na pintura mais à esquerda.

Aqui, sua irmã pintou o interior de um navio. Ela pode ver o rolo de corda, as rachaduras de luz na concha de madeira do navio. Crepúsculo azulado aqui, amanhecer rosado ali. A luz incide sobre rostos femininos, revelando o contorno fantasmagórico de uma bochecha, a curva delineada de uma orelha. O metal brilha ao redor de pulsos e tornozelos; as bochechas não passam de cavidades escuras.

Em todas as pinturas, duas mulheres são apresentadas, as mãos entrelaçadas com firmeza. O rosto que ela reconhece do sonho, aqui repetido duas vezes: as mesmas maçãs do rosto altas, o mesmo cabelo louro. Um par de olhos vazios e cegos, o outro perfurando o peito de Lucy.

Mo dheirfiúr.

Minha irmã.

Ela não suporta ficar no mesmo cômodo que as pinturas, pairando ali com suas cores violentas.

Tropeça ao entrar na cozinha, encosta-se no balcão. A tontura voltou. A cozinha não ajuda. Fede a comida de gato, e os armários descascados são pintados de verde-abacate, contrastando assustadoramente com o papel de parede amarelo. Ali também há uma sensação de umidade, como se o mar colocasse seu peso no próprio ar. Ela estende a mão hesitante para a parede à frente e descobre que está úmida, quase viscosa.

O lugar já seria decadente no tempo em que seus pais eram jovens; Lucy não consegue imaginar a irmã vivendo ali agora. E, no entanto, os sinais dela estão por toda parte, do calendário escolar da MCA Academy afixado à geladeira às maçãs enrugadas na conhecida fruteira de madeira, um descarte dos pais.

Ela abre a despensa e encontra macarrão instantâneo, atum em lata e Coco Pops. Nenhuma comida de verdade, sua mãe diria. Com a fome se transformando em náusea, Lucy mergulha a mão na caixa quase vazia de cereal, lambendo migalhas de chocolate dos dedos.

Serve-se de um copo de água e depois apoia os cotovelos no balcão pegajoso, massageando as têmporas latejantes.

Imaginava que Jess também havia sido perseguida por algo em seu sono, algo que a arrastava para fora da cama à noite. Tinha visto com os próprios olhos quando criança. Mas para ter *pintado* algo com o qual ela própria, Lucy, havia sonhado...

Com certeza, não poderiam ter tido o mesmo sonho, poderiam?

Lucy pensa na caverna macabra do porão do navio, nas meninas com seus olhos assustados. Essas são as cenas que a aguardam ao cair da noite? Pensa no navio, imagina a escuridão de seu porão. A pressão de outros corpos contra o dela.

Ela desliza os dedos pela penugem do cabelo raspado, endireita-se e depois agarra a borda do balcão. Está exagerando. Sua irmã apenas pintou mulheres a bordo de um navio; Lucy sonhou com um navio de aparência semelhante. Isso é verdade. Mas pode haver um milhão de explicações para aquela situação. Talvez Lucy *tenha* visto algumas dessas pinturas antes, no *site* de Jess ou *on-line*? Ou talvez Jess tenha contado a Lucy sobre elas naquela última visita tensa de Natal?

Tem que ser isso.

Se ao menos Jess estivesse ali, para tranquilizá-la. Lágrimas de frustração queimam nos olhos de Lucy. Santo Deus, *onde* ela está? Poderia ter sofrido algum tipo de acidente?

Lucy pensa no penhasco, naquela queda íngreme. Imagina Jess deitada, ferida nas rochas lá embaixo, ou talvez arrastada para o mar...

Diz a si mesma para parar, que está tirando conclusões precipitadas. Inventando histórias onde elas não existem.

Precisa se acalmar, pensar nos fatos.

Ela tira o telefone do bolso para verificar as horas, praguejando ao constatar que está sem bateria. Está a centenas de quilômetros de casa, sozinha na beira do mundo, sem ter como entrar em contato com ninguém.

Então, lembra-se do toque que ouviu do lado de fora da casa. Ela precisa encontrar o telefone de Jess.

Começa a procurar na sala de estar, embora a desordem a assuste. Há algo muito invasivo nisso, em estar agachada no chão rígido de madeira vasculhando os maços de papel amassados, como se estivesse tocando os pensamentos da irmã. Ela afasta livros, uma pasta de papel pardo, jornais velhos, mas não encontra nada além de uma lista de compras rabiscada. *Ervilhas congeladas, pão, leite, café.* A normalidade é um contraste tão grande com o estado de decadência ao redor, com a estranheza provocada pela arte da irmã.

Ela sobe a escada frágil, planejando continuar sua busca no andar de cima. Também está desesperada para ir ao banheiro, embora a cabeça esteja latejante devido à desidratação, e a boca, saburrenta e rançosa.

O banheiro é apertado, os azulejos, rachados. Há manchas de pasta de dente no espelho acima da pia. Ela sente um cheiro forte de urina; há uma poça âmbar dela no vaso sanitário.

— Eca — diz Lucy, dando descarga.

O assento está levantado — um fio de cabelo escuro enrolado na borda. Ela o joga para fora e se apressa em desabotoar a calça *jeans*.

Só quando dá descarga novamente é que lhe ocorre: a poça de urina, o assento levantado. O cabelo. O vaso sanitário parecia ter sido usado por um homem na última vez.

A testa de Lucy se franze. Os pais dela mencionaram que Jess estava namorando alguém? O contato deles com ela é irregular o suficiente para que não saibam, provavelmente.

O único homem que eles já haviam mencionado era Max, amigo de infância de Jess. Lucy até o encontrara certa vez. Em um sábado, alguns anos antes, no supermercado em Bourke, para onde a mãe a tinha arrastado em uma missão malsucedida para obter vagens de cardamomo para um *frango biryani*. Lucy se lembra de um homem alto e louro, mangas de camisa arregaçadas para revelar antebraços tatuados — as pétalas cinzentas de uma rosa, o caule coberto de espinhos.

Ele pareceu assustado, até mesmo nervoso, quando sua mãe se aproximou. Enquanto Maggie o bombardeava com perguntas, Lucy viu o olhar dele relancear para as marcas na pele do tornozelo e depois se desviar. Mais tarde, no trajeto de carro para casa, sua mãe suspirou.

— Não sei o que aconteceu entre aqueles dois — ela disse. — Costumavam ser tão próximos.

Na época, Lucy se perguntou se alguém já tinha sido *realmente* próximo de Jess, se tinha realmente a conhecido. Sempre sentiu existir uma fronteira invisível entre a irmã e o restante da família, como se Jess tivesse conjurado algum campo de força protetor. Pareceu-lhe impossível que alguém pudesse ter transposto tal muralha.

Lucy atravessa o corredor para o quarto. É grande e, graças à ausência de decoração dos anos 1970, o cômodo mais bonito da casa. Uma janela aberta dá para o mar: cortinas tremulam ao vento, as ondas batendo tão alto nas pedras que parecem estar fazendo-o dentro de sua cabeça.

Ela se inclina sobre a cama de casal desfeita para fechar a janela, e os dedos congelam na trava. Pode ver o penhasco dali, iluminado pelo sol poente. Ocorre-lhe que a casa está situada logo acima daquelas cavernas sinistras escavadas na face do penhasco. O Mirante do Diabo.

Algo chama sua atenção, tremeluzindo ao vento. É uma corda serpenteando, projetando-se da face do penhasco; correndo em paralelo a degraus rasos recortados no arenito. Seu estômago revira.

Ela pensa na porta da frente destrancada, no telefone ainda desaparecido tocando. Será que Jess poderia ter descido aqueles degraus, será que poderia ter caído?

Bate a janela e a tranca, depois acende a luz. Lucy não consegue ver nada pela janela agora, nada além da expressão lívida do próprio rosto refletido.

Este cômodo também está um caos. Roupas cobrem o chão de madeira, muitas delas velhas e respingadas de tinta. Um vestido desbotado pende, frouxo, sobre o encosto de uma cadeira de vime, com areia brilhando em suas dobras. Há um prato na cama desfeita, pelos ouriçados cor de bronze que devem pertencer ao gato ainda invisível.

Não há telefone na mesa de cabeceira e nenhum sinal de que alguém more ali além de Jess. Nenhuma cueca *boxer* na cômoda, nenhuma camisa masculina no guarda-roupa. Quem quer que seja o namorado de Jess — se é que ele existe —, não deixou nenhuma impressão duradoura no local.

Não há uma pintura sequer de Jess no quarto, Lucy repara. Nada nas paredes, na verdade, além de um pequeno desenho emoldurado de um peixe. É simples e científico, nem um pouco o estilo de Jess, e ainda assim há algo familiar nele. Aproximando-se, ela percebe que é um esboço de seu pai: as mesmas linhas precisas e controladas que ele usa para esboçar os pássaros nos desenhos que dá à mãe dela todo ano no Natal.

Aqui, ele desenhou um peixe-leão, barbatanas se abrindo como hélices, espinhos listrados brotando das cristas nas costas. É lindo, mas de alguma forma assustador. Ameaçador. Há algo estranho no papel também. Ele é perpassado por pequenos vincos. Alguém deve tê-lo amassado — como se pretendesse jogá-lo fora —, antes de alisá-lo de novo.

Ela engole uma pontada repentina de saudade dos pais, virando-se para a cama a fim de continuar sua busca pelo telefone. É então que nota o fio branco torcido atrás da mesa de cabeceira, que vai até a profusão irregular de travesseiros e edredom. Dá um salto para a frente, movendo um dos travesseiros, e lá está: o iPhone de Jess. Conectado à tomada e totalmente carregado.

Uma onda de alívio, sucedida por medo. Para onde a irmã teria ido sem levar o telefone — ou, pior, as chaves dela?

Ela desliza o dedo para cima na tela pensando em fazer uma ligação de emergência, ensaia na cabeça o que dirá à operadora.

Mas não — está sendo ridícula, com certeza. Jess só deve ter dado um pulo em alguma loja ali por perto. Pode voltar a qualquer momento. Lucy tem ouvido muitas histórias de crimes reais, e isso está prejudicando seu bom senso. Sem mencionar a privação de sono, os sonhos. O choque ao ver as pinturas, a figura de proa de sereia com sua cauda curva.

Remove o telefone de Jess do carregador e conecta o seu próprio.

Logo ele vibra com notificações — mais mensagens de texto de Em, três chamadas perdidas do escritório de assistência social estudantil, duas novas mensagens de voz. Nada, é claro, de Ben. Talvez ele esteja falando com a universidade — ou a polícia — neste instante.

Seu coração dá um salto de medo, mas sua mente se sente entorpecida, incapaz ou pouco disposta a contemplar o pensamento.

Ela coloca o telefone no modo avião, afundando na cama de Jess.

Pela primeira vez desde segunda-feira de manhã, cobre o rosto com as mãos e começa a soluçar.

6

MARY

Mary não sabia que trovões podiam soar tão alto.

Havia tempestades em casa, na Irlanda, é claro. Podia se lembrar do céu noturno se iluminando com relâmpagos, um cheiro de coisas queimadas no ar. As árvores se curvavam como dançarinas no Lughnasa, o vento arrastando os dedos sobre o telhado de palha. Uma nuvem de suor e respiração preenchia a cabana, além do balido assustado da cabra, e ela e Eliza tapavam os ouvidos a cada rugido de trovão, até que Da, com os dentes cerrados em um sorriso, colocava o violino na curva do pescoço e começava a tocar. Depois de um tempo, as irmãs tiravam lentamente a mão dos ouvidos, unindo a voz delas à música de Da. Ambas cantavam docemente, mas era a voz de Eliza — assim como seu coração, Mary às vezes pensava — que era a mais genuína. Por toda a vila, ela era conhecida por isso. *A garota que canta, mas não vê*, como a chamavam.

Aquelas tempestades tinham assustado Mary. Mas em casa, na cabana, com a canção lutando contra o uivo do vento, elas estavam secas e aquecidas. E em segurança.

Aquilo era diferente.

Haviam sido levadas a bordo do navio com tanta rapidez que Mary nem tinha certeza de onde se encontravam. Tudo o que sabia era que estavam abaixo do convés, envoltas em um calor escuro, como se tivessem passado pela caixa torácica de um animal e ido parar em suas entranhas.

Havia pelo menos oitenta mulheres e meninas, duas para cada beliche do tamanho de um caixão. Os grilhões tinham sido removidos, mas as correntes tilintavam contra cada beliche, prontas para prendê-las de novo. A madeira era dura contra a espinha de Mary, sem nenhuma camada de turfa ou palha para amaciá-la. O ar estava denso de gemidos e orações, o odor forte de tantos corpos compactados.

Agora, enquanto o navio balançava nas ondas, agradeceu por dividir uma cama do beliche com Eliza. Estava tão escuro que ela só conseguia divisar os glóbulos pálidos dos olhos da irmã.

Estavam no porão há dois dias, talvez três, e em nenhum momento Eliza pedira a Mary que lhe contasse o que via.

Ela devia saber que a escuridão havia se fechado ao redor delas, que Mary tinha entrado em um mundo com o qual Eliza estava muito familiarizada.

Tentou, mas não conseguiu, tirar o pensamento de Da de sua mente: o rosto dele no julgamento, quando o juiz proferiu aquela primeira palavra terrível — *culpadas* — e depois a segunda — *exílio*. A maneira como ele havia se encolhido ao redor de si mesmo.

— *Mo chailíní!* — ele gritou, os braços se estendendo para elas como se pudesse arrancá-las desse destino. — *Minhas meninas!*

Mas elas foram erguidas, os braços do guarda da prisão apertados em volta das costelas de Mary. Ela fechou os olhos com força, sem querer olhar para o rosto do pai e saber que era a última vez.

Mo chailíní!

A culpa surgiu dentro dela.

Não houve tempo para dizer adeus. Para dizer que sentia muito.

Elas não deveriam estar no riacho naquela noite. Era o Samhain, quando o véu entre o mundo humano e o dos espíritos se esgarçava até o ponto mais fino. Da não gostava que elas saíssem à noite; queria que estivessem aconchegadas e em segurança, ele disse, no catre separado do dele por uma cortina de pano velho. Também não gostava que fossem ao riacho, a não ser para pegar água durante o dia. Mesmo assim, deveriam tomar cuidado para equilibrar o pesado balde de madeira, para que nenhuma gota caísse na pele delas.

Uma vez, quando Mary era muito jovem e a lembrança de Mam ainda estava forte em sua mente, ela colocou a mão em um balde de água, só para ver o que aconteceria; se era tão perigoso quanto seu pai havia dito. A água parecia dançar em sua pele, chiando e borbulhando de alegria, exatamente como se lembrava. Mas, depois, quando a carne rachou e descascou, ela chorou de medo pelo que tinha feito. Da pegou sua mão e a levou aos lábios, fez com que ela prometesse não fazer aquilo de novo. Tudo isso acabou, ele disse. Tinham deixado isso para trás ao chegar a Armagh. Ele não veria suas meninas em perigo outra vez.

Pois seu Da acreditava que a água ameaçava não apenas a pele delas, mas também a alma. E especialmente na noite do Samhain. Elas poderiam encontrar as lavadeiras da meia-noite, suas mãos longas e finas enxaguando as mortalhas para aqueles que morreriam no dia seguinte. Ou então seriam atacadas por um *each-uisce*, o metamorfo que espreita na beira da água, disfarçado de cavalo, pronto para afogar aqueles que ousam montá-lo.

Da era de Ard na Caithne, em Kerry, onde tinham nascido e onde o oceano selvagem devorava a costa. Ele conhecia todos os perigos do mar, do *tír fo thuinn*, a terra sob as ondas.

Fora Eliza quem primeiro desobedecera Da, alguns meses antes do Samhain. Ela tinha pegado a mão de Mary durante a noite e sussurrado sobre uma aventura, recusando-se a dizer para onde a levaria. Mary tinha tropeçado em pedras e raízes de árvores, enquanto Eliza, com pés firmes no escuro, dançava com facilidade à frente, cantarolando baixinho.

A garota que canta, mas não vê.

— Não deveríamos estar aqui — dissera Mary quando chegaram ao riacho, uma fita brilhante no escuro. — Da não gostaria disso.

— Da se preocupa demais — tinha retrucado Eliza, aproximando--se cada vez mais da borda, onde a água batia contra a margem.

Ela convencera Eliza a voltar para casa, apenas para acordar na noite seguinte com o som da porta da casa rangendo com suavidade ao ser aberta. Soubera, então, que teria de seguir a irmã para mantê-la em segurança. Aos poucos, um acordo foi firmado: se esgueirariam até o riacho na escuridão secreta da noite, mas nunca deixariam a água tocar a pele delas.

Mary passou a valorizar aquelas noites das duas juntas. Sentadas nas pedras gramadas perto do borbulhar suave do riacho, elas conversavam como nunca faziam em casa, na cabana, com Da ao alcance da voz. Falavam sobre o futuro, as coisas que fariam. Mary contou a Eliza como planejava se casar — como ansiava dar à luz um filho e segurá-lo nos braços, sem nunca deixá-lo. Naqueles momentos, Eliza não dizia nada.

— O que você vai fazer? — Mary tinha lhe perguntado. — Quando crescer?

— Encontrar Mam — respondera Eliza.

As palavras haviam doído tanto que Mary virara o rosto.

Agora, ela se perguntava se Byrne estivera lá todas aquelas vezes — se ele as seguira em outras noites, se passara meses aprendendo os hábitos delas, ouvindo os segredos de seus corações. Ele estava esperando o Samhain, quando Da as deixaria sozinhas? Quando o festival, com todo o seu estardalhaço, poderia fornecer um disfarce para suas maldades?

Se ao menos elas tivessem ficado na cabana naquela noite. Se ao menos Mary não tivesse dito as coisas que dissera, conduzindo Eliza para a escuridão e seus perigos.

Sinto muito, Mary desejava poder dizer a seu Da agora. *Jamais quis que isso acontecesse.*

— Conte-me uma história — Eliza sussurrou. Sua voz tinha um som seco, como a grama no verão. Fazia horas desde que haviam recebido algum tipo de alimentação, e tinham sido apenas biscoitos de gosto ruim, alcatrão em suas bocas.

— Que história?

— A história de Mam — disse Eliza. — Mam, quando Da a viu pela primeira vez.

Mary não gostava dessa história, não gostava de pensar em Mam. Mas, ainda assim, era algo que podia fazer por Eliza. Estava escuro demais para descrever as mulheres que as cercavam, para dizer quem tinha marcas de varíola e quem tinha visto muitos verões. Muito melhor para ela contar a Eliza como Da tinha se apaixonado por Mam.

— Da estava no mar certa manhã, em seu *currach*[6] — ela começou, esforçando-se para ser ouvida acima do rugido do mar. — Ele observava as ondas, esperando um arenque prateado saltar. Mas não apareceu nenhum, e, quando a luz avermelhada surgiu sobre a água, ele se preparou para voltar a terra, o coração tão pesado quanto a barriga estava vazia. Mas então ouviu algo: uma nota mais pura que o canto dos pássaros, mais suave que o orvalho da manhã. Ele se virou. Foi aí que viu a mulher: ela estava sentada em uma pedra perto da costa, cantando só para ele. Como se o esperasse. O sol nascente iluminou seu cabelo, a pele brilhava com a umidade. Seus olhos eram redondos e escuros como os de uma foca; as mãos, macias e quentes como o ar do verão...

As palavras ficaram presas na garganta de Mary como espinhos.

Tudo o que ela conseguia pensar era em seu Da, e como ela e Eliza o tinham abandonado, assim como Mam havia feito. Agora, ele não tinha mais ninguém.

Como Mary desejava ser capaz de puxar o passado de volta para si como se fosse uma corda, poder desfazer o nó dele.

— Descanse sua voz — Eliza dizia agora, as palavras suaves e tranquilizadoras, como se ela fosse a gêmea primogênita. — Tente dormir.

Mary fechou os olhos contra a escuridão, sentindo o corpo quente da irmã pressionado contra o dela. Tentou fingir que estava em casa na

6. Embarcação tradicional da costa oeste da Irlanda, pequena, leve e robusta. (N. da T.)

aldeia, no catre que cheirava docemente a palha, o ambiente tomado pelo balido da cabra e pelos roncos suaves de seu Da. Mas o mar fazia muito barulho, batendo contra o navio como mãos que poderiam despedaçá-lo. O trovão rugia, e as mulheres gritavam. Mary apertou os olhos com ainda mais força, concentrando-se firmemente na imagem de casa em sua mente, como se pudesse viajar para lá em seus sonhos.

7

LUCY

QUARTA-FEIRA, 13 DE FEVEREIRO DE 2019

Lucy é despertada pelo grito de uma cacatua lá fora.

Está começando a amanhecer — seu telefone indica seis da manhã. Há algo liminar na luz pálida e no chamado assustador do mar através da janela, uma sensação de estar fora do tempo. Talvez seja por isso que o sonho parece mais próximo, um quarto do qual ela acabou de sair.

A cada vez, ela se lembra mais e mais, como se aquele outro mundo estivesse lambendo seus calcanhares.

Escuridão, pressionando contra seu nariz e sua boca. Vozes de mulheres chorando e rezando. A sensação de outra mão na dela, tão poderosa que agora seu corpo dói com a ausência.

Mo dheirfiúr.

Minha irmã.

Por um momento, o sonho é mais sólido, mais real, do que a cama com seus travesseiros encaroçados, a luz aquosa do sol se arqueando sobre o edredom. O único elo é o som do mar: o rugido cadenciado e o recuo das ondas parecem tê-la seguido.

Ela deve ter adormecido momentos depois de se deitar. Com um calafrio, percebe que não fez nada para se proteger — não colocou uma cadeira sob a maçaneta da porta do quarto; na verdade, tem certeza de que deixou a porta da frente destrancada, preocupada com que Jess não conseguisse entrar sem as chaves dela. Então, não pode ter certeza de que *não* esteve em estado de sonambulismo.

Levantando-se sobre um dos cotovelos, ela grita com timidez, para o caso de Jess ter voltado à noite. Mas não há resposta: apenas a casa de madeira rangendo ao redor.

Talvez Jess tenha encontrado Lucy em sua cama e, não querendo acordá-la, tenha ido dormir no sofá? A ideia da irmã mais velha lá embaixo, de não estar mais sozinha, é tão reconfortante que ela não é capaz de quebrar esse feitiço.

Mas está com sede e precisa ir ao banheiro; ela tem que se levantar.

Com cautela, Lucy joga as pernas para fora da cama, estremecendo ao toque frio das tábuas do assoalho. Na luz do amanhecer, ela vê vestígios de areia na madeira nobre; percebe o escuro florescimento de umidade no teto. É como se a casa ansiasse por ser levada pelo mar.

No banheiro apertado, ela inspeciona seu reflexo, subitamente nervosa com a perspectiva de ver a irmã. A visão provoca nela uma careta: os olhos estão rodeados de sombras e a testa reluz com um brilho oleoso.

O antigo desejo — encher a pia com água e jogar no rosto — retorna.

A urticária aquagênica foi diagnosticada quando ela ainda era um bebê; Lucy não consegue se lembrar de uma época em que a água não fosse uma ameaça. Ao longo dos anos, alcançou uma espécie de aceitação, com o auxílio de rotinas e rituais rigorosos. Ela mantém o cabelo curto, usa lenços umedecidos em vez de tomar banho — embora até mesmo essa pequena quantidade de umidade possa desencadear uma crise. Ela sequer imagina como seria nadar.

Mas, às vezes, a pergunta que ela tenta tanto suprimir borbulha na superfície. Quando ela vê a mãe lavando as mãos na pia da cozinha; quando vê o pai se deliciar com o raro presente da chuva.

Por que eu e não eles?

Ela está prestes a sair do banheiro quando ouve o baque da porta da frente se fechando. *Jess.* Ela voltou.

O alívio percorre o corpo de Lucy, sucedido pelo nervosismo. Ela passa a mão sobre a penugem no couro cabeludo, desejando estar mais limpa, que tivesse trocado de roupa. Mas não importa. Elas são irmãs, afinal de contas.

Minha irmã.

Com o coração aliviado, abre a porta do banheiro.

— Jess? Sou eu, Lucy. Tentei ligar para...

Não há resposta, mas o rangido cessa, como se Jess tivesse parado.

Lucy desce a escada, ensaiando o que vai dizer. Como ela vai narrar tudo o que aconteceu, tudo o que a trouxe até ali, até aquele momento.

Na verdade, tudo se resume a duas frases simples.

Preciso de você.

Me ajude.

Mas, uma vez lá embaixo, ela solta um suspiro de surpresa.

Há uma mulher parada na cozinha. Mas não é Jess.

8

LUCY

QUARTA-FEIRA, 13 DE FEVEREIRO DE 2019

— Quem diabos é você?

A voz da mulher é tão afiada quanto seu corpo. Ela é baixa, mas maciça, os tendões nos braços como videiras. Com seus olhos brilhantes e uma nuvem escura de cabelo, ela faz a cozinha — com suas frutas mofadas e pratos sujos — parecer morta, um túmulo.

Ela segura uma lata de comida de gato na mão, levantando-a como um escudo.

Lucy pisca de perplexidade.

Por um instante de insanidade, pergunta-se se está vendo coisas: se sua mente agora está conjurando aparições em grande escala. Mas ela registra as rugas na boca da mulher, o esmalte vermelho lascado nas unhas dos pés, os fios prateados em sua cabeleira escura. Ela é real.

— Eu sou Lucy... irmã de Jess. Quem é *você*?

A mulher hesita por um momento, depois franze a testa.

— Você se parece mesmo com ela. Desculpe, sou Melody, do número dois — ela diz, abaixando-se para colocar a comida de gato na tigela. — Você me assustou. Ela, hã, não mencionou que você viria.

Lucy poderia ter imaginado, mas há um quê de confusão na voz de Melody, de mágoa. Ela tem a impressão desconfortável de que Melody está tão surpresa por ficar sabendo que Jess *tem* uma irmã quanto por encontrá-la em Cliff House.

— Achei que fosse um desses turistas de crimes reais — continua Melody. — Houve muitos deles desde aquele *podcast*. Ryan Smith encontrou uma pessoa acampada no galpão do jardim algumas semanas atrás, pobre coitado. Levou o maior susto da vida.

Lucy ajusta no rosto uma expressão vazia, calculando que seria melhor fingir ignorância sobre o *podcast*.

— Ah, você não sabe a coisa do Triângulo das Bermudas? Jess deve ter mencionado, morando justamente aqui, dentre tantos outros lugares.

— Só vagamente — Lucy deixa escapar. — Por falar em Jess — ela prossegue —, ela disse quando voltaria?

— Achei que teria lhe contado isso — diz Melody, enxaguando a lata na pia da cozinha, e há mágoa em sua voz mais uma vez. — Mas ela parecia bem esgotada ontem quando voltou. Também, era tão cedo. — Ela está prestes a dizer algo mais, mas parece pensar melhor. — Ela me pediu que alimentasse Dora Maar. Deve ter esquecido que você estava vindo.

Lucy engole em seco.

— Mas ela deixou a porta destrancada — ela diz. — E o telefone no quarto.

— Eu não me preocuparia com a porta — assegura Melody. — Ela me disse que faria isso, para que eu pudesse entrar para cuidar de Dora. Quanto ao telefone, bem... O estresse faz coisas estranhas com as pessoas, não é? Ela tem trabalhado tanto, pobre mulher. Acho que só precisava arejar um pouco a cabeça antes do grande dia. Ela não disse por quanto tempo.

O calor pulsa nas bochechas de Lucy. Por um momento repentino e terrível — lembrando-se do jeito que ela encontrou o banheiro, a suspeita de que um homem o havia usado —, ela acha que a irmã vai se casar.

— O grande dia?

A carranca retorna.

— Bem, a exposição, é claro. Sexta que vem. Não é por isso que está aqui?

Ela engole em seco, deixando as palavras serem absorvidas. Jess vai apresentar uma exposição de arte. Uma mostra. E ela não mencionou isso para Lucy.

Talvez faça sentido, levando em conta a última vez. Anos antes, quando Lucy tinha 14 anos, uma das pinturas de Jess estava sendo exibida em uma galeria elegante no Inner West de Sydney e ela convidou Lucy e os pais para o lançamento. Lucy se lembra da longa viagem, de desviar o rosto para longe do brilho azul do porto enquanto seguiam de carro pela ponte.

A galeria estava lotada, apinhada de amigos artistas de Jess. Sua mãe havia acariciado o cabelo dela com certo constrangimento enquanto eram recebidos por Rebecca, uma mulher alta com cabelo azul cortado curto, que se tornaria a galerista de Jess. Seu pai, imune à ansiedade social, tinha apertado mãos vigorosamente, beijado bochechas, como se todas aquelas pessoas estivessem ali não por Jess, mas por ele. Dissera a qualquer um que quisesse escutar que ele havia sido o primeiro a colocar um lápis na mão da filha, a reconhecer seu talento.

Os três foram atraídos pela pintura de Jess ao mesmo tempo, como se ela exercesse uma atração magnética. *Túmulo*, dizia o cartão de título. *Tinta a óleo e técnica mista.*

Um orbe vermelho brilhante, suspenso na escuridão. Uma escuridão que era texturizada e em camadas, com toques de azul e violeta se revelando quanto mais você olhasse. Lucy não entendia realmente o que aquilo representava, o que o círculo carmesim significava. Olhando para os pais para ver o que achavam, viu a mãe pegar a mão do pai e apertar seus dedos com força. Voltando a olhar para a pintura, notou pela primeira vez os hieróglifos de um pequeno esqueleto dentro. Só então o título da pintura fez sentido.

Havia planos para um *brunch* no dia seguinte, para uma viagem de balsa para Manly Beach. Em vez disso, os pais a colocaram no carro e deram início à viagem de dois dias para casa sem explicação. Depois disso, houve menos telefonemas entre Jess e a mãe. Quando elas conversavam, a mãe levava o telefone para o quarto e fechava a porta, expressando-se em murmúrios enfurecidos que, por mais que tentasse, Lucy não conseguia entender. Uma vez, ela pegara a extensão na sala de estar e ouvira Jess dizer: "Não estou me desculpando e não vou censurar minha arte só porque isso te deixa desconfortável", antes que sua mãe percebesse que Lucy estava ouvindo.

— Sim, sim, claro que é — ela responde agora, forçando um sorriso. — Estou tão animada por ela. Mal posso esperar. — Ela não quer que Melody perceba quão pouco sabe sobre a vida da irmã. — Desculpe. Ainda estou meio dormindo. Preciso de um café.

— Vou largar do seu pé. — Melody enxuga a lata úmida com um pano de prato antes de jogá-la na lixeira de reciclagem. Lucy percebe com desconforto — e uma pontada de ciúmes — a facilidade com que ela se move pela cozinha de Jess. — Acordo cedo para abrir a loja. O armazém geral na esquina. Apareça mais tarde, se precisar de alguma coisa.

Ela pega a bolsa do balcão e hesita.

— Espere... Se está aqui, pode cuidar de Dora Maar. A comida de gato está naquele armário ali, mas acho que está acabando.

Melody coloca a bolsa no ombro e abre e fecha a porta da frente atrás dela.

Lucy suspira, inclina-se contra o balcão da cozinha. Ouve-se um arranhar na janela sobre a pia, um lampejo de pelo castanho.

— Oi — ela diz, inclinando-se para abrir a janela enquanto uma gata malhada de olhos amarelos entra furtivamente. — Você deve ser Dora Maar. Nome engraçado para um gato, hein?

Dora Maar ignora a mão estendida de Lucy, pulando do balcão com elegância e indo até a tigela de comida de gato ao lado da geladeira.

Enquanto observa Dora lamber sua tigela, a língua rosa entrando e saindo de vista, Lucy analisa sua conversa com Melody.

Ontem de manhã, Jess tinha pedido a Melody que cuidasse de sua gata. Depois ela havia ido a algum lugar para se afastar, para acalmar os nervos antes da exposição. Que é na próxima sexta-feira. Dali a nove dias.

Lucy pensa de novo na exposição que eles haviam visitado em Sydney. Lembra-se de como Jess parecia nervosa — envolta da garganta às pontas dos dedos em um vestido preto justo, as mangas esvoaçando como asas. Havia um nervosismo nela, como se a qualquer momento ela pudesse abandonar toda a empreitada, voando de repente para longe.

Isso foi anos antes; Jess é muito mais bem-sucedida agora. Lucy leu os perfis nas revistas de arte — a página colorida com ela posando em seu antigo estúdio em Sydney. E essa seria uma exposição solo, então, não haveria outros artistas para competir com ela, ninguém mais para dividir a pressão. Isso a deixaria mais nervosa, ou menos?

Talvez seja por isso que a casa esteja nesse estado. Talvez Jess tenha se sentido sobrecarregada pela bagunça, pela proximidade do seu trabalho; talvez, tendo terminado suas pinturas, tenha precisado se afastar delas.

Lucy ferve um pouco de água na chaleira, pegando um macarrão instantâneo e um pote quase vazio de café do armário. Um café da manhã estranho, mas é melhor do que nada.

O problema, ela pensa enquanto mexe o macarrão, é que simplesmente não *conhece* Jess bem o suficiente para avaliar se isso é incomum, diferente de sua atitude habitual.

Ela queria fazer tantas perguntas a Melody. Elas estavam lá, formadas e à espera, em sua língua.

Jess disse para onde estava indo?

Você sabe se ela tem um namorado, um homem na vida dela?

Sabe se ela ainda é sonâmbula?

Mas não suportaria revelar a distância que havia crescido entre elas. Ela pensa no comportamento estranho de Melody, na maneira como parecera surpresa ao saber da existência de Lucy. Jess realmente não tinha mencionado sua existência?

Toma um gole de café quente demais, engolindo a dor garganta abaixo. A cafeína a deixa agitada, e de repente o caos da casa da irmã a oprime. Precisa fazer *algo* útil, algo para desviar da sensação de estar naufragando e sozinha. Tinha depositado tanta esperança em Jess. Pensando agora, parece irracional que só porque a irmã é sonâmbula ela seria capaz de ajudar Lucy a juntar os cacos de sua vida; desfazer o que aconteceu com Ben.

O que ela esperava? Que a irmã mais velha de alguma maneira voltasse ao passado e impedisse Lucy de colocar as mãos em volta do pescoço dele naquela noite, de enviar a foto para ele, para começo de conversa?

Quando Lucy termina sua xícara de café, ela se levanta da mesa de jantar, examinando a superfície desorganizada. Vai limpar a casa, decide, para que esteja perfeita quando Jess retornar — ou, pelo menos, ela pensa, olhando para a lona que cobre o assoalho, a parede cheia de mofo, tão perfeita quanto possível.

Antes de começar a trabalhar, pega os AirPods do quarto e aperta o *play* no segundo episódio do *podcast Triângulo das Bermudas.*

Parte 2, o narrador anuncia enquanto Lucy coloca um antigo par de luvas de borracha encontrado debaixo da pia. *A Maré.*

A manhã de sexta-feira, 5 de fevereiro de 1982, começou como qualquer outra. Enquanto o sol se levantava lentamente no céu, três pescadores — David Li, Ryan Smith e o capitão, Robert Wilson — zarparam da Marina de Comber Bay com o barco de pesca Marlin.

O mar estava calmo, o amanhecer estava fresco, e os homens se ocupavam com as tarefas que já haviam realizado muitas vezes antes, e que seus pais e avós haviam realizado antes deles. À sombra do Mirante do Diabo, lançaram suas redes na água prateada, pescando o peixe-chato de escamas acobreadas que é servido nas mesas dos restaurantes da região. Há muitos metros de profundidade abaixo deles, enferrujada, uma embarcação naufragada de duzentos anos antes, bem como as esperanças das famílias de cinco homens que tinham desaparecido da cidade até então.

Talvez eles às vezes se perguntassem se suas redes poderiam desenterrar os pertences dos homens desaparecidos, ou mesmo os restos mortais. Um dos pescadores, Ryan Smith, havia perdido seu irmão Daniel para o fenômeno apenas um ano antes. Sem dúvida, ansiava por alguma evidência, alguma pista, sobre o destino do irmão. Para ter um desfecho.

Mas a maré tinha outros planos.

Cautelosamente, Lucy pega as tigelas e canecas imundas da pia. Coloca as mais sujas — com crostas de comida ou tinta — de molho. Enche a pia com água quente e sabão, saboreando o calor enquanto mergulha as mãos enluvadas na espuma.

Logo, mal percebe as próprias ações. Seu corpo funciona no piloto automático: esfregando, enxaguando, secando. Só existe o *podcast*, apenas esse novo mistério, desenrolando-se em seu cérebro.

Foi o capitão quem ouviu primeiro: o barulho que vinha do Mirante do Diabo. A princípio, os homens pensaram que era um pássaro ferido, mas aos poucos foram reconhecendo o som. Afinal, os humanos são programados para responder ao choro de uma criança. Decidindo investigar, os homens se aproximaram o máximo possível da face do penhasco, o mais perto que o recife perigoso permitia.

Mais tarde, em entrevistas para jornais e estações de rádio, seus colegas descreveriam a coragem que o capitão demonstrou ao remover seu pesado traje à prova d'água de pescador e suas botas, e pular no mar.

— Ele o viu antes de nós — disse Ryan Smith em uma entrevista ao South Coast Examiner *na mesma semana. — Bobby sempre teve a melhor visão. Ainda estávamos olhando ao redor como duas tainhas atordoadas e ele já estava nadando o mais rápido que podia em direção à caverna.*

A caverna para a qual Wilson nadou, a maior do conjunto de cavernas do Mirante do Diabo, é uma reentrância profunda na rocha. É tão perto da linha d'água que pode inundar durante a maré alta. Acessá-la por terra é extremamente perigoso: aventureiros podem escalar a íngreme escadaria de pedra recortada na face do penhasco ou atravessar a trilha escorregadia e rochosa da praia, um rito de passagem para os adolescentes locais. O acesso por mar também é difícil, dados o perigo que o recife representa para as embarcações e o efeito redemoinho resultante, que, segundo teoria de alguns cientistas, pode ser o responsável pelos desaparecimentos. Quando os eventos daquele dia se tornaram conhecidos, jornalistas, policiais e teóricos da conspiração ficaram intrigados com esses detalhes — em particular, com o fato de a caverna ser quase inacessível, exceto pelo mar.

Antes que Smith e Li percebessem, o capitão havia desaparecido do campo de visão deles, aparentemente engolido pelas ondas espumantes. Começaram a temer então que Comber Bay tivesse reivindicado sua sexta vítima.

Mas, para alívio dos dois, Wilson reapareceu, nadando de costas desta vez, com uma espécie de pacote pálido agarrado ao peito. Li e Smith iniciaram o procedimento de homem ao mar, lançando-lhe uma boia salva-vidas, que ele colocou em volta da cintura, ainda segurando apertado o pacote pálido.

Somente quando Wilson estava a salvo e a bordo é que os colegas perceberam o que ele carregava, a magnitude do que tinha acabado de fazer.

— Era um bebezinho — disse David Li à South Coast Radio. — E Bobby tinha salvado a vida dele.

As mãos de Lucy se detêm. Uma bolha de detergente passa voando, capturando a luz do sol da manhã. Tudo isso aconteceu no Mirante do Diabo, a mesma face do penhasco que ela pode ver da janela da cozinha. O dia claro tingiu o arenito de um intenso dourado; a corda-guia desfiada tremula na brisa suave. Ela não consegue ver as ondas que trovejam sobre as rochas na base do penhasco, mas consegue ouvi-las. Estar aqui, tão perto de onde os eventos aconteceram, faz um arrepio percorrer sua pele.

Uma ordem judicial impede a identificação do nome ou sexo do bebê. O que sabemos é que uma extensa busca pela mãe da criança não resultou em nenhuma pista. Ninguém se apresentou para reivindicar o bebê, e os investigadores fizeram pouco progresso em estabelecer o que o levou à caverna do Mirante do Diabo.

A criança foi abandonada após o nascimento? Se sim, o que aconteceu com a mãe? Na época, devido à idade da criança, as autoridades expressaram preocupações com a saúde da mãe. Talvez ela tivesse ficado com medo de se apresentar: afinal, o abandono de crianças era e continua sendo um crime, com uma pena de prisão significativa. Havia pouca compreensão da saúde mental materna na década de 1980 e, portanto, pouca probabilidade de clemência.

Ou talvez, fraca e doente após dar à luz, a mãe da criança tenha morrido: mais uma das vítimas de Comber Bay.

Alguns levantaram a hipótese de que a criança havia sobrevivido de alguma maneira ao naufrágio de um pequeno barco, mas isso também levantou mais perguntas do que respostas. Como a criança foi parar na caverna? Alguém a deixou lá antes de sucumbir ao afogamento? A presença da criança na caverna não se deve a um abandono, talvez, mas a um último sacrifício de amor parental?

Nos anos seguintes, mergulhadores vasculharam o recife abaixo, e inclusive a área do naufrágio centenário. Nenhum destroço de outra embarcação foi encontrado.

Os jornais chamaram a descoberta da criança de milagre; um ponto brilhante no catálogo de horrores e dor da cidade. Um jornal local apelidou o bebezinho de Bebê Esperança e pediu que os moradores doassem fraldas e leite em pó infantil.

O sr. Wilson e sua esposa, Judith, ofereceram-se como pais adotivos, um arranjo que se tornou permanente quando adotaram o bebê.

Por um tempo, o casal foi celebrado como herói. Robert e Judith Wilson haviam vivido em Comber Bay durante toda a vida. Ambos na faixa dos vinte e poucos anos, estavam casados há três anos. Tinham se conhecido em um baile organizado pela igreja batista local, na qual o pai de Judith, Douglas, originário da Inglaterra, era o pastor. Depois de se casarem, mudaram-se para uma pequena casa não muito distante do Mirante do Diabo. Ambos frequentavam eventos comunitários e cultos religiosos com regularidade.

É difícil saber o que fez a cabeça das pessoas se virar contra eles — se foi um vizinho com alguma queixa ou apenas os rumores locais a todo vapor. Talvez tenha sido a misoginia da época, vista também no frenesi da mídia em torno da mulher de Queensland, Lindy Chamberlain, que alegou que a filha recém-nascida havia sido levada por um dingo [uma espécie de lobo] durante uma viagem de acampamento em Uluru. Chamberlain acabaria sendo condenada pelo assassinato da filha: ela cumpriu três anos, mas depois foi inocentada.

Seja qual for a causa, as marés têm um jeito próprio de virar. E, então, a maré se virou contra os Wilson.

Em abril de 1982, o extinto tabloide Yes! Magazine *publicou um artigo afirmando que, de acordo com uma fonte anônima que trabalhava em um consultório médico local, a sra. Wilson estava grávida de três meses em agosto de 1981. Isso sugeria uma nova teoria para o mistério, a qual, nas palavras do artigo, a polícia não havia explorado suficientemente: que a sra. Wilson havia sido a mãe biológica da criança o tempo todo. O tabloide levantou a hipótese de que ela poderia ter dado à luz a criança e, depois, sofrendo de depressão pós-parto, deixou-a na caverna antes de confessar suas ações ao marido. Nessa versão dos eventos, o sr. Wilson não era um herói, mas um cúmplice que tentara encobrir o crime da esposa encenando um resgate dramático no Mirante do Diabo.*

Poucas evidências foram apresentadas para essa alegação incendiária. Mas os jornais foram rápidos em traçar paralelos entre Judith Wilson e Lindy Chamberlain. Um artigo de opinião da época culpou o número crescente de mulheres que trabalhavam fora pelo surgimento da "mãe insensível", apesar de a sra. Wilson ser dona de casa e Chamberlain, esposa de um clérigo. Os urubus da mídia australiana, até então focados apenas em Lindy, voltaram-se para Judith Wilson. Tabloides obtiveram e publicaram fotos pessoais da sra. Wilson — entre elas, uma que a retratava em um maiô preto revelador, tirada na Praia do Diabo, a poucos metros de onde a criança fora encontrada.

Mais tarde, a polícia foi forçada a emitir uma declaração de que suas investigações não tinham revelado nenhuma evidência de que os Wilson tivessem qualquer conexão anterior com a criança.

Mas, para os Wilson, foi muito pouco, e muito tarde. As consequências foram colossais. O sr. Wilson perdeu tantos clientes que foi forçado a fechar seu negócio de pesca. Os pais de Judith, o reverendo e a sra. Michaels, retornaram para sua Inglaterra natal.

O casal vendeu a casa e deixou a área. Na época, os moradores acreditavam que eles poderiam ter emigrado para a Inglaterra, para ficar com os pais de Judith, ou talvez viajado para a Nova Zelândia. Nossos pesquisadores não conseguiram localizá-los.

Não se sabe o que aconteceu com a criança resgatada no Mirante do Diabo — a criança que a mídia apelidou de Bebê Esperança, o ponto brilhante em meio à escuridão da cidade.

E como os moradores da cidade se lembram do Bebê Esperança agora — como uma vítima de negligência parental ou um caso de perseguição da mídia? Apenas uma coisa parece clara: em 5 de fevereiro de 1982, a maré trouxe a Comber Bay uma chance de redenção. E essa chance foi perdida.

Em 1986, com o desaparecimento de Alex Thorgood, a maré levaria sua próxima vítima.

A voz do narrador desaparece na música-tema assustadora. Lucy remove as luvas de borracha e enxuga as mãos em um pano de prato para remover o excesso de umidade. Fervendo água na chaleira mais uma vez, faz outro café com uma das canecas recém-imaculadas.

Na sala de estar, senta-se no sofá de assento frouxo sentindo-se estranhamente sem fôlego, a mente ainda repleta do que acabou de ouvir. Dora Maar entra furtivamente na sala, olhando-a com curiosidade. Lucy a pega no colo, fechando os olhos com o zumbido suave e tranquilizador do ronronar contra seu peito.

Toma um gole de café, mas por dentro está gelada.

É a impressão que as cavernas lhe causam. Mesmo nas cores alegres do pôr do sol do cartão-postal que Jess lhe enviou, havia algo perturbador a respeito daquelas crateras escavadas no arenito. Olhar para elas é deparar de imediato com a escuridão, conhecer o odor corrosivo da água sangrando na rocha, ouvir o mar se abrindo caminho adentro.

Uma criança — *um bebê* — sozinha em uma caverna, por Deus sabe quanto tempo. É inimaginável. Estremece ao pensar em um corpo pequeno e frágil à mercê da maré subindo. Toma outro gole de café.

E que triste o casal que adotou a criança ter sido submetido a um escrutínio tão horrendo.

Nenhuma surpresa, claro, que a mulher — Judith Wilson — tenha sido o foco.

Jess sabe desse acontecimento na história de Comber Bay? Sabe que vidas se perderam, se transformaram para sempre, a poucos metros de onde ela deita a cabeça à noite?

Deve saber, Lucy conclui, reavaliando sua suposição anterior. Afinal, a irmã sempre teve atração por coisas macabras. Lucy leu uma entrevista que a irmã deu certa vez para uma revista de arte, na qual afirmou se sentir atraída pelo mórbido, pela "cartilagem" e pelas "vísceras" da experiência humana. Mesmo agora, com quase 30 anos, ainda era gótica.

É diferente com Lucy. Ela ficaria louca morando ali, reflete. Não tanto por ser sinistro, mas pela ausência de respostas. Uma coisa é mergulhar em crimes reais, devorar um volume infinito de jornalismo investigativo. Mas viver dentro de um mistério, do jeito que Jess escolheu fazer, nesta casa que fica à beira de um penhasco?

O fato de não saber — isso deixaria Lucy louca.

Quando termina a segunda xícara de café, Lucy começa a lidar com a bagunça na sala de estar. Separa livros e papéis em pilhas, revelando ao fim o tampo arranhado da mesa de jantar, intrigada com o gosto eclético de leitura da irmã.

Há obras brilhantes sobre arte, como ela esperava; mas escolhas mais estranhas também. Um livro desbotado sobre surrealismo chamado *Uma Vaga de Sonhos* parece ter pertencido a uma biblioteca de Sydney — olhando a contracapa, vê que a última pessoa a retirá-lo foi um tal de C. Hennessey, em 1997. Há também uma obra sobre mitologia irlandesa e uma cópia da *Odisseia*, repleta de anotações em *post-it*. Sua tentativa de fazer um livro deslizar de sob outros faz a pilha inteira desabar no chão, derrubando canecas com restos de chá e vidros com resíduos de tinta durante a queda.

Ela pragueja baixinho enquanto procura, inutilmente, um esfregão para limpar a mancha úmida de chá e tinta; contenta-se no fim com uma flanela velha.

Só Deus sabe como a irmã consegue viver — que dirá *trabalhar* — nessas condições.

Recorda-se do próprio quarto na universidade com uma pontada de arrependimento. A pilha organizada de cadernos, o quadro de cortiça acima da mesa com os cartões de índice fixados com cuidado e um dos desenhos de pássaro de seu pai — uma fadinha-esplêndida — para dar sorte. Sua mãe a levara para comprar artigos escolares antes do primeiro semestre, e ela se sentira tão esperançosa, escolhendo os tons perfeitos de marcadores, canetas esferográficas que não borrariam. Esperançosa e aliviada — enfim, os pais haviam aceitado sua opção de estudo.

O primeiro ano tinha sido tão bom. Não apenas no sentido acadêmico — ela havia adorado mergulhar no curso, em módulos sobre mídia digital e comunicação ética —, mas na parte social também.

Fizera amigos: em especial, Em, que ostentava uma nova manicure toda semana e não tinha vergonha de sua ambição em se tornar a Carrie Bradshaw do TikTok.

Fora Em quem a encorajara a ir atrás de Ben. Ela tinha percebido a maneira como os olhos de Lucy se demoravam no garoto de cabelos escuros sentado à frente delas, que respondia às perguntas do professor com uma confiança que Lucy achara irremediavelmente atraente. Um dia, quando a classe deveria formar duplas para uma tarefa, Em havia mudado de lugar para que Lucy e Ben ficassem juntos.

O artigo, escrito em grande parte por Lucy, recebera nota máxima por seu estudo "incisivo, mas sensível" das vítimas esquecidas de um *serial killer* recém-condenado. As cervejas comemorativas no bar da universidade tinham sido ideia de Ben: "por minha conta", ele dissera. Em havia ajudado Lucy a escolher sua roupa, um macacão preto que viera acompanhado de um toque de *blush* da amiga em cada bochecha.

Durante as longas férias de dezembro, ela ficara deitada na cama e revisitara suas lembranças daquela noite, com cuidado, como se pudessem se dissolver sob uma inspeção minuciosa. O rosto dele, perto do dela. A espuma da cerveja em seu arco de cupido, a perfeição de suas sobrancelhas. O calor dele através da camisa. Ela lia e relia as mensagens dele, imaginando-o ali, deitado ao lado dela.

A princípio, Lucy mantivera o corpo ligeiramente afastado do de Ben enquanto se debruçavam no balcão do bar, assustada com o desejo que sentia por ele, mesmo naquela época. Mas, conforme o bar se enchia de mais e mais alunos, e a batida da música ficava cada vez mais alta, seus corpos foram sendo empurrados para mais perto. Quando "The Horses", de Daryl Braithwaite, tocou nos alto-falantes, o lugar tinha explodido e, como todo mundo, eles haviam se abraçado e cantado juntos.

Ele a levara para fora, para longe do caos dos demais alunos, do burburinho etílico, do chão pegajoso. Nenhuma testemunha além do céu noturno em sua doçura estrelada.

— Você tem uma voz bonita — ele dissera, tocando a ponta do nariz dela.

Mais tarde, no dormitório, ele a abrira lenta e cuidadosamente, como se ela fosse um presente.

Lucy tinha cedido, então, ao desejo que tanto a assustava. E como havia sido libertador: como se habitasse seu corpo por completo pela primeira vez.

Mas, assim que ele enviara aquela fotografia para os amigos, aquele sentimento tinha desaparecido. Ele o destruíra.

Talvez, de alguma maneira, o sonambulismo fosse uma reação àquela perda? O desejo se transformando em raiva. O corpo agindo por conta própria, retomando o que era dela, quando a mente havia esgotado opções mais razoáveis. Mas ela não consegue pensar nisso como nada além de uma ameaça — para os outros e para si mesma.

Pensa no Mirante do Diabo, naquela escadaria dourada para as ondas. Imagina-se, presa em algum mundo onírico, abrindo a porta dos fundos e pisando na varanda. Quatro passos até o corrimão, talvez cinco. E depois...

Lucy se abraça.

Mesmo sentada no chão, a maré apenas um murmúrio pela casa, ela tem uma sensação de vertigem. Como se estivesse no penhasco agora, oscilando na beirada dele.

9

MARY

As vozes das outras mulheres eram um som terrível e interminável para os ouvidos de Mary, como se uma criatura tivesse se escondido com elas no porão. Os gemidos, os gritos e as lamúrias se fundiam, pulsando com as ondas.

Tudo ficava mais alto no escuro.

Como ela odiava aquela escuridão. Quando a noite se aprofundava — quando nenhuma luz brilhava pelas fendas entre as tábuas do convés acima —, não sabia mais onde seu corpo terminava e a escuridão começava. Às vezes, ficava grata pela fome espasmódica em sua barriga, pela pele em carne viva. Isso era um indício de que ainda existia.

Foi Eliza quem a ensinou a diferenciar as mulheres, a navegar nesse mundo de madeira úmida contra o corpo, de cordas rangendo e porões alagados.

— Você deve aprender a voz delas — ela sussurrou, entrelaçando os dedos frios nos de Mary. — Cada uma tem uma diferença, um sinal. Comece por aquelas no beliche acima de nós.

Mary escutou e percebeu que Eliza estava certa. Aos poucos, vozes diferentes surgiram, como um rio se dividindo em riachos menores.

— Essa é Bridie — Eliza sussurrou, enquanto uma mulher ria com o balanço do navio, que fazia os baldes de dejetos tombarem. — Acho que ela deve ser muito bonita. Essa risada... Intensa como o ruído de cerveja vertendo em um copo.

Mary reconheceu a risada, percebeu que já havia notado antes quem a dava: tinha visto as nesgas de luminosidade destacarem o fogo de seus cabelos, o contorno alvo de uma bochecha.

— Sim — ela disse a Eliza, apertando sua mão. — Ela tem cabelos ruivos; eu já a vi.

Juntas, as irmãs apuraram os ouvidos, aprendendo a cadência da voz de cada mulher. Pela primeira vez, Mary percebeu o que Eliza já devia saber fazia tempo: que uma voz tinha altos e baixos, expressando felicidade e tristeza. Era quase possível senti-la sob os dedos, como se fosse terra.

Era assim que sua irmã sabia das coisas antes que fossem ditas. As mágoas e as alegrias secretas.

E, então, quando Bridie contou sobre o crime que a fizera ser exilada — o inglês que ela e uma amiga tinham roubado na estrada de Cork para Dublin, as moedas que haviam brilhado nas palmas sujas de suas mãos —, Mary ouviu algo mais por trás da arrogância, por trás da insistência de Bridie de que faria tudo de novo, "só pela expressão naquele rosto gordo do inglês". Ouviu arrependimento. Sofrimento.

No beliche ao lado do delas estava uma mulher chamada Sarah, com as vogais cadenciadas de Leinster. Ela estava viajando com a filha pequena, Annie, e falava em um tom alto e inseguro, de modo que tudo o que dizia soava para Mary como uma pergunta.

Seu marido havia morrido dois anos antes, ela lhes contou, lutando na rebelião.

— Eu tentei, Deus é testemunha, sobreviver — ela disse. — Como lavadeira, ou tecendo linho. Pensei em roubar, tenho que admitir. Mas tinha que cuidar da minha menina, não tinha?

Mary não precisou que Eliza a alertasse sobre a maneira como a voz de Sarah se embargou ao contar como um homem tentara comprar o que ela não estava disposta a vender e depois a acusara de tê-lo roubado.

— Quando eu disse não, ele me chamou de *prostituta*.

A história a fez se lembrar do que Da havia dito quando ela e Eliza menstruaram pela primeira vez. Acontecera antes com Eliza; as asas vermelhas em sua roupa de baixo fizeram Mary gritar, aterrorizada com o fato de que a irmã estivesse morrendo. Mais tarde, sobre tigelas do ensopado que Mary esquentara, distraída pela preocupação, Da lhes dissera que o sangue não era algo a temer. Mary sentira um rubor de vergonha nas bochechas com o brilho das lágrimas nos olhos do pai. Debaixo da mesa, os dedos de Eliza tinham procurado os de Mary. ("Ele estava pensando em Mam", Eliza dissera mais tarde, embaixo dos cobertores, os roncos de Da embalando-as. "Caberia a ela explicar essas coisas.")

— Vocês estão se tornando mulheres — ele dissera, com os olhos em seu ensopado. — De agora em diante — sua mão apertou a colher —, não quero que nenhuma de vocês vá a lugar nenhum sozinha. Nem ao mercado, e com certeza não ao riacho. Entenderam bem?

Mary e Eliza haviam assentido, mas, pelo menos de sua parte, Mary não compreendera. Não naquela época. Da fizera parecer que se tornar uma mulher era algo perigoso.

A voz de alguém mais velha vinha de Aoife, a mulher que dividia a cama de cima do beliche com Bridie. Às vezes, o balanço e o sacolejo do navio a empurravam um pouco para fora do beliche, de modo que seu cabelo pendia para o lado, roçando o nariz de Mary. Ele cheirava a coisas mortas e descoradas cuspidas pelo oceano. Mas sua voz era toda floresta, arranhando os ouvidos de Mary.

Aoife era das Ilhas Blasket. Ao contrário de Bridie e Sarah, ela não contava o que tinha feito, o motivo de estar ali. Ela guardava todas as palavras para sibilar xingamentos aos marinheiros, ao capitão que haviam vislumbrado brevemente quando foram trazidas a bordo. Mary ficou impressionada com como era franzino, com como o elegante tecido azul-marinho do uniforme engolia seu corpo magro. Ele a fizera pensar em um animal que nasceu bem pequenino e mostra os dentes de forma ainda mais feroz por isso.

— Tolo — Aoife dissera. — Carregar tantas de nós. Oitenta mulheres em um navio. Já ouviu falar de uma coisa dessas?

— O que quer dizer? — Mary perguntou.

— Uma mulher em um navio. Traz má sorte.

Má sorte ou não, o porão zumbia constantemente com vozes femininas como vespas furiosas. Todas compartilhando suas histórias. Havia dor, mas também risos. Alívio em falar, em ouvir a própria voz e reconhecê-la.

Não importava que o navio arremessasse juntas as mulheres enquanto oscilava sobre as ondas. Carne batia contra carne e cabelos se emaranhavam em cabelos. Falar — contar histórias — era uma forma de se manter à parte da profusão de cabelos e membros. Era uma forma de se manter humana.

— Os seres humanos nascem para contar histórias — Da costumava dizer. — A cabra conta histórias? O melro ou a ovelha? Não. Claro que é um dom de Deus para nós e somente para nós.

Mas, Mary pensava agora, alguns possuíam tal dom em maior grau do que outros. Os contos de seu Da tinham um jeito de aquecer sua barriga para que, mesmo em uma noite de inverno cortante, você não sentisse frio.

Eliza disse que Mam também contava histórias; sobre as *merrows* que habitavam o *tír fo thuinn*. Mas Mary não gostava de pensar nisso.

A história que Eliza implorava para ouvir vez após outra era de Da colocando os olhos em Mam pela primeira vez — a água vermelha no amanhecer, as poças escuras que eram seus olhos —, mas Mary preferia a história de seu nascimento.

Elas haviam nascido dezesseis verões antes à beira-mar, em Ard na Caithne, condado de Kerry, bem nos limites de terra. Em uma pequena cabana, Da costumava dizer, não muito longe da extensão rochosa da costa onde seus pais haviam se conhecido.

— Sua mãe inchou, firme e redonda como um tambor — dizia a história de Da. — A lua estava tão alta e brilhante no céu, brilhante o suficiente para que sua sombra branca nadasse na água, de modo que poderia ter havido duas luas naquela noite. Luas gêmeas, para meninas gêmeas.

Nesse ponto da história, ele sempre parava para sorrir, primeiro para Mary, depois para Eliza, absorvendo o rosto delas como se ainda não pudesse acreditar no milagre que eram.

— Mam empurrou e empurrou, na cadência das ondas batendo na praia. Você, Mary, veio primeiro... deslizando para minhas mãos como um peixe se contorcendo, com olhos tão grandes e escuros quanto os de sua Mam e o cabelo liso como a pelagem de uma foca contra o crânio. Já Eliza... Você demorou um pouco mais, como se não conseguisse suportar a ideia de deixar a barriga de sua mãe. E você nos assustou, e como; pois sua boquinha estava azul como um fruto do inverno. O cordão enrolara-se em seu pescoço, e meu coração disparou quando a libertei.

Da fazia outra pausa neste ponto, o olhar um tanto distante, e Mary se perguntava se ele estava pensando na visão de Eliza; em se, caso ele tivesse cortado o cordão mais rápido, ela poderia ter sido salva.

Da terminava a história com Mam embalando um bebê em cada seio, os quatro aquecidos diante da lareira. Quando ela era mais jovem, Mary desejava que todos eles ainda estivessem lá, aninhados em segurança e juntos na cabana. Que Mam nunca os tivesse deixado.

Eliza gostava de falar de Mam, gostava de contar suas lembranças a Mary em troca das recordações de Mary, do mesmo modo que comparariam tesouros reunidos na floresta.

— Você se lembra do gosto do mar? — ela perguntava. — Lembra-se de Mam nos levando cada vez mais fundo? Lembra-se da história das *merrows*?

Mary silenciava a irmã, olhando ao redor para ter certeza de que Da não tinha ouvido.

— Foi perigoso — ela sibilava. — O que Mam fez. Ao nos levar para o mar. Você sabe como a água nos machuca. Sabe o que aconteceu com ela.

Elas tinham 5 anos quando Mam se afogara. Mary recordava-se de ter acordado na velha cabana ao som da maré e dos grasnados das gaivotas, e de um som estranho que ela nunca tinha ouvido antes. Uma espécie de lamento, do tipo que uma mulher faria em *caoineadh*, choroso. Mas não era uma mulher — era seu Da, sentado na frente da cabana com os olhos nas ondas em movimento, chamando por Mam.

Mary nunca se esqueceria daquela visão, seu Da com os ombros caídos, revirando um pedaço de tecido encharcado nas mãos. A princípio, Mary não o reconheceu, mas depois viu a costura intrincada na bainha, notou sua cor: verde-líquen. Da estava segurando a capa de Mam.

Mam tinha entrado no mar, contou-lhes, e não saíra.

Ela se fora.

Pouco tempo depois, Da havia juntado as coisas para se mudarem da pequena casa, deixando até as redes de pesca e o barco para trás. Ele tinha colocado Mary e Eliza em uma carroça puxada por um burro e as levara para o norte, para Armagh, onde ouvira dizer que um homem poderia fazer fortuna no comércio de linho.

Aqueles primeiros meses nesse novo lugar foram difíceis: Da lutara para fazer o linho render, e na maioria das noites seus olhos brilhavam e suas palavras ficavam arrastadas por causa do excesso de *poitín*. Essas eram as únicas vezes em que ele falava de Mam: às vezes com lágrimas e às vezes com raiva, e Mary percebeu que ele estava bravo com a esposa por ter se afogado, por ter colocado a si mesma em perigo.

— Implorei para que ela não se aproximasse da água — ele dizia, repetidamente. — Implorei para que ficasse em terra, onde estaria em segurança.

Ao longo dos anos, a raiva de Da se tornara a de Mary. Ela havia trancafiado as lembranças que tinha da mãe bem no fundo do coração. Era mais fácil, ela aprendeu, ficar com raiva do que triste.

10

LUCY

QUARTA-FEIRA, 13 DE FEVEREIRO DE 2019

Seu telefone toca, interrompendo o sonho, uma corda que ela agarra para se içar para a vigília.

Lucy abre os olhos e vê apenas uma escuridão tão pesada que pensa não ter funcionado, que ela ainda está lá, no breu da caverna barulhenta do navio.

O telefone para de tocar, deixando-a em silêncio, exceto pelo ruído do mar.

Imagina que deve ser essa a sensação de se estar na água, lutando contra a corrente. Agarrando-se à realidade mesmo enquanto o mundo dos sonhos emerge ao redor.

Ela sabe o que sonhou. Uma das pinturas lá embaixo — olhos brancos na escuridão, o emaranhado de membros sujos. Os redemoinhos azul-escuros e ocres de tinta — a própria textura do medo — ganharam vida em sua mente. Pressionam-se contra seu nariz, seus olhos.

Ela ainda consegue sentir na língua aquele gosto animalesco de terror.

As pinturas deixaram sua mente febril. Os pensamentos são como peixes, um lampejo fugaz que depois salta para longe dela.

Há um círculo de névoa na vidraça. Como se ela tivesse ficado parada ali, o nariz pressionado contra o vidro, olhando para o mar negro. A vidraça chacoalha; ela vê agora que a trava da janela está solta.

Tem *certeza* de que a trancou antes de ir para a cama. Ela havia encaixado a cadeira sob a porta e travado a janela, puxando-a com força para se assegurar de que estava segura.

Deve ter tentado abri-la durante o sono. Um medo frio a percorre. E se tivesse conseguido? E se tivesse...

Seu pavor é interrompido pelo chiado de uma mensagem, um quadrado azul de luz. Ela pega o telefone, os pensamentos girando. Poderia ser uma mensagem de Ben?

Um novo temor a domina. Imagina frases frias e distantes: *Só queria que soubesse que vou prestar queixa contra você por agressão...*

Mas o telefone não desbloqueia: não há resposta para a ponta do polegar no botão *home*. E, então, ela percebe que não foi seu telefone tocando que a acordou, mas o de Jess. Seu corpo desaba com força diante do alívio.

A tela mostra a hora: mal passa das dez da noite. Ela pode ver a prévia da mensagem, de alguém chamada Rebecca Waters. O nome é familiar: claro, a galerista de Jess. A mulher alta de cabelos azuis que sua mãe achara tão intimidadora quatro anos atrás.

Oi, desculpe escrever tão tarde...

Mas isso é tudo que ela consegue ler sem desbloquear o celular.

Senta-se na cama, puxando a colcha ao redor de si. Dora Maar, desalojada de sua posição ao lado de Lucy, mia em protesto.

— Desculpe, gatinha — ela murmura, acariciando o pelo macio entre as orelhas da gata.

Morde o lábio, olhando para a tela do telefone, o estômago se contorcendo em um nó de culpa.

Parece errado até mesmo considerar tal transgressão. Mas, apesar de Melody ter garantido que Jess ficaria fora por uns dias, ainda há um lampejo de dúvida em sua mente. Se conseguir acessar o telefone de Jess, poderá ler a mensagem de Rebecca. Só para o caso de conter alguma pista sobre o paradeiro da irmã.

Mas, sendo sincera, há outra razão mais sombria. Causa-lhe mágoa o fato de Melody, a vizinha de sua irmã, saber muito mais sobre a vida dela do que a própria Lucy.

Ela pensa na noite que passaram no apartamento de Jess, dançando e cantando juntas; mais tarde, o calor espalhando-se pela barriga enquanto compartilhavam chocolate quente e confidências.

— Então — Jess perguntara, ela se lembra agora —, você tem um namorado? Uma namorada?

— Você é pior que a mamãe — Lucy respondera. — Ela fica perguntando se eu preciso que ela me compre camisinhas ou barreiras dentárias. Acho que ela espera que seja *de fato* uma namorada.

Jess tinha rido baixinho, e o som encorajara Lucy. Mal conseguia acreditar que estava ali, no sofá de veludo macio da irmã mais velha, cercada pela charmosa desordem de plantas, telas e móveis que não combinavam entre si. Quantas vezes imaginara um momento como aquele? Ela se aproximou mais de Jess e se inclinou para a frente, pretendendo colocar a caneca na mesa de centro de mosaico.

— E você? Quer dizer... Quantos anos tinha quando você... você sabe.

Jess se enrijecera, e o movimento repentino tinha feito a caneca se inclinar na mão de Lucy, derramando chocolate quente por todo o tapete trançado.

— Desculpe, desculpe — ela dissera —, vou pegar uma toalha.

— Está tudo bem. — Jess sorrira, imóvel. — Pode deixar, eu dou um jeito nisso de manhã. De qualquer forma, devo mesmo deixar que você vá para a cama... Muita coisa planejada para amanhã.

Ela havia se levantado e apagado as luzes, deixando Lucy sozinha na escuridão silenciosa.

Antes que parassem por completo, os telefonemas subsequentes de sua irmã tinham sido unilaterais. Jess fazia tantas perguntas sobre trabalhos escolares e planos de estudo de Lucy que não houvera espaço para ela perguntar nada em contrapartida. De fato, Jess parecia empenhada em se esconder, desde os truques de espelho de suas pinturas até os indefectíveis trajes pretos da cabeça aos pés. Sua irmã mais velha havia colocado um véu sobre sua vida, um véu que Lucy ansiava por levantar.

Lucy às vezes se perguntava se algo terrível — indizível — havia acontecido com Jess. Algo que ela mantinha enterrado, trancafiado dentro da fortaleza que ela apresentava ao mundo exterior. Pensa agora no sonambulismo de Jess: poderia ser essa a razão da distância que ela criara ao seu redor, seu campo de força protetor?

Será que Jess havia machucado alguém, como Lucy fizera? Ou alguém a machucara?

O telefone parece de repente incandescente nas mãos de Lucy, a tentação é muito grande, pois ela pode estar segurando um pedaço da consciência da irmã. Eis aqui, ela pensa, uma forma de levantar o véu, de ver a irmã como ela de fato é. Sua cartilagem e suas vísceras, para usar as próprias palavras de Jess.

Lucy prende a respiração enquanto os dedos se movem pela tela. Ela começa com o aniversário de Jess, mesmo que pareça um tiro no escuro. Com certeza a irmã não seria tão ingênua.

Não funciona. Tenta o aniversário da mãe, depois o do pai. Nada.

— Merda — ela diz, a voz se elevando em frustração. Dora Maar pula da cama, assustada.

Ela digita o próprio aniversário.

20 09 99.

O telefone desbloqueia.

Por um momento, tudo o que Lucy consegue fazer é ficar sentada ali, a garganta apertada de dor. A ideia da irmã digitando seu aniversário no telefone várias vezes ao dia — *pensando* nela várias vezes ao dia — é avassaladora. A tela diante de si fica borrada enquanto ela abre o iMessages e lê toda a mensagem de texto de Rebecca, a galerista.

Oi, desculpe escrever tão tarde, mas é só para verificar se você recebeu o e-mail da F. Preciso do seu ok sobre a coleta. Bec, bj.

Lucy abre o Gmail e vê que a maioria das mensagens são de Rebecca — e de alguém que parece ser sua assistente, Freya —, com o assunto “As Sereias”.

Lucy abre a mais recente, de anteontem.

Oi, Jess,

Estamos muito animados com a sua mostra!

Rebecca me pediu que entrasse em contato sobre providenciar um serviço de coleta para retirar as obras na próxima quarta-feira à tarde, para que elas possam ser penduradas no espaço na quinta-feira (21 de fevereiro). Só para verificar se está tudo OK para você.

Atenciosamente,
Freya, bj.

Lucy abre o PDF na parte inferior da sucessão de *e-mails*.

É um convite, cercado por gavinhas de algas verde-escuras, as pinceladas se espiralando e dançando sobre a página — elaborado, Lucy tem certeza, pela própria Jess.

Nesbit & Day

convidam você para uma visita intimista a As Sereias, uma exposição exclusiva de novos trabalhos originais da inovadora e jovem artista vencedora do Mosman Art Prize, Jess Martin

SEXTA-FEIRA, 22 DE FEVEREIRO DE 2019

DAS 18 ÀS 20 H

THE ROOKERY, BATEMANS BAY

RSVP PARA REBECCA.WATERS@NESBITDAY.CO.AU

Há uma imagem na parte inferior do convite que Lucy reconhece como um fragmento da maior pintura do andar de baixo, a das mulheres de frente para o mar, o navio a distância.

É um *close* das mãos delas, pálidas e entrelaçadas com firmeza.

O tom de pânico da mensagem de texto de Rebecca não aliviou as preocupações de Lucy. Mais uma vez, ela pensa em sua conversa com Melody naquela manhã.

Ela tem trabalhado tanto, pobre mulher. Acho que só precisava arejar um pouco a cabeça antes do grande dia.

Tenta se tranquilizar. A exposição é dali a nove dias, ainda. E, pelos *e-mails* que leu, está quase tudo pronto: as pinturas só precisam ser recolhidas em Cliff House e levadas para Batemans Bay, para serem organizadas no espaço da galeria.

Talvez, como artista, seja mais fácil ignorar esse tipo de detalhe logístico. Talvez seja por *isso* que Jess deixou o telefone para trás; talvez seja esse o tipo de estresse do qual ela queria escapar.

Lucy decide esperar mais alguns dias, até sábado. Se Jess ainda não tiver retornado até lá — bem, aí sim ela vai se permitir começar a se preocupar.

Ela deve desligar o telefone, sabe disso. Não deveria bisbilhotar mais.

E, ainda assim, a vontade de deslizar a tela para explorar mais a vida da irmã — para descobrir algo, qualquer coisa sobre ela — persiste. Verificar seus registros de chamadas não faria mal algum, faria? Só para saber para quem ligar, caso chegue sábado e ainda não haja sinal de Jess.

Mas os registros são escassos. Além das ligações feitas e recebidas tanto por Rebecca quanto dos pais, as únicas outras são de um número privado.

Seu dedo paira sobre o ícone do Tinder. Um homem foi a última pessoa a usar o banheiro antes de Lucy chegar, não há dúvida quanto a isso. E se não fosse um namorado, mas alguém com quem Jess tivesse uma conexão mais casual? Um estranho, até?

Contudo, para seu alívio, o perfil de Jess ainda lista sua localização como Sydney — ela não o atualiza desde que se mudou para Comber Bay. A bio é simples. *Artista*, diz. *Carrington, gatos, martínis.* Ela faz beicinho na foto do perfil, lábios pintados de um vermelho vivo, contrastando com a palidez de sua pele e o cabelo escorrido. Em todas as fotos, Jess usa mangas compridas, uma blusa de gola alta, de modo que apenas a pele do rosto e das mãos fique visível.

Todos os *matches* têm pelo menos seis meses — são anteriores à mudança de Jess para cá. Lucy não se sente bem em olhar as conversas. Fecha o aplicativo.

Ela rola a tela, passa pelo Google Maps, pelo Internet Banking. Outro aplicativo de mensagens do qual Lucy só ouviu falar vagamente — ela tem certa noção de que as pessoas o usam para *sexting* —, mas, quando o abre, não há nada.

Rola a tela pela pasta de câmera, querendo entrar na cabeça de Jess, ver o mundo pelos olhos dela. Dora Maar por toda parte. Algumas fotos de suas pinturas, em diferentes estágios de conclusão. Ela reconhece uma série de telas enormes no andar de baixo, as duas meninas de mãos dadas enquanto caminham em direção ao mar.

Retrocedendo mais no histórico, há uma foto da praia, ali de Comber Bay. Jess capturou o sol brilhando nas ondas, a grande expansão azul do céu, mas isso fica de fundo, fora de foco. Em primeiro plano há um marco de pedra com uma placa de bronze.

Este marco foi erigido em 20 de outubro de 1981 pela Sociedade Histórica de Comber Bay, para lembrar o naufrágio ocorrido há 180 anos do navio de condenadas Naiad, *que foi a pique na costa de Comber Bay, com a perda de aproximadamente 100 vidas.*

Que descansem em paz.

O coração de Lucy dá um salto. Fragmentos do sonho retornam a sua mente. Ela se recorda do ventre quente de um navio, do contato do ferro na pele, do fedor de corpos sujos.

Condenadas. Claro. Os momentos se reorganizam em um padrão que ela entende. A terrível magnificência de um tribunal. A ferroada fria do ferro em um pulso, o útero escuro do navio. Uma jornada para um lugar desconhecido e assustador.

É com isso que ela tem sonhado.

Uma busca nas imagens do Google por *naiad navio condenadas* resulta em uma miniatura borrada — uma litografia —, e seu coração bate mais rápido quando ela dá *zoom*.

A figura de proa do navio.

É uma sereia.

Sua pulsação se acelera.

Consegue ouvir uma voz — não a própria voz, mas de alguma maneira ela reconhece o formato das palavras, como se as tivesse retido na boca.

Há uma mulher na proa do navio... Seu cabelo cai pelas costas em mechas esculpidas, os olhos são de um azul brilhante. E, em vez de pernas, tem uma cauda. Ela tem uma cauda de peixe.

Lucy tenta ordenar os eventos de modo a lhes dar sentido, tenta construir uma história que ela possa entender.

Seis meses antes, Jess se mudou para Comber Bay. Ela leu sobre o naufrágio e se inspirou para pintar suas vítimas. Quando Lucy chegou em busca de Jess, suas pinturas lhe causaram pesadelos.

Mas não foi isso que aconteceu. O primeiro sonho de Lucy sobre o *Naiad* tinha sido duas noites antes, no motel — antes de ela ver a pintura da irmã. Como era possível? Jess também estava sonhando com o *Naiad*? É essa a inspiração para suas pinturas — até mesmo para se mudar para cá, para Comber Bay?

Pega de novo o iPhone da irmã, abre o aplicativo Bloco de Notas. Será possível que Jess tenha registrado os detalhes de seus sonhos ali, como Lucy começou a fazer no próprio *app*?

Mas Lucy não encontra nada; o conteúdo do aplicativo é absolutamente monótono. Listas de compras, rascunhos de *e-mails* para sua galerista.

— Merda — Lucy sussurra, a palavra ecoando na caverna escura do quarto, lembrando-a de como estava sozinha.

Espere.

Jess costumava manter um diário. Seus pais lhe disseram, Lucy se lembra porque ela mesma tinha pedido um em seu nono aniversário.

Seu pai havia trocado um olhar com a mãe, ambos sentados à mesa da cozinha.

— Assim como Jess — ele tinha dito, de uma forma triste que Lucy não compreendera.

No fim, os esforços de Lucy em manter um diário haviam fracassado. Ela concluíra que deveria usar um diário para registrar *sentimentos*, e não observações. Fatos. (A mãe dela rira quando ela havia anunciado certa manhã que planejava entrevistar todos da sua turma do quarto ano e registrar se eles preferiam *O Senhor dos Anéis* ou *Harry Potter*.)

Mas Jess — ela é o oposto, não é? É uma artista. Não seria uma surpresa que ela mantivesse um diário.

Lucy verifica a gaveta da mesinha de cabeceira. Creme para as mãos, lenços de papel, o disco amarelo e áspero de uma pastilha para tosse. Um pacote de preservativos, fechado. Mas nenhum diário.

Abre o guarda-roupa surrado no canto do quarto, franzindo o nariz com o cheiro de mofo. Um velho tênis de corrida cai no carpete sujo, a sola coberta de lama. As roupas de Jess sempre fazem Lucy pensar em grandes morcegos alados: vestidos pretos com mangas longas, as estranhas calças largas azul-marinho.

Ela se agacha no chão enquanto afasta as saias escuras. A base do guarda-roupa está abarrotada de mais sapatos, cobras abandonadas de meias e *collants* velhos — uma caixa de sapatos parece promissora, mas no fim contém apenas um pouco de papel de seda amarelado.

Não há nada debaixo da cama, exceto tufos de poeira, um par de roupas íntimas, uma embalagem de barra de chocolate. Lucy quer desinfetar as mãos. Está surpresa de que Jess tenha conseguido gerar tanta imundície nos poucos meses em que está vivendo ali.

Senta-se nos calcanhares, a frustração crescendo no peito. Enquanto estuda o quarto, seu olhar recai no único lugar que ainda não checou.

Há um armário embutido no beiral, pendendo do teto. A princípio, a porta não se move e ela se preocupa com que esteja trancada, mas depois ela se abre, liberando um cheiro de decomposição que gruda no céu da boca de Lucy. Ela é tomada pelo desânimo enquanto tosse por causa da poeira: esse armário provavelmente não é aberto há anos; é improvável que Jess o tenha utilizado.

Mas, ainda assim, a curiosidade a incomoda. Puxando a camiseta para cobrir a boca e o nariz, ilumina o recesso escuro com a lanterna do telefone. Aos poucos, as formas se transformam em pilhas de papéis, caixas, lanças enferrujadas de pesca. Iluminando a pilha mais próxima dela com a lanterna, descobre edições antigas da revista *Birdwatch*, datadas do início dos anos 1980. Não consegue deixar de sorrir: sua mãe, uma ornitófila devota, fora assinante durante anos.

Pergunta-se sobre os antigos ocupantes da casa, pergunta-se por que deixaram essas coisas para trás. Estendendo um dedo hesitante, traça as lombadas das revistas: a última edição é de 1982, o ano em que o Bebê Esperança foi encontrado.

Isso faz sentido. Cliff House deve ser a moradia mais próxima do Mirante do Diabo. Lucy não ficaria surpresa se quem morasse ali na época fosse bombardeado com solicitações da imprensa, talvez até entrevistado pela polícia que investigava o abandono da criança. Talvez, como os Wilson, os antigos ocupantes tenham achado o escrutínio um tanto excessivo para suportar.

Seja como for, é evidente que não há nada pertencente a Jess ali. Talvez a irmã mantenha seu diário lá embaixo, ou quem sabe o levou com ela?

Lucy ilumina o espaço escuro com seu telefone mais uma vez antes de fechar a porta. Algo familiar — familiar e tão fora do lugar — chama sua atenção. O brasão amarelo de sua antiga escola, Dawes Plain High, a observa por trás da pilha de revistas mais próxima.

Agachando-se para olhar mais de perto, vê que é uma mochila escolar. JESSICA MARTIN, anuncia a escrita elegante e distinta de sua mãe em uma caneta para tecido. Lucy solta um grunhido, esticando-se de lado, tateando em busca da mochila. Ela a arrasta para fora, estremecendo com o ângulo estranho do braço.

Está semiapodrecida, a lona azul-marinho com veios de um mofo de muitos anos. Lucy franze o nariz. É uma coisa tão estranha para Jess ter guardado por todos esses anos, e ainda levar consigo quando se mudou de Sydney para Comber Bay. Lucy só saiu do Ensino Médio há dois anos, e não viu problema algum em deixar a mãe doar sua própria mochila (imaculada) para caridade na semana seguinte aos exames finais.

O zíper está enferrujado e, quando ela por fim o abre, o cheiro no interior é ainda pior — salgado e putrefato. Puxa uma velha camisa xadrez — soltando um gritinho ao ver a camada de bolor que a reveste — e a joga para o outro lado do quarto. Um estojo de plástico repleto de canetas coloridas, um *player disc* portátil com um CD gótico esquisito dentro. E, o mais estranho, um maço de papel estufado que ela percebe se tratar de um antigo mapa de Nova Gales do Sul, dobrado muitas vezes.

E, então, lá está. Um diário com cadeado e capa com espirais cor-de-rosa — Lucy se lembra da marca. Groovy alguma coisa, era o nome. O fecho está quebrado, e Lucy abre o diário para ler a primeira página.

11

DIÁRIO DE JESS

1998

7 de fevereiro

Fevereiro é o pior mês. O Natal passou faz tempo, meu aniversário também. Todo mundo está irritado, cansado do calor. O tipo de calor que o faz desejar ser um lagarto, de sangue frio e pequeno, capaz de se abrigar na sombra de uma pedra.

Não tem ar-condicionado no meu quarto, só o ventilador, que agita o ar como quando se mexe a sopa. Pelo menos, ele abafa o som da discussão entre mamãe e papai. Mais ou menos. Consigo ouvir o suficiente para saber que é por minha causa. De novo.

Afinal, pareço ser o único motivo de briga deles.

Mamãe deu de cara comigo no banheiro outro dia. Esqueci de trancar a porta, estava tão ansiosa para limpar o suor das axilas e entre meus seios. Já podia sentir a umidade fazendo seu trabalho: abrindo caminho em minha pele, rachando-a em cem rios prateados. Estava com a luz apagada — não gosto de me ver no espelho — e acho que é por isso que ela pensou que não havia ninguém lá dentro. Ela abriu a porta e depois gritou. Não é bem a reação que você quer de alguém ao ver seu torso nu, mesmo que seja sua mãe.

Mais tarde, ela bateu na porta do meu quarto.

— Não sei como consegue ler com essa luz, Jess — ela disse, apontando para as persianas fechadas, que bloqueavam o forte brilho do verão, deixando apenas a iluminação da lâmpada de lava. Amo minha lâmpada de lava, suas ondas verdes reluzentes. Traz uma paz, como imagino que seja debaixo d'água.

Revirei os olhos e ela se sentou na minha cama, afastando a pilha de roupa limpa que tinha me pedido para guardar mais cedo.

— Precisamos conversar sobre sua pele — ela disse. Mamãe colocou minha mão na dela, brincando com a bainha da minha manga. — Querida, sei que você gosta de se cobrir — ela continuou, a voz gentil e terrivelmente calma. Sua voz de terapeuta, como costumo chamá-la. — Mas está tão quente lá fora. Se usar muita roupa, vai suar, e então, bem...

— Eu sei — respondi. — Frankenstein.

— Ah, querida — falou ela de novo, apertando meus dedos. Preferia que não tivesse feito isso. Eu estava preocupada: se chorasse, no que aquilo acabaria resultando? — Sinto muito por antes — ela prosseguiu. — Não sabia que estava lá e tomei um susto...

Bufei.

— Deixa disso, Jess — disse mamãe. — Sabe que eu não fiz por mal. Seu pai e eu achamos você tão bonita.

Como se isso fosse me fazer sentir melhor. Toda criança deve ser bonita aos olhos dos pais. Mas mamãe literalmente gritou de pavor quando viu minha pele nua.

Puxei minha mão.

— Não tenho vergonha — menti. — Só gosto de me vestir assim. É legal.

— Ok, querida — ela cedeu. Mas dava para ver que não tinha acreditado em mim.

Seja como for, estão berrando agora. Aumentei o volume do Rosetta Stone[7] no meu aparelho de som, mas ainda assim consigo ouvi-los.

Mamãe está fazendo o jantar (*paella*, então sabemos que ela está aborrecida), e o som dela cortando vegetais ecoa pelo corredor, acompanhado da voz dos dois.

— *Sei* que foi isso que dissemos — ela está falando, as palavras pontuadas pelo baque da faca na tábua de corte. — Mas isso foi há anos. E não podemos continuar assim. *Ela* não pode continuar assim. Precisamos de respostas.

— Não vou levá-la de novo lá — declara o pai, e depois o volume da discussão diminui para sussurros furiosos.

Sei de quem estão falando, é claro. O especialista em pele que consultei quando criança, o dr. Becker. Ele tinha um rosto estranhamente brilhante, como queijo suado. Mamãe e papai se revezavam no volante para me levar até Bourke, a fim de que eu pudesse me sentar em sua maca de exames enquanto ele geralmente aparentava confusão.

Eles pararam de me levar lá depois que o dr. Becker perguntou se poderia escrever um artigo sobre mim para um periódico médico. Desde então, somos apenas eu e um grande tubo de vaselina.

É mais fácil se eu lidar com isso sozinha.

Acho que sou boa nessa coisa.

20 de fevereiro

Fizemos autorretratos na aula de Artes hoje. O sr. Hennessey disse que o meu era "singular". Ele se inclinou sobre o meu ombro e falou que gostava

7. *Software* para aprendizagem de idiomas. (N. da T.)

do jeito que eu tinha me pintado em tons de azul e verde. Que eu tinha uma maneira diferente de ver as coisas.

Sempre me perguntei qual seria o cheiro do sr. Hennessey de perto. Ele é tão diferente dos outros homens por aqui, os fazendeiros com seus olhos enrugados e mãos grandes e carnudas. Suas unhas são cobertas com tinta em vez de poeira. Acontece que ele cheira a sabonete e café. E outra coisa — um cheiro estranho e doce. Almiscarado e masculino.

— O que a fez se decidir por essas cores, por essas pinceladas aleatórias? — ele perguntou. — É... inesperado.

Olhei para os tocos em azeviche das minhas unhas, a blusa preta que eu usava por baixo do uniforme da escola, as mangas estendendo-se até os nós dos dedos. Sabia o que ele queria dizer. A maioria dos góticos não se enxerga em cores.

Queria lhe dizer que minha vontade é pegar o pincel na minha mão, respingante de azul, e deslizá-lo sobre minha pele arruinada. Para esconder as rachaduras e flocos prateados com padrões de cerúleo e cobalto. Para que eu fique bonita.

Mas a sala de aula estava silenciosa, o único som sendo o arranhar de cerdas na tela, o remexer de terebintina em um jarro. Os ventiladores zumbiam no alto, fazendo papéis farfalharem. Os outros alunos estavam semiesparramados na carteira, as bochechas coradas, letárgicos sob o calor. Mas eu sabia que estavam ouvindo.

— Não sei — respondi, e ele assentiu e passou para a próxima pessoa, Shelley Peters, que se pintou com tranças amarelas e círculos vermelhos nas bochechas, como um desenho animado infantil.

— Explique-me sobre as escolhas que fez aqui — ouvi o sr. Hennessey lhe perguntar, emitindo murmúrios pensativos enquanto ela tagarelava. Senti o sangue nas bochechas e agarrei o pincel com força, trabalhando com fúria. Idiota. Pensei que ele estivesse me dando atenção extra, como se me dissesse — do seu jeito discreto — que eu era diferente dos outros. Especial.

Mas, então, quando o sinal tocou e todos correram para limpar a tinta das mãos e guardar seus trabalhos, ele me pediu que ficasse mais um pouco.

— Você é talentosa — declarou, juntando o maço de papéis em sua mesa. Desenhos a carvão e tinta, o nome dos demais alunos escrito no rodapé. Perguntei-me como seria o estilo de arte dele. — Em qualquer outro lugar, eu recomendaria que seus pais a matriculassem em aulas de fim de semana na escola de arte local, mas aqui sendo Dawes Plain...

— Não há nenhuma — concluí para ele, e sorrimos, os olhos se encontrando. Desviei rápido o olhar, os olhos pousando em seus braços. As mangas da camisa dele estavam arregaçadas, revelando os finos pelos louros dos antebraços. Queria pintá-los.

Não pela primeira vez, perguntei-me o que ele estaria fazendo aqui: este não era o tipo de lugar para onde pessoas como ele se mudavam. Era o tipo de lugar do qual fugiam.

— O que acha de algumas aulas extras? — perguntou ele. Algo saltou dentro do meu estômago. — Individuais, depois da aula. Acha que seus pais se importariam?

— Qualquer coisa que me impeça de adorar o diabo — brinquei, gesticulando para a gargantilha de couro preta em volta do pescoço, o que foi injusto de minha parte, já que mamãe e papai não são exatamente religiosos. Mas fez o sr. Hennessey rir, então, valeu a pena.

— Está combinado. Aqui, depois da aula, na próxima segunda-feira.

Mal posso esperar. Para aprender com ele, para melhorar cada vez mais. Mas me sinto meio mal com isso. Houve um tempo em que a arte era coisa minha e do papai. Foi ele quem me ensinou a desenhar. Algumas das minhas primeiras lembranças são de sentar em seu colo, a mão dele guiando a minha na folha de papel.

— Agora, desenhe o que você *vê* — ele dizia, apontando para uma árvore troncuda ou um vaso de flores secas, ou o que quer que estivéssemos olhando —, não o que *acha* que vê.

Papai ainda é muito bom, embora não desenhe tanto quanto costumava. Mas todo Natal ele dá para mamãe um desenho emoldurado de um pássaro diferente para enfeitar o corredor. Agora há dezenas, e eles estão se tornando cada vez mais desconhecidos — os primeiros têm cacatuas e cucaburras, mas ano passado ele a presenteou com um pássaro chamado tordo-de-barriga-limão, seja lá o que for isso.

É fofo como ele passa horas e horas trancado com antecedência no escritório, folheando o livro dela *Pássaros da Austrália* e buscando um que ele ainda não fez.

— Vair ter que passar para *Pássaros da Inglaterra* depois — falei uma vez, o que o fez estremecer.

Mas, por melhores que sejam os desenhos de pássaros do papai, não acho que haja muito mais que ele possa realmente me ensinar. Seu único tema é vida selvagem: pássaros, plantas e borboletas. ("Não consigo desenhar um rosto, nem se minha vida depender disso", ele diz.)

Quero ir além. Quero desenhar pessoas, captá-las na íntegra com minha tinta e minha tela. Contar a história delas.

Que história um pássaro conta?

Mais tarde

Puta merda.

Meu coração está batendo tão forte, minhas mãos estão suando tanto que mal consigo segurar a caneta.

Quando voltei da escola, fiquei pensando no sr. Hennessey. Sobre a próxima segunda-feira. Sobre suas palavras. *Você é talentosa.*

Mas havia outra coisa, algo me incomodando lá no fundo.

Era algo que a sra. Entwistle havia dito sobre genes na aula de Biologia. Estava me perguntando se minha pele repulsiva era algo hereditário e, se sim, por que eu tinha aquilo e mais ninguém? Talvez viesse de um dos meus avós? Não saberia dizer, mamãe e papai nunca falam sobre avós ou qualquer outro parente nosso. (Nunca achei isso estranho até o jardim de infância, quando todo mundo começou a falar "minha avó isso" ou "meu avô aquilo". Era normal para mim que passássemos o Natal só nós três, que nenhum envelope contendo notas de cinco dólares chegasse no meu aniversário. Que não houvesse literalmente mais ninguém.)

Isso me fez pensar em todas as coisas que eu não sabia, coisas que eles não haviam me contado. Imaginei que, se eu lhes contasse o que tinha aprendido — sobre genes e genética —, isso poderia abrir algum tipo de porta, que poderiam me falar sobre seus pais, avós e irmãos.

Nossa família.

Mamãe tinha acabado de colocar o jantar na mesa — algo que ela chamava de *cassoulet*, mas que não parecia se diferenciar em nada de um ensopado — e papai já o levava à boca. Ambos pareciam cansados: havia sombras azuis sob os olhos de papai, e os lábios de mamãe estavam pálidos e crispados, como se pelo esforço de conter todas as coisas confidenciais que ela tinha ouvido no trabalho. Odeio isso, a maneira como ela ouve os problemas dos outros o dia todo e chega em casa para fingir que não temos os nossos próprios.

— Vocês conseguem enrolar a língua? — perguntei.

Mamãe franziu o cenho por um segundo, mas depois suas feições se suavizaram.

— Sim — ela respondeu, colocando a língua para fora em um rolo rosa perfeito.

— Pai?

Papai balançou a cabeça.

— Estamos comendo, Jess.

— Vamos *lá*.

— Mike? — mamãe o encorajou.

Ele engoliu a comida e colocou a língua para fora para mostrar a parte de baixo azulada, depois a dobrou, assim como mamãe havia feito.

— Satisfeita? — papai perguntou, os olhos já de volta ao prato.

— Uhum — falei, mas minha boca tinha ficado seca.

— Você está bem, querida? — mamãe quis saber, lançando-me um olhar penetrante. — Está um pouco pálida. Já está naqueles dias?

Normalmente, eu poderia tê-la matado por trazer a menstruação à mesa de jantar, na frente de papai, mas em vez disso falei:

— Sim. Na verdade, tudo bem se eu for me deitar? Não estou me sentindo bem.

— Claro — mamãe autorizou, a cabeça inclinada de preocupação. — Vou levar uma bolsa de água quente pra você mais tarde.

Apenas assenti, arrastando a cadeira para trás de maneira abrupta.

— Agradeça sua mãe pelo jantar — papai disse enquanto eu praticamente fugia da cozinha.

— Obrigada, mãe — forcei-me a falar.

Arrastei-me pelo corredor até a segurança do banheiro, inclinei a cabeça latejante contra o azulejo frio da parede.

— A capacidade de enrolar a língua é genética — explicara a sra. Entwistle, batendo sua régua na lousa para despertar aqueles que tinham cochilado na sala de aula abafada. — Se não consegue fazer isso, em geral isso significa que um dos seus pais também não consegue.

Mamãe e papai conseguem.

Mas eu não.

Então, isso quer dizer que não fui gerada por um deles.

21 de fevereiro

O sonambulismo voltou.

Não acontecia desde que eu era criança — quase me convenci de que nunca mais aconteceria. Mas ontem à noite ele voltou.

Fiquei acordada por horas e horas, revirando-me — o lençol parecia se agarrar às minhas pernas como os tentáculos de uma grande videira, prendendo-me. A pele atrás dos meus joelhos e na parte interna dos cotovelos coçava e pinicava.

Pensamentos se agitavam em minha mente. Os minúsculos pelos louros nos braços do sr. Hennessey, mamãe e papai olhando para mim do outro lado da mesa de jantar. As várias maneiras de ser diferente deles, as várias maneiras de ser igual.

Só me lembro de fragmentos do sonho; são como cacos. O calor de uma mão na minha, o vento frio na minha pele. Água, as ondas batendo e recuando. Um rosto refletido que não era o meu.

Quando abri os olhos, estava de pé na margem da represa. Ainda era cedo; o amanhecer deslizava pelo horizonte cinzento. Virando-me, vi o brilho dos olhos no *paddock* (cercado para cavalos), o contorno tênue da casa atrás de mim.

Minhas mãos tremem mesmo agora, só de escrever sobre isso. A represa é funda — trinta metros no centro. E, graças à minha pele, sou a única garota na Austrália que não sabe nadar.

E se eu não tivesse acordado?

Graças a Deus que Max estava na escola hoje.

Ele chegou à aula de Literatura Inglesa com cinco minutos de atraso, interrompendo o monólogo da sra. Clark sobre *A Tempestade*, com as calças penduradas nos quadris como se não se importasse em se vestir de maneira adequada. Quando se sentou ao meu lado, havia o cheiro familiar de maconha.

Não pude deixar de sorrir. Max e seus velhos truques. Talvez o mundo não tenha virado de cabeça para baixo, afinal.

Conheço Max desde que tínhamos 5 anos. Nós nos conhecemos no primeiro dia do jardim de infância. As outras crianças fizeram caretas quando entrei: a chuva tinha chegado no dia anterior, e me joguei em uma poça particularmente brilhante antes que alguém pudesse me impedir. Mamãe havia feito o melhor que podia com a vaselina, mas fios de pele rachada serpenteavam da bainha do uniforme azul de guingão. Havia me coçado durante o sono, e o sangue seco formara crostas nas feridas profundas em meus tornozelos. Até a professora desviou os olhos.

No almoço, enquanto estava sentada em uma parte sombreada do pátio, com os joelhos dobrados sob o uniforme, Max veio até mim. Um garoto louro e magro, dentuço e com grandes orelhas de abano. Acho que, de certa forma, ele me devia uma. Se eu não estivesse lá, seria ele quem receberia olhares estranhos.

Ele se sentou e abriu a mochila.

— Ganhei uma lousa mágica de Natal — ele disse, exibindo o brinquedo com orgulho. — Quer experimentar?

Tornamo-nos inseparáveis — como gêmeos siameses, diz a mamãe — desde então.

Agora, inclinei-me para sussurrar em seu ouvido.

— Encontre-me na estufa na hora do almoço — falei, e ele ergueu as sobrancelhas pálidas, depois assentiu. Sem dizer nada, puxou a manga da camisa antes de colocar o braço sobre minha mesa para que eu pudesse desenhar em sua pele. Ele continua me dizendo que, depois de concluído o colégio, eu deveria me tornar uma tatuadora. "Foda-se a faculdade de Artes", ele diz. "Apenas se mude para Sydney e compre uma máquina de tatuagem. Você ganharia uma fortuna."

Ainda podia ver as marcas desbotadas do desenho da semana anterior, um padrão sequencial de espinhos e rosas. Hoje eu tinha algo diferente em mente. Peguei duas canetas — verde e azul — do meu estojo e, quando a sra. Clark não estava olhando, cobri sua pele alva com escamas. Minúsculas e delicadas, quase como lágrimas.

Não houve tempo para conversar depois da aula, e passei a aula seguinte com saudades de Max, com saudades de que ele desse uma tragada pensativa em um baseado e depois me dissesse que estava tudo bem, dissipando meus medos como um de seus anéis de fumaça. Quando por fim o sinal tocou, praticamente saí correndo pela porta. Acho que nunca fiquei tão ansiosa para sair ao ar livre, para me entregar ao calor. O céu era de um azul escaldante e, enquanto caminhava pelo pátio, era capaz de sentir pequenas gotas de suor brotando na minha pele sob todas as minhas camadas. (Agora estou coberta de crostas, é claro. Meus dedos estão formigando de vontade de arrancá-las.)

Passei pelos prédios atarracados de tijolos das salas de aula e pelo bebedouro de metal enferrujado, e o asfalto manchado de giz deu lugar a arbustos. Mais à frente, estava a estufa. O racionamento de água a reduziu a um mero galpão de armazenamento, mas o nome se manteve.

O conteúdo da estufa — rodas velhas de bicicleta, tacos de hóquei rachados, caneleiras antigas com cheiro de chulé — se espalha pela grama seca, uma cornucópia de lixo. Parece nojento, mas há algo estranhamente belo nisso: o sol forte brilhando nos raios enferrujados, a vista que se estende a uma grande distância. Pastos e colinas, dourados como o cabelo de uma garota, encontrando o céu em uma linha nebulosa.

Max já estava lá, encostado na parede dos fundos da estufa, o baseado pendendo dos lábios, sacudindo a cabeça ao ritmo do som dos fones de ouvido. Nunca lhe diria isso, mas, com seus cachos dourados e os grandes olhos verdes, ele parece quase angelical. Acho que perdeu os dentes salientes e as orelhas de abano em algum momento do caminho para a puberdade.

Com a iluminação certa, ele seria até um pouco bonito — ou, pelo menos, teria um rosto que eu não me importaria de desenhar. Outra coisa que eu nunca lhe diria.

— E aí — ele falou, escorregando os fones de ouvido em volta do pescoço para que eu pudesse ouvir o gemido metálico do The Cure —, o que tá rolando?

Peguei o baseado dos lábios dele e o pressionei contra os meus.

— Ruim assim? Porra.

Quando lhe contei, ele ficou parado por um tempo, a testa franzida. A distância, uma pega grasnava e havia o ruído suave de alguém chutando uma bola de futebol, seguido por um grito de alegria. Afastei uma mosca da ponta do meu nariz.

— Tem certeza de que é isso mesmo? O que a professora disse. — Max é bom em Ciências, embora finja que não é. Dei de ombros.

— Acho que li que era um mito — ele acrescentou, pegando o baseado de volta.

— Não sei — respondi. — Mas uma parte minha nem ficaria surpresa. Quer dizer, faz sentido, não faz? Nenhum deles tem os malditos Flocos.

Esse é o apelido que damos para isso, minha condição de pele. Max diz que soa legal, como um nome de banda. Acho que está mais para nome de sabão em pó.

— Não me preocuparia com isso — ele afirmou, soprando um anel acre de fumaça em minha direção. — Se serve de consolo, sempre achei que você se parece muito com seu pai.

— Sério?

— Sim — ele confirmou, dando um passo para mais perto de mim. Além de maconha, ele cheirava a muito desodorante Lynx e chiclete Wrigley's. — São as orelhas. Este pedacinho aqui — ele pinçou o topo da minha orelha esquerda entre o polegar e o indicador — é meio pontudo. Como o de um elfo. A orelha do seu pai é igual.

— Ai — resmunguei, afastando-me dele, embora não tivesse doído de verdade. Mas minha orelha ficou quente onde ele me tocou, e minhas bochechas queimaram.

Ele tinha quebrado nossa nova regra tácita. Um ano atrás, não teria pensado duas vezes antes de encostar minha cabeça em seu ombro ou socar os bíceps dele. Mas, agora, o espaço entre nós parecia diferente, de alguma forma carregado. Acho que é por isso que o negócio dos desenhos começou — a tatuagem, como a chamamos.

Essa se tornou a única maneira segura de nos tocarmos.

Às vezes, isso me deixa triste. E assustada também. Com medo de perdê-lo, ou que talvez, de certa maneira, eu já o tenha perdido.

— Tudo bem com você?

Assenti, embora não estivesse, na verdade. Quase lhe contei sobre o sonambulismo, mas não sabia como encontrar as palavras certas.

Agora, não sei o que pensar. Talvez Max tenha razão. Talvez haja algum tipo de explicação racional, algum modo de tudo fazer sentido.

Mas outra parte mais ruidosa de mim sente que algo está errado, como se meus pais estivessem escondendo alguma coisa de mim. E, quanto mais tento ignorar esse sentimento, aceitá-lo, mais ele cresce e cresce, inchando como um parasita no intestino.

12

LUCY

QUARTA-FEIRA, 13 DE FEVEREIRO DE 2019

Lucy sente um aperto no peito. À sua volta, o quarto parece se expandir e se contrair. Sua pulsação lateja nos ouvidos, acompanhando o rugido e o estrondo das ondas lá fora.

Ela resiste à vontade de atirar o diário no outro lado do quarto, como se isso de alguma forma pudesse apagar o que leu. Jess — pois, por mais impensável que seja, essa é a única explicação que faria sentido — não é filha do pai delas?

Mas ela não consegue imaginar a mãe tendo um caso. Os pais dela se adoram, a um ponto que Lucy acha constrangedor. Estão velhos agora, mais velhos que os pais de suas amigas — Lucy, um bebê-surpresa, chegou quando estavam com uns quarenta e poucos anos —, e ainda assim ela às vezes os pega se acariciando na cozinha.

Ela se lembra de ir buscar um copo de água certa noite quando estava no Ensino Médio, encontrando-os balançando com suavidade ao som de uma música no rádio, iluminados pela lua amarelada que entrava pela janela. Por um momento, antes de verem Lucy parada ali, pareciam um casal de um filme antigo. Eles se separaram, transformando-se de novo nos pais grisalhos de meia-idade dela, mas Lucy sentiu uma dor melancólica enquanto voltava para o quarto. Mesmo antes do que acontecera com Ben, ela não conseguia imaginar alguém amando-a assim, querendo abraçá-la desse jeito. Não com a aparência dela por baixo das roupas.

E tem mais uma coisa.

Já podia sentir a umidade fazendo seu trabalho: abrindo caminho na minha pele, rachando-a em cem rios prateados.

Lucy conhece essa sensação. É tão familiar para ela quanto seu peito subir e descer enquanto respira. Jess descreveu os sintomas da urticária aquagênica.

A confusão a invade.

Ela pensa nas roupas favoritas de Jess — as golas altas, as mangas bufantes. O labirinto de meias-calças e *collants* no fundo do armário da irmã. Ela sabia, em algum nível, que Jess usava roupas como uma espécie de capa, uma forma de se separar do restante do mundo. Mas sempre achara que a irmã envolvia o corpo em tecido para dizer às pessoas que ela era diferente, que elas deveriam ficar longe.

Mas agora Lucy vê que estava errada. Jess não estava divulgando sua diferença. Ela a estava escondendo, até mesmo da própria irmã.

Pensa naquele fim de semana em Sydney. Todas aquelas horas que haviam passado juntas, só as duas. Não ocorrera a Jess tomar a mão de Lucy entre as dela, para lhe dizer que ela a entendia? Para lhe dar algum tipo de conselho, algum consolo?

Pelo contrário, ela devia ter se esforçado para dissimular isso.

Lucy olha para o próprio corpo. Suas pernas estão dobradas na posição de lótus, e há um brilho lilás se espalhando por trás dos joelhos, alcançando a parte interna das coxas. Ela aprendeu a deixar a vaidade de lado há muito tempo; aprendeu que muito tecido provocava-lhe suor, o que tornava as coisas muito, muito piores. Ela se veste religiosamente de linho e algodão leve, usa *shorts* em todas as oportunidades, assim como os pais sempre lhe disseram para fazer.

A voz de sua mãe ecoa.

Nada de tecido aderente, Docinho, e, haja o que houver, não se coce. Sua pele pode infeccionar, e isso pode deixá-la muito doente, querida.

No dilema entre vaidade e saúde, ela escolhera a saúde. Não era resignação, não de verdade. Ela apenas aprendera a se desapegar do corpo, a vê-lo apenas como uma ferramenta, o implemento de sua mente.

Parece que não foi tão fácil assim para Jess.

É por isso que ninguém nunca mencionou esse fato crucial para ela? Por causa do orgulho de Jess, de sua vaidade?

Uma fúria ardente cresce em seu peito. Lucy sempre acreditou que era a única na família com urticária aquagênica. A inválida, a aberração.

Sentia tanta vergonha, mesmo quando criança, quando a mãe esfregava pomada à base de corticoide em seus braços e pernas com crostas, quando o pai se preocupava em como refrescá-la em um dia quente, ou o que fazer se chovesse. E, durante todo esse tempo, eles já tinham passado por tudo isso antes, com Jess.

Por que todos eles haviam mentido?

Pensa no momento do início do diário: 1998. Mais de um ano antes de ela nascer.

Se sua mãe teve *mesmo* um caso, poderia ter continuado até o nascimento de Lucy? Isso explicaria por que ela e Jess têm urticária aquagênica, enquanto nenhum dos pais tem?

Mas não. Ela não pode tolerar isso; não vai tolerar.

Pensa nas fotos de bebê que viu, aquelas que os pais guardam no álbum preto desbotado no quarto. Lucy, com o rosto rosado, nos braços do pai.

Mesmo quando recém-nascida, a semelhança era clara. Algo no nariz, na boca. E nas orelhas. Claro, as orelhas! A observação de Max estava certa: Lucy, Jess e o pai têm uma leve, mas distinta ponta no formato das orelhas. Não é possível que ele não seja o pai delas. Simplesmente não é.

Pesquisando na internet, ela vê que há um desacordo considerável sobre se a capacidade de enrolar a língua é ou não uma característica genética: vários artigos de revistas científicas respeitadas chegam a descrever a teoria como "já desmascarada".

Ela respira fundo, estremecendo.

Tudo bem. Está tudo bem.

Jess estava errada.

Pega o diário e relê o que está escrito. Agora que seu coração desacelerou, ela pode ver que, por baixo da prosa sofisticada, há uma espécie de histeria adolescente nas palavras da irmã. Uma paranoia. Nascida, talvez, da privação de sono, da sensação de que seu corpo não estava mais sob seu controle.

Uma sensação que Lucy entende muito bem.

Pelo menos, agora ela tem mais evidências de que Jess é sonâmbula — ou que costumava ser. *O calor de uma mão na minha, o vento frio na minha pele. Um rosto refletido que não era o meu.*

Ela estava sonhando com o *Naiad*, mesmo naquela época? Vinte anos antes de vir morar em Comber Bay? Ela traça a caligrafia da irmã, como se houvesse algum significado oculto a ser absorvido dos arabescos e curvas desbotados de sua caneta.

Há algo mais sobre o que está no diário que a perturba, incomodando seu cérebro.

O professor de Artes de Jess, que se oferecera para lhe dar aulas extras. Sr. Hennessey. O nome é de certa forma familiar — e, então, ela se lembra. O livro da biblioteca que tinha encontrado enquanto limpava a mesa de jantar da irmã — aquele sobre surrealismo — fora retirado pela última vez por alguém chamado C. Hennessey. Ele devia tê-lo dado a Jess quando ela estava na escola. Por que ela o guardara durante esse tempo todo?

Lucy franze o cenho. Aulas extras e um livro. Supõe que isso não seja inerentemente inapropriado. Mas, ainda assim, não gosta.

13

LUCY

QUINTA-FEIRA, 14 DE FEVEREIRO DE 2019

Quando amanhece, os olhos de Lucy queimam de exaustão. Ela evitou o sono com uma combinação de café forte e navegação insensata pelos subtópicos de crimes reais no Reddit. Também leu mais um pouco do diário de Jess, frustrada por não encontrar nenhuma outra referência a sonambulismo ou sonhos estranhos, mas aliviada por Jess não ter registrado mais nenhuma suspeita sobre sua ascendência.

Houvera mais menções ao sr. Hennessey, no entanto. Jess tinha começado a ter aulas individuais com ele toda semana, e ele passara a lhe ensinar a história da arte e a teoria também. Surrealismo, expressionismo.

Pensando no desenho do peixe-leão — a maneira como havia sido amassado em uma bolota, como se tivesse sido jogado fora —, Lucy sente uma pontada de tristeza por seu pai. Como devia ter sido para ele saber que Jess não precisava mais de sua ajuda? Que ela havia alcançado um nível de habilidade que ele, mais velho e ocupado com a fazenda, nunca obteria?

Claro, devia ter havido orgulho nisso. Mas devia ter sido doloroso também. Ela não fica surpresa com o fato de Jess não querer contar aos pais sobre as aulas extras. Sem mencionar que estava passando um tempo sozinha com um professor homem. Embora, pelo que Lucy leu, Jess e o sr. Hennessey sequer tinham roçado os dedos ao trocar tubos de tinta. Talvez ela estivesse vendo coisas demais, sua interpretação das palavras da irmã tingida pela própria experiência com homens.

Não que tenha havido mais de uma. É por isso que dói tanto. Ben tinha tirado mais do que apenas sua dignidade; havia tirado também sua virgindade. Ele sabia, ela se pergunta agora, que era sua primeira vez? Ele percebeu o que significava para ela deixá-lo ver e tocar seu corpo nu — um corpo que, na maioria das vezes, ela fingia não existir?

Quando Lucy havia tirado aquela foto, sentira-se no controle, como se adentrasse si mesma: confiante e sensual. Não mais uma garota, mas uma mulher, enfim. Ele tinha despertado aquele sentimento nela, com seus dedos, lábios e língua. E, depois, a privara disso.

Vergonha e solidão a oprimem, sente um aperto por dentro, como se estivesse entrando em colapso. Não há ninguém com quem possa conversar a esse respeito. Tinha tentado, a princípio, com Em, que no início fora simpática. Mas depois ela havia dito: *Entendo que ele não deveria ter compartilhado a foto com os amigos. Mas não que ele mesmo tenha postado no TikTok, não é? Não sei, talvez vocês dois consigam encontrar uma forma de reatar*.

Como se ficar com o cara fosse tudo o que importasse. Como se fosse um final feliz.

Sua dor se transforma em raiva. De Ben e Em, mas também de Jess. Ela deveria estar ali. Deveria ouvir, como uma irmã mais velha faria.

Passando pela sala de estar, obriga-se a confrontar a tela no cavalete. As irmãs caminhando para o mar em direção ao *Naiad*. As pinceladas parecem se mover, transformando-se em ondas escuras e revoltas.

Mas são as mãos que a atraem, a maneira como estão interligadas. Como se nunca fossem se separar.

Assombrada pela descoberta do naufrágio do *Naiad* em 1801, Lucy passa a manhã lendo sobre exílio de condenadas. Como todo australiano, ela já sabe o básico — criminosos britânicos e irlandeses foram exilados na Austrália, à época apenas um grupo de colônias. Ela sabe sobre Arthur Phillip e a Primeira Frota, os onze navios que atracaram em Botany Bay em 26 de janeiro de 1788, devastando as comunidades das Primeiras Nações que se desenvolveram lá por milênios.

Mas ela não sabia sobre aquela primeira noite, depois que as condenadas desembarcaram, quando os condenados foram misturados às mulheres, de modo que gritos e choro ecoaram no escuro. Ou sobre as "fábricas femininas", onde homens selecionavam as condenadas para serem as empregadas domésticas deles ou suas esposas.

Também não sabia sobre o Registro Feminino — documento criado pelo reverendo Samuel Marsden, o clérigo mais antigo do assentamento, que dividia as mulheres da colônia em esposas ou concubinas, dependendo de se eram ou não casadas.

Prostitutas. É assim que essas mulheres — algumas delas apenas meninas — eram vistas.

A blusa de Lucy gruda nas costas com o calor, sua pele empolando e rachando com o suor. Pendendo ao lado do corpo, os punhos se fecham e se abrem. Está caminhando pela Praia do Diabo, longe da beira da água, os tênis escorregando nos tufos de grama que margeiam as dunas. Já consegue sentir o pinicar da areia dentro das meias. Está ventando hoje, a água sendo de um azul ondulante e frenético. Borrifos de água lambem seu rosto, e ela se aproxima da estrada.

Dali, consegue ver o telhado corrugado de Cliff House, brilhando em meio às árvores do outro lado da baía. A vista é dominada pelo Mirante do Diabo: as rochas escarpadas que levam ao mar estrondoso, os degraus sinuosos. As cavernas como bocas escancaradas.

A visão a perturba, a história do Bebê Esperança ainda fresca na mente. Ela se vira, procurando o memorial que Jess fotografou. Espera que o monumento desperte alguma percepção, alguma epifania. Que ele revele alguma pista de como aquelas mulheres condenadas — mulheres que viveram e morreram séculos atrás — puderam infectar sua mente, e a da irmã também.

Ainda sente aquele outro mundo quando está acordada, como um membro fantasma. O calor úmido de outro corpo a seu lado, a fome corroendo sua barriga. O ranger do navio enquanto ele afunda nas ondas.

Ela pisca para afastar as sensações, concentrando-se na queimação das panturrilhas, o sol tão intenso que machuca seus olhos.

Ela não vê até que esteja quase em cima dela: a pedra de granito brilhando na luz. Há um banco de parque ao lado, de frente para o oceano, ocupado por um homem de camisa listrada e chapéu de aba mole. Ela pensa em voltar, mas ele levanta o braço em saudação, o tipo de aceno interiorano que você receberia em casa. Está curiosa, ela se dá conta. Pode ser bom conhecer outro habitante local. Ela pode perguntar se ele conhece Jess, pode tentar obter mais informações sobre sua vida ali.

Ela assente para ele enquanto se aproxima do memorial.

— Linda manhã — ele diz, e ela sorri em anuência. Ele é um pouco mais novo que os pais dela, baixo e magro, um redemoinho escuro sob o chapéu. Fios grisalhos nas grossas sobrancelhas. Ela volta os olhos para o memorial, estende a mão para traçar as letras.

A perda de aproximadamente 100 vidas.

— Triste, não é? — o homem comenta.

— Sim — ela diz. — Não é um jeito agradável de morrer.

— Pode ter sido misericórdia — ele sugere, e ela não consegue deixar de se perguntar se ele não tem razão, dado o que teria esperado as mulheres se tivessem sobrevivido. — O capitão do navio era mal-afamado. Fizeram um inquérito parlamentar após a viagem que ele comandou antes. Negligenciaram as condenadas, amontoaram-nas muito para dar espaço ao rum que ele queria vender ao longo do caminho. Cinquenta morreram na travessia da Irlanda para cá.

— Você sabe muito sobre isso — ela observa, oferecendo-lhe o maior sorriso possível. — É fã da história local?

Ele se levanta devagar do banco, e pela primeira vez ela vê a bengala no chão. Instintivamente, começa a ir na direção dele para ajudar.

— Está tudo bem — ele diz, fazendo uma careta. — Não, não eu. Meu pai. Ele foi membro da sociedade histórica local; quero dizer, sociedade é exagero, eram ele e dois outros caras. O memorial era seu projeto de estimação. Ele gostava de se sentar aqui. Faleceu há alguns anos.

— Oh, sinto muito.

— Obrigado — diz o homem, após uma pausa. Está imaginando, ou há um brilho de desconfiança em seus olhos? — Eu sou Ryan, a propósito. Está aqui de férias? Nunca a vi por aqui antes.

— Lucy — ela fala, apertando a mão que ele oferece. A palma dele parece envelhecida e calejada. — Sim... mais ou menos. Estou hospedada com minha irmã. Jess Martin, em Cliff House, sabe?

— Ah, claro — ele diz, um sorriso transformando seu rosto. — A adorável Jess. Bem, ela deve ser especialista no *Naiad* agora, com todas as suas pinturas. Dei a ela um dos arquivos antigos de papai. Acho que ele teria gostado disso, um fã de história inspirando outro. — Ele estuda o rosto dela. — Ela não mencionou que tinha uma irmã, mas posso ver a semelhança. Como ela está? Não a vi por aqui esta semana.

Ela se detém por um instante. Não quer lhe dizer que foi embora, que Lucy não sabe onde ela está; mas também não quer mentir.

— Hum... ocupada, eu acho — ela responde, o que supõe ser verdade. — Preparando-se para a exposição.

Ryan concorda.

— As Sereias, certo? Ela me deu um convite. Gentileza da parte dela, mas um pouco difícil com essa minha perna.

Então, Jess tinha convidado esse homem para sua exposição, mas não a própria irmã? Ela não havia lhe contado sequer que *tinha* uma irmã. Assim como não tinha contado a Melody.

— Você acha que muitas pessoas da cidade irão? — Lucy pergunta. Se puder descobrir com quem Jess passa seu tempo, talvez possa encontrar alguém que saiba onde ela está.

A testa de Ryan se franze.

— Da cidade? Sua vizinha, Melody, talvez. Acho que elas são próximas. Mas ficaria surpreso se mais alguém aparecesse, para ser sincero.

Há uma estranha hesitação em seu tom. Ela respira fundo e decide ser ousada.

— Acho que Batemans Bay é uma longa viagem para uma exposição de arte.

Embora ambos saibam que não é, não de verdade. O lugar fica a apenas meia hora de distância.

Algo obscurece os olhos de Ryan.

— Acho que é mais o tema do que a distância, se é que me entende.

Lucy está surpresa.

— Porque é sobre o naufrágio? Mas isso foi há centenas de anos. E eles fizeram este memorial, não é mesmo?

Ryan ajeita o chapéu, olha para o mar e suspira.

— Digamos apenas que o memorial foi... controverso. As pessoas são um pouco supersticiosas por aqui. Há algumas histórias estranhas relacionadas ao *Naiad*. E, então, ter alguém de fora chegando, hospedando-se em Cliff House e querendo desenterrar tudo... Pode imaginar como isso iria irritar as pessoas. Os moradores locais não querem recordações dessas coisas.

— Que coisas? Que histórias?

Ryan infla as bochechas.

— Não estou dizendo que acredito. Mas conheço pessoas que dizem ter ouvido, paradas na praia à noite. — Ele faz uma pausa, olha para ela. — Vozes, vindas das ondas. Vozes de mulheres.

Ela se lembra agora que isso foi mencionado no primeiro episódio do *podcast*. *Alguns moradores da cidade acreditam que há uma explicação sobrenatural para os desaparecimentos*, dissera o narrador, sem ser capaz de disfarçar o ceticismo. *Há duzentos anos, um navio naufragou no recife da costa da baía. Os moradores mais supersticiosos dizem que, se você ficar na praia à noite, poderá ouvir as vozes dos afogados, transportadas pelas ondas...*

Uma coisa era ouvir isso no carro, a quilômetros e quilômetros de distância de Comber Bay. Antes de saber sobre o *Naiad*, antes de conectar o naufrágio com seus sonhos. Mas parece diferente agora, de pé neste penhasco, com o tumulto azulado das ondas lá embaixo.

Ela engole em seco. Lucy entende a mentalidade de cidades pequenas, a mitologia que uma comunidade tece como tapeçaria. Uma história repetida tantas vezes que cada morador sabe em que ponto dar uma pausa para respirar ao contá-la. Dawes Plain tem os próprios fantasmas. Ela pensa na mina de ouro abandonada perto do reservatório, nas crianças que dizem que ainda é possível ouvir o eco do metal na rocha, mesmo que a mina esteja fechada há um século.

Ela nunca acreditou naquelas histórias. Mas isso foi antes.

— Olha — ele diz, confundindo a expressão dela com incredulidade —, eu era pescador aqui, muito tempo atrás. Nunca ouvi vozes de mulheres lá no mar. Mas presumo que você conheça a história da cidade. É por isso que as pessoas vêm para cá. Turistas de tragédias sangrentas.

"Oito homens ao longo de quase quatro décadas. E, sim, talvez alguns desses homens tenham se afogado. Talvez haja alguma explicação natural. Mas eu conheço aquela água como a palma da minha mão, e nunca vi nada parecido com um redemoinho. Tudo o que tenho são meus sentidos. Meus ouvidos, meus olhos, sabe? E eu mesmo já vi coisas que não consigo esquecer. Que, depois de todos esses anos, não consigo explicar."

Algo nubla seu rosto enquanto o olhar se volta para a água. Ela espera que ele continue, sua confiança retornando. Ela é boa nisso, navegar pela superfície de uma conversa. Sabendo quando pressionar, quando diminuir o ritmo. As pessoas gostam de se revelar para Lucy. Garotas com olhos brilhantes de embriaguez em festas dadas em casa, sussurrando sobre os garotos que desejam, as mentiras que contaram. Se você cria um silêncio, as pessoas querem preenchê-lo.

É engraçado. Pela primeira vez, ocorre-lhe que isso — saber ouvir, fazer as perguntas certas — é uma habilidade que ela compartilha com a mãe.

Como esperado, Ryan respira fundo.

— Meu pai costumava dizer: *O mar dá, mas também toma.* É exatamente o tipo de coisa que um velho pescador diria, eu sei. Mas é verdade.

Lucy se pergunta se imaginou o tom embargado na voz dele, mas, quando ergue a vista, vê que seus olhos estão marejados.

— Desculpe. — Sorri com tristeza ao pegá-la olhando para ele. — É difícil lembrar. Papai estava em uma casa de repouso em Moruya. Eu estava trabalhando nas minas, em Broken Hill, antes do meu acidente, e não o vi tanto quanto deveria. E, quando voltei... bem, digamos que ele já estava bem ausente.

— Sinto muito — diz Lucy.

— Está tudo bem — ele diz com suavidade. — Só queria ter ficado mais aqui. Tentado entendê-lo. Ele amava estar aqui, mesmo depois de tudo o que aconteceu. Seja como for — ele suspira —, esta é minha reflexão para o dia.

— É melhor eu voltar também — respondeu Lucy calmamente. — Mas foi bom conhecer você, Ryan...

— Smith — diz ele. — Ryan Smith.

É só quando ela está voltando para casa, seguindo a crista dos penhascos, que se lembra de onde ouviu o nome antes. Ryan Smith é irmão de Daniel Smith, desaparecido em 1981.

E ele estava no barco de pesca que descobriu o Bebê Esperança.

O mar dá, mas também toma.

14

MARY

Mary não sabia há quanto tempo estavam no mar. Parecia ter perdido o controle do tempo, como quando se deixa escapar acidentalmente uma laçada da agulha de tricô.

— Já faz uma semana — Eliza lhe sussurrou. — Contei as refeições, por mais escassas que sejam.

Ela deu sete batidinhas na palma da mão de Mary, suaves como as asas de uma borboleta.

Quando ouviram pela primeira vez a vibração dos passos dos homens se aproximando, os assobios e as risadas, algumas das mulheres pensaram que já haviam chegado ao seu destino, que tinham alcançado a grande terra do sul com todos os seus perigos e promessas. Essa tola esperança fez Mary querer chorar. Ela não sabia por que estavam sendo levadas para o convés, mas sentia que a jornada delas estava longe de terminar.

Subiram pelos conveses do navio, um encadeamento de mulheres soluçando, falando e rindo. As lamparinas a óleo iluminavam os rostos com um tom oleoso de amarelo: Bridie com seu cabelo vermelho-fogo, espesso e agora emaranhado; Aoife com sua pele gasta como um pano puído; Sarah e Annie com seus olhos escuros e rostos pálidos combinando. Eliza apertou a mão de Mary com força, para que seu medo diminuísse, ainda enquanto subiam cada vez mais alto pelo labirinto da embarcação.

No convés, a luz queimava tudo de branco, como no inverno, quando nevava e o gelo se enrodilhava na pequena cabana, roubando a cor e o calor.

Mary sentiu então uma pontada de dor, lembrando-se de como Da mantinha o fogo aceso, soprando os dedos para aquecê-los. Ele permitia que cada irmã tomasse um gole de *poitín*, o líquido descendo como fogo para a barriga das duas. Agora, Mary piscou, e Da e a cabana reluzente de neve desapareceram.

Ela cerrou os dentes, engolindo as lágrimas. Não adiantava desejar que as coisas fossem diferentes, que ela estivesse de volta à cabana, sã e salva. Tinha que ser corajosa, por Eliza. Era isso que Da iria querer. Mas, apesar de sua determinação, o medo retornou. Tinha achado o navio tão grande quando pusera os olhos nele pela primeira vez no cais. Parecera-lhe monstruoso, como um desafio a Deus. Agora, ela o achava pequeno em comparação com a imensidão do céu acima de suas cabeças e do mar cinzento que se estendia ao redor delas. O mastro parecia fino como uma agulha, as velas frágeis. Mary chegava a perceber até grandes buracos negros nelas, como na vez em que Eliza havia ficado muito perto da lareira e queimara o vestido. Era difícil imaginar que aquilo poderia levá-las em segurança para o outro lado do mundo.

Enquanto as mulheres eram conduzidas para seus lugares, passavam por fileiras de homens alinhados no convés. Alguns dos marinheiros pareciam mais jovens do que ela e Eliza; outros tinham rostos cansados, endurecidos por tudo o que tinham visto.

Para todos os corpos amontoados no convés, o único som era o rugido do vento através das velas, o bater e o lamber das ondas no casco, e o grasnado das aves marinhas acima.

Eliza agarrou a mão de Mary com força. De repente, as fileiras de homens se separaram e o capitão deu um passo à frente, ao lado do clérigo em suas vestes escuras. Mary ficou impressionada com o contraste entre o capitão e seus oficiais e os marinheiros. Os primeiros estavam aprumados em seus elegantes uniformes, enquanto os outros pareciam ter sido arrancados da rua com suas calças esfarrapadas e bocas sujas. Alguns deles não deviam ter mais de 12 anos; um limpou a secreção do nariz com a manga, como uma criança.

Mas agora outros abriam caminho pela multidão, carregando algo embrulhado na lona desbotada de uma vela velha. Os homens depositaram o objeto no convés diante do capitão, e a respiração de Mary ficou presa na garganta quando a vela se enrolou um pouco, revelando o brilho pálido de um pé.

Mary tentou ouvir as palavras do clérigo enquanto proferia uma oração pelo navio, mas elas eram estranhas, sem emoção. A palavra de Deus despojada de sua magia, de sua beleza. Como Da se envergonharia ao saber que orações protestantes caíam nos ouvidos de suas filhas.

Ele se esforçara tanto, durante todo o tempo em que tinham vivido em Armagh, para garantir que mantivessem a fé adequada. Outras famílias em sua aldeia haviam se convertido ao longo dos anos, Mary sabia, para que pudessem escapar do peso das leis inglesas. Leis que também significavam que eles não podiam possuir terras ou votar, que não podiam sequer possuir um cavalo. Todo mês, Da era forçado a entregar o aluguel e o dízimo para Byrne — Byrne, com seus dedos longos e afilados e o brilho negro no olhar —, sabendo que iria para a manutenção da St. Mark's, a igreja protestante com suas paredes de pedra reluzente. Enquanto isso, sua própria igreja era pouco mais que ruínas, fedendo a animais e folhas úmidas, a adoração ali furtiva.

Mas, ainda assim, Da se mantivera firme. Tinha ensinado suas meninas a rezar o terço, instruíra-as a amar a Virgem e os santos. Embora, Mary sabia, uma parte dele também se apegasse aos velhos costumes, às antigas crenças em fadas e *selkies*. Não ousara perguntar se ele acreditava em *merrows*.

Todo o seu ensinamento, no fim das contas, havia sido em vão. Da não estava ali agora para tapar os ouvidos delas. O clérigo continuou falando, as palavras se acomodando como um manto sobre a multidão reunida. Mary não conseguia tirar os olhos do pé azulado que aparecia sob a vela. Os dedos estavam enrugados e cobertos de pelos duros, que se moviam com a brisa do mar. Alguma substância escura sombreava as unhas — sujeira, ou talvez sangue.

Perguntou-se quem teria sido o marinheiro e como ele tinha morrido. Como estaria o corpo por baixo daquela mortalha improvisada?

O capitão tossiu e a fala do clérigo se desvaneceu em um indistinto murmúrio. Mary viu como seu pomo de adão balançava no pescoço, o olhar nervoso de soslaio para o capitão. Não podia imaginar como era esse tipo de poder, de modo que até mesmo um homem de Deus o temesse. O capitão era pequeno, bem constituído, com cachos de menina escapando do chapéu bicorne e um vigor juvenil no rosto. Mas ele tinha um jeito de atrair cada olhar, como mariposas indo em direção a uma lâmpada, sem se afastarem mesmo enquanto queimam.

Antes de serem levadas para baixo — todas aspirando sofregamente o ar fresco, como se pudessem levá-lo consigo para o porão —, Mary sentiu uma dor aguda no couro cabeludo, um aperto no peito.

De repente, ansiava pela escuridão.

Depois do dia claro, o porão parecia mais escuro do que nunca, como se estivessem dentro de um olho fechado.

As mulheres estavam barulhentas, repassando o que tinham visto — a imensidão do céu, o cadáver, o capitão com seus cachos louros. Revivendo o momento de liberdade.

— Vi a cabeça dele quando o viraram — disse uma mulher. — Estava toda deformada e ensanguentada. Alguém deve tê-lo matado. E ainda assim as criminosas somos nós.

— Foi uma queda que o matou, sua idiota — revelou outra. — Estava trabalhando no cordame ou no cesto da gávea. Sei do que falo, meu marido foi marinheiro durante muitos anos. Além disso, seria tolice matar alguém em um navio, você que tentasse isso. Eles o fariam caminhar pela prancha.

— Não gosto de pensar nisso — Sarah murmurou de seu canto. Mary ouviu o grito de Annie enquanto a mãe a puxava para mais perto. — Que pode haver um assassino em suas fileiras. E nós, exiladas por roubar tecidos e coisas do tipo.

Mary não disse nada. Podia ouvir a suave maré da respiração de Eliza e — ela imaginou — o estalo brilhante dos pensamentos da irmã.

Perguntou-se o que Eliza se recordava daquela noite perto do riacho, que momentos a assombravam. Se ela se lembrava da pancada úmida da pedra contra o crânio de Byrne, os sons suaves e gorgolejantes que ele tinha feito.

O que as outras pensariam se soubessem quão perto haviam chegado de tirar uma vida?

Agora, os dedos de Eliza batiam com suavidade na mão de Mary.

— Sinto cheiro de pão — ela disse baixinho no ouvido de Mary.

Mary farejou o ar, sentiu o fedor dos corpos das mulheres, curtidos de suor e urina. Mas, então, lá estava. O cheiro de farinha causou um aperto de desejo em seu estômago.

Não era o cheiro doce e dourado dos *farls* que Da havia lhes ensinado a fazer, os bolos macios e úmidos de batata e farinha que chiavam no recipiente sobre a lareira. Mas também não era o cheiro esfarelento dos biscoitos que recebiam como ração.

— Mas de onde vem? — Mary murmurou para Eliza.

— É Bridie. O maxilar dela estala quando ela mastiga.

Ocorreu a Mary que Bridie estava quieta desde que tinham sido levadas para baixo. Isso era estranho, pois ela costumava preencher o porão com suas histórias indecentes ou sua sonora risada cantada. Embora estivessem bem abaixo dela no beliche, Mary não havia notado. E, então, Mary ouviu também, os pequenos e furtivos sons de mastigação.

Uma faixa incandescente de fúria a trespassou.

Bridie devia ter dado um jeito de furtar comida quando haviam sido levadas para cima. Muitas vezes, tinham sido advertidas sobre a penalidade que as aguardava por roubo: todas as mulheres seriam punidas se a culpada não fosse encontrada. Poderiam ser levadas ao convés para serem chicoteadas ou seriam acorrentadas pelos pés. Havia até um rumor sobre uma caixa de madeira — apertada e escura como um caixão — na qual uma infratora poderia ser colocada por dias a fio, até que o capitão achasse que ela tinha aprendido a lição.

— Bridie — ela sibilou. — Como conseguiu isso? O que você fez?

Ouviu-se o som apressado da outra mulher engolindo.

— Fiz por merecer. De forma justa.

— Como?

A seu lado, Eliza ficou tensa.

— Oh, Bridie — ela disse, com uma pontada de tristeza na voz.

— "Oh, Bridie" o quê? Sou a única que está com comida na barriga. Vocês também poderiam estar, se fossem rápidas o suficiente para vender sua mercadoria.

— Não entendo — falou Mary. — O que ela quer dizer, Eliza? Que mercadoria?

Eliza permaneceu em silêncio. Mary sentiu um arrepio percorrer o corpo da irmã.

E, então, ela soube.

15

LUCY

QUINTA-FEIRA, 14 DE FEVEREIRO DE 2019

O ar da noite é uma mão fria em seu rosto.

A princípio, ela acha que ainda está lá. Submersa na escuridão, o bater e o estrondo do mar ao redor. Mas onde havia vozes femininas, o calor delas envolvendo-a como tecido, agora há silêncio. Apenas o batimento solitário da própria pulsação.

Ela abre os olhos e seu coração para no peito.

Está encarando uma queda vertiginosa.

Ao luar, as rochas lá embaixo brilham como dentes. O mar se despedaça sobre elas, ondas escuras transformando-se em espuma branca.

Seu sangue pulsa. Ela se obriga a se acalmar.

Não está caindo. Pode sentir o rangido da madeira sob os pés. Estende as mãos e encontra a barreira tosca. Por fim, localiza-se: está na varanda de Cliff House.

Seu relógio de pulso marca 3h20. Há quanto tempo está parada ali? Os pés descalços estão dormentes, congelados. A mente gagueja de pânico.

E se ela tivesse caído?

Lá dentro, Lucy acende a luz e volta a se assustar com o caos da sala de estar. A lona cobrindo o buraco no chão infla com o vento, como se dedos enormes estivessem tentando entrar. As paredes, com seu papel laranja cheio de bolhas, parecem se fechar sobre ela. Evitando o olhar das mulheres nas pinturas — aqueles olhos grandes e brancos como leite —, vai para a cozinha. Obriga-se a elencar seus sentidos — o barulho da chaleira, o neon piscando do relógio do micro-ondas, o calor do chá quente na língua. Mas ainda demora alguns instantes para aceitar que saiu daquele mundo de sonhos e retornou para este.

Ela se lembra de algo que leu quando criança, em um livro da Lonely Planet, sobre cidades debaixo d'água. Casas e igrejas submersas por governos para criar reservatórios. Vilarejos inteiros sob águas turvas, chaminés e torres criando sombra na superfície.

É assim que são os sonhos. Invisíveis, mas sempre lá. Aguardando.

Assusta-a o fato de se lembrar cada vez mais deles. Como são vívidos, como são *reais*. Ainda consegue sentir o toque fantasmagórico de cabelos emaranhados contra o seu rosto, ainda consegue ouvir os murmúrios no ouvido.

O couro cabeludo formiga enquanto ela se senta à mesa da cozinha. E se não tivesse acordado naquele momento? Fecha os olhos, vê-se despencando da beirada do penhasco. Uma pequena figura na escuridão, o grito sepultado pela fúria do oceano. O estraçalhar de ossos na rocha.

Abre os olhos, afasta a imagem. Olha fixamente para a caneca de chá, observa o vapor rodopiando no ar. O pescoço e os ombros doem, e ela percebe que não se lembra de ter ido para a cama, nenhuma lembrança de ter trancado a janela, de ter feito uma barricada na porta do quarto. Deve ter adormecido ali, na mesa da cozinha. Papéis estão espalhados por toda parte, ao lado de embalagens vazias de chocolate, do pacote de peixe com batata frita que comprara na noite anterior.

Estivera examinando o arquivo que Ryan Smith dera a Jess — aquele que o pai dele havia organizado sobre o *Naiad*. Levara horas para encontrá-lo em meio à desordem, escondido em uma pilha de papéis que ela tinha movido ao limpar a mesa da cozinha. Uma antiga pasta de arquivo, presa com um clipe de buldogue, *Bernard Smith* escrito a lápis já desbotado na capa.

Havia lido a maior parte do arquivo antes de adormecer, que incluía cartas ao conselho local sobre o financiamento do memorial do naufrágio, a resposta do conselho dando sinal verde.

Há também artigos de um jornal local, o *South Coast Examiner*, com cartas ao editor de 1981. *Vivi em Comber Bay minha vida inteira*, alguém escreveu, *e estou devastado com a ideia de nossa bela cidade ganhar notoriedade por sua participação em eventos históricos tão longínquos.*

Outra pessoa alega que é *ofensivo erguer um monumento para condenadas afogadas — prostitutas e ladras — quando nenhum memorial desse tipo representa os homens que desapareceram... Onde está o monumento deles?*

Ela pega uma entrevista de jornal com Bernard Smith, datada de novembro de 1981, após a construção do monumento. Há uma fotografia acompanhando o artigo, e o rosto que a encara em *pixels* granulados não é nada do que ela esperava do presidente da Sociedade Histórica de Comber Bay. Ela imaginara alguém magro e com uma expressão de sabedoria, mas Smith tem a presença robusta de um marinheiro. A idade da foto não disfarça as rugas ao redor dos olhos, as manchas de sol nas mãos entrelaçadas sobre a escrivaninha.

Há uma expressão misteriosa em seu rosto, visível no modo como posiciona o maxilar, nas linhas em sua testa. Uma mistura estranha de desafio e arrependimento.

Alguém pode se perguntar se o projeto foi uma distração bem-vinda para Smith, cujo filho, Daniel, desapareceu no início deste ano, o mais recente de uma série de desaparecimentos na parte costeira de Comber Bay, entre eles, os de William Goldhill, Bob Ruddock, Pete Lawson e Samuel Hall.

Ela pensa na posição melancólica do corpo de Ryan enquanto ele observava as ondas, sabendo que seu irmão Daniel foi para aquela praia e nunca mais voltou. E, então, apenas um ano depois, ele testemunhou o resgate do Bebê Esperança. Dois dos mistérios de Comber Bay o alcançaram.

Quando lhe perguntaram por que ele tinha empreendido uma campanha tão fervorosa para homenagear as vítimas do naufrágio, Smith desvia o olhar. "Não sou um homem que vai à igreja", ele diz por fim. "Mas acredito em Deus e em fazer o que é certo. Mais de cem vidas se perderam naquele dia. Essas almas merecem um lugar de descanso adequado. Um marco." Um sentimento admirável. Só podemos esperar que o filho desaparecido de Smith um dia receba a mesma honra.

Esse é o último recorte de jornal do arquivo.

Os papéis restantes são apenas pedaços amarelados; suas bordas estão irregulares, como se tivessem sido arrancados de um caderno. O conteúdo parece irrelevante para o memorial, e Lucy se pergunta se acabaram ali no arquivo por engano.

Ela segura um dos pedaços contra a luz para poder ler com mais facilidade a caligrafia um tanto ilegível. O papel está frágil devido ao tempo, translúcido como casca de cebola.

1960 1966 1973 1977 1981.

Os anos em que os primeiros cinco dos Oito desapareceram.

Outro pedaço de papel tem um diagrama confuso, setas serpenteando entre o nome dos homens; no verso, há uma lista de profissões, nomes de escolas e igrejas. Uma lista divide os homens desaparecidos em "turistas" e "residentes". É óbvio o significado disso, e a percepção a faz sentir um arrepio. Bernard Smith procurava conexões entre os homens desaparecidos, como um detetive montando um perfil da vítima.

O último pedaço de papel tem apenas uma frase, perturbadora, escrita.

Faça isso parar.

Nada disso faz sentido para ela.

Se Smith achava que seu filho havia sido assassinado, por que dedicar tanto tempo — tanto do próprio dinheiro — a um memorial para um naufrágio ocorrido há séculos, em vez de buscar justiça?

Ela olha para o relógio novamente: 3h33. Não quer ir para a cama, correr o risco de deslizar mais uma vez para sob a superfície, voltando àquele mundo úmido de membros emaranhados e sede torturante.

O pânico a atormenta. Por um momento, a escuridão do navio retorna, ameaçando engoli-la. Seus dedos tremem enquanto toma outro gole de chá, desejando que o sonho vá embora.

Estar em Cliff House deixou Lucy com mais perguntas do que respostas sobre quem é sua irmã. Sobre a conexão dela com aquele lugar, com o *Naiad*. Com Mary e Eliza. E, até que ela retorne, o diário de Jess é a única ponte para o mistério da razão de ela estar aqui, em Comber Bay.

Com as pernas trêmulas, Lucy sobe a escada lentamente. Após trancar a janela e encaixar a cadeira sob a maçaneta da porta, afunda na cama de Jess, grata pela figura encolhida e aquecida de Dora Maar sobre as cobertas. Assim que pega o diário da mesa de cabeceira, ela ouve um som.

Um canto. Por um momento, tem certeza disso.

Mas depois ele desaparece, e, quando ela se esforça para captá-lo de novo, há apenas o som do mar açoitando e lambendo as pedras.

16

DIÁRIO DE JESS

1998

10 de julho

Jamais imaginei que adoraria as noites de domingo.

Costumava passá-las encolhida na cama, o ventilador agitando meu cabelo no rosto, os músculos do maxilar se contraindo ao pensar na escola no dia seguinte.

Agora, a semana é assim:

Terça-feira a sensação é de luto. Como se eu tivesse perdido algo que nunca mais terei. Esse sentimento se estende até quarta, quinta-feira. Sento-me na aula olhando para o nada pela janela, a conversa ao redor insignificante como o zumbido das moscas. Nem mesmo Max consegue ultrapassar a barreira. Na estufa, ele me oferece uma tragada de seu baseado, seu novo CD do AFI, mas nada funciona. Não consigo achar uma maneira de explicar. É como se estivesse presa atrás de um painel de vidro, o mundo e todos nele borrados e desaparecendo para mim.

Depois, acordo na sexta-feira de manhã com uma pequena semente dourada na barriga.

Na aula de Literatura Inglesa, presto atenção à sra. Clark, que fala sobre o significado de Ariel em *A Tempestade*. Faço até anotações. Dou risada das piadas de Max, digo-lhe que acho que o vocalista do AFI tem uma voz de quem parece ter um poste de cerca enfiado na bunda. Caminhando para casa na volta da escola, olho para o céu enorme e sinto como se o mundo tivesse se aberto só para mim.

No jantar, sorrio enquanto como o que quer que mamãe tenha preparado — *laksa* de frango, tagine de cordeiro ou *larb* de porco — sem reclamar.

— Pode me ajudar a alimentar as ovelhas amanhã — pergunta papai, e eu respondo:

— Claro!

Meus pais sorriem um para o outro do outro lado da mesa.

Sou uma garota mudada, um anjo enviado para substituir a antiga Jess.

A semente dourada cresce cada vez mais durante o fim de semana, uma planta se enrolando e tremendo dentro de mim.

Alimento as ovelhas e noto a estranha beleza delas. Quero desenhar aqueles rostos estranhamente humanos, os olhos escuros e úmidos. Li em algum lugar uma vez que ovelhas podem reconhecer pessoas e sinto uma onda de afeição quando estendo a mão e acaricio a lã macia e cheirosa. Depois, encontro mamãe lavando a louça, bolhas de sabão iridescentes grudadas em seu cabelo. Chego por trás dela e coloco meus braços ao seu redor; a princípio, ela enrijece em reação ao meu toque incomum, mas depois sorri, inclinando-se para mim. Nesses momentos, quase acho que posso perdoá-la por todas as coisas que ela não diz.

No domingo à noite, sonho.

Mas não é como os outros sonhos. Ele está lá comigo, sua mão na minha, e é como se tivesse me seguido até lá, para aquele mundo de escuridão, e iluminado uma saída. Na segunda-feira anterior, estávamos concentrados na arte narrativa — como as imagens podem contar uma história. Ele me mostrou uma pintura de Orfeu e Eurídice, de Carl Goos.

Eurídice está olhando para Orfeu, o corpo envolto em sombras. Ela está caindo para trás, despencando em um mundo de pesadelos. Mas ele tem a mão estendida — o corpo dourado, vigoroso e forte — e vai salvá-la. Não vai parar até conseguir, dá para ver em seu rosto.

Somos nós, pensei quando ele me mostrou.

— Como ele faz você se sentir? — ele perguntou, e mantive meus olhos em suas mãos quando respondi. Mãos fortes, aquelas pequenas luas de cor sob suas unhas.

— Esperançosa — respondi, sem ousar erguer os olhos.

Ele riu, afastou as mãos.

— Você sabe que ela morre, não sabe? Ele não a salva.

— Oh. — Senti o sangue subir às minhas bochechas. Olhei de novo para a pintura e não pude acreditar que não tinha visto: a inclinação para trás, o medo em seus olhos. Ela estava caindo, afastando-se do alcance dele, de volta ao mundo inferior.

Levantei o queixo.

— Tanto faz — respondi. — Gosto mais da minha versão.

Ele tornou a rir, uma risada de verdade desta vez, sonora e gutural, as rugas ao redor dos olhos se vincando. Queria poder capturar o som para mim, mantê-lo comigo para sempre.

Esta manhã, quando acordei, a semente que crescia dentro de mim havia rebentado. Estava vibrando por dentro, uma sensação de um milhão de coisas se contorcendo.

O dia se estendeu como o período de seca, movendo-se languidamente de Literatura Inglesa para História, depois almoço e Matemática. Por fim, o sinal tocou e meu coração deu um pulo, as palmas rachando devido ao suor.

Hoje, a grande mesa na sala de Artes estava vazia quando entrei, exceto por um maço de papel e uma pilha de carvão. Em todas as outras vezes, houve algum tipo de pista sobre o que eu aprenderia. Uma vez, ele me fez desenhar um crânio de ovelha, praticando até conseguir captar com exatidão os contornos de osso e sombra.

Ele estava parado à janela, olhando para o pátio. Os retardatários formavam pequenos grupos; duas garotas caminhando apressadas, um bando de caras chutando uma bola de futebol gasta. Um casal se beijando contra uma parede de tijolos, pensando que não seriam vistos.

A luz era sedosa em seu rosto, fazendo-o parecer mais suave, mais jovem. Ele tem apenas vinte e poucos anos, eu acho, mas, naquele momento, parecia um garotinho, olhando para um mundo que não compreendia. Queria colocar minhas mãos em seu rosto, perguntar o que ele tinha perdido e como. Mas ele se virou e me viu, o corpo se endireitando e a boca voltando a se acomodar em linhas adultas.

— Jess — ele disse, assentindo para mim. — Sente-se. Vamos tentar algo diferente hoje.

Sentei-me em meu banco de sempre, sentindo-me desajeitada e exposta em meu uniforme escolar. Estava usando uma camiseta segunda pele de mangas compridas, como sempre, mas os Flocos tinham avançado para o meu punho, lambendo minha palma. Coloquei minhas mãos espalmadas sobre a mesa para que ele só visse a prata áspera dos nós dos meus dedos.

O papel em branco à minha frente era tão intimidador que minha mente se esvaziou.

— Quero que feche os olhos — ele disse — e em seguida desenhe seja lá o que for que veja.

Foi ele que eu vi quando fechei os olhos, o modo como estava quando entrei na sala. O mistério e a vulnerabilidade que o envolvia.

Mas, quando afastei a imagem dele, *ela* estava lá, aguardando.

Ela está sempre comigo. Mesmo quando estou acordada. É como se fosse minha sombra, minha própria Eurídice.

Inclinei-me sobre a mesa, pressionando o carvão com força na página, de modo que minha mão doeu. Ela surgiu em traços pretos esfumaçados. O aspecto severo de sua boca, as bochechas encovadas. As linhas finas dos punhos. Seus olhos, vazios na escuridão.

Nunca a havia desenhado até hoje. Acho que senti medo. Como se dar a ela uma forma física pudesse conjurar sua existência, tirá-la do mundo dos sonhos e trazê-la para este. Aqueles olhos encarando minha alma, prendendo-me a seu lado.

Mas, com o sr. Hennessey ali, senti-me corajosa.

Quando terminei, minhas mãos reluziam com carvão, uma marca na pele que eu tinha escolhido para mim. Estava exausta, mas satisfeita.

Lá estava ela na folha de papel. Igual aos meus sonhos. Os sonhos que agora me assombram, há meses e meses.

O sr. Hennessey se levantou do outro lado da mesa, deixando de lado a pilha de redações que corrigia. Enquanto andava ao redor da mesa, eu sentia cada um de seus passos no meu corpo. Logo, estava de pé atrás de mim, sua longa sombra projetando-se sobre o papel.

Por um tempo, ele não disse nada, e medo e excitação correram por minhas veias.

— Gostei — declarou por fim. — Quem é ela?

Detive-me por um momento, a boca seca. Não contei a ninguém para onde vou quando fecho meus olhos à noite; para onde meus sonhos me levam. Mal consegui me obrigar a escrever sobre isso aqui, no meu diário. Como se estivesse com medo de que, ao fazê-lo, se tornasse real.

Mas está acontecendo, é real. Ignorar não fez isso desaparecer.

Costumava sofrer de terror noturno quando era pequena. Às vezes, era acometida pelo sonambulismo. Uma vez, quando estava no jardim de infância, minha mãe me encontrou no banheiro com as torneiras abertas no máximo, a água espirrando nos azulejos. Minha pele ficou esquisita por semanas depois disso, endurecida em uma crosta cinza-azulada. Estava tão ruim que não pude ir à escola.

Conforme fui ficando mais velha, o sonambulismo parou e os terrores noturnos cessaram.

Mas agora eles retornaram, e estão muito, muito piores. Agora, sonho que sou outra pessoa; acordo e me vejo entrando na represa, com água escura ondulando à minha volta, minha pele se contraindo e rachando. Um pouco mais além, um pouco mais fundo a cada vez. Pensei em pedir a meu pai que colocasse um trinco na porta do meu quarto, mas ele só faria perguntas. Em vez disso, tenho amarrado meu punho à cabeceira da cama com uma faixa velha de roupão. De manhã, minha pele está ferida, rosada e brilhante, como se eu houvesse lutado para me libertar, como se a água estivesse me chamando.

Mas isso é impossível, não é?

Podia sentir a respiração do sr. Hennessey, morna na minha nuca. Não queria que ele se afastasse e estava com medo de que, se eu lhe contasse essa verdade sobre mim, essa estranheza, ele o faria. Que tudo isso — o ruído familiar de sua caneta no papel, o modo como ele cantarola para si mesmo às vezes, a recente naturalidade com que nos cumprimentamos — acabaria.

Então, eu a perderia, a sementinha de esperança que me impulsiona pelos dias e me guia pelas noites. Por um momento, minha garganta se fechou e pensei que, no fim das contas, não conseguiria articular as palavras.

Mas era o jeito como ele me olhava. Como se quisesse saber de verdade algo sobre *mim*.

— Acho que o nome dela é Eliza — disse lentamente, minha língua se atrapalhando com as palavras. — E-eu sonho com ela. Ela está em um navio, um navio de condenadas, com sua irmã... No sonho, *eu* sou a irmã dela, eu acho, mas é Eliza que consigo ver. Sonho que o navio está afundando. A água entra com violência, e está tão fria que é como se rasgasse minha pele. As outras mulheres ao redor gritam, choram. Algumas delas cantam...

Minha voz ficou embargada com as lágrimas e parei, horrorizada.

Ele não disse nada no começo, apenas deixou que eu me recuperasse. Enxuguei os olhos, e eles arderam devido ao pó de carvão.

— Os surrealistas acreditavam que nossos sonhos poderiam nos ajudar a encontrar nosso verdadeiro eu criativo — ele disse. Senti os pelos da minha nuca se arrepiarem na cadência de sua respiração. — Talvez você devesse fazer mais arte sobre esses sonhos, esses pesadelos. Pode ser... catártico.

Assenti.

— Como um exorcismo?

— Sim — ele concordou, e, embora eu não tenha me virado para olhá-lo, ouvi o sorriso em sua voz. — Exatamente isso.

Fiquei imaginando se ele já havia tido um pesadelo que precisara exorcizar. Ia perguntar, mas então senti seu olhar na minha mão como uma onda de calor, e, quando ouvi sua boca se abrir, sabia o que viria a seguir.

— Tem uma coisa que eu queria dizer... a sua pele...

Cerrei minha mão em um punho, uma vergonha escaldante se espalhando pelo meu corpo.

Perdi a conta do número de professores que me perguntaram sobre minha pele. Que marcaram consultas com a enfermeira da escola, ligaram para mamãe e papai, enviaram cartas para casa. Eles acabam deixando isso de lado quando percebem a verdade. Que é algo que não pode ser curado, apenas controlado.

Mas, ainda assim, odeio que seja isso que vejam quando olham para mim. Algo que precisa de conserto.

— Desculpe — ele falou. — É que... eu acho isso tão interessante. Você já sentiu esse impulso...? Quando vê algo que quer pintar, registrar?

Pensei em como ele estava quando o contemplei ao entrar na sala de Artes. Meu coração se apertou.

— Isso me lembra alguma coisa, a cor. — Ele colocou a mão na mesa, os dedos se aproximando do meu punho fechado. Ele traçou meus nós dos dedos com o dedo indicador e então falou, tão baixinho que tive de fazer um esforço para ouvi-lo. — Esse azul rosado, o jeito como parece prateado na luz. É como o interior de uma concha.

Mas o interior de uma concha é bonito, senti vontade de dizer.

Será que — não, não é possível — ele me acha bonita?

Permanecemos assim por um momento, seu dedo descansando nos nós dos meus. Meu coração batia tão forte que parecia um animal selvagem em meu peito.

Então, ele pigarreou e afastou a mão.

— O que acontece com ela, essa Eliza, no seu sonho? — ele perguntou.

Mantive a mão parada na mesa. Talvez, se ficasse imóvel por tempo suficiente, ele me tocasse de novo.

— Oh — falei, relutante em ser puxada de volta para aquele mundo de escuridão viscosa, de ondas sibilantes. — Na verdade, não sei. Costumo acordar antes que o navio afunde completamente.

Não lhe contei a verdade.

Que, cada vez que tenho o sonho, acordo um pouco mais adiante na história. Sinto a água descendo pela minha garganta, sinto-a enroscando-se em meus membros. Arrastando-me para baixo. Um brilho ofuscante à frente.

Que estou preocupada com que, um dia, minha contenção improvisada não seja capaz de me deter. Que presa no sonho, como sonâmbula, eu vá até a represa.

E me afogue com elas.

17

LUCY

SEXTA-FEIRA, 15 DE FEVEREIRO DE 2019

Já passa da meia-noite quando Lucy enfim larga o diário.

Ela está na janela do quarto, observando a dança prateada do luar nas ondas. A visão é linda, como uma das pinturas de Jess, e ainda assim o medo a atormenta. Não consegue tirar esta imagem da cabeça — Jess, mais jovem do que ela é agora, de mãos dadas com um homem mais velho. Parte de Lucy anseia que seja falsa; uma história que a versão adolescente de sua irmã — fervilhando de hormônios e paixão — contou a si mesma. Mas sabe que é verdade, sente isso em seu íntimo.

Durante a maior parte de sua vida, Jess foi um enigma para ela, e, agora que a resposta está bem ali, nestas páginas, Lucy não consegue continuar a leitura. Talvez fosse melhor fechar o diário para sempre, devolvê-lo ao esconderijo e deixá-lo fora de vista. Jogá-lo no mar. Assim, ela não terá que saber, não precisará ler sobre o que esse homem fez a sua irmã.

E, seja como for, como Jess se sentiria se soubesse que Lucy estava lendo seu diário de adolescente? A culpa se revolve em seu estômago. Ela ficaria furiosa, Lucy sabe, com tal invasão.

O que Jess dirá se descobrir o que Lucy fez? Ela não tem palavras para isso: o desespero para se sentir mais próxima da irmã, o desejo de espreitar sua mente como se ela, Lucy, fosse se encontrar refletida ali.

Suspirando, abre o WhatsApp no telefone, retorna à conversa com Ben. Não consegue deixar de pensar nele após ler o que Jess escreveu sobre Hennessey. As palavras da irmã zumbem com a tortura requintada do primeiro amor. A própria Lucy se sentia assim não muito tempo antes.

Será que Ben tinha conhecimento, ela se pergunta agora, da intensidade de seus sentimentos por ele? Seu desejo era tão óbvio nas mensagens de texto quanto no diário de Jess, ardendo com força em cada palavra?

Será que ele algum dia sentiu o mesmo?

Ela conclui que não importa. Ele nunca a mereceu, para começo de conversa.

Rola a tela para cima o suficiente na troca de mensagens do WhatsApp para chegar à imagem que enviou. Uma mulher em um quarto escuro, a luz incidindo sobre seu corpo vulnerável e exposto. Os olhos arregalados, quase implorando. Uma mulher que ela não reconhece mais.

Inspira profundamente, preparando-se, e apaga a conversa.

Lucy está sentada nas dunas de areia da Praia do Diabo. São pouco mais de oito da manhã; o sol nas ondas é de um vermelho apocalíptico.

O *e-mail* chegou uma hora antes, a notificação despertando-a de um sono agitado. Desde então, Lucy o leu pelo menos umas vinte vezes. É como se tivesse caído no alçapão da vida de outra pessoa.

Agora, ela murmura as palavras em voz alta, como se isso pudesse torná-las mais reais.

Na segunda-feira, 11 de fevereiro de 2019, a universidade recebeu a queixa de que você adentrou as acomodações de um colega sem permissão e o agrediu (a Queixa). Dando prosseguimento à Queixa, a universidade tentou contatá-la em várias ocasiões, mas não recebeu nenhuma resposta.

Em decorrência disso, de acordo com as Regras de Conduta Estudantil, você foi suspensa da universidade por um período de duas (2) semanas enquanto se conduz uma investigação sobre a Queixa. Você não tem permissão para frequentar o campus *ou acessar as instalações* on-line *da universidade durante esse período. Se desejar apelar da suspensão, pode fazê-lo de acordo com o procedimento incluso...*

Sua pulsação desacelera para um ruído surdo surreal, o som preenchendo os ouvidos.

Suspensão, seguida de provável expulsão.

Tenta recordar detalhes de sua vida na Hamilton Hume, a vida pela qual trabalhou tanto e que agora parece estar ameaçada. Ela temia esse momento, mesmo tendo, de certa forma, apressado a chegada dele. Todos aqueles telefonemas do escritório de assistência social estudantil, todas aquelas mensagens de voz. Ela não atendeu nenhum deles, não respondeu nenhuma das mensagens, envolvida demais pela inércia para sequer tentar se defender.

Mas, falando sério, o que ela poderia ter dito? Não há dúvidas de que tinha atacado Ben. Haveria imagens de câmeras de segurança que a mostrariam abrindo a porta; haveria o depoimento de Nick, que ouvira Ben gritar e vira Lucy sair do quarto dele.

Sem mencionar o fato de que ela havia fugido.

Abre o segundo anexo: o procedimento de apelação. Requisitos e prazos enchem seus olhos. Ela poderia, supõe, consultar um médico; tentar obter um diagnóstico para sua condição de sonambulismo. Talvez, com um relatório médico, pudesse demonstrar que não tinha controle sobre suas ações, que não tinha a *intenção* de ferir Ben.

Mas será que não?

Quanto mais pensa sobre isso, mais ela sente que algo subliminar a levara para o quarto dele naquela noite. Ficara sabendo, depois da reunião com a conselheira estudantil, que ele não enfrentaria nenhuma consequência pelo que fizera com ela. Sabia que ele se esconderia atrás de sua origem de família rica e do pai advogado.

E talvez algo dentro dela houvesse entrado em surto. Durante toda a vida, ela tinha dado como garantido que fazer a coisa certa — ser consciente, gentil e atenciosa — seria recompensador; que procedimentos e processos oficiais eram confiáveis. Que sempre haveria um número para ligar, uma pessoa à qual recorrer, uma resposta para cada pergunta. Que os fatos sempre, inevitavelmente, prevaleceriam.

Mas estava errada. Quando procurou ajuda pelos canais adequados, seguindo os *procedimentos*, ninguém lhe deu uma estrela dourada ou agradeceu por pedir com gentileza. Em vez disso, queriam que ela continuasse sendo gentil, que colocasse os sentimentos de Ben — a reputação *dele*, o futuro *dele* — acima dos dela. Queriam se livrar dela.

Embora estivesse em estado de sonambulismo naquela noite, de certa forma, também havia acordado para uma verdade essencial. Pela primeira vez, tinha sentido na pele a injustiça do mundo; as circunstâncias desvantajosas em que se encontrava, só porque era mulher. (Duvidava de que alguém tivesse implorado a Ben para pensar no futuro *dela*.)

Com esse despertar, havia algo mais. Uma nova consciência de seu poder. Livre das inibições anteriores — da compulsão de ser uma pessoa agradável, de ser uma boa menina —, tornara-se algo que nunca poderia ter imaginado ser. Tornara-se... perigosa.

Suspensão. De certa forma, é um alívio estranho. Não há mais espera, não há mais incerteza. Eis aqui seu destino. Algo se desprende dentro dela, e com isso há a percepção de que não sente falta de Hamilton Hume como pensava que sentiria.

Não sente falta da pressão claustrofóbica do dormitório arrumado, não sente falta do empurra-empurra de corpos no bar da universidade, dos estudantes homens com sua autoconfiança equivocada. Não tem certeza nem se sente falta de Em, ainda mais após a última conversa que tiveram.

Mas não que ele mesmo tenha postado no TikTok, não é? Não sei, talvez vocês dois consigam encontrar uma forma de reatar.

A única coisa que importava — que agora a enche de saudade — era o trabalho. Foi disso que sentiu falta na última semana: o rendimento satisfatório do teclado sob os dedos enquanto cria frases precisas e cuidadosas; a vibração de entusiasmo enquanto uma história toma forma.

Mas se há algo que seu tempo em Comber Bay lhe ensinou é que ela nunca precisou da universidade para aprimorar seus instintos jornalísticos. Eles tinham estado lá o tempo todo, impelindo-a adiante.

Pondera sobre a dúvida existencial que a atormenta desde que fugiu da universidade. O medo de que sua ambição de vida — descobrir a verdade por meio de reportagens meticulosas — seja ingênua, uma total perda de tempo.

E, sim, às vezes, as pessoas desviam o olhar de fatos inconvenientes — assim como a funcionária da assistência social estudantil fez quando Lucy lhe contou o que acontecera com Ben. Tudo o que a maioria das pessoas quer é uma vida fácil. É perturbador quando alguém começa a descosturar as histórias que entrelaçamos, as coisas que contamos a nós mesmos para nos confortar.

Como também sou mãe...

A conselheira não queria aceitar o que Ben tinha feito com Lucy, ou a ideia de que inúmeros outros jovens — inclusive, quem sabe, o próprio filho — poderiam ser capazes de fazer a mesma coisa. Era muito desagradável, muito assustador, e por isso fizera vista grossa para esse fato.

Mas só porque outras pessoas têm medo da verdade não significa que Lucy também precisa ter. Ela pode escolher ser corajosa.

Lucy contempla o horizonte, as ondas de areia que dão lugar a uma faixa dourada perto da beirada da água. As algas cor de lama, cobertas de brilhantes águas-vivas azuladas. O dia hoje está nublado, e a água está cinzenta sob o impiedoso céu branco. Ondas vigorosas reluzem e rolam em sua direção, espirrando espuma para o céu.

Quando havia chegado, três dias antes, e visto pela primeira vez a imagem familiar na tela da irmã — as duas meninas, o *Naiad* com sua figura de proa de sereia —, fora mais fácil considerar tudo uma grande coincidência. Duvidar da própria memória, dos próprios sentidos. Talvez ela já soubesse do *Naiad*, talvez sua irmã *tivesse* lhe contado sobre seu último projeto naquela última e fria visita de Natal.

Mas não há como negar agora, após ter lido o diário de Jess e visto os fantasmas da própria mente captados pela caligrafia da irmã vinte anos antes.

Acho que o nome dela é Eliza. Eu sonho com ela.

Lucy não sabe onde Jess está, ou por que foi levada a vir para esta cidade, com suas mulheres afogadas e homens desaparecidos. Não sabe por que ela e a irmã compartilham sonhos tão perturbadores ou por que são atraídas para a água durante o sono.

Mas há aquele gosto em sua língua, quimicamente doce: a onda inebriante de mistério, de um quebra-cabeça a ser resolvido.

Sabe como fazer isso. Como investigar uma história, como juntar peças desconexas e encontrar a verdade. E ninguém — nem Ben, nem Hamilton Hume — pode tirar isso dela.

Além disso, até Jess retornar, é tudo o que pode fazer.

Possíveis explicações para Jess e eu termos os mesmos sonhos, ela escreve, sublinhando a frase em seguida.

Um: folie à deux, *ou seja, uma ilusão compartilhada. Parece improvável, já que duas pessoas precisam estar fisicamente juntas para participar da ilusão.*

Dois: memória genética. De novo, parece improvável, pois não é cientificamente comprovado. Falar com mamãe e papai sobre ancestrais condenados?

Ela franze a testa para a última frase. Tinha lido um artigo da *Wikipédia* sobre memória genética — uma lembrança traumática que de alguma forma se incorpora ao genoma humano, passando de geração em geração, como uma doença. Mas a teoria é controversa e, de qualquer modo, pressupõe que alguém tenha sobrevivido ao naufrágio.

Ela olha além das ondas, para onde as rochas se projetam do mar cinzento, encurvadas como figuras humanas. Imagina o *Naiad* se despedaçando contra aquelas rochas. Duas meninas, uma delas cega, arrastando-se até a praia, pés em carne viva cheios de cortes, cabelos em grandes cordões encharcados descendo pelas costas.

Olha para a esquerda, para o penhasco que se projeta para o céu. O Mirante do Diabo, sua face irregular voltada para as ondas. Quantas vidas ele testemunhou serem roubadas ao longo dos anos?

As prisioneiras do *Naiad*; os oito homens desaparecidos; até mesmo, talvez, a mãe do Bebê Esperança...

É como se algo diabólico estivesse em andamento neste lugar.

A necessidade de entender, de encontrar o próprio lugar no quebra-cabeça de Comber Bay, arde em seu corpo. É tudo o que ela tem.

Lucy se levanta, inebriada com seu novo propósito. Sabe para onde ir, onde começar sua busca pelo elo — o fio que desatará o nó deste lugar.

Mas, antes, ela tira os sapatos para poder sentir a areia sob os pés. Desvia de lóbulos brilhantes de conchas, emaranhados de algas marinhas. Pode sentir a umidade entrando em sua pele, transformando-a, mas algo a incita para a frente, impedindo-a de voltar.

As ondas se enrolam como renda sobre a areia, e ela está tão perto que pode sentir o borrifo de pequenas gotículas pousando em sua pele.

Lucy fecha os olhos, saboreando a sensação. Em algum lugar, grasna uma gaivota. O tempo todo, o mar pulsa com firmeza contra a costa.

Quem mais esteve aqui, no lugar em que está agora?

Por um momento, tem certeza de que, se estender a mão, encontrará alguém a seu lado. A garota de olhos cegos. Eliza.

Deirfiúr.

Irmã.

Abre os olhos e descobre que está sozinha. Mas o sentimento permanece.

Lucy desce do ônibus, torcendo o nariz ao sentir o cheiro de gasolina e lixo envelhecido. O terminal na estação central de Sydney já viu dias melhores: as placas estão cobertas de pichações, e ela sente um pedaço de chiclete grudado no sapato. São três da tarde — não confiando em si mesma para dirigir, havia pegado o ônibus matinal em Batemans Bay e, seis horas depois, o calor se instalara como uma nuvem espessa sobre a cidade.

Não estivera em Sydney desde que fora ver Jess em 2017. Caminhando pela George Street, passa por livrarias que as duas visitaram, uma sorveteria onde Jess lhes comprou sorvetes. Tinham sorrido, percebendo que compartilhavam o mesmo sabor favorito: pistache.

Em que momento tudo dera errado?

Piscando os olhos para afastar as lembranças, deixa-se ser impulsionada para a frente pela multidão de funcionários de escritório, estudantes e turistas, arrastada por uma correnteza de tênis e sacolas. Depois do silêncio de Comber Bay, a cidade parece vibrar com ruído e cor: carros barulhentos passando, o som maníaco dos semáforos, até mesmo o grasnar distante das gaivotas fazem seu pulso acelerar. Sente uma breve explosão de anseio por Dawes Plain, pelo céu aberto. A cidade a faz se sentir exposta e claustrofóbica.

Ajeita a mochila, estremecendo a cada passo. Faz horas desde que pôs os pés na Praia do Diabo, mas ainda consegue sentir o pinicar da água salgada nos dedos.

A Biblioteca Estadual de Nova Gales do Sul ergue-se à sua frente, um monstro gigante de arenito. Com sua entrada ampla e colunas jônicas, lembra um antigo templo erigido em honra dos deuses. Dentro do saguão, a atmosfera é apropriadamente reverente. As lombadas de inúmeros livros reluzem nas prateleiras, captando o sol que se infiltra pela claraboia. Ela respira o cheiro de poeira e papel velho, extrai forças dele.

Caminha até o balcão de registro, fazendo uma careta ao ouvir os tênis rangendo no chão de ladrilhos. As mesas estão repletas de estudantes e profissionais digitando com fluidez em seus *laptops* reluzentes. Uma mulher em particular chama sua atenção — os cabelos são curtos e louros, como os de Lucy, mas cortados em um elegante estilo *pixie*. Ela usa fones de ouvido e um cordão em volta do pescoço. Lucy imagina ser uma repórter, transcrevendo uma entrevista com uma fonte.

O homem no balcão de registro dá a Lucy um passe de visitante e a direciona para a coleção de microfilmes na Sala de Leitura Governadora Marie Bashir. Assim que se acomoda diante do computador, com o arquivo de jornais digitalizados da biblioteca na tela, respira fundo e abre seu bloco de anotações, verificando mais uma vez os nomes e as datas.

1960 — SAMUEL HALL, PADRE, 65
1966 — PETE LAWSON, VETERANO DE GUERRA, 28
1973 — BOB RUDDOCK, COMERCIANTE, 44
1977 — WILLIAM GOLDHILL, CHEF, 54
1981 — DANIEL SMITH, DESEMPREGADO, 21
1986 — ALEX THORGOOD, PROFESSOR, 34
1990 — DAVID WATTS, ADVOGADO, 39
1997 — MALCOLM BIDDY, DESEMPREGADO, 37

Eis, os Oito.

Eles representam uma variedade de idades e ocupações, e, embora ela saiba pelo *podcast* que alguns deles — Ruddock, Lawson, Smith e Goldhill — eram pessoas que moravam na região, os demais eram visitantes de fora da cidade. Thorgood era de Melbourne, em férias com a irmã após a perda da esposa e do filho em um incêndio em casa no início do ano. Biddy era um nômade desempregado que viajava pela Austrália. Watts era um advogado de Sydney, visitando a área com a intenção de comprar uma casa de veraneio.

Pensa no diagrama frenético de Bernard Smith, na profusão de nomes e setas. Não é de admirar que ele não tenha conseguido encontrar uma conexão entre essas pessoas. Elas estão desaparecidas, e são homens — é isso, até onde Lucy é capaz de observar.

Decide começar pelo desaparecimento mais recente, em 1997. Malcolm Biddy, 37 anos, desempregado. Insere o nome dele e o ano na barra de pesquisa.

Um artigo do *South Coast Examiner* datado de 5 de outubro de 1997 comunica seu desaparecimento. Ele foi visto pela última vez nas primeiras horas da manhã, diz o texto, caminhando pela Bay Road em direção à costa, a um quilômetro de onde seu *trailer* estava estacionado. Mas há poucas informações sobre o próprio Biddy, além do que ela já ficou sabendo pelo *podcast*. *O sr. Biddy*, diz o artigo, *sem endereço fixo, havia chegado à região apenas algumas semanas antes. Os moradores locais o descrevem como um homem reservado que era "quieto, mas amigável"*.

Lucy clica para sair do artigo e navega para o próximo resultado, do *Sydney Morning Herald*, datado de janeiro do ano seguinte.

INVESTIGAÇÃO TEM INÍCIO APÓS DESCOBERTA TERRÍVEL EM MOTOCASA DE HOMEM DESAPARECIDO

A polícia de Nova Gales do Sul foi chamada ao Batemans Bay Depot na semana passada depois que um funcionário do conselho do condado de Eurobodalla relatou ter encontrado materiais suspeitos no veículo de Malcolm Biddy, 37, desaparecido há três meses. O veículo do sr. Biddy, um Dodge A100 amarelo e branco, foi rebocado da Bay Road, Comber Bay, na sexta-feira. Um porta-voz do conselho disse que uma carta foi enviada à irmã do sr. Biddy, a proprietária registrada do veículo, mas, como não se obteve nenhuma resposta, a van foi rebocada.

Um trabalhador então ligou para a polícia após notar armas, entre elas, um rifle que o Herald entende estar sem licença, no banco de trás da van. Um porta-voz da polícia disse ontem que foi iniciada uma investigação após uma busca no veículo ter resultado na descoberta de mais armas de fogo sem licença, bem como material contendo abuso sexual infantil. O porta-voz se recusou a comentar sobre se o material poderia estar ligado à Operação Fern, revelada ontem, quando a Polícia Federal Australiana anunciou que dez prisões relacionadas a uma suposta rede nacional de pedofilia tinham sido efetuadas.

O sr. Biddy não é visto desde 5 de outubro do ano passado, quando foi observado caminhando em direção à Praia do Diabo nas primeiras horas da manhã. A polícia disse que mantém qualquer possibilidade em aberto quanto às circunstâncias que cercam o desaparecimento do sr. Biddy. Eles não comentaram se o caso dele está ligado aos outros desaparecimentos na área, entre eles, o de David Watts em 1990 e o de Alex Thorgood em 1986. A polícia pediu que qualquer pessoa com informações sobre o paradeiro do sr. Biddy entre em contato com o Crime Stoppers pelo telefone 1-800-333-000.

Lucy sente um arrepio de repulsa com as horríveis palavras: *material contendo abuso sexual infantil. Rede de pedofilia.* A foto de Malcolm Biddy que acompanha o artigo é pequena e borrada, mas ela pode distinguir cabelos longos e emaranhados, uma bandana suja. Ele parece *hippie*, inofensivo, o que torna seus supostos crimes ainda piores de alguma maneira.

Mas parece um ponto de partida. Será que é *isso* que une os Oito? Alguém decidiu que o mundo seria um lugar melhor — um lugar mais seguro — sem eles? Como qualquer verdadeiro aficionado por crimes reais que se preze, ela está familiarizada com assassinos justiceiros.

O mais famoso é Pedro Rodrigues Filho, que parece ter servido de inspiração para *Dexter*. Talvez alguém tenha feito algo parecido em Comber Bay durante todos esses anos, atraindo suas vítimas para a costa antes de dar cabo delas, o mar fornecendo a cobertura perfeita...

Mas está se precipitando. Lucy não tem evidências de que qualquer um dos sete restantes — ela pensa no irmão de Ryan Smith, Daniel, com uma pontada de culpa — estivesse envolvido em atividade criminosa.

Precisa ser cautelosa, meticulosa; cuidadosa para eliminar o viés de confirmação.

Em seguida, procura por David Watts, o advogado. Há um obituário efusivo de uma publicação especializada chamada *The Lawyer*. Há também um registro do *The Australian* de 1989, mas, quando ela o abre, vê que não é um artigo, mas uma retratação. O jornal havia publicado algo que não agradara a David Watts, um advogado de sucesso?

O pulsação de Lucy acelera quando começa a ler.

> *O* The Australian *publicou um artigo em 7 de agosto de 1988 sobre o advogado David Watts e a morte de sua namorada, Christine Cara, naquele ano. Nele, fizemos várias acusações sobre seu caráter. Conversamos com pessoas que agora admitimos que não foram informadas sobre o caso e falhamos em incluir evidências de que o sr. Watts não estava envolvido na morte da sra. Cara; que provavelmente se tratava de um suicídio. Admitimos que falhamos em informar o sr. Watts de modo adequado sobre o conteúdo do artigo e, por isso, negamos-lhe o devido direito de resposta. O* Australian *admite que a história teve como base declarações imprecisas, dadas por terceiros, que tinham motivos para atingir o sr. Watts por meio de desinformação. Pedimos as mais sinceras desculpas ao sr. Watts e nos comprometemos a nunca mais repetir essas acusações, concordando em lhe pagar uma indenização.*

Christine Cara. Ela conhece esse nome. Uma rápida pesquisa no Google refresca sua memória: a modelo de olhos grandes e meigos, cabelos bem cuidados, bela e esbelta. Filha de imigrantes italianos, ela começou a trabalhar como modelo para bancar a faculdade de Enfermagem. Tinha acabado de se tornar o rosto da David Jones, a principal loja de departamentos da Austrália, quando morreu após cair da sacada de seu apartamento em Bondi, em 1988. Seu namorado, o advogado de Sydney David Watts, era a única testemunha da queda.

O mesmo David Watts que desapareceu em Comber Bay dois anos depois.

Os olhos de Cara — enormes orbes negros — encaram Lucy da tela do computador. No inquérito sobre sua morte, Watts havia dado provas de que ela era instável, uma alcoólatra. Que ele queria terminar o relacionamento deles e que ela havia reagido ameaçando tirar a própria vida. Não importava que os pais católicos de Cara tivessem jurado que ela jamais cometeria suicídio; que era contra a religião deles. As suspeitas de que ela pudesse ter sido empurrada nunca foram comprovadas nem levadas adiante. O parecer do legista tinha sido suicídio.

Ela relê o obituário de David Watts no *The Lawyer*.

David vinha lutando com sua saúde mental nos últimos anos, após uma trágica perda pessoal.

Dos oito homens desaparecidos, dois — até agora — estão conectados a supostos atos criminosos. Em particular, a violência contra mulheres e crianças.

Ela verifica as anotações do episódio um do *podcast*. Watts havia comprado um engradado com seis cervejas e isca de pesca na mercearia ao anoitecer. Comentara com o dono que iria pescar nas pedras na base do Mirante do Diabo. O homem o havia advertido para não pescar sozinho ao anoitecer; Watts tinha dito que se juntaria a alguém, mas Lucy não consegue encontrar detalhes de quem poderia ter sido.

Mais uma vez lhe vem à mente os degraus de pedra tortuosos na parte de trás de Cliff House, o entrelaçamento de cavernas que formam o Mirante do Diabo. Embora esteja a quilômetros de Comber Bay, cercada pelo zumbido de monitores de computador e pelo barulho de teclados na Biblioteca Estadual, sua pele se contrai, como se tivesse sido tocada pela brisa marítima.

Após encontrar poucas informações sobre os outros homens desaparecidos — embora o padre sul-australiano, Samuel Hall, tenha trabalhado em uma igreja que enfrentou acusações de abuso trinta anos depois —, Lucy vira a página do bloco de anotações.

Há um peso na boca do estômago, uma relutância.

Foi revigorante, de certa forma, ler sobre os desaparecimentos; vasculhar artigos de jornais antigos e fazer conexões entre eles. Seu cérebro parece aguçado e objetivo, fazendo o que faz de melhor.

Imersa em pesquisas, tinha se esquecido dos sonhos. Esquecido que as lembranças de outra pessoa, seus medos, pensamentos e esperanças, pareciam ter se emaranhado com os dela mesma. Os Oito — eles são apenas metade de todo o mistério, a primeira parte do enigma.

Ela estremece, lembrando-se das palavras do diário de Jess.

No sonho, eu *sou a irmã dela, eu acho, mas é Eliza que consigo ver. Sonho que o navio está afundando... mulheres ao redor gritam, choram. Algumas delas cantam...*

Lucy coloca o microfilme *Sydney Gazette 1800-1820* no leitor.

Aperta os olhos para a lente enquanto rola as edições do *Gazette.* Ela sabe que o *Naiad* afundou em 1801, mas não tem uma data exata. Os olhos começam a lacrimejar conforme a impressão compactada e borrada vai passando. Ela procura por menções à área da Costa Sul, mas até agora há apenas um relato de um afogamento próximo a Batemans Bay em 1816, um suposto ataque de tubarão em 1811. As palavras *navio* e *frota* lhe saltam aos olhos, porém, quando amplia a imagem, encontra apenas relatos do progresso da frota de Lorde Nelson no Mediterrâneo. Nada sobre um naufrágio local.

Mas daí. Segunda-feira, 5 de maio de 1801.

Naufrágio calamitoso.

Ela rola para baixo a fim de ler o artigo, o sangue pulsando nos ouvidos.

> É nosso melancólico dever relatar a perda do navio-prisão feminino NAIAD, naufragado na costa de Nova Gales do Sul em ou por volta de 11 de abril de 1801, com a perda estimada de mais de 100 vidas.
>
> O NAIAD partiu da Enseada de Cork em outubro do ano passado, com destino a Sydney, levando 83 mulheres condenadas e 22 tripulantes. Era comandado pelo capitão R. Barker, que havia navegado anteriormente nas barcas ANDRÔMEDA e RELIANCE, também de Cork para Nova Gales do Sul, sem incidentes, embora deva ser observado que um bom número de condenadas pereceu na última viagem.
>
> Por volta das três horas da manhã de 11 de abril, um navio foi avistado a 1 milha no mar, empalado no recife e afundando com rapidez. Mais tarde naquela manhã, uma mulher nativa descobriu cinco corpos que foram levados para a costa.
>
> Desde a tragédia, cerca de 20 corpos — a maioria da tripulação masculina — foram recuperados em terra e enterrados no assentamento em Batemans Bay. Uma busca por sobreviventes está em andamento, depois que várias mulheres foram avistadas nas proximidades do local em que o navio foi visto pela última vez.

Lucy lê a próxima edição e a seguinte, mas não consegue encontrar nenhuma outra menção ao naufrágio, ou se alguma sobrevivente feminina foi localizada.

Mas pode ser uma possibilidade. Uma resposta.

Massageia as têmporas, como se quisesse desembaraçar a confusão dos pensamentos. Para separar fatos de conjecturas e fantasias. Pensa na figura de proa de sereia que viu pelos olhos de Mary; a mesma figura de proa nas gravuras do *Naiad.*

Ela traça um círculo no dorso de uma das mãos. *Sentira* os dedos de Eliza nos dela, o calor úmido de sua pele. As lembranças de Mary se tornaram suas: o intenso aroma de *farls* dourando acima do fogo da lareira, o toque brutal da pedra molhada contra sua bochecha.

Lucy passa os dedos pela penugem do cabelo raspado. Estuda a mão no *mouse* do computador, os nós dos dedos com suas listras prateadas.

Não há lógica nisso, nenhuma razão. As explicações prováveis que escreveu com tanto cuidado no papel pautado do bloco de anotações a encaram, zombando dela.

A palma no *mouse* está suando. Ela olha ao redor: as mesas mais próximas da sua estão vazias, a realidade recuando. Como se outras pessoas sentissem sua presença, uma intrusa naquele tempo. O brilho das luzes do teto, as máquinas zumbindo, até mesmo os livros empilhados em silêncio nas prateleiras: tudo parece tão temporário quanto neblina.

Ela percorre os recursos de assinatura na intranet da biblioteca até encontrar o que procura, o Banco de Dados de Registro de Condenados. Navega até 1800 e verifica o nome dos navios que partiram para Nova Gales do Sul naquele ano. O *William Pitt*, o *Tellicherry.*

E ali está, o *Naiad.* Encontra a lista de passageiras.

Jane Adams
Margaret Black
Elizabeth Dean
Catherine Fitzpatrick
Bridget Foley
Sarah Hagarty
Anne Hagarty

Sua pulsação dispara quando os nomes correm pela tela.

Eliza Kissane
Mary Kissane

Lá estão, tão inevitáveis quanto a próxima batida de seu coração.

Elas são reais.

Os limiares de seu campo de visão tremulam, e ela está ciente do corpo ficando mole e bambo, e então do impacto trepidante no chão.

18

MARY

Mary estava dormindo — ou no estranho ponto entre o sono e a vigília — quando um novo som a despertou, juntando-se ao gemido da madeira, aos gritos e murmúrios das mulheres. Os passos pesados de um marinheiro, praguejando ao mergulhar no fedor do convés da prisão, com seus fungos, sangue e suor. Um cheiro feminino. Mary gostava de imaginá-lo como uma espécie de força, um poder em si mesmo. Um círculo protetor.

Mas agora ela ouvia coisas tilintando e farfalhando enquanto as mulheres se afastavam do caminho do marinheiro. O brilho oleoso de sua lâmpada iluminava rostos pálidos e olhares furiosos.

Só Bridie parecia dar boas-vindas ao visitante. Ela se inclinou para ele sobre o beliche, o corpo pálido se desenrolando no escuro. O marinheiro estendeu a mão e a ajudou a descer, os cachos dela brilhando como chamas.

Quando o portão da antepara se fechou atrás deles, o silêncio que havia caído se dissipou.

— Prostituta — resmungou Sarah, a palavra afiada como uma lâmina.

— Está mais para tola — Aoife murmurou.

Mary não disse nada. Podia ouvir Eliza mastigando o cabelo, e de repente desejou o retorno da lâmpada do marinheiro, para que pudesse ver o rosto da irmã. Para que não ficasse mais sozinha com suas lembranças, uma criança abandonada na floresta.

Samhain. A noite em que a vida delas mudou para sempre. Fogueiras queimavam na escuridão, anunciando a chegada do inverno, afastando os espíritos que as observavam do Outro Mundo. O ar estava denso de *poitín* e fumaça; homens embalavam violinos como se fossem bebês, arrancando lamentos da garganta deles.

Da havia dito a elas que ficassem dentro da cabana. Deveriam comer o ensopado que estava na panela sobre a lareira, bloquear os ouvidos dos sons de diversão. Ele deu a Eliza seu rosário para mantê-las em segurança, os cantos da boca da filha se erguendo enquanto pressionava as contas entre os dedos. Juntas, fizeram uma tenda com seus cobertores, como animais em uma toca; comeram o ensopado direto da panela.

— Deixe isso aí — Eliza disse quando Mary colocou o castiçal sob os cobertores, franzindo a testa para o calor em seu rosto. — Não precisamos disso.

Assim, Mary juntou-se à irmã na escuridão. Eliza perguntou se Mary queria uma história, e Mary apertou sua mão para responder que sim.

— Em Kerry, onde o mar sobe pela costa, vivia uma *merrow* — Eliza começou. — Ela tinha uma cauda prateada como escamas de peixe e cabelos vermelho-rubi como algas dulse. Sua voz era a coisa mais bela que alguém já ouviu. Certa manhã, ela viu um pescador; um pescador bonito, a voz dele também bela, e os dois se apaixonaram. Ele a tornou sua esposa e...

— Pare — disse Mary.

— Mas você não se lembra? A história que Mam nos contou, antes de Da nos levar embora.

— Ela nunca contou nenhuma história — afirmou Mary. — Você ouviu isso em outro lugar, você inventou.

Ela odiava aquilo, a maneira como Eliza se apegava à memória de Mam. De que adiantava Eliza nutrir tal saudade por ela? Ela nunca mais voltaria.

Quanto mais velha ficava, mais furiosa se tornava com Mam, por tê-las abandonado com tamanha indiferença. O que se passava em sua mente no dia em que fora até a praia e tirara a capa, lançando-se à mercê do mar? Será que não tinha pensado em Mary e Eliza, no quanto precisavam dela?

Da lhe dissera que era uma bênção que Mam não houvesse levado Mary e Eliza com ela naquele dia, senão as três estariam perdidas. Da também lhes tinha dito que deveriam tentar não pensar na praia de Ard na Caithne, nas ondas brancas na areia, no mar que fazia a pele delas formigar. Deveriam tentar não se lembrar da maneira como sua mãe as havia colocado em perigo.

E, então, Mam se tornara apenas uma ausência, uma cicatriz em seu coração. Mam não eram braços acolhedores embalando-a, ou a doçura de uma canção de ninar. Ela era o espaço frio perto da lareira, a dor de ver as mulheres da aldeia abraçarem seus filhos com força. Ela era Da, curvado na praia, revirando uma capa várias vezes nas mãos.

Mas Eliza continuou com sua história.

— A *merrow* e o pescador se amavam tanto que tiveram duas crianças, gêmeas...

Mary não conseguia suportar. A raiva ardia feroz em sua barriga, tão fulgurante quanto as chamas da fogueira lá fora.

— Por que você faz isso... fala sobre ela como se ela fosse uma coisa mágica? Ela não se importava conosco, Eliza. Ela deixou que o mar a levasse.

Eliza ficou em silêncio. Virou a cabeça, como se esperasse um tapa.

— Ela poderia ter voltado — disse baixinho. — Se tivéssemos esperado. Da não deveria ter nos trazido para Armagh. Não pertencemos a este lugar, tão longe da costa.

— Voltado? Eliza, ela está morta — Mary falou, levantando-se tão repentinamente que a toca de cobertores desabou ao redor delas.

— E se ela não estiver? — Eliza insistiu. — E se estivermos errados? Talvez ela não tenha se afogado, talvez ela tenha ido para o *tír fo thuinn*...

Mary fechou as mãos em punhos, as unhas cravando-se nas palmas.

— Só porque você não consegue ver o que está à sua frente — disse Mary — não significa que vê coisas que os outros não conseguem. Isso não faz de você alguém especial. Apenas imperfeita.

As palavras pairaram pesadas entre elas e, de repente, Mary desejou poder retirá-las dali.

— Eliza...

Houve um farfalhar de cobertores. Eliza se levantou e, antes que Mary pudesse reagir, correu em direção à porta e saiu para a noite.

Mary a seguiu até o riacho, a voz rouca de tanto chamar o nome da irmã. Galhos estalavam alto sob suas botas, a respiração tornando-se vapor no ar outonal. A distância, uma fogueira brilhava, dividida em dois olhos à espreita pelas lágrimas de Mary. Enquanto ela se embrenhava ainda mais na floresta, os sons do Samhain — os violinos, os gritos e as canções — iam diminuindo, até que restou apenas a própria respiração, alta e irregular, em seus ouvidos, sua própria voz chamando em desespero por Eliza.

Ela nunca deveria ter dito aquelas coisas para sua irmã. Nunca deveria tê-la feito sair de casa, para a ameaça da noite do Samhain.

Quando chegou ao riacho, Mary viu que Eliza havia quebrado a promessa de não tocar na água: tinha entrado tão fundo que a água chegava à sua cintura. Mary prendeu a respiração. Estava tão frio — frio mesmo para a época do outono —, e os juncos que se enrodilhavam nas margens estavam salpicados pela geada.

Mary esforçou-se para tirar as botas, passou o xale por sobre a cabeça. Não pensou no ar da noite e em como ele irritava sua pele, nem na mordida pungente do riacho. Pensou apenas em Eliza.

Ela entrou no centro do riacho, os movimentos frenéticos enviando plumas brancas pelo ar. A água a puxava com mãos geladas, mas gentis, e algo faiscou dentro dela, algo estático e enterrado, subitamente envolto em vida. Os braços, prateados de bolhas, cortavam a água. Uma figura nadava à frente, cabelos escuros se movendo como se estivessem ao sabor da brisa. E, naquele momento, Mary sentiu-se escorregando, sentiu a tentação de se entregar ao sentimento, à lembrança. A Mam.

Em algum lugar, uma coruja piou, trazendo-a de volta a si.

— Eliza! — ela chamou. — Eliza!

Mas era como se a irmã não pudesse ouvi-la, como se tivesse passado para algum outro plano, um outro mundo. Como se tivesse sido atraída para a água por algum espírito ou fantasma, ou talvez até por um *each-uisce*, o metamorfo das histórias de Da.

Ela pegou Eliza pela cintura, sua irmã lutando para se desvencilhar. Um punho pálido atingiu Mary na bochecha.

Mas Mary era a irmã mais forte — sempre fora a mais forte. Ela arrastou Eliza para a pedra no meio do riacho e afastou o cabelo úmido e emaranhado de seu rosto.

— O que estava fazendo? — sibilou, o medo se transformando em raiva em suas veias. A pele entre os dedos dos pés e das mãos queimava. Precisava levar Eliza para casa, tirá-la da água e levá-la para o interior seco da cabana. Seu coração batia forte ao pensar em Da, caso descobrisse o que elas tinham feito.

— Estava procurando por ele — disse Eliza. — Pelo *tír fo thuinn*. A terra sob as ondas.

Como se ela pudesse encontrar Mam lá, tal como a *merrow* de sua história infantil.

A dor floresceu no coração de Mary, e ela traçou as gotas brilhantes de água que permaneciam na bochecha da irmã. Tantas vezes Mary havia pensado que Eliza era a irmã mais sábia, aquela que conseguia sentir a raiva no silêncio, a tristeza em um suspiro. Mas, naquele momento, ela parecia tão inocente, tão ingênua em relação à morte e seu significado.

A garota que canta, mas não vê.

Isso lembrou Mary de seu dever como gêmea primogênita. Proteger a irmã, guiá-la.

— Sinto muito pelo que eu disse — ela sussurrou. — Não foi minha intenção.

— Eu sei — disse Eliza. — Sei que não foi. E sei que não é verdade.

Mas, então, suas feições se contraíram como a corda de um violino.

— Silêncio — ela disse. — Tem alguém vindo.

Byrne, movendo-se entre os juncos em direção a elas.

Quando o portão da antepara se abriu de novo e o marinheiro Wright trouxe Bridie de volta para dentro, as mulheres ficaram em silêncio. Assim que os passos haviam se afastado e a luz das lamparinas se desvanecera, os murmúrios aumentaram.

A seu lado, Eliza se encolheu de repulsa.

— Está tudo bem — Mary sussurrou. — Ele se foi.

— Ele não se foi — disse Eliza. — Posso sentir o cheiro dele nela.

Mary também percebeu, uma nova nota entre o almíscar feminino. Algo agridoce, como leite envelhecido. Um odor masculino.

Ouviu a cama de cima ranger quando Aoife afastou seu corpo do de Bridie.

— Não encoste em mim — ela vociferou. — Não vou dividir a cama com uma prostituta *Sasanach*.

— Do que me chamou? — Bridie disse, o tom baixo e perigoso.

— Ela te chamou de prostituta — Sarah falou do beliche do outro lado. — E está certa. Já não demos o suficiente aos ingleses? Nossa terra, nossos homens. Eles tirariam até nosso Deus de nós. E agora você entrega sua virtude também?

Ouviu-se um farfalhar então, o som impaciente de Bridie estalando a língua.

— Não é com a minha virtude que estou preocupada — ela retrucou. — Mas com a minha barriga. Você mesma não pegaria, se lhe oferecessem? Carne extra para sua *leanbh*[8]?

Sarah não disse nada.

— Sinto cheiro de comida, mamãe — sua filha murmurou. — Estou com tanta fome.

— Pegue — Bridie disse neste instante. — Para sua menina.

Então, o cheiro da bolacha preencheu o ambiente: forte banha de porco salgada. O beliche rangeu quando Bridie estendeu a mão para Sarah.

— Eu...

— Não vou oferecer duas vezes.

— Não sei como agradecer.

— Só cuide para que sua menina chegue viva.

Mary se encolheu, tentando ignorar o som do maxilar da pequena Annie se movendo. Seu próprio estômago se contorcia de fome.

E havia algo mais: algo que lhe causava aquele medo paralisante no fundo da barriga, as advertências de Da ecoando dentro de si. Uma nova dor nos dedos dos pés, nas solas dos pés, onde a água do porão a lambia, como se a pele estivesse se desprendendo e descascando. Lembrou-se da época em que, quando criança, mergulhava a mão na água e a via ficar branca; do jeito como o riacho queimava sua pele.

Da tinha tentado tanto protegê-las da água, do mar que havia levado Mam embora.

E agora estavam à mercê dele.

8. Palavra do irlandês arcaico que significa "bebê, criança". (N. da T.)

19

LUCY

SEXTA-FEIRA, 15 DE FEVEREIRO DE 2019

Uma mão em seu ombro, hálito de leite azedo em seu rosto.

Lucy recua, o corpo se afastando rápido para trás. Tateia atrás de si, alcançando o riacho em busca de uma pedra, algo que possa usar como arma.

Mas os dedos roçam o carpete, depois a frieza de um piso de ladrilhos.

Ela abre os olhos e se depara com um homem — jovem, com um crachá em um cordão e óculos redondos sem aro — encarando-a do alto. O sol entra por uma claraboia, dourando-lhe as orelhas e o nariz.

O espaço entra em foco. As fileiras de mesas, as paredes forradas de estantes de livros. Os computadores zumbindo. Há uma pausa no ar, como se a sala tivesse respirado de maneira coletiva. Cabeças esticam-se sobre telas, rodeadas por prateleiras. Dezenas de pares de olhos estão fixos nela.

— Vá com calma — diz o homem, a mão firme em seu ombro. — Minha colega está chamando uma ambulância agora.

— Ambulância? — Por um momento, a palavra parece estranha em sua boca; ela tem que desenterrar seu significado. Então, uma onda quente de vergonha espalha-se por suas bochechas. — Não, por favor... Estou bem, de verdade.

Ela se afasta da mão dele e trata de se pôr de pé. A luz é tão ofuscante na sala que não entende como alguém consegue suportá-la. Ela agarra a mesa do computador para se apoiar, cutucando o *mouse*, e a tela pisca e ganha vida. A lista de passageiros do *Naiad* ainda está aberta ali.

Eliza Kissane.

Mary Kissane.

— É sério, devo insistir — o homem está dizendo. — Você desmaiou... Eu mesmo vi. É uma questão de saúde e segurança, temos o dever de cuidar...

— Estou bem — ela responde, o pulso disparado. Desliga o computador, enfia o bloco de anotações na bolsa e a pendura no ombro. — Esqueci de almoçar. Vou pegar um sanduíche em algum lugar.

— Olha, você poderia apenas...

— Obrigada pela ajuda — ela diz, passando por ele. Começa a correr de maneira trôpega, os tênis batendo contra o piso de mármore, dezenas de olhos nela, mas não se importa. Passa pela recepção, pelos detectores de metal, e sai do saguão em direção ao calor brilhante do dia.

Encolhe-se e se protege do sol, a respiração irregular. A mochila bate dolorosamente contra sua espinha. Já passa das cinco, ela se dá conta vagamente. Não come desde aquela manhã, mas pensar em comida só lhe traz náuseas.

O nome delas povoa sua mente, um mantra doentio.

Eliza Kissane. Mary Kissane.

Está caminhando de novo pela George Street; um bonde estremecedor passa. As fachadas das lojas berram. Suas pernas se movem quase por conta própria, e só quando vê a curva de concreto da linha ferroviária é que percebe para onde está indo.

Passa pela estação Circular Quay com seus turistas e vendedores de sorvete, as gaivotas rondando. Ao chegar às grades, apoia os cotovelos no ferro enferrujado. Uma buzina de balsa soa, a água batendo no barco amarelo e verde. À sua direita, as velas brancas da Opera House; à esquerda, o contorno elegante da ponte.

Mas Lucy ignora tudo.

Em vez disso, olha para a água, para seu reflexo mutável. A luz brilha na superfície, contrastando com suas profundezas turvas. Um vestígio de lixo, uma embalagem de sorvete, uma batatinha inchada, destroços e restos da vida moderna.

Lucy imagina fragmentos destruídos de história alojados no fundo do mar do porto. O vidro verde de uma garrafa de rum, um pedaço enferrujado de corrente. As metades rachadas de conchas de ostras.

O presente nada mais é do que uma onda, afastando-se dela.

Poderiam elas ter escapado com vida, Mary e Eliza? Será que sobreviveram ao naufrágio, chegaram de alguma forma a Sydney Town, levaram a vida em suas ruas recém-pavimentadas? Mudaram de nome, deixaram as origens para trás no casco enferrujado do *Naiad*? Ou será que pereceram lá, seus ossos há muito dispersos em pequenos grãos de areia?

Ela respira fundo, sugando o ar salgado. Enterrado em algum local de sua mente, há o reconhecimento de que o mar a está acalmando, está diminuindo seus batimentos cardíacos. A proximidade da água é um bálsamo. Por que seu corpo busca aquilo que o machucaria?

Eliza e Mary deviam ter escapado com vida, deviam ter sobrevivido. Mary, pelo menos. Tempo suficiente para ter filhos, passar para a frente suas lembranças ao longo dos séculos com seus genes, encher o cérebro de Lucy com fantasmas.

Mas, então, ela pensa no diário de Jess.

Estou preocupada com que, um dia, minha contenção improvisada não seja capaz de me deter. Que presa no sonho, como sonâmbula, eu vá até a represa. E me afogue com elas.

Será que Jess vira um desfecho que Lucy ainda não havia alcançado?

Os sonhos — ou lembranças — estão começando a se encaixar agora, como contas em um colar. Ela pensa em um rosário, as contas de madeira lisas de tão desgastadas pelo toque de várias mãos, o ruído que fazem em seus dedos. Mas ela nunca segurou um rosário, nunca rezou uma ave-maria na vida. Essa lembrança não lhe pertence.

Outra balsa está partindo; a buzina soa e se infiltra nos pensamentos de Lucy, puxando-a de volta para o Porto de Sydney, 2019. Ela ergue uma das mãos até o pescoço. A pele ali parece machucada, sensível.

Verifica o telefone: 17h20. Seu ônibus parte em meia hora.

Não sabe como nada disso se encaixa. Jess. Os homens desaparecidos. Mary e Eliza.

Mas agora tem certeza de que a resposta está em Comber Bay.

20

DIÁRIO DE JESS

1999

1º de janeiro

Feliz Ano-Novo, diário.

Estou escrevendo isso no quarto de Max, enquanto ele dorme ao meu lado. São cinco da manhã, e há apenas uma nesga aberta entre as cortinas, o sol batendo em seus cílios. Ele parece tão tranquilo. Quase tranquilo demais. Se não fosse pelo lento subir e descer de seu peito, o ocasional movimento dos olhos sob as pálpebras, ele poderia muito bem estar morto.

Eu o invejo por conseguir dormir desse jeito.

Tentei desenhá-lo, mas não consegui acertar — não fui capaz de captar a serenidade dele, a maneira como parecia tão tranquilo em seu corpo. Continuei desenhando os olhos abertos em vez de fechados, abertos e escuros como um túnel. A pele escamosa, as membranas entre os dedos. Percebi então que estava desenhando *ela*.

É como se estivesse infectada. Possuída.

Faço o que o sr. Hennessey me ensinou na última vez em que o vi antes das férias de verão. Estávamos tendo nossa última aula do ano, e senti como se um buraco se abrisse dentro do meu peito. Estava copiando um autorretrato de Derain, mas na verdade era ele — Hennessey — que eu queria capturar. *Capturar.* É a palavra perfeita, não é? Você pinta alguém e é como se fosse dono dessa pessoa, como se tivesse tirado a alma do corpo dela e a transposto ali na tela.

Estava pensando sobre o demorado período de dias que estava por vir, dias que seriam quentes e cheios de poeira, que cheirariam a lã e teriam o som de todas as coisas que meus pais não diriam. Oito longas semanas até que eu voltasse a ver o sr. Hennessey.

Minha mão começou a tremer e a suar, manchando a palma de azul.

Não achei que ele fosse notar — ele costuma ficar sentado à mesa enquanto eu trabalho, corrigindo trabalhos com uma perna longa dobrada sobre a outra —, mas então sua voz suave interrompeu meus pensamentos, perguntando se eu estava bem.

Assenti, mas não conseguia parar de tremer. Ele pegou um copo d'água para mim na pia de metal barulhenta da sala de Artes e, enquanto eu bebia, colocou a mão no meu ombro, só por um momento. Eu estava usando uma blusa de manga comprida por baixo do uniforme escolar, rígida e provavelmente fedendo a suor, mas ainda assim senti uma carga quase elétrica, como se sua pele nua tivesse tocado a minha. Então, ele retirou a mão.

— Às vezes, tenho ataques de pânico — contou ele. — Eles começaram quando eu era criança. Meu pai... ele não era o homem mais fácil de se conviver. Vi uma terapeuta por um tempo, e ela me ensinou como lidar com eles. Pense no seu corpo, dos dedos dos pés às pontas dos dedos das mãos, e concentre-se nas sensações. Inspire e depois expire.

Tento isso agora, sentada no quarto de Max.

Sinto as tábuas frias do assoalho sob meus dedos, a coceira da pele áspera em meus tornozelos e joelhos, minhas coxas e barriga. Pressiono os lábios, sentindo a sensibilidade, como um hematoma. Respiro.

Inspirar, expirar.

O que o sr. Hennessey pensaria se soubesse o que eu fiz?

Max e eu sempre passamos a véspera de Ano-Novo na casa dele. Quando éramos mais novos, sua mãe nos deixava ficar acordados até meia-noite para assistir aos fogos de artifício de Sydney na TV. Bebíamos tantas latas de Coca-Cola e Sprite que construíamos uma pequena pirâmide com elas. Max costumava chamá-la de a Oitava Maravilha do Mundo.

Podia ouvir o suave burburinho da TV da sala de estar enquanto me preparava — mamãe e papai estavam se acomodando para assistir à cobertura do Porto de Sydney — e me senti desesperada, de repente, para estar em segurança na casa de Max e longe deles.

A atmosfera estava pesada desde o almoço de Natal. Como se as coisas que eu havia dito naquele dia tivessem se avolumado e se avolumado, até sugarem todo o ar da casa.

Algo havia se partido dentro de mim naquele dia. Corri os olhos pela mesa, pelo peru, pelo tender, pelo salmão defumado e por tantas saladas coloridas, que parecíamos ter roubado uma *delicatessen*. Muito mais comida do que três pessoas poderiam dar conta.

Mamãe estava enfurnada na cozinha há dois dias, e suas bochechas ainda estavam rosadas do fogão, a pele ainda brilhando de suor.

Não entendo o que me deixou tão brava. Ela tinha apenas feito algo legal — algo de que eu gostava, não apenas por fazer, mas pelo prazer que esperava nos proporcionar.

Acho que era o sentimento estranho que às vezes tenho em relação a ela — como quando ela me chama de "querida", ou me diz que sou linda, ou estende a mão para tirar meu cabelo do rosto —, de que o amor que sente por mim é de alguma maneira maculado pela culpa.

E, naquele momento, eu não aguentava mais não saber. Descobri que não era capaz de engolir, como se as palavras fossem me sufocar, a menos que eu as liberasse.

— Não acha que estamos fazendo a menor reunião de Natal entre todas as pessoas em Dawes Plain? — perguntei. Vi o rosto de mamãe desmoronar sob minhas palavras, mas era tarde demais agora. Não conseguia parar.

— Jess, não fale com sua mãe desse jeito — ralhou papai.

— Mas é sério. Como podemos ser só nós três? Nada de avós, nada de tias ou tios, nada de *irmãos*...

— Jess! — O punho de papai bateu com força na mesa.

— Não, Mike, está tudo bem — disse mamãe. Quando se virou para mim, seus olhos castanhos brilhavam.

— Queríamos lhe dar um irmão, querida. Mais do que tudo. Mas... simplesmente não foi possível. As coisas não foram fáceis para nós nessa área.

Deveria ter ficado quieta naquele momento, mas não pude me conter. Engoli minha garfada de peru e depois disparei:

— Por que vocês não podiam adotar?

Mamãe encolheu-se com a última palavra, e um silêncio terrível se instalou à mesa.

Foi papai quem falou primeiro.

— Corremos atrás dessa possibilidade, querida, mas não era uma opção...

Empurrei minha cadeira para trás, com tanta força que ela arranhou os ladrilhos da cozinha.

Mais tarde, fiquei pensando no rosto da mamãe quando eu disse aquela palavra. *Adotar.* O jeito como se sobressaltou, os olhos arregalados. Ela não parecia furiosa, nem magoada.

Parecia assustada.

Talvez eu estivesse errada sobre a questão? Talvez haja outra razão para eu ser diferente.

Aguardei até que fossem dormir, quando não ouvi mais o choro da mamãe nem o murmúrio suave do papai confortando-a filtrando-se pelo corredor. Os sons fizeram meu coração se contorcer de culpa.

Mas eu tinha que saber.

Entrei no escritório, fechei a porta antes de acender a luz, esperando que isso não os acordasse. A mesa estava bagunçada, coberta de papéis e pó dos desenhos a pastel do papai. Ele havia feito uma rosela para a mamãe no

Natal, serena em seu rosa-claro. Não sabia onde estavam todos os nossos documentos oficiais, mas decidi começar pelas gavetas. Não havia muita coisa. Uma fotografia sépia desbotada de um homem parado na frente de um barco — o pai do papai, talvez? — e uma foto ainda mais antiga de um casal de aparência severa que não reconheci. A gaveta rangeu enquanto eu vasculhava seu interior entre clipes de papel velhos e jornais amarelados, que me provocaram uma careta. Meus dedos roçaram um pedaço de papel duro, e o puxei para fora, pensando que poderia ser algo oficial.

Era um desenho. Do papai, percebi de imediato. Não um pássaro, como ele costuma desenhar, mas um peixe. Um peixe de aparência venenosa, eriçado e com grandes espinhos listrados.

Ouvi passos vindo rápido pelo corredor e, antes que eu pudesse reagir, papai irrompeu pela porta.

Seus olhos estavam rosados, como se ele também tivesse chorado, e não apenas mamãe. Tudo por minha causa.

— Me dê isso — ele exigiu, puxando o papel das minhas mãos com tanta força que quase o rasgou. Antes que eu pudesse impedi-lo, ele o amassou em uma bola e o jogou na lata de lixo.

— Papai, o quê...

— Vá para o seu quarto — ele ordenou, agarrando-me pelo cotovelo e me conduzindo porta afora. — Não vê que já causou confusão suficiente?

Pedi desculpas, e ele suspirou.

— Vamos lá, Jess — ele disse. — Foi um dia longo e conturbado. Só quero que todos durmam um pouco, ok?

Entrei debaixo das cobertas, mas, assim que ouvi o baque suave da porta do quarto deles se fechando, voltei de maneira furtiva para o escritório e resgatei o desenho do papai da lixeira.

É tão bonito. Por que ele iria querer jogá-lo fora?

No dia seguinte ao Boxing Day, os dois foram dar uma volta de carro juntos. Disseram que era para comprar leite, mas me pergunto se na verdade não era para fugirem de mim: os olhos da mamãe estavam vermelhos, e ela evitou olhar para o meu rosto enquanto se despedia.

Parte de mim me odiava, mas eu sabia que talvez não ficasse sozinha de novo por dias. De volta ao escritório, passei uma hora vasculhando o conteúdo da mesa do papai, estremecendo toda vez que ouvia o estalo do telhado de ferro corrugado dilatando sob o sol.

Mas não havia nada — um inesperado arquivo de impostos, mais material de arte do papai, edições antigas da revista *Birdwatch* da mamãe.

Quando me lembrei do arquivo no quarto deles, ouvi o som de pneus de carro esmagando os cascalhos da entrada.

Corri de volta para a cama e me enrolei como uma bola, ouvindo meu *walkman*.

Deveria saber então que os sonhos retornariam. Elas — as meninas — são como tubarões. Elas sentem quando você está fragilizada.

A véspera de Ano-Novo foi normal no começo. Quando cheguei, Max olhou para o meu rosto — eu sabia que estava pálida, que havia sombras sob meus olhos —, mas não disse nada. Ele parecia saber, sem que lhe fosse dito, que eu não queria conversar.

Sua mãe estava fora. Tinha começado a namorar alguém em Bourke e ia passar a noite lá, por isso, tínhamos a casa só para nós.

Sentamos no pufe no quarto de Max e bebemos latas de cerveja, ouvindo The Cure. Fiquei pensando em que momento as latas de Coca-Cola haviam sido substituídas por álcool e me senti um pouco triste, como se um dia eu tivesse parado de ser criança e nem tivesse percebido.

Assistimos aos fogos de artifício na TV, falando sobre como seriam nossas vidas quando saíssemos da escola e nos mudássemos para Sydney. Eu, uma aluna da Faculdade de Belas-Artes, e Max, um músico. Tudo parecia radiante e real, como se pudéssemos estender os braços para a televisão e agarrar o futuro ali mesmo.

Não sei a que horas fomos dormir. Talvez duas da manhã. Max me emprestou a cama dele e dormiu no chão.

Quando acordei, não conseguia respirar. Tudo estava frio, azul-neon. Eu estava na água, me afogando. Meus olhos estavam abertos e podia ver o movimento dos meus membros, pálidos como os de um fantasma, como se eu já estivesse morta.

E, então, havia um braço em volta da minha cintura, puxando, a dor do ar correndo para os meus pulmões e o arranhar do cascalho na minha pele.

Só depois percebi onde estava, o que tinha acontecido.

Enquanto eu tossia água, tremendo no ar da noite com Max ofegante ao meu lado, dizendo sem parar: "Que porra é essa, Jess?", lembrei-me do sonho. As mandíbulas pretas da madeira lascada. A água branca, pulsando em minha direção. De alguma maneira, ela tinha me puxado para a piscina de Max. Tentara me afogar.

Max enrolou-me em uma toalha com cuidado, como se eu fosse uma criança. Levou-me para dentro — podia sentir meus dedos apertando os dele, sabia que logo minha pele iria rachar e descascar —, me fez uma torrada e me serviu leite morno.

— Quer me contar o que aconteceu? — ele pediu, inclinando-se sobre o balcão da cozinha, observando-me enquanto eu dava pequenas mordidas na minha torrada. Seus cílios ainda estavam molhados, cobertos de gotas de água. Perguntei-me como teria sido ter um irmão como Max. Se eu fosse adotada, talvez *realmente* tivesse um irmão em algum lugar por aí.

Balancei a cabeça.

— Foi só um pesadelo — respondi. Meus dentes batiam um pouco. — Eu sou sonâmbula às vezes.

Ele olhou para mim por um tempo, os olhos estudando meu rosto. Como se estivesse tentando decidir sobre o que eu precisava dele naquele momento.

E, então, ele sorriu.

— Você fala dormindo também. E uma vez, quando ficou aqui, você peidou.

Eu ri, o som que escapou de mim me surpreendendo.

— Seu mentiroso!

— Juro — disse Max, rindo também. — Cheirava a cocô de vaca.

Pouco depois, estava rindo de chorar, as lágrimas se misturando ao cloro da piscina, e aí não estava mais rindo, apenas chorando, e Max cruzou a cozinha e me envolveu em seus braços molhados.

— Oh, Jess — disse contra meus cabelos. — Calma, está tudo bem. Eu estou aqui.

Eu o deixei me abraçar, aproveitando a sensação, a segurança de seu corpo magro contra o meu.

E então sua mão estava no meu queixo, inclinando meu rosto para o dele, e seus lábios estavam nos meus, suaves e quentes, e ele estava me beijando e me beijando e...

Parte de mim estava em choque. Mas outra parte sempre soube que esse momento chegaria. Que um dia haveria essa bifurcação na estrada, amizade de um lado e outra coisa do outro.

Não pensei, não escolhi. Ou talvez tivesse escolhido.

Foi um alívio ter outra pessoa tocando meu corpo, prendendo-me ao aqui e agora, à cozinha iluminada com seu cheiro de torrada com manteiga e leite morno. Talvez eu achasse que as mãos e a boca de Max me manteriam em segurança neste mundo e longe do delas. Longe do som de madeira se despedaçando nas pedras, mulheres gritando e o mar rugindo. De homens com hálito de leite azedo.

E não era só isso.

Era a nova energia que cresceu entre nós, crepitando nos silêncios. Era a sua aparência, apoiado na estufa, a inclinação adulta de seu maxilar. O calor na minha pele quando tocou minha orelha.

Era o jeito como ele sempre sabia do que eu precisava.

O jeito como havia me salvado.

Assim, retribuí o beijo, acompanhei-o quando ele me levou para seu quarto, deitei com ele em sua cama, onde nossos corpos deixaram os lençóis úmidos e com cheiro de produtos químicos. Permiti que me visse:

a paisagem devastada da minha pele, repleta de crateras, como a lua, além da parte de mim que quer se afogar.

Agora, desejaria não ter feito isso.

21

LUCY

SÁBADO, 16 DE FEVEREIRO DE 2019

A chuva sacode as vidraças.

Cliff House parece vulnerável, como se pudesse desabar a qualquer momento. Lucy pensa no solo sob as fundações da casa, imagina-o ficando espesso e viscoso, carregando a casa com ele por sobre a beira do penhasco. As pedras lá embaixo cobertas de lascas de madeira, de tiras brilhantes de lona rasgada.

É sábado, seu prazo autoimposto, seis dias antes da exposição. Tinha dito a si mesma que, se Jess não tivesse voltado até essa data, começaria a fazer ligações, para os pais, para a polícia.

O relógio na mesa de cabeceira marca sete da manhã. Ainda é cedo. Jess pode estar a caminho, pode estar planejando voltar esta noite mesmo.

O que ela deve fazer? Ligar agora ou esperar mais algumas horas? Sente-se paralisada pela indecisão.

Para se distrair, senta-se na cama e pega o *laptop*. Não faz sentido essa sensação de que o passado de algum modo levou sua irmã, de que os sonhos a estão mantendo como refém até agora. E, ainda assim, não é capaz de se livrar disso.

As meninas são como tubarões. Elas sentem quando você está fragilizada.

Irmãs que morreram há séculos, mas que de alguma maneira continuam vivas, na mente de Jess e na dela.

Ela não sabe onde sua irmã está, mas sabe como procurar por Eliza e Mary.

Abrindo o *laptop*, digita *registros históricos de nascimentos, óbitos e casamentos da Austrália* no navegador da *web*. O resultado mais promissor é da Biblioteca Nacional da Austrália, informando-a de que a maioria dos estados e territórios possui registros que datam do fim do século XVIII.

Ela leva o *laptop* para baixo e coloca a chaleira no fogo.

Enquanto a água ferve, decide começar pelos registros de Nova Gales do Sul. Se Eliza ou Mary *tivessem* sobrevivido ao naufrágio, é de supor que teriam permanecido razoavelmente perto de Comber Bay. Vitória ainda não havia sido colonizada e chegar à Tasmânia — então Terra de Van Diemen — significaria outra viagem marítima.

Lucy mistura leite no café, senta-se à mesa da cozinha e move para o lado uma pilha de papéis de Jess. Mas, quando procura registros relacionados a Mary Kissane, do período de 1800 a 1850, recebe como resposta apenas uma linha de texto.

Sua busca não retornou resultados.

Fazendo uma careta, ela procura por Eliza Kissane, mas não há nada. Mesmo sabendo que é um tiro no escuro, verifica os *sites* de Vitória e da Tasmânia também.

Sua busca não retornou resultados.

Lucy suspira, esticando os braços à frente, estremecendo enquanto estala os nós dos dedos. A pele entre eles parece sensível, inflamada, como se as mãos tivessem sido submersas em água.

Se sobreviveram, então devem ter mudado de nome. É o mais lógico, não é? Poderiam ter se reinventado, disfarçando-se de colonas livres em vez de se assumindo como condenadas. Passado pelos registros como fantasmas.

Ela amplia os termos de busca, tentando *Comber Bay*, *naufrágio* e *sobreviventes*. Mas os únicos resultados se relacionam com a criança descoberta no Mirante do Diabo no início dos anos 1980. O Bebê Esperança.

De acordo com algumas teorias, a única sobrevivente de outro naufrágio menor.

Faz uma pausa, os dedos parados no teclado.

Pensa na superfície da água, na maneira como muda do azul mais profundo para o cinza mais opaco, escondendo seus segredos de madeira e ossos. O naufrágio do *Naiad*. Os restos mortais de Malcolm Biddy, de David Watts e de Daniel Smith. Talvez até a família do Bebê Esperança.

Lá fora, a maré golpeia a costa. Ela a imagina estendendo seus dedos brancos sobre o penhasco, buscando por ela. Como se soubesse que Lucy está ali, procurando por respostas.

Ela poderia começar por outro lado. Investigar a árvore genealógica de seus pais, procurar uma ancestral feminina que tenha surgido por essa mesma época — alguém que não aparece nos registros de transporte ou na lista de passageiros. Mas, então, as palavras de Jess ecoam em sua mente.

Nada de avós, nada de tias ou tios...

É verdade que Lucy tem pouco conhecimento sobre a história dos pais. Nunca viu uma fotografia de outro parente, que dirá uma árvore genealógica.

A única vez que um avô havia sido mencionado fora em um aniversário, muito tempo atrás. Ela havia implorado para ir acampar, então os pais tinham pegado emprestada uma barraca de um dos colegas de trabalho de sua mãe e a montado no Pasto 2. O pai acendera uma pequena fogueira e a mãe assara *marshmallows*. Enquanto os três olhavam para as estrelas brilhando no céu, seu pai pegara o violão. Lucy tinha se preparado para uma interpretação bem estridente de Paul Kelly ou Cold Chisel, mas em vez disso ele havia cantado algo lento e perturbador enquanto dedilhava as cordas, uma canção sobre navegar para uma costa estrangeira e deixar aqueles que você ama para trás. Quando terminara, sua voz estava embargada, como se estivesse prestes a chorar.

— Oh, meu amor — sua mãe dissera, mas em voz baixa, como se não quisesse que Lucy ouvisse.

— Que música é essa? — Lucy tinha perguntado. Ela queria dizer ao pai que era linda, mas ficara sem jeito, preocupada com o fato de talvez envergonhá-lo.

— Uma canção antiga — o pai respondera. — Uma canção de marinheiro. Meu pai me ensinou.

— O que aconteceu com ele?

Mas ninguém havia respondido à sua pergunta. Ouviram-se apenas o ciciar das cigarras e o som estranhamente irregular da respiração do pai, antes que sua mãe sugerisse que talvez fosse hora de todos dormirem.

Durante toda a vida, Lucy orgulhou-se de sua paixão pela verdade. E, no entanto, nunca sentiu o que sua irmã sabia o tempo todo: que seus pais estavam escondendo alguma coisa.

Ou será que, lá no fundo, ela tinha sentido? Talvez fosse isso, afinal, que a havia levado à mania de infância por quebra-cabeças e mistérios.

Lucy pergunta-se agora se passou a vida inteira se distraindo da realidade de que havia muitas lacunas na história de sua família. Um vazio onde a verdade deveria estar.

Nos últimos dias, ela tentou de maneira árdua ignorar as suspeitas sobre as quais Jess tinha escrito em seu diário; o temor da irmã de que fosse adotada. Mas não lhe entra na cabeça o fato de que possam não ser parentes. Afinal, as pessoas sempre comentaram sobre a semelhança entre as duas. Ela fecha e abre os punhos, a pele frágil ardendo. Precisa de Jess aqui, para tranquilizá-la, para oferecer alguma explicação que amenize seus medos. Sua irmã — Lucy não se permite considerar a possibilidade de que Jess seja outra coisa que não sua irmã — é a única que pode ajudá-la.

Pensa na pintura no cavalete que está na sala. A delicadeza com que Jess pintou as duas figuras, as mãos entrelaçadas com firmeza enquanto contemplam o navio indo a pique.

Lucy tem certeza de que Jess sabe o que conecta sua família a Eliza e Mary Kissane. E por que elas a assombram tanto.

Tem que haver *alguém* que saiba onde ela está.

Alguém em quem sua irmã confia.

Max.

Será que Jess ainda mantém contato com Max? Seu antigo e grande amigo, com quem ela perdeu a virgindade?

Rola a tela pelos contatos do telefone e ali, logo acima de "Melody Vizinha", está "Max Murphy".

Mas, quando faz a ligação, ninguém atende.

Mais tarde, quando o próprio celular toca, ela pragueja em reação ao identificador de chamadas na tela.

Droga. É sua mãe. Lucy sente uma onda de medo — talvez a universidade tenha contatado os pais dela — misturada a uma explosão de saudade de casa.

Ela fica imóvel, congelada, sem saber se deve atender ou deixar cair na caixa postal. No fim, o aparelho para de tocar, mas a mãe volta a ligar logo em seguida. Santo Deus, se sua mãe sabe sobre a suspensão, ela não vai desistir de telefonar até Lucy atender.

Talvez seja a hora de confessar, de contar aos pais onde ela está. E de lhes dizer que Jess está desaparecida.

Com o peso dos segundos que passam acumulando medo em sua garganta, ela atende.

— Alô?

— Lucy?

Ela consegue visualizar a mãe com tanta nitidez. Ainda é cedo, então, ela estará se preparando para ir para o turno de fim de semana no centro de apoio. Os cachos grisalhos presos para trás, uma camiseta listrada enfiada em seus *jeans* favoritos. Antes de sair, colocará um pouco de sementes no comedouro de pássaros no jardim, depois acenará para a pequena figura do pai nos campos, borrada pela distância. Lucy pode ouvir o zumbido de seu trator pelo telefone, o som dele trazendo lágrimas aos seus olhos.

— Oi, mãe.

— Como vai, querida? Como estão as coisas na universidade esta semana?

A frequência cardíaca de Lucy diminui. Sua mãe não sabe sobre a suspensão, sobre o que Lucy fez.

— Ah, sabe como é — ela responde. — Tudo na mesma.

— Tem certeza? Ontem recebi uma mensagem de voz de uma mulher do escritório de assistência social estudantil me pedindo que ligasse para ela... Está tudo bem?

O sangue lateja em seus ouvidos.

— Querida?

— Sim... Sim. Está tudo bem — ela assegura, as palavras saindo com uma pressa não ensaiada e confusa. — Houve apenas uma pequena confusão ontem, dormi demais e perdi uma aula, e meu telefone não estava funcionando. Minha amiga Em ficou um pouco preocupada, ela contou a alguém do escritório de assistência social. Mas está tudo resolvido agora.

Ela cutuca a pele do tornozelo enquanto fala, observando-a se soltar em teias rendadas.

— Ok, então não preciso ligar de volta para essa mulher?

— Não.

Ela fecha os olhos, permitindo-se um precioso momento de alívio.

— Ótimo. Obrigada, querida. E como estão as coisas? Tem se alimentado bem?

— Sim, estou bem. Na verdade, mãe... — Ela faz uma pausa. — Você falou com Jess nos últimos tempos?

— Não, já faz tempo... Talvez um mês ou mais... Por que pergunta?

— Eu, hã... — Ela se apressa para inventar uma mentira, odiando a si mesma. — Mandei uma mensagem para ela outro dia, mas ela não respondeu.

— Tenho certeza de que responderá em breve, Docinho. Sabe como ela fica absorvida no trabalho. Não leve para o lado pessoal.

Um pássaro passa voando pela janela, perto o suficiente para que Lucy possa ver penas fulvas brilhando com a chuva. O maçarico-real com seu bico de foice, seu piado agudo característico. Co-co-co-co-co.

— Lucy... Que barulho foi esse? Achei que ouvi...

— É só um pássaro — ela diz. — Estou na área comum. Alguém abriu uma janela.

— Sério? Estranho, soou como...

— O quê?

— Nada. Só me lembrou de algo. Enfim, querida... É melhor eu ir, estão me esperando no centro. Eu te amo.

— Também te amo.

A chuva diminuiu agora, as nuvens estão cintilantes como pérolas ao sol. Folhas de eucalipto estalam sob os pés, liberando sua forte fragrância, enquanto Lucy caminha pela Malua Street.

Na Bay Road, olha para o mar, para as ondas açoitadas pelo vento. Um surfista solitário desliza no azul de uma onda. Ela se pergunta se ele se sente em segurança ali, com aquele mundo escuro e desconhecido abaixo dele. O *tír fo thuinn*. Ela desvia o olhar.

A calçada brilha, os toldos das lojas respingantes de chuva. Verifica, a princípio, se a mercearia está vazia antes de entrar. Melody está atrás do balcão, colando etiquetas de preço em latas de sopa. O rádio está sintonizado em uma partida de críquete; ela solta um grito de comemoração quando a Austrália marca. O sino toca quando Lucy cruza a soleira.

Ela está nervosa, lembrando-se da vez em que se conheceram em Cliff House, do jeito que Melody olhou para Lucy como se ela fosse um segredo que Jess guardava. Mas agora Melody sorri, o rosto caloroso e franco em sua curiosidade.

— Olá, meu amor — cumprimenta Melody. — Estava mesmo querendo ver como está. Dora está cuidando de você?

— Está tudo bem. — Lucy sorri. — Mas queria saber se eu poderia conversar com você.

Melody fica em silêncio por um momento, seus olhos estudando o rosto de Lucy. Ela assente consigo mesma brevemente, como se estivesse tomando uma decisão.

— Claro — diz ela, desligando o rádio. — Vamos lá em casa tomar uma xícara de chá.

— Ah, não, não quero interromper seu trabalho. Posso voltar mais tarde, depois que fechar?

— Está tudo bem — garante Melody, pegando a bolsa de tecido de um gancho na parede atrás de si. — Ryan veio buscar seus ovos e Beth levou seu leite; só estou esperando Bob Shepard mais tarde, e, para ser sincera, ele poderia ficar sem sua barra de chocolate. Diabético. — Ela faz uma careta para o rosto confuso de Lucy.

A varanda frontal de Melody pulsa de vida com o tilintar de sinos de vento — exatamente como o que Jess tem em sua varanda, só que lá há dezenas deles. Eles parecem ser artesanato doméstico: fragmentos verdes girando suspensos em tábuas de madeira talhadas de maneira rudimentar.

— Vidro marinho — diz Melody ao notar o olhar de Lucy. — É incrível o que aparece por aqui. Embora talvez não, dado o histórico. Parte disso pode até ser do *Naiad*, eu acho. É daí que vem o nome da baía: catadores de praia[9], como eu.

O coração de Lucy dispara à menção do navio, ao pensar no *Naiad* no fundo do mar, revelando aos poucos seus segredos.

— Aqui estamos — diz Melody, sacudindo-a de volta ao presente. — Minha humilde morada.

Ela conduz Lucy por um corredor estreito, passando por um cabideiro com capas de chuva e chapéus pendurados, uma profusão de galochas e tênis, até uma sala de estar cheia de luz. Um sofá de couro

9. *Beachcombers*. no inglês. (N. da T.)

está coberto com mantas de crochê, prateleiras transbordam de livros de bolso. Um calendário de Georgia O'Keeffe pende de uma parede. Há uma enorme gravura emoldurada acima da lareira, toda em delicado ocre e suave azul, um eucalipto inclinando-se com elegância em direção a um horizonte montanhoso.

— Eu amo essa pintura — diz Lucy, enquanto Melody a leva até o sofá.

— Linda, não é? Albert Namatjira. Jess também gosta. Como você toma seu chá?

Quando Melody sai da sala de estar, desaparecendo na cozinha, Lucy olha para as fotografias na lareira. Em lugar de destaque está uma fotografia desbotada de um casal sorridente que devem ser os pais de Melody: a mulher tem os mesmos olhos escuros, brilhantes por trás de óculos de lentes redondas; o homem compartilha o queixo delicado de Melody. Lucy reconhece a porção azul do mar atrás deles.

— Meus pais — esclarece Melody, reaparecendo na porta com uma bandeja carregada com um bule de chá e biscoitos. — Tirei essa foto na Praia do Diabo quando tinha 10 anos. Os dois já se foram há muito tempo.

— Ah — Lucy diz, afastando-se da lareira com um pulo. — Meus pêsames.

— Obrigada. — Melody deposita a bandeja na mesa de centro. — Eles adoravam vir para Comber Bay, antes que os desaparecimentos lançassem uma sombra pesada sobre este lugar. Não tenho certeza de se ficariam felizes com minha mudança para cá.

— Você não é natural de Comber Bay, então?

— Não. Cresci em Sydney. Mamãe era uma mulher do povo Wiradjuri, de Orange. Ela conheceu papai na faculdade de professores em Camperdown. Eles vieram para cá em lua de mel e se apaixonaram pelo lugar... Mamãe costumava dizer que o céu era maior aqui do que em qualquer outro lugar da Terra. Ela tinha um jeito especial com as palavras.

Lucy sorri quando Melody lhe passa uma caneca de chá, mas existe uma dor em seu peito. Há uma suavidade nos olhos de Melody enquanto ela fala sobre os pais — é evidente quanto ela os amava — que faz Lucy sentir saudade dos seus.

— Alguns anos, passávamos as férias de verão em Orange com o pessoal da mamãe, mas na maioria das vezes vínhamos para cá. Dias longos e dourados na praia... Coletando madeira e jogando críquete com papai, lendo com mamãe. Eu adorava.

— Deve ter sido difícil — Lucy diz gentilmente —, parar de vir.

— Sim — Melody concorda, olhando para sua caneca. — Era um lugar tão especial para nós, antes.

Antes do quê?, Lucy quer perguntar, mas não pode se intrometer nas lembranças da outra mulher, em sua tristeza. O silêncio se acumula entre elas até que Melody ergue os olhos, as feições reorganizadas em um sorriso.

— Então — diz Melody. — Sobre o que queria conversar comigo?

Lucy respira fundo.

— Deve ser só uma cisma minha — diz ela. — Mas queria confirmar se Jess não mencionou mesmo quando voltaria. Acho que estou um pouco preocupada, por não ter recebido notícias dela. E, você sabe, ela não levou o carro, ou o telefone...

Melody assente devagar.

— Deve magoar, pensar que ela esqueceu que você viria para ficar.

— Não — Lucy diz, a boca seca. — Não é isso. Eu só... só me pergunto se ela está bem.

Melody estica o braço para lhe apertar a mão.

— Ela vai voltar, querida. Ela trabalhou tanto nessas pinturas... não faria nada para arriscar a exposição. Acho que estava apenas estressada. — Melody solta um profundo suspiro. — Sei que parece estranho, mas acho que as pessoas podem subestimar o efeito que um lugar como este terá sobre elas, por mais bonito que seja.

— Como assim?

— Bem, a história. O naufrágio, os desaparecimentos, o Bebê Esperança... tudo isso. E Jess estava imersa nessas coisas. Estava obcecada pelo *Naiad*. Sabe, algumas pessoas acham que há uma explicação sobrenatural para os homens desaparecidos. Que são as mulheres do naufrágio. Essa é a história que Jess queria pintar... que ela queria *capturar*, como mencionou. Mas talvez tudo tenha se tornado opressivo demais.

Lucy se lembra de ver a *Odisseia* entre os livros empilhados na mesa de jantar de Jess, e pensa em Caríbdis e Cila, as ninfas que se tornaram monstros do mar. As sereias, atraindo marinheiros para a morte.

— É nisso que as pessoas acreditam na cidade? Que Comber Bay é mal-assombrada?

— O bastante para se importarem. É como uma mancha; você não consegue tirar esfregando. Recordo-me de como era aqui quando eu era mais nova. Um lugarzinho movimentado, naqueles primeiros verões. Acho que poucas pessoas sabiam sobre os desaparecimentos mais antigos. Embora eu me lembre dos meus pais falando sobre Bill Goldhill, que desapareceu em 77. Ele e a esposa eram donos da loja de peixe com batata frita. Não era um bom sujeito.

— Como assim, não era um bom sujeito? — Lucy questiona, mas ela acha que já adivinhou a resposta.

Melody suspira.

— Todo mundo sabia como ele tratava a esposa. Ela sempre estava cheia de hematomas. Pobre mulher. Ninguém fazia nada... Era diferente naquela época. De qualquer maneira, a maioria das pessoas pensou que tinha sido apenas um acidente quando ele desapareceu. Que tinha bebido demais antes de ir nadar no mar. Mal apareceu no noticiário local. Mas, depois, Alex Thorgood desapareceu nos anos 1980, e David Watts *e* Malcolm Biddy nos anos 1990...

— E Daniel Smith — Lucy interrompe. Parece estranho para ela que Melody não o mencione, já que Ryan é um de seus clientes regulares, talvez até um amigo, pelo número de vezes que o mencionou.

— Sim, e Danny... claro — diz Melody. Ela faz uma pausa, e Lucy percebe a maneira como suas sobrancelhas se franzem, a rigidez de sua boca. Ela enrubesce pela falta de tato: talvez Melody tivesse sido próxima de Daniel. De Danny. — Seja como for, no fim dos anos 1990 o lugar tinha se tornado uma cidade fantasma — continua Melody. — Quer dizer, surfar é um passatempo bem masculino, não é? E os homens tinham medo de vir aqui. Caramba, eles tinham medo de morar aqui; é por isso que eu sou dona da loja.

— Quem era o dono antes?

— Mack Burton, mas ele me vendeu há alguns anos. Foi a última pessoa a ver David Watts vivo. Vendeu umas iscas para ele. Acho que nunca superou isso.

— Sim, eu li a respeito. E Watts não disse que ia encontrar alguém?

Melody concorda.

— Sim. Estranho, quando você pensa nas histórias. Quando eu era adolescente, costumávamos dizer que, se você ficasse na praia depois de escurecer, ouviria as mulheres afogadas cantando. Como se estivessem chamando você.

As mãos de Lucy se retorcem no colo. A pele entre os dedos coça; ela reprime a vontade de cutucá-la, de arrancá-la. Mais uma vez, sente mundos colidindo: Melody está falando sobre mulheres mortas há muito tempo, mas são mulheres que Lucy conhece. Ela conhece o timbre da voz delas, o cheiro do cabelo, a maneira como a respiração delas é irregular e curta no breu total do porão. Suas vidas se tornaram tão reais para ela quanto a dela própria.

Seu coração dá um salto. Ela engole em seco, cerra os dentes. Precisa se distanciar, dar um passo para trás.

— Espere aí — ela diz de repente. — O que essas histórias têm a ver com David Watts encontrando alguém antes de desaparecer?

Aquela expressão dura retorna ao rosto de Melody quando ela fala.

— Bem, aí é que está — ela diz. — Aparentemente, Watts disse que ia se encontrar com uma mulher. Na verdade, tenho um recorte de jornal antigo sobre isso em algum lugar. — Melody levanta-se do sofá. — Mack deu uma entrevista logo depois que Watts desapareceu. Volto já, já. Coma um desses biscoitos, sim? — Ela gesticula para os Tim Tam dispostos no prato de porcelana na bandeja.

Mas Lucy não consegue comer. Ela fecha os punhos, tentando se firmar *neste* mundo, *nesta* vida. Concentra-se no roçar da manta contra a pele, observa partículas de poeira dançarem em um raio de luz que penetra pela janela. Conta os diferentes tons de azul na pintura pendurada acima da lareira.

Fica aliviada quando Melody enfim volta para a sala carregando uma caixa de sapatos surrada.

— Está um pouco empoeirada, desculpe — diz Melody, enquanto abre espaço para ela na mesa de centro.

Por um momento, Lucy se sente confortada pelo cheiro familiar de jornal velho. Permite-se ser banhada pela tagarelice de Melody, pelo som de papel farfalhando.

— Está aqui em algum lugar... Oh, veja isso, um artigo sobre Judith Wilson. Ela e o marido adotaram o Bebê Esperança. Jess os mencionou? Eles costumavam morar em Cliff House. Ela começou a ficar em ruínas depois que eles foram embora... até Jess comprá-la, na verdade. Horrível, a maneira como foram tratados. Todos aqueles rumores. Aqui, dê uma olhada.

Melody lhe entrega a primeira página amassada de um tabloide de abril de 1982. A manchete é enorme, ocupando a maior parte da página: MISTÉRIO DO BEBÊ ESPERANÇA: MULHER DA COSTA SUL ABANDONOU O PRÓPRIO BEBÊ? Acompanhando o texto sensacionalista, há uma pequena foto em preto e branco de uma mulher de cabelos escuros com um coque elegante, uma das mãos erguida para proteger seu rosto.

Mas não importa. Não importa que o rosto esteja semicoberto, que a fotografia esteja velha, amassada e seja em preto e branco.

Lucy reconheceria aquele rosto em qualquer lugar.

Ela o conhece quase tão bem quanto o seu próprio.

PARTE DOIS

22

MARY

A pele de Mary queimava.

Ela abriu os olhos, ofegante de dor. Seus pés ardiam onde a água os vinha lambendo por tantas semanas, a carne áspera e espessa. Tentou mexer os dedos dos pés e estremeceu.

Oh, como ansiava por luz, por escapar do calor escuro do convés da prisão, com outros corpos amontoados ao seu redor. Fechou os olhos e viu o rosto de Da no tribunal. O que ele estaria fazendo agora? Imaginou-o sozinho na cabana, a cabeça entre as mãos, os ombros tremendo enquanto a cabra balia, sem comida, a um canto. Cheirando a suor vencido, roupas sujas e muita bebida.

Uma movimentação a seu lado: ela havia acordado Eliza.

— Mary? — A voz da irmã, suave e baixa em seu ouvido. — Está com fome? Tem que se manter forte... Eles vão nos alimentar em breve.

Era pior, de certa maneira, que Eliza pudesse permanecer tão calma. Que estivesse à vontade naquela escuridão. Mas Mary não podia compreender. Não era uma tortura ainda maior para Eliza? Ela, que, como Da brincava, era capaz de ouvir um homem assobiar em Dublin, que poderia dizer se alguma dona de casa havia deixado queimar seus bolinhos de batata no condado vizinho. Como ela podia suportar tudo aquilo, o calor que pressionava o corpo delas como mãos pegajosas? A água do porão, repleta de comida podre, dejetos humanos e cadáveres amolecidos de ratos? Os sons de oitenta mulheres chorando, resmungando e rezando ao Deus lá de cima por sua libertação?

— Não é fome — ela sussurrou, pois era verdade que seu estômago havia encolhido, que havia aprendido a aceitar pouco. — É a dor — ela murmurou, forçando as palavras através dos lábios secos. — Nos meus pés, nas minhas mãos.

— Eu também a sinto — Eliza sussurrou em resposta. Depois, pegou a mão de Mary na sua, abrindo-lhe os dedos e deslizando-a sobre a carne áspera entre os dela. Mary arfou ao sentir a pele da irmã, cortante e com crostas como se tivesse escamas. — A sua também está assim — acrescentou ela.

As duas irmãs ficaram quietas por um momento, as mãos entrelaçadas com firmeza.

Mary pensou em Da, no arco curvado de suas costas enquanto ele se ajoelhava diante das ondas, a capa de Mam retorcida em suas mãos.

Pensou em Mam, que se colocara à mercê do mar, e no que ele havia feito com ela.

Queria perguntar a Eliza o que estava acontecendo com elas, mas não conseguia encontrar as palavras. O medo era tão grande que havia roubado sua voz.

Os dias se misturavam como lama. O ar também estava parado, e sem o uivo do vento e das ondas elas puderam ouvir as aves marinhas pela primeira vez. Não soavam como os pássaros de casa: os gaios, os tordos e os tentilhões com suas belas canções. Em vez disso, os grasnados eram ríspidos e assustadores.

As mulheres estavam quietas, o calor sufocante sugando a energia delas. Acima do porão, a história parecia diferente: as tábuas tremiam com passos frenéticos, gritos e risadas escapando pelas rachaduras. Mais de uma vez ouviram gritos, o barulho de uma briga. Quando os homens vinham entregar suas rações, carregavam consigo o cheiro adocicado de rum.

— A calmaria, é como chamam — disse Bridie. — Quando o mar está tranquilo e o vento desaparece, as velas não conseguem inflar. Wright me disse que isso deixa os homens loucos.

Aoife estalou a língua. Ela costumava ignorar Bridie por dias seguidos depois que as visitas de Wright tinham começado.

— Ele não é tão ruim — Bridie assegurava. — Ele quer estar aqui tanto quanto nós. O recrutamento forçado o pegou quando ele era um rapaz, levou-o para lutar contra os ianques. Ele voltou para casa ano passado para encontrar a mãe, mas ela já tinha morrido há muito tempo. Ele não sabe fazer mais nada, ele diz. Depois que termina, gosta que eu acaricie seu cabelo. Uma vez, quis que eu cantasse uma canção de ninar para ele.

— Que nojo — Aoife dizia com desprezo. — Estou pouco me importando com quanto ele sente falta da porra da mãe dele. Ele ainda é inglês, um *jackeen*.

— Calmaria — Eliza falava agora, a palavra rolando em sua boca. — Um nome perfeito para uma coisa dessas. Como o toque de um sino.

— Que tipo de sino? — Sarah perguntou, a voz aguda. — Um sino de igreja, como em um funeral?

— Não o meu — Bridie disse, alto e de certa maneira com alegria, como se não estivessem no porão de um navio, mas em alguma taverna lotada de Dublin. — Eles não vão enterrar meu corpo no mar. Vou morrer como uma velha matrona, com centenas de acres e anéis de ouro em dedos tão gordos que ninguém será capaz de tirá-los. Todo aquele ouro perdido para os vermes.

A pequena Annie riu.

— Posso ter um anel de ouro, mamãe?

Sarah a silenciou.

— Ganância é pecado — declarou à filha, embora Mary soubesse que as palavras eram para Bridie.

— Diga isso ao juiz que a sentenciou — retrucou Bridie. — Meio metro de linho, não foi? Teve sorte de não acabar se balançando em uma corda.

— Parem de dizer essas coisas agora mesmo — pediu Aoife. — Não quero ter que ficar ouvindo essa conversa de morte e funerais. Dá azar falar disso.

Os ventos retornaram, e com eles uma leveza nos passos dos homens quando vieram entregar as rações.

— Vamos ancorar em breve — Bridie murmurou, retornando de uma de suas visitas a Wright. — Os homens estão animados, aguardando por isso.

— Ancorar? — perguntou Mary, sem entender. — Quer dizer que chegamos a Nova Gales do Sul?

Bridie riu.

— Nova Gales do Sul, não, sua tola. Ainda temos meses pela frente, Wright disse. Não... Ele me disse o nome do lugar. Rio[10], foi assim que o chamou.

— Rio? Nunca ouvi falar — comentou Sarah em um tom solene do beliche oposto.

— Bem, deve ser pura fantasia de marinheiro — zombou Bridie. — Vou dizer a Wright para aconselhar o capitão a não navegar para o Rio; Sarah Hagarty acha que o lugar não existe.

Os dias se estenderam, o navio cortando as ondas, e Mary esqueceu o que Bridie tinha dito. Havia muito mais para preencher sua mente: a

10. Uma viagem como essa, de mais de 24 mil quilômetros, duraria oito meses. Em 13 de maio de 1787, a primeira expedição de colonização da Austrália (conhecida como Primeira Frota), comandada pelo comandante Arthur Phillip, partiu com onze navios de Portsmouth, na Inglaterra; passou por Santa Cruz de Tenerife, nas Ilhas Canárias; depois, seguiu para o Rio de Janeiro, no Brasil, para reabastecimento, o que durou cerca de um mês; de lá, cruzou o oceano Atlântico, chegando à baía da Mesa, na África do Sul, e rumando, enfim, para a Austrália, alcançando Botany Bay em 18 de janeiro de 1788. (N. da T.)

carne entre os dedos começava a engrossar, e havia uma dor estranha sob seu maxilar, como se algo estivesse brotando ali.

Mas, então, Eliza a acordou, puxando de forma frenética a sua mão.

— O ar — disse sua irmã, enquanto Mary abria os olhos para a escuridão. — O ar está diferente.

Ao redor delas, outras mulheres se movimentavam e conversavam, vozes sibilando e retumbando. Mary provou o ar, como Eliza lhe ensinara. *Havia* algo mais, misturado à maresia familiar do oceano. Um odor verdejante e animal.

Terra.

Rio de Janeiro. Outro nome que soava estranho na língua de Mary.

As mulheres foram brevemente levadas ao convés, autorizadas a assistir à multidão de pequenos barcos coloridos dançando no porto. O céu parecia ter crescido desde que Mary o vira pela última vez: sua mente não conseguia compreender tanto azul. Para além do cais, podia distinguir construções alinhadas na boca da selva como dentes bonitos. Montanhas se erguiam a distância, verdes e exuberantes. Um dos marinheiros lhes deu laranjas: elas removeram a casca amarga e sugaram o sumo doce da polpa macia. Foi a melhor coisa que Mary já havia provado.

Mais tarde, os homens removeram os caixotes e barris que estavam armazenados com elas no convés da prisão, esforçando-se e suando no calor.

— Rum — disse Bridie quando um deles passou, grunhindo e estremecendo sob o peso de um barril. Havia um tom melancólico em sua voz.

— O que farão com isso? — perguntou Sarah.

— O capitão vai querer vendê-lo — respondeu Bridie. — O rei não lhe paga muito para transportar gente como nós. Wright diz que é um esquema, que o governo de Sua Majestade prenderia o capitão se soubesse. Mas ninguém arriscará a pele para contar.

Mary ficou feliz que o capitão estivesse vendendo os caixotes e barris, pois sem dúvida a ausência deles significaria mais espaço no convés da prisão. Também haveria menos rum para os homens beberem ou oferecerem a Bridie e às outras mulheres que seguiram os passos dela. Havia um olhar novo e vítreo nos olhos de Bridie de que ela não gostava, e às vezes podia ouvir os dentes dela batendo, embora nunca estivesse frio no convés da prisão, naquele ar abafado de respiração e corpos.

Mas, depois de apenas alguns dias, os sons de homens xingando e resmungando chegaram até elas. Conforme as luzes deles se aproximavam, Mary se sentou, a mão tateando em busca da de Eliza. Quando o portão da antepara se abriu, ela viu que eram os marinheiros trazendo de volta os caixotes e barris de rum.

— Wright disse que o capitão não conseguiu vendê-los — Bridie lhes contou mais tarde. — Ele vai querer ganhar dinheiro de outra maneira.

Depois que deixaram o Rio, o mar ficou agitado e frio, e as rações diminuíram. Mary pensou que poderia haver comida fresca agora, lembrando-se da doçura da laranja em sua língua. Com certeza o propósito de tal ancoragem seria comprar mais suprimentos, não? Mas, se havia algo fresco para comer, elas nunca viram sequer uma migalha: os marinheiros traziam mingau e farelos secos de biscoitos, com gosto de carne e larvas. Às vezes, elas recebiam apenas água, morna como sangue e em quantidade insignificante.

Bridie disse que o capitão devia ter embolsado as moedas do rei em vez de gastá-las em mais rações.

— Eu não as preveni — ela disse — de que ele precisaria de outra maneira de fazer dinheiro?

Quanto mais famintas e sedentas estavam, mais difícil era enfrentar as tempestades. Trovões e relâmpagos rasgavam o ar, e o navio gemia enquanto vencia as ondas. Água gelada correu para o convés da prisão, e um dos barris estourou, inundando os porões com rum. Os ouvidos de

Mary zumbiam com os gritos de terror, e seu próprio coração galopava no peito, acompanhando o ritmo das ondas.

Ela pensou em Mam e, pela primeira vez em anos, permitiu-se imaginar como teriam sido seus momentos finais na fúria cinzenta do mar. Havia sido doloroso afogar-se? Ou teria sido como a estranha lembrança que Mary tinha, de bolhas prateadas e cabelos escuros esvoaçantes?

23

LUCY

SÁBADO, 16 DE FEVEREIRO DE 2019

Algo frio percorre os dedos dos pés de Lucy, lambendo seus tornozelos, suas panturrilhas. Queima, e ela estremece. A princípio, o mundo é apenas uma névoa azul. Depois, ela ouve o rugido e o assobio das ondas. Ofegante, levanta-se bruscamente, afastando os pés do toque da água.

Está na praia, sentada bem na beira rendada do mar. A seu lado, sua mochila está encharcada. O sol está alto no céu, o calor pressionando-a. São onze da manhã; a maré subiu. Há quanto tempo está sentada ali? Sua respiração se acelera, tomada de pânico, enquanto ela tenta analisar os detalhes.

E aí ela se lembra.

Tudo o que acreditava a respeito de sua vida é uma mentira.

Levanta-se devagar, tirando a areia das pernas, fazendo careta com o atrito de pequenos grãos em sua pele. Pele que já está queimando e endurecendo com o beijo venenoso da água.

Tinha vindo direto da casa de Melody. Praticamente correra, como se de alguma maneira o mar a tivesse chamado, exercendo sua própria atração magnética. Lembra-se de ter sentado na areia macia, a água ainda a metros de distância. Havia observado os diminutos movimentos de um caranguejo, o clique de suas pinças. E tinha chorado, os pensamentos girando em direções diferentes, como o bando de gaivotas grasnando a distância.

Fechara os olhos, esfregando a palma das mãos nas órbitas, como se para afastar à força a lembrança do artigo de jornal, aquele rosto.

O rosto de sua mãe.

Então, a escuridão a inundara, sugando-a de volta no tempo. Ela se lembra do ardente domo azul do céu, da explosão cítrica da laranja. Um temor insistente roendo-a por dentro.

Seu telefone vibra no bolso do *short*. Não, não é o telefone dela — é o telefone de *Jess*.

Oh, Deus.

Jess.

Jess é o Bebê Esperança.

Ela sabe, não é? Ela deve saber há anos. É por isso que está aqui, em Comber Bay.

O telefone de Jess ainda está tocando. É Max.

Uma rajada de vento joga areia nos olhos de Lucy. Ela pisca. Sua boca está seca, pegajosa. Não sabe o que dizer a ele. Como ele pode ajudá-la, esse estranho?

Mas ele é amigo de Jess. Alguém com quem ela se importa. Alguém que pode saber a verdade, que pode saber onde Jess está. Ela atende.

— Jess? Deus, já faz tanto tempo... Você está bem? Acabei de ver...

— Desculpe... Max? — Lucy respira fundo. — Na verdade, quem está falando é Lucy... — sua boca se esforça para formar a palavra — ... *irmã* da Jess.

— Ah. Certo. Oi, Lucy... Você está com Jess agora?

— É por isso que tentei ligar, na verdade — ela diz. — Eu... hã... vim pra ver Jess alguns dias atrás, mas ela não está aqui. O carro dela está, e o telefone dela também, obviamente, mas a vizinha disse que ela ia viajar por um tempo. Estava esperando que ela pudesse estar com você. Ou que você pudesse saber onde ela está...

— Não — responde Max, arrastando devagar a palavra. — Não, ela não está, e eu não sei. Na verdade, não nos falamos há um tempo. Presumi que ela estivesse ligando sobre... ah...

— Sobre o quê?

— Escute, não importa. Tenho certeza de que ela está bem. É a cara de Jess deixar o telefone para trás. — Ele tenta rir, artificialmente confiante, mas parece nervoso. — Mas, quando ela chegar em casa, poderia lhe dizer para me ligar? Que eu adoraria mesmo falar com ela?

— Ok — Lucy diz, os lábios frios e dormentes. — Mas tem certeza de que não...

— Sinto muito, Lucy — Max a interrompe. — Mas preciso mesmo desligar. Tenho certeza de que Jess está bem. Tchau.

Ele desliga antes que ela possa dizer mais alguma coisa. Ela agarra o telefone de Jess com força na mão, resistindo à vontade de jogá-lo longe. Havia algo que Max não estava lhe contando. Dava para sentir na voz dele.

A angústia pulsa em suas veias. Todos os seus sentidos estão em carne viva, como se sua pele tivesse sido lixada.

Sua mãe não é Maggie Martin, mas Judith Wilson. Seu pai não é Michael Martin, mas Robert Wilson. O homem que encontrou o Bebê Esperança no Mirante do Diabo e o ofereceu à sua esposa, como se ele fosse um tesouro que havia desenterrado; uma pérola ou uma concha de abalone.

E Jess é o Bebê Esperança.

O que significa que Jess não é sua irmã.

Durante todos esses anos, sua família não passou de uma história. Uma colagem de meias-verdades e mentiras.

Fragmentos do *podcast* passam por sua mente, o escrutínio que o casal — *seus pais* — enfrentou após a adoção, os penosos rumores dos tabloides.

A sra. Wilson poderia ter dado à luz a criança e, depois, sofrendo de depressão pós-parto, deixou-a na caverna antes de confessar suas ações ao marido. Nessa versão dos eventos, o sr. Wilson não era um herói, mas um cúmplice que tentara encobrir o crime da esposa encenando um resgate dramático no Mirante do Diabo.

Ela não consegue suportar nem mesmo considerar a possibilidade de isso ser verdade. Por outro lado... é a única versão dos eventos em que ela e Jess são irmãs.

As ondas espumam e se agitam, refletindo o turbilhão de seus pensamentos.

Mas Jess *é* sua irmã; Lucy sente isso em cada célula. Não é apenas a semelhança física — a condição da pele ou o formato das orelhas herdado do pai que compartilham.

São os sonhos, um mundo compartilhado, um elo entre elas que desafia uma explicação racional. Jess tinha deixado suas impressões digitais dentro do cérebro de Lucy.

Como é possível não pertencerem uma à outra?

24

DIÁRIO DE JESS

1999

3 de janeiro

Imaginei tantas vezes como seria perder minha virgindade. Costumava pensar nisso como uma pele de cobra que eu poderia tirar, revelando uma nova camada brilhante por baixo. Forte, bonita e... adulta, eu acho. Não sabia bem quão reveladora seria a sensação. Quão assustadora.

Quando acordei esta manhã, pensei por um momento que ainda estava lá, na cama de Max. Os lençóis cheirando a cloro, seu cabelo brilhando à luz suave da lâmpada. Do lado de fora da janela, a noite desaparecendo, levando consigo o ano velho. As pessoas na cidade — em cidades e vilas por todo o mundo — ainda festejando, bebendo doses de vodca e brindando o Ano-Novo.

Teria sido perfeito. O ciciar das cigarras lá fora, a luz suave da lâmpada banhando meu corpo, deixando-me bonita. Meu coração ainda tremia na garganta depois de ter acordado na piscina, as narinas ardendo onde a água havia forçado seu caminho para os seios nasais. Mas também senti outra coisa. O formigamento na minha pele — prenúncio dos Flocos — parecia diferente desta vez.

Como eu disse. Teria sido perfeito.

Ele deslizou as pontas dos dedos com suavidade na minha barriga. Arfei com a emoção provocada, mas então ele se deteve, como se tivesse medo de tocar a paisagem branca e espessa da erupção cutânea. Sua respiração ficou entrecortada, e os dedos pairaram sobre minha pele. Um frio se espalhou por mim. Ele estava relutante, percebi. Enojado.

— Hum — ele sussurrou —, quer apagar a luz?

Uma pergunta tão simples: só cinco palavras. Mas elas diziam tanto. Por um momento, não consegui falar, a dor se alojando em meu peito. Depois, respondi "Claro", estendendo a mão para apertar o interruptor, mergulhando-nos na escuridão. Doeu quando ele estava dentro de mim, e a sensação de formigamento na pele passou, deixando-me fria e trêmula.

Como pude ter pensado que ele me acharia bonita depois que me visse como eu sou de verdade?

Mas não quero pensar em Max. Não agora.

Mamãe e papai enfim saíram. Mamãe foi de carro ver uma amiga, e papai está instalando mourões em um dos cercados.

Já faz uma semana desde o almoço de Natal, desde que estremeceram quando eu proferi a palavra *adotar*. Sinto como se estivesse segurando a verdade em minhas mãos — só tenho que trazê-la para a luz, olhar para ela. Para enxergá-la.

Dez passos até o quarto deles. Até o armário de arquivo. Vou abri-lo, vou encontrar minha certidão de nascimento. E, então, saberei.

Mais tarde

Papai chegou em casa há vinte minutos, o barulho da porta de tela me interrompendo. Estava sentada no chão do quarto deles, o arquivo espalhado ao meu redor. Tantos nomes e lugares — eles não fazem sentido.

— Jess, você está aqui? Jessica?

A voz de papai ecoou pela casa. A mistura familiar de cansaço e amor provocou um nó na minha garganta, os olhos pinicando por causa das lágrimas. As tábuas do assoalho começaram a ranger sob os passos dele, e ouvi a torneira da cozinha, depois o clique da chaleira.

Tinha que sair dali. Não podia deixá-lo saber o que eu tinha encontrado. Ainda não.

Mesmo assim, senti-me como Pandora na pintura de John William Waterhouse, espiando dentro da caixa que uma vez aberta nunca mais poderia ser fechada. Frases e fragmentos estranhos se agitavam dentro de mim. Pressionei minha mão na boca como se fosse engoli-los, mas não havia como voltar atrás.

Precisava pegar o arquivo.

Enfiei-o dentro da minha camisa e corri de volta para o meu quarto, agachando-me para escondê-lo debaixo da cama. Havia acabado de me levantar quando ouvi uma batida na porta do quarto. Sem esperar pela resposta, papai abriu-a com o pé, carregando duas xícaras de chá.

— Ora, ora se não é o dom de Deus — ele disse, um sorriso lento se espalhando pelo rosto. *Dom de Deus*... Um dos apelidos que tinham me dado. Aparentemente, é o que o nome Jessica quer dizer, a razão de o terem escolhido.

— Pensei que não acreditasse em Deus — eu costumava dizer, uma piada entre nós.

— Eu acredito quando olho para você — ele respondia, com uma grande piscadela de pai babão.

Agora eu mal conseguia olhar para ele.

— Oi — respondi. Ele precisava se barbear, e havia uma mancha de terra em uma das bochechas. Estava usando sua camiseta favorita, que mamãe vive ameaçando jogar no lixo porque tem um furo em uma das mangas e uma mancha velha de *curry* na frente. Está escrito *Dragon* em grandes e idiotas letras dos anos 1970.

Pai.

Mas ele não é meu pai.

Ele é Robert Wilson, um estranho. E eu sou...

Nome de nascimento: desconhecido.

— Que tal um bate-papo? — papai disse, tomando um gole ruidoso de chá. — Poderíamos assistir um pouco de TV juntos, até sua mãe chegar em casa. Ou poderíamos sentar e desenhar, como costumávamos fazer. Eu poderia começar o desenho do ano que vem. Pensei em um *currawong*[11].

Se as coisas estivessem normais, eu teria dito: "Não seja idiota, pai, você pintou um há três anos. Está pendurado na parede do lado de fora da lavanderia".

Mas as coisas não estavam normais. Nada nunca mais seria normal.

— Desculpe — eu disse por fim. — Dor de cabeça.

Antes que ele pudesse responder, fechei a porta na sua cara. Houve uma pausa e, depois de um tempo, ouvi o som lento e derrotado dos passos dele recuando pelo corredor.

Ajoelhei-me na frente da cama, as mãos tremendo. Não queria olhar, não queria saber. Mas tinha que saber.

Puxei o arquivo de baixo da cama com dedos trêmulos. Havia três certidões no arquivo e um calhamaço de documentos legais. Dois eram certidões de escritura pública, mudanças de nome.

Meus pais já haviam sido outras pessoas. Eles não eram Mike e Maggie Martin, mas Robert e Judith Wilson.

Mas a terceira certidão foi o pior.

"Certidão de Adoção", lia-se no topo do elegante pergaminho.

Pais adotivos: Michael e Margaret Martin

Nome da criança após a adoção: Jessica Judith Martin

Nome da criança ao nascer: desconhecido

Data de nascimento da criança: desconhecida

Pais biológicos: desconhecidos

O único detalhe era um lugar. Comber Bay, Nova Gales do Sul. Estava nas certidões também. *Local de residência: Comber Bay.*

---

11. Currawongs são três espécies de pássaros passeriformes de médio porte pertencentes ao gênero Strepera da família *Artamidae* nativas da Australásia. (N. da T.)

Nunca tinha ouvido falar disso. Mamãe e papai nunca mencionaram nada a respeito.

Mamãe e papai.

Agora sei por que eles nunca falam sobre a vida de antes de Dawes Plain. Porque a documentação legal era ainda pior.

Havia uma carta de um escritório de advocacia endereçada ao sr. e à sra. Robert Wilson de Cliff House, 1 Malua Street, Comber Bay, Nova Gales do Sul, datada de 1º de agosto de 1982.

Caros senhor e senhora, dizia. *Por favor, vejam a cópia final do acordo com a* Yes! Magazine *em anexo, com o nosso recibo, para sua amável atenção...*

Virei a página amarelada para encontrar um documento. E lá estava, embrulhada em termos jurídicos, como a última camada de uma cebola. A verdade.

Acordo de liquidação entre Wilson e a Yes! Magazine, dizia. *29 de julho de 1982.*

Meus pais haviam processado um tabloide por publicar um artigo a respeito deles. Ele afirmava que o resgate de um bebê recém-nascido de uma caverna à beira-mar pelo meu pai — um bebê que meus pais adotaram mais tarde — havia sido encenado para ocultar um crime. Que minha mãe, vítima de uma depressão pós-parto, havia dado à luz lá em segredo. Que ela havia tentado abandonar a criança.

Que ela tentara *me* abandonar.

Tudo ao meu redor — o brilho verde da minha lâmpada de lava, o zumbido das cigarras lá fora, o barulho dos canos quando alguém abre uma torneira — pareceu sumir. Como se nada disso fosse real.

Nada existe agora, exceto por essa palavra, o horror a ela crescendo em meu coração.

Abandonar.

Verdade seja dita, não importa quem me colocou naquela caverna. Sé foi mamãe ou algum estranho.

De uma maneira ou de outra, eu era indesejada.

4 de janeiro

Minha mão segurando a caneta parece imprópria, estranha de algum modo.

As unhas rachadas. A carne nova e espessa entre meus dedos.

É como se um cordão tivesse sido cortado entre meu cérebro e meu corpo. Observo minha mão se mover pela página, observo as palavras saírem, mas nada disso — nem minha mão, nem mesmo minha vida — pertence a mim.

Tive um dos sonhos na noite anterior. *Senti* a pressão da madeira úmida contra meu nariz e minha boca, a água salgada encharcando minha pele. O bater cadenciado das ondas no meu crânio.

Faz um estranho sentido agora, não faz? A água mantém uma parte de mim imóvel.

Desenhei um autorretrato antes. Meus olhos arregalados e escuros como os de uma foca, o caimento rebelde do meu cabelo. Desenhei até os Flocos, o rastejar deles por baixo da gola da minha camisa. Delicados como escamas.

Perguntei ao papai se poderia usar o telefone. Disse que ia ligar para Max.

— Claro — ele falou. Ele estava sentado no sofá, a TV piscando com força, mas com o som tão baixo que ele não poderia estar assistindo. Nunca havia notado antes como ele parecia perturbado. Como parecia perdido. Por um momento, senti-me culpada e me perguntei se eu deveria pegar nossos cadernos de desenho, lápis e o *Pássaros da Austrália*, como o pai e a filha que costumávamos ser.

Mas então a culpa mudou dentro de mim, transformando-se em fúria.

Você mentiu.

Em vez disso, tirei o telefone sem fio do gancho, fui para o meu quarto e fechei a porta. Tinha anotado o número da lista que minha mãe mantém pregada na geladeira. Estão todos lá — a sra. Clark, minha professora de Literatura Inglesa, o sr. Webb, meu professor de Matemática. E, claro, o sr. Hannessey. Cameron.

Minhas palmas começaram a suar enquanto eu discava, enquanto o telefone tocava e tocava. Quase desliguei — nem tinha certeza do que queria dizer a ele; tudo o que eu sabia era que não havia mais ninguém para quem eu quisesse contar —, mas então ouvi o clique mecânico de alguém atendendo.

— Alô?

Minha língua inchou na boca ao som de sua voz. Por um momento, não fui capaz de falar.

— Alô? — ele voltou a dizer, impaciente agora.

— Senhor Hennessey? — Queria usar seu primeiro nome, mas por algum motivo não consegui.

— Jessica! Que surpresa.

Ele reconheceu minha voz. Meu corpo vibrou, uma corda dedilhada.

Tudo borbulhou para a superfície. As certidões. A documentação legal. Aquela palavra horrível: *abandonar*.

Um soluço ficou preso na minha garganta.

— Jessica? Está tudo bem? Aconteceu alguma coisa?

— Eu...

Outro soluço, longo e trêmulo.

— Parece que você precisa de alguém para conversar — ele disse.

— Sim — confirmei, a palavra escapando entrecortada para fora de mim.

— Olha, estou um pouco ocupado hoje, mas você está livre amanhã? Quer me encontrar na escola, na sala de Artes? Você pode me contar o que está acontecendo. O que acha?

— Ok — sussurrei, o alívio me inundando. Tinha perdido meus pais, tinha perdido Max. Mas eu ainda o tinha. — Obrigada, senhor Hennessey.

— Por favor — ele pediu —, me chame de Cameron.

Lembrei-me, então, da maneira como ele tocara minha pele.

O interior de uma concha.

Ele vê algo em mim, sei que vê. Ele é diferente de todos os outros, de mamãe, papai e Max. Ele vê meus defeitos e os acha belos. Um calor se irradia dentro de mim, e é como se eu já estivesse lá, olhando para os seus olhos verdes, suaves e brilhantes de compreensão.

Sinto como se tivesse ganhado um bote salva-vidas. Uma pequena brecha de esperança.

De certa maneira, sei que ele fará tudo ficar bem.

25

LUCY

SÁBADO, 16 DE FEVEREIRO DE 2019

As mãos de Lucy tremem quando ela coloca o diário de lado, o estômago embrulhado. Quando foi a última vez que comeu? Não consegue se lembrar.

Está sentada no sofá de assento frouxo da sala de estar de Cliff House. Cliff House, onde seus pais tinham vivido. Será que seu pai se sentava na mesa gasta da cozinha, com lápis e papel espalhados ao redor? Sua mãe ficava cortando vegetais na pequena cozinha amarela, cantarolando enquanto olhava para o mar?

Era o comedouro de pássaros da mãe que estava pendurado na árvore do lado de fora, as revistas de sua mãe que havia encontrado sufocadas pela poeira no armário embutido no beiral.

Ela fecha os olhos para conter as lágrimas e vê a manchete do tabloide, neon brilhante na tela de suas pálpebras.

Imagina a mãe, pálida e grávida, lutando para descer os degraus traiçoeiros até o Mirante do Diabo. Imagina-a agachada no útero vermelho da caverna, sozinha e aterrorizada enquanto empurrava uma criança para fora do corpo... uma criança que sua doença mental a levou a abandonar... Ela não consegue suportar isso. Não consegue suportar pensar na mãe daquele jeito, incapaz, vulnerável e doente. Mas também não consegue suportar a alternativa: que sua mãe nunca deu à luz sua irmã.

Que sua irmã não é sua irmã.

Oh, Jess.

Uma nuvem de tempestade brilha sobre o mar, uma criatura cinzenta toda encolhida. As primeiras gotas de chuva atingem as vidraças, um barulho tão alto quanto tiros. A casa range ao vento, um ruído baixo e triste. Ela pensa em toda a dor que testemunhou ao longo dos anos.

A dor de Jess.

Era por isso que ela sempre tinha mantido distância de Lucy? Havia temido que Lucy a rejeitasse uma vez que soubesse que as duas não tinham relação biológica?

Que não eram de fato irmãs?

Lágrimas ardem com o pensamento, e ela percebe que não é capaz de aceitar. Não importa para Lucy que elas não tenham vindo do mesmo útero, que não tenham iniciado a viagem para o mundo partindo do mesmo lugar. Podem não ter crescido juntas, mas haviam sido criadas na mesma casa, pelos mesmos pais, com as mesmas regras e rituais. Os mesmos mistérios.

Fecha os olhos, concentrando-se em suas lembranças de Jess, como se isso pudesse chamá-la de volta para casa. Sentada em seu colo quando criança, ouvindo o ritmo suave de seu coração. Uma mão quente e gentil sobre a dela, guiando lápis de cera brilhantes sobre o papel. A harmonia da voz de ambas, cantando canções de ninar e músicas da Disney, e, mais tarde, Nick Cave...

Minha irmã.

Ela pensa agora naquela noite no apartamento de Jess em Sydney, o gosto de chocolate quente misturado com álcool e o murmúrio suave do toca-discos. A pergunta que fez de modo tão desajeitado, a maneira como Jess pareceu se fechar.

Devia ter trazido tudo de volta. O ano em que perdera a virgindade tinha sido o ano em que descobrira que não era quem pensava ser, que não era de Dawes Plain, mas de uma caverna banhada pelo mar, a poucos metros de onde Lucy está sentada agora. Que havia sido abandonada, indesejada. E, naquela época, não tivera ninguém a quem recorrer. Ninguém, exceto Hennessey, que havia plantado sementes venenosas de confiança em sua mente jovem e esperado que florescessem.

O que ele havia feito com ela?

Como ela deseja poder retornar àquele momento no apartamento de Jess, abordar a conversa com a experiência e o discernimento adquiridos desde então. Poderia dizer a Jess que entende. Que sabe como é, essa necessidade de ser querida. Que sabe quão vulnerável isso nos deixa.

— Sinto muito, Jess — sussurra para a sala vazia. — Sinto muito.

As palavras de Lucy se perdem na chuva, agora tão forte que parece estar caindo sobre seu corpo, grandes gotas batendo contra os ossos, partindo-a por completo.

Não suporta continuar lendo, mas precisa. Tem de saber a verdade. Mas, então, ouve o martelar de um punho na porta. Lucy sai do sofá, nervosa como uma criança. Consegue ver a porta da frente dali, o borrão de figuras escuras atrás da vidraça.

— Olá? — diz uma voz severa, quase inaudível por sobre a chuva torrencial. — Polícia. Abra.

26

LUCY

SÁBADO, 16 DE FEVEREIRO DE 2019

— Polícia!

Lucy está congelada, presa no lugar.

Ela sabe, em alguma parte distante do cérebro, que deve atravessar a sala, que deve abrir a porta e falar com a polícia. Mas seu corpo parece ter esquecido a ordem precisa dos movimentos necessários. Seus pulmões estão destituídos de ar.

Dora Maar está arranhando a porta, o rabo rígido e as orelhas achatadas contra o crânio.

Para se preparar, Lucy imagina o que acontecerá em seguida: cumprimentar os policiais, oferecer chá ou café, um lugar para sentar. Ela se imagina cruzando as mãos no colo enquanto eles falam.

Sua irmã, eles dirão, *Jessica Martin. Encontramos um corpo e temos motivos para suspeitar de que seja ela*. Ela imagina a irmã, membros pálidos estatelados no fundo de um penhasco. Levada pela água, esverdeada e brilhante em alguma praia distante. Imagina que o mar a levou e a cuspiu, um animal rejeitando os filhotes.

A batida vem rápida e forte, a porta chacoalhando com ela. Os policiais estão ficando impacientes; ela pode ouvir fragmentos da conversa deles. As palavras *mandado*, *causa razoável* e *suspeito*. Oh, Deus, e se eles suspeitassem que Jess tinha sido *assassinada*? Aquela poça de urina nojenta no vaso sanitário. Talvez Cliff House seja uma cena de crime e Lucy esteja ali há dias tocando em coisas, contaminando evidências. E se Jess não tivesse saído voluntariamente, se estivesse desaparecida — e Lucy não tivesse feito nada porque estava consumida pelos próprios problemas, pelo que havia feito com Ben?

Empurrando Dora Maar para o lado, Lucy tira a corrente da porta e a abre, deixando a tempestade entrar.

Os dois policiais — um homem e uma mulher — usam capas de chuva fluorescentes, os chapéus sinalizados com a insígnia da polícia de Nova Gales do Sul. Um rádio crepita na cadência da tempestade.

— Senhorita Martin? — questiona a mulher, e Lucy assente. — Podemos lhe fazer algumas perguntas?

Mas eles já estão entrando, Lucy pressionando-se contra a parede para abrir caminho. Eles cheiram a chuva e café requentado.

Ela sabe que deveria dizer algo, mas sua língua parece ter inchado, o cérebro esvaziado de tudo, exceto: *minha irmã. Minha irmã está morta.*

— Podemos nos sentar? — pergunta o policial. Ele é mais velho que a mulher, tem a idade de seu pai.

Lucy os conduz até o sofá, afastando o diário de Jess, uma manta coberta com o pelo de Dora Maar. Vê a maneira como olham ao redor da sala desorganizada, para o buraco coberto de lona no chão, para as paredes estampadas de mofo. Vê as sobrancelhas levantadas, os olhares compartilhados.

Lucy se posta diante deles, a cabeça baixa, preparando-se para o golpe.

A mulher se move para a frente, cruzando uma perna sobre a outra, limpando a garganta. Mais estática vem do rádio; ela o silencia.

— Então, senhorita Martin... podemos chamá-la de Jessica?

A cabeça de Lucy se levanta de repente. Seus pulmões se reabastecem, a língua diminui na boca. O cérebro é reconectado ao corpo.

Jess não está morta. Jess não está morta. A polícia está procurando por Jess. O que ela fez?

— Eu não sou Jessica — ela se apressa em dizer agora. — Sou a irmã dela, Lucy. Desculpe, pensei que estivessem aqui porque algo tinha acontecido com ela. Jess está bem?

As sobrancelhas da mulher se erguem de surpresa. Ela endireita o corpo no sofá, escreve algo em seu bloco de anotações.

— Entendo — ela diz. — E imagino que sua irmã não esteja aqui agora?

Lucy balança a cabeça.

— Certo. E quando a viu pela última vez?

A mente de Lucy dispara. Por que eles estão procurando por Jess — o que querem? Ela busca pistas na expressão facial deles — o policial tem uma veia pulsando acima da sobrancelha, a mulher a encara, impassível, esperando. Ela mal parece piscar.

— Não entendo — fala Lucy. — Minha irmã está com algum tipo de problema?

— Por que você perguntaria isso? — A policial aguarda, paciente.

Lucy mastiga as unhas da mão direita. Seu coração está batendo mais rápido agora.

— Bem... Acho que estou um pouco preocupada, já que estão aqui perguntando sobre ela.

— Você normalmente mora com Jessica?

Ela olha para as mãos, para a teia prateada entre cada dedo. Percebe, vagamente, que a erupção está piorando. Quer prolongar o momento, quer a oportunidade de *pensar*. Deveria ter oferecido chá ou café, ganhado um pouco de tempo. É tarde demais agora; vai parecer o que é. Evasão.

— Normalmente não, não — ela responde, mantendo a voz baixa, um sussurro.

— Então, você só fica aqui?

Lucy assente.

— Vou perguntar de novo. Pode nos dizer quando viu sua irmã pela última vez?

Seus pensamentos giram como pássaros. Do que Jess precisa dela neste momento? Precisa que minta, que invente algum tipo de álibi? Se ao menos Lucy soubesse.

Mas não importa. O instinto pela verdade ainda está dentro dela, pulsando forte como outro batimento cardíaco. Ela respira fundo.

— Não vejo minha irmã há mais de um ano — ela diz com tranquilidade. — Cheguei na terça de manhã e ela não estava aqui.

Os policiais trocam olhares.

— Vocês tinham combinado alguma coisa e ela deu para trás? — a policial quer esclarecer.

— Não — Lucy se apressa em responder. — Não, ela não estava me esperando. Não sabia que eu estava vindo. A vizinha dela, Melody, no número dois, me disse que ela tinha ido embora.

— Obrigada. — A mulher assente. — Vamos falar com a vizinha.

— Vocês se importariam — Lucy respira fundo de novo —, por favor, poderiam me dizer o que está acontecendo? Aconteceu alguma coisa com Jess?

O policial se inclina para a frente.

— O nome Cameron Hennessey significa alguma coisa para você?

Lucy tem certeza de que eles vão conseguir ver o salto de pulsação em seu pescoço, o novo rubor nas bochechas. Uma certeza fria percorre seu corpo: agora ela tem de mentir. Esforça-se para manter o rosto inexpressivo.

— Não — diz ela, franzindo a testa. — Deveria?

Está terrivelmente ciente dos livros empilhados na mesa, *Uma Vaga de Sonhos* no topo da pilha. O nome dele na contracapa.

— Jessica nunca o mencionou para você?

Lucy balança a cabeça. Pelo menos isso é verdade. Ela só sabe a respeito dele porque leu o diário de Jess.

— Precisamos fazer algumas perguntas urgentes ao senhor Hennessey em relação a uma investigação em andamento. Neste momento, entendemos que a senhorita Martin e o senhor Hennessey tiveram um relacionamento íntimo anteriormente, vários anos atrás. O carro dele foi encontrado por um cidadão comum em um local próximo. Então, com sua irmã desaparecida, pode ver por que temos de investigar a possibilidade de que estejam juntos.

— Perdão... Uma investigação sobre o quê?

— Não posso revelar isso.

A boca de Lucy está seca, a pele formigando de pânico.

— Ele feriu alguém? Poderia ter ferido Jess?

Os policiais se entreolham. A policial se vira para ela, e por um momento Lucy tem certeza de que a mulher quer lhe dizer algo, tranquilizá-la de alguma maneira. Mas, então, explode um trovão, do tipo que soa como se o céu estivesse sendo aberto. Dora Maar corre para baixo do sofá, temerosa. A casa treme, e Lucy vê o policial lançar um olhar nervoso para a janela. As nuvens parecem densas, venosas e esverdeadas, como as asas de uma grande criatura.

A policial fecha o bloco de anotações e se levanta, batendo nas calças como se quisesse remover qualquer vestígio da casa.

— Certo — ela diz. — Bem, obrigada pelo seu tempo. Vou deixar meu cartão aqui. — Ela o deposita sobre a mesa, bem em cima do livro de Hennessey. O coração de Lucy bate com força. — E, se sua irmã voltar para casa, por favor, peça que ela me ligue.

Quando enfim o barulho dos pneus no cascalho se vai, desaparecendo sob o peso da tempestade, Lucy volta a se sentar, trêmula. Ela olha para os pés, percebe que a pele entre os dedos está mais grossa, quase palmada. Coça uma área escamosa no dedão do pé e a puxa. A camada abaixo é azulada e brilhante.

Ela pensa no que os policiais disseram, que o carro de Cameron Hennessey foi encontrado ali perto. E pensa em como encontrou Cliff House quando chegou. A louça acumulada na pia, o prato sujo na cama da irmã, a urina no vaso sanitário.

Como se Jess tivesse fugido de — ou com — alguém.

27

MARY

Dias — ou talvez semanas — se passaram antes que fossem levadas ao convés de novo.

Enquanto as mulheres lutavam para ficar de pé em um coro de gemidos e correntes tilintando, Mary se perguntou se teria havido outra morte. Apesar da fome constante, seu estômago embrulhou ao pensar no homem morto sepultado no mar várias semanas antes, o azulado pálido de seu pé.

Mas, uma vez no convés, ficou claro que elas não haviam sido convocadas para um funeral; em vez disso, o clima era de celebração.

Mary fechou os olhos ao toque do ar fresco no rosto, saboreando seu sabor salgado. Estava anoitecendo e, quando abriu os olhos, viu o primeiro brilho de estrelas aparecer no céu rosado. O mar estendia-se ao redor delas, escuro como um hematoma.

Um cheiro de ferro a lembrou das vezes em que ajudara Da a abater galinhas, e, enquanto seus olhos se ajustavam à luz tênue, viu que riachos de sangue escorriam pelo convés. Em meio à multidão de marinheiros, não conseguia ver de onde vinham.

O pânico tomou conta dela: eles haviam matado alguém?

Ao redor dela, os homens bebiam, dançavam e cantavam, seus pés batendo no ritmo das palavras, e, através dos corpos em movimento, viu que uma carcaça pendia do mastro.

Aoife estava na frente dela, pedaços de couro cabeludo reluzindo através de seu cabelo. Ela se deteve, enrijecida, e Mary esbarrou nela. O corpo inteiro da mulher mais velha tremia, e suas palavras ásperas causaram medo no coração de Mary.

— O que eles fizeram? — ela dizia. — Meu Deus, condenaram todas nós à morte!

Mary apertou os olhos para entender a horrível visão. Seu cérebro embaçado presumiu que tivessem abatido algum porco ou ovelha, mas era evidente que nenhum desses havia sido trazido a bordo; nem em Cork, nem no Rio. Era por isso que as rações eram tão insignificantes.

— Por favor, Aoife... — ela disse, os lábios dormentes de medo. — Em nome de Deus, por favor, diga-me que isso não é uma pessoa.

Mas Aoife apenas estremeceu com mais força. Ao lado dela, Eliza emitia pequenos ruídos de frustração, os dedos agarrando-se desesperadamente aos de Mary. Mary sabia quanto Eliza odiava esses momentos — momentos em que a agudeza de seus outros sentidos não era capaz de preencher a lacuna deixada pela cegueira —, e seu coração doía de culpa. Eliza contava com ela para dar sentido ao que não conseguia ver. Mas não havia nada que ela pudesse fazer, nenhuma garantia que pudesse dar, quando seus próprios olhos não conseguiam compreender a visão diante deles.

Foi Bridie quem respondeu.

— É um tubarão, suas cabeças de vento — ela disse, virando-se para encará-las e depois suspirando quando deparou com olhares vazios. — Um peixe gigante com dentes enormes, só isso. Eles o pegaram e o puxaram para o convés.

A pulsação de Mary desacelerou, mas foi um choque ver o rosto de Bridie após tanto tempo na escuridão. Suas maçãs do rosto estavam pontiagudas, os olhos tinham olheiras; sua juba ruiva estava emaranhada e repleta de pulgas. Mary estremeceu ao pensar em como a própria aparência deveria estar — ela mal conseguia olhar direito para a irmã gêmea —, mas era pior ver Bridie tão degradada. Nem o pagamento de Wright conseguira manter a carne em seus ossos.

Na frente dela, Aoife ainda tremia e soluçava.

— Fique quieta agora — disse Mary. — Não ouviu Bridie? É um tubarão, um peixe, não uma pessoa.

Mas Aoife apenas soluçou mais forte, amaldiçoando o capitão e seus homens por trazerem má sorte para todos.

— Acho que ela sabe o que é — falou Eliza, a voz baixa. — Ela é das Ilhas Blasket, lembra? Deve conhecer cada um dos peixes do mar. Mas pode descrever para mim, Mary? O tubarão?

A voz de Eliza estava pesada de preocupação por Aoife, mas ainda assim Mary captou o prazer com que ela pronunciou aquela nova palavra — *tubarão*. Era tão típico de Eliza ter prazer em aprender algo novo, mesmo em meio a todo aquele terror. Sua avidez pelo mundo e todo o seu funcionamento nunca era saciada. Não pela primeira vez, Mary se perguntou se Deus havia cometido algum tipo de erro quando tirara a visão de sua irmã. Ele deveria ter tirado a de Mary. Ela sempre fora tão sonhadora — Da costumava dizer que sua cabeça estava tão nas nuvens que ela nunca via o que estava bem à sua frente. Foi Eliza quem trouxe Mary de volta ao mundo, a como ele realmente era.

Ela se esticou para a frente, os olhos semicerrados enquanto inspecionava a estranha criatura. Viu dentes brilhantes, fileiras afiadas deles, como o tear de um tecelão. Barbatanas que a faziam pensar em asas, uma pele cinzenta, áspera e opaca. O brilho morto de um olho.

Imaginou a criatura deslizando pelas profundezas. Talvez, sob as ondas, o tubarão tenha assumido a forma humana; tornou-se o governante do *tír fo thuinn*. Pensou ter entendido por que Aoife tinha protestado contra o que os homens fizeram.

Como contar tudo isso a Eliza?

— É a coisa mais bela, e assustadora, que já vi — ela disse. — Não deveriam tê-lo matado.

Quando o tubarão foi cortado, elas foram levadas de volta para baixo. O cheiro de carne assada se infiltrava da cozinha até o convés da prisão, revirando o estômago de Mary. Quando os marinheiros destrancaram a antepara, carregando baldes de carne tostada e ensanguentada, Aoife começou a soluçar de novo. Algumas das mulheres tiveram ânsia de vômito, mas a maioria comeu a carne fedorenta.

Quando um marinheiro jogou um pedaço nas mãos de Mary, ela estremeceu ao senti-la. A carne estava com veias de sangue, e ela não conseguia deixar de pensar em como, apenas algumas horas antes, ela pulsava e latejava com vida, impulsionando o tubarão pelo mar.

Quantas vezes engolira ensopado de carneiro ou roera o osso de uma galinha? Ela não comia os peixes que Da pescava quando era uma garotinha em Ard na Caithne?

Mas isso parecia diferente. Mesmo enquanto se obrigava a afastar aquilo da mente, não podia parar de pensar na história de Eliza, sobre a *merrow* com suas escamas prateadas e brilhantes. A história que ela disse ter sido contada por Mam, a história que Mary não conseguia lembrar. Quando fechou os olhos, ainda conseguia ver a carcaça do tubarão antes que eles a cortassem; o elegante contorno de sua cauda, o polido prateado de sua carne. A bile subiu pela sua garganta.

Mas ela precisava sobreviver. Empurrou a carne fria e gelatinosa para dentro da boca e engoliu.

Mary não conseguia dormir.

O convés da prisão pareceu mais apertado em volta do seu corpo depois do breve vislumbre das estrelas. Seu estômago se contraiu em volta da carne de tubarão. As outras mulheres fediam: o cheiro forte da carne assada somado à acidez da urina e do suor, de partes do corpo engorduradas se roçando há muito tempo.

Ao seu lado, Eliza dormia, os fios do cabelo dela fazendo cócegas no nariz de Mary. Mary respirou fundo, buscando o cheiro da irmã, o cheiro das noites passadas em segurança e com amor na cabana do pai;

o mofo dos cobertores velhos e o doce subir e descer da respiração. Mas havia apenas o cheiro persistente de carne cozida, torrada e alcatroada nas narinas, como as fogueiras de Samhain.

Foi mais difícil, então, manter as lembranças afastadas.

Não sabia dizer quando tomou conhecimento de Byrne pela primeira vez. Desde que conseguia se lembrar — desde que tinham se mudado para o norte e para a pequena cabana com seu lote de linho, sua roda de fiar e tear —, ele vinha cobrar o aluguel e o dízimo.

Ele falava, como todos os aldeões, de forma diferente da deles; as vogais eram de certa forma mais curtas, mais agudas em sua boca. Seus cabelos e olhos eram pretos como turfa; suas roupas, elegantes com o salário que ganhava na Casa Grande.

Foi Eliza quem primeiro aprendeu a prever suas visitas. Da se retraía, ficava mal-humorado e quieto, os dedos alcançando com mais frequência a garrafa de *poitín* do que o violino.

— O dízimo — ela sussurrava para Mary no calor de seus cobertores. — Ele virá buscá-lo amanhã. É por isso que não há histórias. Nenhuma música.

E, de fato, a manhã chegaria trazendo consigo o bater de nós dos dedos na porta da casa. Byrne, sorrindo com todos os dentes, abençoando a saúde deles enquanto tirava os ganhos de Da de suas mãos.

A princípio, seus olhos mal se ocupavam de Mary — Eliza sempre ficava para trás, uma ovelha farejando um lobo —, mas, à medida que seu corpo mudava, o mesmo acontecia com o tom dessas visitas. Ele não olhava para Da, mas para Mary, para as novas protuberâncias de carne sob seu vestido. Ela começou a colocar o xale sobre os ombros quando a batida soava na porta, mesmo no verão, quando a casa ficava densa de calor. Antes, sempre sorria quando o via pela vila ou no mercado, com medo de que qualquer tipo de grosseria pudesse ter alguma consequência para Da. Mas começou a manter os olhos no chão quando o avistava atravessando a multidão.

Ainda assim, ela o tirava da cabeça na maior parte do tempo, ocupando-se com suas tarefas diárias. Picar vegetais com a faca quando preparava a refeição da noite, a massa para os *farls* grudenta nas palmas. Os sonhos que a sustentavam: de crescer e se apaixonar, de ter filhos e mantê-los por perto. Quando Da adormecia, ela caminhava com Eliza até o riacho, a mão da irmã firme na dela como se para puxá-la para longe daqueles sonhos e de volta a terra, para a grama sob seus pés e o roçar de insetos em sua pele.

— Às vezes, eu me pergunto para onde você vai — Eliza lhe dissera com suavidade na abafada escuridão da cama delas, certa noite. Era verão, e a pele de Mary coçava com a palha e o calor muito próximo do corpo da irmã. Cada vez que ela rolava para longe, pressionando-se contra o frescor da parede, a irmã se movia com ela.

— O que quer dizer? — ela falou, embora a pergunta a tenha espetado como uma farpa no dedo, uma invasão.

— Quando está quieta assim, mas sua respiração é superficial. Sei que não está dormindo, mas também não está aqui.

— A lugar nenhum — Mary mentiu, pressionando a bochecha contra a parede. Não podia contar a Eliza sobre esses anseios: o anseio por amor e filhos. Por uma família completa em vez de fragmentada como a delas.

Ela amava a irmã — embora amor não fosse uma palavra forte o suficiente para a sensação de que o coração de Eliza batia no mesmo ritmo do dela, de que, se uma delas parasse de respirar, a outra também o faria. Mas não sabia como encaixar sua irmã nesses sonhos.

Talvez Byrne tivesse farejado isso nela, o anseio por algo mais. Talvez fosse por isso que ele a escolhera. Por que foi Mary que ele escolheu, em vez de Eliza.

Samhain. A ardência da água na pele, a correnteza do riacho ao redor. A nova tensão no rosto de Eliza.

Silêncio. Tem alguém vindo.

Ele chegou até elas com tanta rapidez, que Mary se sentiu incapaz de se mover, o medo pesando como pedras. Eliza se jogou da rocha, mas Mary ficou assustada e se contorcendo, um peixe estripado. Ele praguejou enquanto caminhava pela água gelada, as mãos alcançando-a, chamando-a de *seu amor*, de *seu encanto*. O hálito dele a tocou antes que os dedos o fizessem, cheirando a bebida, a algo ligeiramente podre.

Então, sua sombra sobre ela, um morcego bloqueando a lua. Ao redor dela, os sons da noite aumentaram, como se aquilo — um homem empurrando uma garota contra a face irregular de uma rocha — fosse apenas uma ocorrência comum da natureza.

Ainda assim, ela não conseguia se mover. Uma mão agarrou seu peito, a outra alcançou suas saias, a respiração um chiado irregular em seu ouvido, e então...

O baque suave e úmido de pedra em osso; seu corpo caído sobre ela; lábios frouxos e babando em seu cabelo. Ela podia ver a lua de novo, e em sua luz amarelada, Eliza, com a pedra avermelhada tremendo na mão.

O sangue adoçou o ar, e Mary as viu enforcadas — os corpos balançando na corda, seu pai encurvado em roupas de luto — antes que Byrne gemesse contra seu ouvido. Eliza a ajudou a se livrar do peso dele. Mary engasgou quando o ar forçou seu caminho para os pulmões dela.

— Foi minha culpa — confessou Mary mais tarde, sob a toca de cobertores na cabana, as duas se escondendo como crianças tolas. Os gritos dos homens estavam se aproximando e, embora ela ainda não conhecesse as palavras *ataque* e *exílio*, sabia que seriam punidas pelo que tinham feito. — Fui descuidada, eu o levei até lá, e então não... — As palavras obstruíram sua boca. — Não *consegui* lutar. Eu sou fraca. Não como você.

— Não, Mary — disse Eliza. — Não. Você não deve pensar nisso. Foi a água que me protegeu. É a água que nos torna fortes.

O vento tornou-se alto e furioso, soprando forte e feroz como a voz de uma mulher. Mary começou a se perguntar se Aoife não estava certa, se o mar não buscava vingança pelo que haviam tirado dele. As ondas os levantavam como grandes mãos cinzentas, e os gritos de providências dos marinheiros se transformaram em gritos de terror. Lá embaixo, as mulheres deram as mãos e fecharam os olhos.

Quando o relâmpago passou pelas rachaduras entre as tábuas, seu corpo parecia estranho e sobrenatural; os dedos dos pés, esverdeados e palmados. Sua pele parecia brilhar, como se estivesse coberta de pequenas escamas, tal como um tubarão. Mas depois, na próxima explosão de luz, a ilusão se foi.

28

LUCY

SÁBADO, 16 DE FEVEREIRO DE 2019

Lucy está sozinha na cozinha, a casa tremendo ao redor.

A tempestade ainda ruge: relâmpagos azulados vêm através das persianas, iluminando seu corpo, o trovão tão regular quanto um batimento cardíaco.

Ela olha para a extensão irreconhecível de suas mãos. As unhas limpas e rosadas em vez de rachadas e pretas. Está segurando a tigela de cerâmica de Dora Maar, e os punhos doem com o peso dela. Dora Maar se enrosca nas panturrilhas de Lucy e ela grita de surpresa, a gata se afastando assustada.

Há o cheiro de carne assada em suas narinas, oleoso e adocicado. Sente-se zonza, desequilibrada, como se sentisse falta do balanço do navio. A sala a pressiona, então dá um passo para trás. Está aqui, mas não está aqui. Parece estar em meio a uma alucinação. Quanto tempo se passou?

Trêmula, agacha-se no chão, abrindo a lata de comida de gato e colocando-a, gelatinosa e com cheiro de peixe, na tigela. O odor quase a faz se engasgar.

Aperta os olhos com força, tenta lembrar, atrair os minutos perdidos para si como um novelo de lã. A polícia esteve aqui. *A polícia.* A polícia está procurando por Jess. Por sua irmã que não é sua irmã.

Nomes e imagens se confundem em sua mente. O rosto da mãe no jornal, o delicado e inútil levantar de sua mão. O choque a atinge de novo, como água fria nos pulmões.

Cameron Hennessey.

Cameron Hennessey está desaparecido. Jess está desaparecida.

E Lucy está perdendo o controle do tempo, de si mesma. Da realidade.

O que ela tinha feito depois que a polícia viera? Lembra-se de ter vasculhado o quarto de Jess — revirado gavetas, jogado uma chuva de moedas soltas, grampos de cabelo e canetas no chão, puxado as roupas da irmã do guarda-roupa — em busca de alguma pista sobre para onde ela havia ido. Mas não tinha encontrado nada.

Ficara sentada por um tempo na cama da irmã, observando os raios atravessarem as nuvens até o céu escurecer. Lembra-se de ter pegado o telefone, os dedos pairando sobre o número dos pais. Recorda-se da voz em sua cabeça dizendo: *Faça a ligação. Ponha um fim nisso.*

Mas o que ela diria?

Que enfim sabe a verdade, que sua família é tão imaginária quanto um conto de fadas? Que ela, Lucy, continua deslizando para outro mundo completamente, um mundo de mulheres acorrentadas, mar e canções? Que Jess está desaparecida? Que a polícia está procurando por ela, além do homem que já foi seu professor, depois seu amante?

A gata viera em seu socorro, miando por comida. Lucy havia descido a escada e ido até a cozinha, pegado a tigela de cerâmica nas mãos e...

Tudo se desvanecera.

Olha para suas pernas, nuas nos velhos *shorts* de pijama. A erupção nas pernas está descascando, saindo dela em grandes tiras claras, como a pele descartada de uma cobra. Por baixo dela, a carne não é rosa e crua, nem pontilhada de sangue. Em vez disso, ela brilha, mudando de cor com a luz da tempestade. Verde, depois azul, depois o branco rosado da madrepérola. Iridescente como escamas.

Lucy está no banheiro de Jess, esfregando o creme medicinal nas canelas; sua pulsação é um ruído surdo doentio. Mas, mesmo através da camada oleosa da pomada, pode observar uma nova estranheza, o *inadequado* em si mesma.

Sua mente se apega a fatos e lógica, às soluções oferecidas pelas buscas frenéticas na internet. Psoríase em placas; algum tipo de infecção fúngica. Mas nenhuma das imagens combina com o novo brilho azulado de sua pele. A estranha beleza dela.

Em vez disso, sua mente retorna ao sonho. A Mary.

Sua pele parecia brilhar, como se estivesse coberta de pequenas escamas.

Ela se lembra de um detalhe de uma das pinturas de Jess.

Descendo a escada, sua mão agarra o corrimão, e as pernas tremem tanto que ela teme que cedam. A tempestade diminuiu agora, o vento é uma canção fantasmagórica nas ondas, e no silêncio ela consegue ouvir a própria respiração de pânico nos ouvidos.

Na sala de estar, olha para a pintura no cavalete. Duas mulheres de mãos dadas enquanto encaram o mar. A tempestade roubou o sol do céu e, mesmo com todas as luzes acesas, a casa está escura demais para ela notar os detalhes mais sutis da pintura. Liga a lanterna do celular e ilumina as pernas das mulheres. Estende os dedos trêmulos, tocando a tinta, que de certa forma é ao mesmo tempo áspera e delicada como seda.

Um lampejo de lembrança da infância. Os pais certa vez a haviam proibido de brincar lá fora depois que tinham visto uma cobra marrom sob o arbusto de azaleia, mas Lucy os desobedecera, os dedos vasculhando a vegetação rasteira até encontrar seu prêmio. Ela o havia segurado nas mãos, leve e transparente como uma teia de aranha, observando-o captar o sol, tentando entender por que algo tão bonito podia ser tão indesejado. Guardara-o no lugar secreto sob o colchão, mantendo-o escondido até a visita de sua irmã. Ela o dera a Jess e não pensara nele de novo até aquele instante, enquanto sente sua textura sob os dedos, incrustada na tela da pintura.

Uma pele de cobra.

Quando Lucy ouve mais uma vez batidas à porta, sua pulsação começa a martelar.

Será possível que a polícia já tenha voltado? Ela não quer deixá-los entrar, não quer ouvir sobre nenhuma nova descoberta que tenham feito. Há um entorpecimento em seus pensamentos, uma lentidão. Uma relutância em aceitar o que está acontecendo.

Não atenderá a porta, decide. Ficará ali, as mãos no trabalho de arte de Jess, como se pudesse absorver os pensamentos da irmã.

Mais batidas, e depois:

— Lucy? É Melody.

— Um segundo — Lucy grita, afastando-se da pintura. Está prestes a destrancar a porta quando olha para as pernas, para a superfície brilhante de sua pele, a carne com crostas entre os dedos dos pés.

Merda.

— Um minutinho, estou me vestindo!

No quarto de Jess, ela veste uma *legging* velha e meias grossas. O tecido macio arranha sua pele, o corpo resistindo à opressão.

Somente quando ela corre de volta para baixo, descendo os degraus de dois em dois, é que percebe que as meias não combinam.

Você parece uma doida, pensa consigo mesma. Mas não se importa. Ela *está* doida.

— Oi, querida — cumprimenta Melody quando Lucy por fim abre a porta. — Acho melhor eu entrar. — O capuz de sua jaqueta brilha com a chuva, seus olhos estão semicerrados de preocupação. Ela entra sem esperar pela resposta, cheirando a sabão em pó e um toque medicinal de eucalipto. O cheiro de sua casa. De repente, Lucy deseja estar aconchegada no sofá de Melody sob uma de suas mantas de crochê macias, ouvindo os sinos de vento tilintarem ao sabor da brisa. Deseja estar de volta a um tempo anterior à chegada da polícia, anterior à chegada desta nova descoberta: Jess está mesmo em perigo.

Ela estremece, observando enquanto Melody limpa os sapatos no capacho e pendura a capa de chuva no gancho ao lado da porta com a facilidade que a prática traz.

— Vou colocar a chaleira no fogo — diz Melody, batendo canecas no balcão e vasculhando a despensa em busca de saquinhos de chá. — Sente-se, tente relaxar. — Ela gesticula para o sofá como se fosse a anfitriã e Lucy, a convidada.

A agitação da atividade na cozinha e o zumbido da chaleira fervendo pairam sobre ela em uma névoa reconfortante. Por um momento, Lucy esquece onde está, sem sentir nada além da exaustão que se espalha por seus ossos.

Suas pálpebras pesam, e aquele outro mundo — aquele que a espera sob a superfície — acena, banido apenas quando Melody coloca uma xícara de chá na frente dela.

— Bem... — diz ela enquanto se senta, os olhos escuros analisando o rosto de Lucy. — A polícia veio aqui, perguntando quando vi Jess pela última vez.

Quando ela volta a falar, sua voz é mais suave, como se se dirigisse a uma criança.

— Sei que deve estar muito preocupada com ela, querida.

Lucy assente enquanto toma um gole do chá, o líquido escaldando sua língua. Ela respira fundo.

— Você sabia sobre ele, Cameron Hennessey? Jess te contou sobre... sobre o que aconteceu entre eles?

Por um momento, a expressão de Melody fica impenetrável, mas depois ela assente, uma vez.

— Sim. Sim. Ela contou.

— Você sabia que encontraram o carro dele aqui perto? Não sei por que estão procurando por ele, ou o que ele fez. Mas agora ele desapareceu, e ela desapareceu, e...

E estou com medo de que ela esteja em perigo. De que ele a tenha machucado.

O soluço sai de sua garganta, e ela enterra a cabeça nas mãos.

Mas então Melody se aproxima de Lucy, os dedos acariciando levemente suas costas.

— Vou te contar uma coisa — ela diz. — E você vai se sentar e beber seu chá, e vai ouvir. Deveria ter te contado isso antes — continua Melody. — Realmente pensei em fazer isso. Mas não sabia como contar de uma maneira que fizesse sentido. Que você acreditasse.

Ela suspira.

— Ainda não sei como, para ser sincera. Mas Jess é a única outra pessoa para quem eu já contei. E acho que ela gostaria que eu te contasse, agora que isso aconteceu. Quando conversamos antes, você mencionou Daniel Smith. O homem, bem, suponho que era mais um garoto, que desapareceu em 1981. O irmão mais velho de Ryan.

— Sim — Lucy confirma devagar. Ela se lembra de como o rosto de Melody se fechara ao ouvir o nome dele, como se lutasse para manter algo trancado dentro dela. Agora, enquanto fala, Melody olha para o horizonte, ou para as mãos que se agitam e se contorcem no colo — qualquer lugar, menos para o rosto de Lucy.

— Eu o conheci quando era adolescente. Quer dizer, eu conhecia todo mundo por aqui, vindo como eu vinha todo verão. Mas ele e eu éramos próximos. Eu tinha 17 anos. — Ela sorri com tristeza. — Achava que estávamos apaixonados. Sabe-se lá o que ele achava. Não o mesmo que eu.

"Ele era mais velho. Já tinha saído da escola; havia um glamour nisso. Ele costumava me levar para passear em um pequeno bote. Nós nos amedrontávamos, prestávamos atenção para ver se escutávamos as mulheres náufragas cantando, mas só ouvíamos as ondas, as gaivotas. Na maioria das vezes, apenas deitávamos no barco e nos beijávamos.

"Ele queria ir até o fim. Eu também, mas havia algo em mim, algo que parecia... incerto. Inseguro, talvez, olhando para trás. Então, ele colocava as mãos no botão da minha calça *jeans*, beijava meu pescoço e implorava por mais, e eu dizia não, embora às vezes achasse que seria mais fácil dizer sim. Apenas ceda, eu pensava. Acabe logo com isso. Não pode ser tão ruim. Mas, ainda assim, havia uma pequena semente de medo."

Lucy assente, assustada demais para dizer qualquer coisa caso Melody parasse de falar.

— A caverna no Mirante do Diabo, a caverna onde encontraram o Bebê Esperança — Melody prossegue, e Lucy reprime um estremecimento por ouvir o nome, por lhe voltarem aqueles pensamentos confusos sobre os pais e Jess. — Muito perigoso chegar lá. Mas era outra coisa que os jovens faziam naquela época, parte da tradição local. Como um desafio. Quem estava disposto a ir à praia no meio da noite para ouvir as vozes? Quem era corajoso o suficiente para beber na caverna?

"Era janeiro: viemos depois do Ano-Novo. Estava tão animada para ver Danny de novo, e, quando ele me pediu para ir à caverna com ele, concordei. Esperei até meus pais dormirem e depois saí furtivamente para encontrá-lo. Lembro que ele carregava uma mochila, tilintando de cervejas.

"Eu estava nervosa, suando. A maré estava subindo, e falamos sobre se era seguro. Mas Danny agarrou minha mão e me puxou. Contornamos o promontório, tentando não escorregar nas pedras úmidas. Quando chegamos à caverna, estava tão exausta, com tanto medo de como conseguiríamos voltar, que quase esqueci o que estávamos fazendo ali.

"O lugar cheirava a algas podres e estava escuro. Ele me beijou, me empurrou para o chão, e me lembro de ter pensado 'que nojo', por causa da sensação viscosa das pedras, quando deveria estar pensando em como tirá-lo de cima de mim, em como fugir. Suas mãos se moveram para minha cintura e depois para dentro das minhas calças. Doeu, e eu disse para ele parar, para sair de cima de mim.

"Ele parou, mas não acho que foi por causa do que eu disse. Acho que ele nem me ouviu. Ele falou: 'Que som é esse?'. No começo, não sabia o que ele queria dizer, mas depois também pude ouvir."

— Ouvir o quê?

Quando Melody volta a falar, Lucy acha que o tom em sua voz é de dor ou de medo. Mas depois olha para ela, para o brilho de seus olhos, a suavidade ao redor de sua boca. Não, nem dor nem medo, Lucy percebe. É admiração.

— Vozes. Vozes femininas, como nas antigas histórias de fantasmas. Mas elas não gritavam ou choravam enquanto se afogavam; estavam cantando. Uma música linda e cadenciada. Não conseguia entender as palavras, mas lembro que soava quase como uma canção folclórica. Ela me confortava, fazia com que me sentisse segura.

"Foi diferente para Danny. Seu corpo inteiro congelou. Eu podia sentir o cheiro do medo emanando dele. Mas havia algo mais também. Uma espécie de... desejo."

Lucy pensa, mas não diz, em como essas coisas estão interligadas. Medo e desejo. Como um pode se tornar o outro com tamanha facilidade. Tudo o que é preciso é o aperto de uma mão em seu pulso, em sua garganta.

— Ele se sentou. Continuei chamando seu nome, *Danny*, *Daniel*, mas minha voz logo foi abafada pelo canto; estava ficando cada vez mais alto. Parecia ter vida, de alguma maneira; um organismo que enrolara seus tentáculos em torno dele. Danny começou a se mover em direção à boca da caverna, como se algo o atraísse para mais perto. Era uma noite clara, com muito luar. Contra aquela luz, seu corpo era quase apenas uma silhueta. Lembro-me de todo o seu corpo curvado para a frente enquanto ele rastejava até a borda. E então... — Melody olha para o lado antes de encontrar o olhar de Lucy. — E então ele se foi.

— Se foi?

— Caiu. Ou pulou. Lembro-me de ter pensado — a língua de Melody se projeta para lamber os lábios, e as mãos no colo parecem rígidas, mas seus olhos ainda têm um brilho distante — que era estranho ele não ter gritado. Foi um daqueles pensamentos em câmera lenta, do tipo que você tem quando está em choque.

— O que você fez? — Lucy pergunta, arquejante. Consegue imaginar Melody como ela seria aos 17 anos: os olhos escuros ainda maiores no rosto, as pernas longas e finas em *shorts jeans*. Apenas uma criança, sozinha em uma caverna úmida, observando um homem mergulhar para a morte.

— Não fui capaz de me mover. Não no começo. Minha respiração estava tão alta... Foi isso que me fez perceber que tinha parado. O canto. E, então, imediatamente me senti calma. Decidida. Sabia que tinha de ir para casa, que não podia contar a ninguém que tinha estado com Danny. Joguei a mochila dele no mar. Foi engraçado... Havia ficado tão assustada no caminho para lá. Mas, no trajeto de volta, foi como se meus pés soubessem exatamente para onde ir. Quando voltei para a praia, coloquei a toalha de Danny lá, na areia. Para fazer parecer que ele tinha acabado de dar um mergulho de madrugada e se afogado.

— Como é que você não contou a ninguém o que tinha acontecido?

Melody suspira.

— Bem, eles teriam me culpado, é claro. Teriam dito que eu o levei para a caverna, que o empurrei. Quer dizer, todo mundo sabia que Danny tinha seus problemas. Mas ele era um morador local. — Suas mãos se fecham em punhos. — E eu era uma estranha. O que é uma grande merda, quando você pensa sobre isso. *Eles* eram os forasteiros, não eu. O que são duzentos anos diante de mais de sessenta mil, porra?

É a primeira vez que Lucy ouve Melody praguejar. Ela não sabe o que dizer: nada parece adequado. Tudo o que pode fazer é ouvir.

— Eles nunca encontraram o corpo dele — Melody continua. — O que aconteceu com Danny assustou meus pais. Eles sabiam que costumávamos ficar juntos. Não que o aprovassem; papai tinha dito que não confiava totalmente nele, mas pareceu um acontecimento muito próximo de nós. Às vezes, me pergunto se mamãe percebeu que eu estava envolvida de alguma maneira. Se ela se preocupou que pusessem a culpa em mim. Seja como for, nunca mais voltamos.

— Mas você, sim — Lucy diz, tentando interpretar a expressão no rosto de Melody. A torção no canto da boca, o músculo trêmulo da sobrancelha. — Você voltou.

— Sim, passado um tempo.

— Por quê?

Melody pega a própria xícara de chá, toma um longo gole, os olhos fixos na pintura de Jess.

— Como eu disse antes, era um lugar especial para nós como família. Depois que mamãe e papai morreram, não havia mais ninguém para se lembrar do tempo que passamos aqui juntos. Voltar fez com que me sentisse mais perto deles, os manteve vivos, de certa forma. Mas havia outro motivo também.

Lucy aguarda.

— Voltei — Melody prossegue — porque me sentia em segurança aqui. Sinto-me em segurança aqui. Sei que isso não faz sentido. Deveria estar traumatizada pelo que Danny quase fez comigo, pelo que aconteceu com ele. Mas algo me protegeu naquele dia, Lucy. Algo, alguém, me manteve em segurança.

— Você quer dizer quem, ou o que quer que seja, estava cantando?

— Talvez. — Melody faz uma pausa. — Pensei muito a respeito disso ao longo dos anos. Talvez fossem os fantasmas das mulheres afogadas, como nas histórias. Acho que, se eu fosse cristã, poderia chamar de Deus, só que não parecia nenhum Deus sobre o qual já me ensinaram. Só tenho certeza de duas coisas. A primeira é que era do mar, e não da terra, da *minha* terra. E a segunda é que parecia soar como algo... feminino.

Lucy não sabe o que dizer. As duas permaneceram sentadas em silêncio por um tempo, ouvindo a chuva cair no telhado com suavidade. Ela pensa nos homens que desapareceram de Comber Bay ao longo dos anos. David Watts, que era suspeito da morte da namorada, mas nunca enfrentara a justiça. Malcolm Biddy, cujo desaparecimento levara à descoberta de uma rede nacional de pedófilos.

E Danny Smith.

Lembra-se do que Ryan disse sobre o pai dele. Sobre como ele ficou obcecado pelo *Naiad* após o desaparecimento de Danny, como as pessoas o chamaram de louco. Parecia maluquice — dedicar todo aquele tempo, todo aquele dinheiro, para erguer um memorial para as vítimas do *Naiad*, quando seu filho ainda estava desaparecido.

Ela pensa no papel com seus rabiscos desesperados, com datas, nomes e possíveis conexões. A frase que ele tinha escrito.

Faça isso parar.

E se Bernard Smith soubesse como o filho realmente era e tivesse presumido o que ele tinha feito? E se não estivesse tentando homenagear as vítimas do *Naiad*, mas apaziguá-las?

Melody coloca sua caneca de chá na mesa de centro, põe a mão no joelho de Lucy. Lucy se esforça para não estremecer com o contato, com a pressão do tecido da *legging* na camada em carne viva da pele abaixo.

— O que estou tentando dizer — Melody murmura, os olhos escuros encarando Lucy — é que não precisamos nos preocupar com sua irmã. Há alguma coisa neste lugar, algo diferente. Que mantém suas mulheres em segurança.

29

DIÁRIO DE JESS

1999

10 de janeiro

Os sonhos ontem à noite foram os piores que já tive.

Quando mamãe bateu na minha porta para me dizer que o jantar estava pronto, disse a ela que ainda estava com dor de cabeça.

— Oh, meu amorzinho — ela falou, abrindo a porta um pouco. Enterrei o rosto no travesseiro para não ter que olhar para ela, aquela estranha. — Posso trazer alguma coisa para você? Analgésicos, água?

— Não — respondi, rangendo os dentes. — Vou dormir.

— Tudo bem, querida. Avise-me se precisar de alguma coisa, ok? Amo você.

Não disse o mesmo em resposta.

Uma hora depois, outra batida na porta. Era papai desta vez.

— Jejê — ele chamou. — Jess. É Max no telefone, querendo falar com você.

Meu estômago embrulhou. Podia imaginar Max em seu quarto, o telefone preso entre a orelha e o ombro, sentado na cadeira ao lado da mesa, os pés descalços apoiados na cama. A cama onde nós...

— Diga a ele que estou doente — respondi, embora quisesse ouvir sua voz mais do que qualquer outra coisa. Precisava do meu melhor amigo.

A vergonha tomou conta de mim quando me lembrei do que tínhamos feito. A maneira como os dedos dele tinham hesitado sobre a minha pele. Como ele havia pedido para apagar a luz. Como se não suportasse me ver como sou de verdade. Como poderíamos ser amigos — como poderíamos ser alguma coisa um para o outro — depois disso?

— Tudo bem, meu amor — papai, ou o homem que fingia ser meu pai, falou, fechando a porta com suavidade.

Fiquei ali por horas, imóvel. Não saí da cama. Não depois de ouvir o chiado da torneira aberta enquanto meu pai lavava a louça, o burburinho suave da televisão na sala de estar. Nem mesmo depois de ouvir as tábuas do assoalho rangerem quando eles foram para a cama, apagando a luz do corredor para que tudo ficasse escuro.

Em algum momento, devo ter adormecido, porque a próxima coisa que percebi foi o gemido da madeira ao meu redor, a mordida da água gelada na minha pele.

Quando acordei, estava sentada na beirada da banheira com a torneira aberta a todo vapor, a água branca trovejando sobre meus dedos. As luzes estavam apagadas e, na faixa de luar que entrava pela janela, a pele das minhas pernas brilhava, azulada. Fechei a torneira com tanta violência que minhas palmas queimaram. Sentei-me, o coração batendo forte, prestando atenção para ver se ouvia algum barulho vindo do quarto principal.

Mas não havia nada. Apenas a casa respirando em silêncio ao meu redor.

Depois de me secar, sentei-me de pernas cruzadas na cama com a lâmpada de lava acesa, observando minha transformação. Primeiro, a carne palmada entre meus dedos começou a coçar. Quando a toquei, a pele se soltou em tiras brancas, revelando uma camada azul brilhante por baixo.

Abandonada perto do mar.

Deve ser por esse motivo que isso acontece. Por que sou atraída pela água, por aquilo que me machuca. Dawes Plain fica quase mil quilômetros terra adentro. Mamãe e papai — ou Robert e Judith Wilson — me levaram para o mais longe possível do mar.

Por quê?

Para me proteger ou para me impedir de descobrir a verdade?

Esta manhã, contei à mamãe que encontraria Max. Papai tinha saído em seu trator ao amanhecer, e mamãe estava indo de carro para o trabalho, então, com um pouco de sorte, nenhum deles estaria em casa se Max ligasse.

— Quer uma carona? — mamãe perguntou, enquanto eu colocava minha mochila no ombro e me dirigia para a porta da frente.

— Não — respondi. — Vou de bicicleta. Vamos pedalar até o antigo reservatório... Max quer nadar.

Mamãe ergueu as sobrancelhas. Era uma mentira idiota — Max nunca teria sido tão cruel a ponto de sugerir que eu o observasse nadar —, mas mamãe acreditou.

— Vai levar um chapéu?

Assenti, pegando o Akubra do papai do cabideiro e enfiando-o na minha cabeça.

— Não conte — pedi, levando um dedo aos lábios, e mamãe riu.

Quando tirei minha bicicleta de seu lugar ao lado do galpão e fechei o portão da frente atrás de mim, meu rosto doía pelo esforço de sorrir.

Levei duas horas para ir de bicicleta para a escola. Fazia trinta graus, e depois de apenas cinco minutos minha respiração estava ficando difícil, o suor se acumulando atrás dos meus joelhos e na parte interna dos meus cotovelos. Mas aproveitei o ar quente e empoeirado no rosto, a paisagem correndo como se eu a estivesse deixando para sempre.

Passei de bicicleta pelo reservatório no caminho, e havia muitos jovens da escola lá, os retângulos coloridos da toalha deles iluminando a grama áspera. Alguém havia amarrado uma corda em um eucalipto antigo, e eles se revezavam para se lançar na água lamacenta. As gargalhadas deles, o respingo dos corpos rompendo a superfície me seguiram como uma provocação.

Pedalei mais rápido. *Deixe-os ficar com seu reservatório*, pensei. É um pouco melhor do que um canal raso para corrida de barcos, uma mancha de lama na terra rachada.

Quase podia senti-lo, o lugar onde havia sido encontrada. A onda salgada do mar, tão poderosa quanto o sangue em minhas veias.

Quando os prédios baixos da escola apareceram — o sujo concreto cinza contra a terra vermelha e o céu azul, o quadro de avisos com suas letras gastas me desejando um *bom descanso* —, senti como se estivesse vendo tudo aquilo com um olhar renovado. Frequentava a escola desde os 5 anos, mas pela primeira vez percebi sua miserável insignificância.

Nunca pertenci a este lugar.

Acorrentei a bicicleta à cerca e cortei caminho pelo pátio vazio para chegar à estufa. Lá, em meio ao emaranhado fedorento de equipamentos esportivos velhos e minhas lembranças de Max, tirei minha blusa de manga comprida e os *jeans*. Saquei duas garrafas de água da minha bolsa, bebi uma delas e despejei a outra sobre minha cabeça, sentindo a pele esticar e formigar. Tinha roubado um dos vestidos da mamãe do guarda-roupa dela: era longo e com decote em V, feito de um macio jérsei verde, do tipo que se agarra a todas as curvas. Sem mangas. Enfiei-o pela cabeça e depois me olhei no espelho compacto que tinha tirado da cômoda dela.

Meus cabelos molhados emolduravam meu rosto em gavinhas pretas; o vestido mostrava a pele prateada do meu peito e dos braços.

Ótimo, pensei. *Deixe-o me ver como sou.*

Enquanto eu caminhava para o bloco de Artes, não pude deixar de saborear o ar na minha pele nua. Inclinei o rosto para o sol e observei um bando de galahs voando acima da minha cabeça, cor de algodão-doce rosa contra o céu azul.

Eu era como uma cobra que havia trocado de pele. Nova, perfeita e livre.

O sr. Hennessey já estava na sala de Artes, sentado em uma das mesas altas, papéis espalhados ao redor dele, os cabelos brilhantes com o sol.

— Jess, oi.

Senti seus olhos em mim — na minha pele nua, no meu cabelo úmido —, e depois o olhar dele se desviou, inquieto. Ele pigarreou e apontou para a cadeira em frente.

Coloquei minha mochila nas costas da cadeira e me sentei. Seus olhos se voltaram para os meus e pensei em como ele parecia jovem.

— Você está bem? Ontem fiquei preocupado com você. Aconteceu alguma coisa?

Suas mãos estavam apoiadas na mesa, os nós dos dedos salpicados de tinta. Os meus estavam a poucos centímetros de distância. Lembrei-me de seus dedos, leves como penas na minha pele.

Contei-lhe sobre Robert e Judith Wilson. Sobre Cliff House, sobre Comber Bay.

Ele ouviu, os olhos nunca deixando os meus. Algo mudou na postura de seu corpo; havia um novo peso nele, como se ele pudesse ver que meu fardo era muito pesado e o tivesse tomado em seus ombros.

Quando terminei, minhas bochechas queimavam com lágrimas. Ele pegou um maço de lenços de papel dobrados e colocou-o na mesa entre nós.

— Achei que poderia precisar disso — ele disse com suavidade, e imaginei-o colocando os lenços no bolso e pensando em mim. Um pouco da minha opressão interior se dissipou.

— Obrigada — agradeci, e as palavras ficaram entre nós, inadequadas. O sol entrava pelas janelas e, apesar do zumbido do ventilador, o ar estava quente, abafado. Podia sentir o hálito dele, com seu toque de hortelã.

Ele aguardou até que eu secasse minhas lágrimas antes de voltar a falar.

— Não consigo imaginar como é descobrir que algo tão importante foi escondido de você — ele começou a dizer, então fez uma pausa. — Eu amava meu pai quando era criança. Realmente o idolatrava. Até que um dia cheguei da escola com uma pintura à qual o professor tinha dado uma estrela dourada. Ele a rasgou ao meio. "Só bichas gostam de arte", foi o que ele disse.

— Isso é horrível — falei.

Ele deu de ombros, como se não fosse nada.

— O seu é um exemplo extremo — ele continuou —, mas todos nós passamos por isso. Essa percepção de que os pais não são quem você pensava que fossem. Intolerantes no meu caso, mentirosos no seu. Mas nem todo mundo na vida vai magoar você, Jess. Juro.

— E você? Me magoaria, quero dizer.

Ele desviou o olhar, depois me encarou de novo.

— Não — ele respondeu.

Movi a mão para que as pontas dos meus dedos tocassem as dos dele.

O silêncio se intensificou. Podia ver o salto de sua pulsação sob a incipiente barba dourada em seu maxilar. Minha própria pulsação trovejava em meus ouvidos, e me perguntava se nossos corações estavam batendo no mesmo ritmo.

Parecíamos ser capazes de ficar sentados assim para sempre, as obras de arte de outros alunos nos encarando como santos em uma igreja. O momento se prolongando como um feitiço inquebrável.

E, então, o calor repentino da mão dele na minha. Mudando tudo.

Não quero escrever sobre o que aconteceu depois. Acho que não poderia fazer justiça a nada do que foi. Palavras nunca conseguem captar tudo, conseguem?

Talvez um dia eu pinte. O brilho terno em seus olhos. Nossos cabelos — o meu escuro, o dele louro — emaranhados.

Fico pensando naquela pintura que ele me mostrou de Orfeu e Eurídice. Mas, ao contrário dela, ele está me salvando. Pegando minha mão e me puxando para longe do mundo dos sonhos para este.

Ele me emprestou um livro antes de eu ir embora. *Uma Vaga de Sonhos*, de Louis Aragon. É antigo, as letras da capa se esfarelando, a lombada vincada.

— Isso me fez pensar em você — ele disse, seu corpo emoldurado na porta do bloco de Artes.

Estou lendo desde que cheguei em casa. Há uma passagem sobre como, quando dormimos, invocamos nossos sonhos, como se estivéssemos em comunhão com fantasmas. Uma leveza se espalhou por mim enquanto eu lia. Ele compreende. Ele entende como é.

Mas essa nem é a melhor parte. A melhor parte — eu o tracei várias vezes com meus dedos — é o recibo de empréstimo da biblioteca na contracapa, onde ele escreveu seu nome em letras bem-feitas e inclinadas.

Se eu dormir com isso debaixo do travesseiro, será como se ele estivesse aqui.

30

LUCY

SÁBADO, 16 DE FEVEREIRO DE 2019

Lucy fecha o diário, incapaz de ler mais.

Melody saiu algumas horas atrás, prometendo voltar no dia seguinte.

— Você vai comer alguma coisa, não vai? — ela dissera, colocando a mão no joelho de Lucy. — Não gosto da aparência desta geladeira. O que tem aí dentro, um ovo e uma caixa de leite pela metade?

Lucy riu, o que de algum modo fez lágrimas caírem. Melody a puxou para um abraço apertado, e Lucy se deixou embalar, respirando o cheiro puro e reconfortante da outra mulher.

Melody havia recuado, fixando os olhos escuros em Lucy.

— Ela está bem, onde quer que esteja. Eu sei.

A casa ficou assustadoramente silenciosa depois que ela saiu, e Lucy percebeu que ansiava pelo tumulto da tempestade. Ela a mantinha ali dentro, garantia que não havia nada que pudesse fazer para encontrar Jess. Agora, sentia-se inquieta, inútil. Abriu as janelas, esperando que o ar fresco a acalmasse, inalando o aroma de eucalipto lavado pela chuva. Os mainás cantavam, um *currawong* trinava.

Isso a fez se lembrar de uma tempestade — anos antes — que havia quebrado um período de seca de meses em Dawes Plain. Ela havia desabado com tanta força sobre o telhado corrugado que Lucy havia temido que ele cedesse, que sua casa fosse levada embora.

Ela a vira cair em ondas brilhantes pela janela. Seu pai tinha se vestido com roupas impermeáveis para verificar as ovelhas, e ela aguardava seu retorno com ansiedade. Ele demorou pelo que lhe parecera uma eternidade, o medo borbulhando dentro dela.

Então, ela o avistara, uma figura escura na luz cambiante, quase um estranho em seu longo casaco e boné com pala. Ela tinha acenado, mas ele não a vira enquanto caminhava em direção a casa, a cabeça inclinada para a frente contra a chuva torrencial.

Mas depois ele tirara o chapéu e inclinara o rosto para o céu, deixando a chuva cair sobre ele. Havia algo na postura de seu corpo — na inclinação dos ombros, nos dedos estendidos das mãos — que, mesmo criança, Lucy reconhecera como nostalgia.

O que quer que tenha acontecido antes — quer seus pais estivessem ou não contando a verdade sobre como sua filha mais velha tinha entrado na vida deles —, haviam desistido de tudo por Jess. Para mantê-la em segurança.

Agora, com o diário pesado nas mãos, e pensamentos sobre Jess e Hennessey anuviando sua mente, Lucy sabe que não pode mais adiar.

Eles *tiveram um relacionamento íntimo*, a polícia havia dito.

Mas Jess tinha apenas 16 anos quando isso começou. Uma criança. Ele a aliciara. Ela tem que falar com os pais, descobrir o que sabem.

Tem que contar a eles que Jess está desaparecida.

O telefone toca e toca, e Lucy começa a torcer para que não estejam em casa, para que a conversa seja evitada por mais um tempo.

Mas então sua mãe atende.

— Residência dos Martin.

Os olhos de Lucy queimam. Ela quase pode ver a mãe parada na cozinha, o cabelo grisalho empilhado no alto da cabeça, mãos envelhecidas cortando vegetais, a aliança de casamento repousando no prato de cerâmica em forma de concha. Estaria cantarolando uma música — Beatles ou Kinks, talvez. De vez em quando, ela pegava sua taça de vinho favorita, aquela com uma estampa fosca dizendo "Mãe" que Lucy lhe comprara em um aniversário. Lá fora, os campos vastos e rosados no crepúsculo. A cena é tão vívida que Lucy sente que pode estender a mão e tocá-la.

E ainda assim parece exatamente isto — uma cena. Por quase quarenta anos, os pais brincaram de ser outras pessoas. E, por toda a sua vida, Lucy tinha sido a única que não sabia. A única no escuro.

— Mãe — Lucy diz agora, e a palavra é um apelo desesperado, como se de algum modo sua mãe pudesse mudar o passado, editá-lo para remover as lacunas, as mentiras.

— Docinho, é você? — E, então, quando só há silêncio: — Lucy, querida, qual é o problema?

— É Jess. Ela sumiu. — A última palavra sai estrangulada, semiarticulada, como se sua boca não suportasse pronunciá-la.

— Sumiu? Para onde ela foi? Não entendo.

Lucy respira fundo, tentando acalmar o coração. Tem que contar a verdade. A ideia que seus pais têm dela — a filha tranquila, com boas notas e ambição — é uma máscara que ela precisa tirar.

— Mãe, eu menti quando falamos ao telefone outro dia. Não estou na universidade. Estou em Cliff House. Em Comber Bay. Mas Jess não está aqui.

Uma inspiração profunda, depois silêncio.

— Como disse? *Cliff House?* Você está em Cliff House?

— Sim.

— O que Jess lhe disse?

— Não, você não entendeu: Jess não me disse nada. Eu nem falei com ela, ela não está aqui. Cheguei há alguns dias e a casa estava vazia.

O carro dela está aqui, e também o celular... e agora a polícia esteve aqui. Procurando por alguém chamado Cameron Hennessey.

A mãe respira fundo.

— Mãe, você sabe quem é Cameron Hennessey?

— Meu Deus, eu esperava nunca mais ter que ouvir esse nome. Lucy... Olha. Há algumas coisas que seu pai e eu precisamos lhe contar. Mas acho que é melhor fazermos isso pessoalmente...

— Eu já sei de tudo, mãe. Tenho lido o diário de Jess. Sei que Jess é o Bebê Esperança.

— Lucy, não leia mais nada desse diário, por favor. Vou ligar para o seu pai agora e vamos entrar no carro e ir até aí. Chegaremos depois de amanhã... Mais cedo, se pudermos. Tudo bem?

— Tudo bem.

— E Lucy? Luce?

— Sim?

— Amo você. Vocês duas. Por favor, lembre-se disso.

Lucy sabe que é verdade. Ela é amada, e Jess também. Os pais tinham deixado tudo para trás para protegê-la.

Mas também haviam mentido.

Não leia mais nada desse diário.

O que mais estariam escondendo?

31

MARY

Os lábios de Mam estavam quentes contra o ouvido de Mary.

— Venha, minha *linbh*[12] — ela disse. — Siga-me.

Mary abriu os olhos para a escuridão. Sentiu o cheiro de casa há muito enterrado — não o cheiro da cabana em Armagh, com a lareira que ela ainda tinha que varrer e o odor de *poitín* no ar. Em vez disso, sentiu o cheiro salgado do mar, o fedor carregado das entranhas apodrecidas de um peixe. O cheiro de sua mãe, da areia aquecida pelo sol e do interior áspero das conchas.

Mam a levantou da cama, e Mary enterrou o rosto nos cachos úmidos de seu cabelo. Elas passaram pela silhueta adormecida de Da, a mãe pisando com leveza sobre os rolos de corda na soleira e saindo para a manhã perolada.

Eliza estava esperando na praia, os olhos nas ondas espumantes como se pudesse vê-las. Ela se virou para os passos suaves na areia e sorriu.

Veja, seu rosto parecia dizer. *Eu não lhe disse?*

12. "Criança" em irlandês. (N. da T.)

Mam pegou a mão delas nas suas, e juntas as três caminharam em direção à água. A brisa do mar puxou o cabelo de Mary para trás com dedos gentis. Estava com medo de olhar para Mam, com medo de que, se o fizesse, a figura alta e elegante — pálida e magra como se tivesse sido talhada em osso de baleia — desapareceria.

Passaram por corpos inchados de águas-vivas, cordões vermelhos de dulse, e então a água espumou e borbulhou sobre os dedos dos pés de Mary. Sentiu a ardência de imediato, e o medo começou a crescer nela. Mary ficou para trás, puxando os dedos de Mam, mas Mam e Eliza continuaram, a água branca batendo-lhes já na altura do peito.

Mary voltou o olhar para a costa, para a pequena casa de pedra agachada no cascalho. De alguma maneira, sabia que se continuasse — se seguisse Mam e Eliza — nunca mais a veria. Nunca mais veria Da.

— Venha, minha *linbh* — Mam disse novamente, e pela primeira vez Mary se permitiu olhar para o rosto dela.

Asas carnudas, como as guelras do arenque que Da pegara em sua rede, batiam sob seu maxilar. As bochechas estavam cobertas de crostas cinzentas de cracas, e havia buracos rosados onde os olhos deveriam estar.

— Venha, minha *linbh* — ela disse mais uma vez, como se essas fossem as únicas palavras que conhecesse. Mary soube então que esta não era Mam, mas uma cópia dela, que sua mãe estava morta, um cadáver devorado pelo mar.

O próprio grito a acordou para o gemido e o compasso do navio. Sua respiração ficou rápida no peito, e ela levou os dedos ao pescoço, verificando se a pele ali estava lisa. Estava sensível ao toque, tão sensível que ela removeu a mão rápido, não querendo senti-la, não querendo saber.

A água já a encharcava, puxando-a para dentro de sua bocarra. Imaginou a água alcançando o interior do navio e arrastando-a para o fundo do mar, do mesmo jeito que fizera com Mam, a carne se desprendendo de seus ossos esverdeados...

— Mary? — A seu lado, Eliza se mexeu. — O que foi?

Ela não foi capaz de responder, a boca muito seca e inchada devido à sede. Quão cruel era aquela água que se enfurecia ao redor delas, que se infiltrava em seus próprios sonhos, e ainda assim não havia o suficiente para beber. Tinha vontade de chorar, mas as lágrimas não vinham.

Em vez disso, encolheu-se o máximo que pôde no beliche, engasgando com o fedor de cobertores podres e a própria carne suja. Desejou que houvesse algum jeito de tapar os ouvidos, alguma forma de abafar o som de soluços aterrorizados ao redor, o estrondo terrível enquanto o navio subia e descia.

A princípio, pensou que tivesse imaginado a voz de Eliza, que era parte do sonho que ainda permanecia. Mas depois o tom suave ficou mais alto, e ela sabia que a irmã procurava acalmá-la e confortá-la. Sentiu a mão de Eliza agarrar a dela.

Junte-se a mim, ela parecia dizer. *Isso vai ajudar.*

Era uma canção estranha que Eliza havia escolhido, fazendo uma ressonância assustadora ao sonho de Mary. Perguntou-se se a irmã tinha enxergado o interior de sua mente, tinha visto o espectro de Mam que a assombrava, tão diferente da amada *merrow* de Eliza com suas escamas brilhantes. Talvez ela quisesse vencer o pesadelo de Mary, pintar em sua mente a imagem de Mam como ela, Eliza, se lembrava dela.

Mas Eliza estava certa sobre uma coisa, Mary percebeu. Cantar a acalmaria, então, inclinou a cabeça para trás e projetou a música para fora através dos pulmões. Era uma que Da havia lhes ensinado, quando eram pequenas o suficiente para se sentarem nos joelhos dele diante das chamas saltitantes da lareira. Era sobre uma donzela que espera na praia, atraindo um capitão do mar com sua voz, antes de roubar suas moedas e sua espada. Da a havia cantado com tamanha paixão — Mary se lembrava de sentir as notas vibrando em seu peito —, que ela acreditara que ele mesmo a compusera.

Mas não tinha como ser possível, pois as outras mulheres começaram a se juntar a elas, até que as vozes ficaram tão fortes que pareciam ser capazes de erguer o navio acima das ondas, para longe do mar selvagem, rumo à segurança.

You should have known me before
I sang you to sleep, and I robbed you of wealth
And again I'm a maid on the shore. [13]

Mary se perguntou se o capitão poderia ouvi-las. A beleza na qual haviam transformado a prisão delas.

---

13. Versos da canção tradicional "The Maid on the Shore", que podem ser traduzidos livremente assim: "Você já deveria saber quem eu era/Cantei para você dormir, e roubei sua riqueza/E de novo sou a donzela na praia". (N. da T.)

32

LUCY

DOMINGO, 17 DE FEVEREIRO DE 2019

Sua voz é carregada pelo ar do amanhecer, ecoando contra as rochas.

Lucy ergue os dedos até a boca como se fosse agarrar a música e examiná-la em sua mão. Mas não há nada — apenas o silêncio das ondas na praia, o zumbido do próprio sangue.

Ela não grita nem vacila desta vez.

Parece quase inevitável estar parada na metade da escadaria de arenito do penhasco, o corpo inclinado como o de um mergulhador. O amanhecer torna o horizonte sanguinolento, e, em sua luminosidade rósea, Lucy calcula a altura do penhasco até as ondas lá embaixo.

Sua pulsação se acelera. Os dedos dos pés se agarram à beirada do degrau tosco; um movimento em falso e ela cairá.

Respirar. Ela tem que respirar.

Inspire. Expire.

Mas as respirações são rápidas e irregulares; o coração começa a bater forte no peito. Sua voz encontra a música como se ela tivesse acabado de deixá-la ali, e os pulmões e o diafragma se expandem e se contraem.

"Well, I'll sing you a song", the fair maiden did cry,
And the captain was weeping for joy o.
She sang it so sweetly, so soft, so completely,
She sang captain and sailors to sleep o,
She sang captain and sailors to sleep o.[14]

Lucy conhece a letra como a palma da mão. É a mesma música que Jess costumava cantar para ela quando era pequena.

É como se sua irmã estivesse lá com ela.

Seu coração desacelera. Ela pode sentir a doce onda de oxigênio no cérebro, os pensamentos se organizando.

É então que se lembra da corda que viu em seu primeiro dia ali, balançando frouxamente ao vento contra a escada. Se ela puder encontrá-la, poderá usá-la como guia e se puxar de volta pelos degraus acima. Estende o braço à direita, e os dedos roçam em algo áspero e duro. Ela se inclina ainda mais, tateando sobre a grama e as pedras irregulares. Uma nuvem passa sobre a lua, deixando-a na escuridão.

Ela finca os dedos dos pés no degrau, segurando com firmeza, as panturrilhas queimando com o esforço. Consegue ouvir a corda se movendo ao vento, ela percebe: consegue ouvir o suave baque dela batendo contra o penhasco.

Quando enfim encontra a corda, respira fundo, cada músculo gritando enquanto se puxa para cima. Ela sobe, cada um dos passos enviando pedras para baixo. Sua respiração fica forte e rápida enquanto se pergunta como diabos conseguiu descer tanto, como seu corpo inconsciente pôde se mover nesse terreno.

A casa aparece, projetando-se da rocha como uma língua. Seus olhos ardem com lágrimas de gratidão e exaustão.

---

14. Em tradução livre: "'Bem, vou lhes cantar uma canção', a bela donzela gritou,/E o capitão estava chorando de alegria/E seu canto era tão doce, tão suave, tão intenso,/Para o capitão e os marinheiros dormirem ela cantou,/Para o capitão e os marinheiros dormirem ela cantou". (N. da T.)

Ela está com a mão na beirada da varanda quando sente algo duro se cravando na sola do pé. Uma concha, ela pensa a princípio, mas o objeto é liso, não irregular. Com uma das mãos segurando o corrimão da varanda, ela se estica para pegá-lo.

É um anel de ouro, frio e pesado na palma de sua mão.

Sob a luz fraca da cozinha, consegue ver que é uma aliança de casamento masculina. O ouro está um pouco arranhado, mas parece relativamente nova. Ela não gosta da sensação que o objeto traz em sua mão. Do significado disso. Coloca a aliança na mesa e desbloqueia o *laptop*, a página da *web* que estava lendo antes ainda aberta na tela.

O perfil de Cameron Hennessey no LinkedIn.

O cargo mais recente — que ele tem ocupado desde 2012 — é de chefe do Departamento de Artes em uma faculdade particular de Sydney, Marsden College. Pesquisando o estabelecimento de ensino no Google, descobre que há um artigo no *Sydney Morning Herald*, de 11 de fevereiro. Segunda-feira. Um dia antes de uma Jess nervosa bater à porta de Melody para dizer que iria embora por um tempo.

Protestos abalam escola após acusações, lê-se na manchete.

> *A polícia confirmou que está investigando uma denúncia de violência sexual após acusações que circularam on-line sobre um professor em uma prestigiada escola particular de Sydney.*
>
> *Na sexta-feira, alunos do Marsden College, uma faculdade independente e mista que arrecada 30 mil dólares por ano, na arborizada North Shore de Sydney, fizeram greve em massa, protestando com base nas acusações.*
>
> *Neste momento, a polícia de Nova Gales do Sul disse ao Herald que investiga "uma série de denúncias de crimes sexuais" entre 2012 e 2019.*
>
> *O Herald entende que essas acusações se referem a um professor, cuja identificação o jornal não pode fornecer*

> *por razões legais, mas que foi mencionado em um documento do Google, o qual elenca experiências de assédio e violência sexual por parte das alunas. Entende-se que o professor não foi visto na faculdade desde o protesto.*
>
> *O diretor da escola, dr. Matthew Turner, não quis fazer comentários. Mas, logo após o protesto, a ex-aluna Emma Caulfield, a jovem ativista que criou o documento on-line detalhando as acusações, postou no Instagram: "Eu me solidarizo com as corajosas alunas que se apresentaram e peço ao Marsden e à polícia que tomem medidas imediatas. Já é ruim o bastante que as meninas enfrentem assédio e abuso sexual de seus colegas homens. Alguém em posição de autoridade fazer isso é inadmissível. Basta".*
>
> *Muitos comentários nesta publicação identificaram o professor alvo das acusações, o que levou a polícia a alertar que isso poderia resultar em acusações criminais.*

Lucy encontra sem dificuldade a conta da ativista no Instagram e a relevante publicação. Há mais de 9 mil curtidas, 700 comentários. Ela os percorre com as mãos trêmulas.

Frequentei o Marsden, diz um deles. *Ele sempre foi um fdp sinistro.*

Hennessey deu aula para minha irmã. Ele perguntou se ela posaria para ele como modelo vivo... eca. Tão triste pelas vítimas 💔.

Divulguem o nome dele. Cameron Hennessey. Ele não merece anonimato.

Claro que os policiais querem proteger um abusador. Provavelmente estão ocupados demais escondendo os próprios para o investigarem. ACAB[15].

Eu pessoalmente o testemunhei perguntando para uma garota se a escada em sua meia-calça era uma "escada para o céu" 🤮.

---

15. Acrônimo para uma expressão em inglês ("All Cops Are Bastards") usada algumas vezes a fim de demonstrar repúdio contra a brutalidade policial em manifestações. (N. da T.)

O choque cai como uma pedra no estômago de Lucy.

Ela pensa nas coisas que Jess escreveu sobre Hennessey em seu diário: a maneira como ele acariciara a pele na parte inferior do pulso dela, a maneira como colocara a mão sobre a dela.

Não quero escrever sobre o que aconteceu depois. Acho que não poderia fazer justiça a nada do que foi.

Ela pega a aliança da mesa, olha para o metal semifosco em sua palma.

Na parte interna da aliança há uma inscrição. *C & N, 8.11.15.*

Ela digita *Cameron Hennessey Sydney casamento* no Google e, na segunda página de resultados, encontra o que procura. Uma postagem antiga no *site* de um fotógrafo de casamento, intitulada *Cameron e Nicola*, 8 de novembro de 2015.

Cameron e Nicola.

Ela está segurando a aliança de casamento de Hennessey.

A polícia estava certa. Ele *esteve* aqui, em Cliff House.

As fotos no *site* entram e saem de foco. Ela descobre que não suporta olhar para ele — para o cabelo claro, o rosto que antes poderia ter sido bonito, agora borrado pela idade e pela gordura. Ele abraça sua noiva, uma ruiva magra em um vestido marfim, o sol batendo em sua bochecha. Eles se olham amorosamente.

Ninguém diria, ela pensa, só de olhar para ele.

Houve sinais?, ela se pergunta agora. Noites em que ele voltava tarde da escola, olhares furtivos para o celular? Essa mulher — Nicola, com seus olhos claros e nariz sardento — deitava-se na cama ao lado do marido com o desconforto pulsando em suas entranhas? Ou vivia em feliz ignorância?

Lucy é atormentada por uma nova e terrível clareza.

Porque uma possibilidade indizível começa a se desenrolar em sua mente. Não consegue nomeá-la, nem para si mesma. Não até que tenha certeza.

Lembra-se da voz de sua mãe ao telefone, assustada e implorando.

Lucy, não leia mais nada desse diário.

Ela se inclina para a frente, deposita a aliança na mesa de centro diante de si com um tilintar surdo. Limpa a palma da mão nas calças, como se quisesse remover qualquer vestígio dele. Por um tempo, permanece sentada, olhando para o diário, suas páginas inchadas pela umidade e pela idade, as estúpidas espirais cor-de-rosa na capa. Como se nada que uma adolescente escreveria pudesse ter importância.

O telefone apita com uma mensagem.

Mãe: *Alguma notícia de J? Dirigi a noite toda — devo chegar aí por volta das 10 h.*

São seis da manhã agora.

Ela poderia esperar que eles chegassem, que tentassem explicar.

Uma imagem repentina de si mesma, a Lucy mais jovem. O cabelo cor de areia com corte tigelinha, a pele pálida com cremes e bandagens. Caderno na mão, escrevendo suas pequenas listas. Seus fatos. Mesmo assim, ela sentia isso. Aquele anseio pela verdade, por algo sólido em que pudesse se agarrar.

Lucy pega o diário, engolindo em seco enquanto vê as linhas finais do último trecho lido.

Não quero escrever sobre o que aconteceu depois. Acho que não poderia fazer justiça a nada do que foi.

Ela considera novamente o *timing* de tudo aquilo.

Janeiro de 1999.

Vira a página para ler a próxima anotação e não encontra palavras, mas um desenho: tinta violentamente hachurada de modo a ficar mais escura no centro, como uma caverna. A página seguinte contém um desenho semelhante, e também a próxima, mas ainda não há palavras, e logo mais não há nada, apenas páginas em branco sob seus dedos.

Sua pele formiga de pânico. Alguma página poderia ter sido arrancada?

Ela fecha o diário, passa o dedo pelas bordas internas das páginas, procurando por uma lacuna, um vestígio de papel rasgado. Então, percebe uma espessura, uma protuberância.

Uma fotografia dobrada, bem presa na lombada do diário. Ela a retira com dedos trêmulos. O peso do papel, sua laminação. Ela sabe. Ela já sabe.

É o rosto da mãe que lhe vem à mente. Os olhos castanhos brilhantes, o sorriso fácil. O incisivo torto.

O papel dobrado treme em suas mãos. Ela o desdobra.

A imagem está borrada, como se tivesse sido tirada debaixo d'água. Ela supõe, de certo modo, que sim. Na escuridão, uma forma pálida. O globo da cabeça, a curva anfíbia de uma espinha.

Um ultrassom.

A coluna de texto no lado esquerdo diz:

20 de abril de 1999

Martin, Jessica

PARTE TRÊS

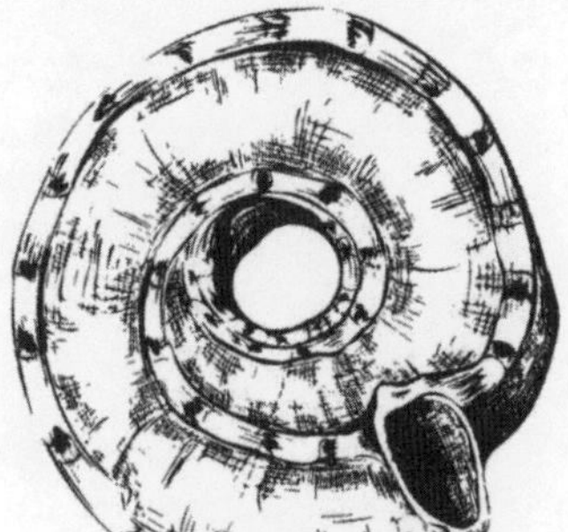

33

JESS

19 DE SETEMBRO DE 1999

Jess desdobrou o ultrassom furtivamente, inclinando-o para longe de qualquer passageiro curioso. Gostou da fotografia, da maneira como o bebê parecia tão contente ali, no oceano de seu útero. O encaixe perfeito dela, um molusco em sua concha.

Se ao menos ela pudesse ficar lá. Se ao menos Jess não tivesse que passar por isso — o parto, que enchia sua mente de terror. Ela se recusava a imaginá-lo, e a imaginar uma vida depois dele; como se não fosse um nascimento que se aproximasse, mas a morte.

Dobrando bem o ultrassom para que ficasse pequeno, enfiou-o de novo dentro do diário. Virou as páginas até a última anotação feita, em janeiro. A linha final brilhou com crueldade para ela.

Se eu dormir com isso debaixo do travesseiro, será como se ele estivesse aqui.

Algo surgiu dentro dela, e ela destampou a caneta, caso fosse uma frase. Mas as palavras não vinham, assim como não vinham há muito tempo, desde que vira Cameron Hennessey pela última vez.

Em vez disso, quando colocou a caneta no papel, ela desenhou. O movimento trêmulo do ônibus sacudiu sua mão, de modo que a caneta deslizou pela página em movimentos circulares selvagens. Ainda assim, tomaram forma. As linhas escuras e onduladas, um espaço oco e sombreado.

Parecia uma boca, ou talvez um útero, mas Jess sabia que era uma caverna. Tinha começado a sonhar com isso desde que sentira aqueles primeiros movimentos furtivos. Sabia como o sol se esgueirava para dentro dela, brilhando nas estalactites que pendiam como presas. Conhecia a textura da pedra, o calor dela, a camada úmida de líquen. Conhecia o cheiro de sal e ferro, e de coisas crescendo e morrendo.

Sabia, de alguma forma, que era um local seguro.

Não sabia exatamente como a encontraria. Mas devia ser perto da casa onde os pais moravam antes de se tornarem pais dela. O endereço que ela tinha visto na carta do advogado, agora memorizado.

Cliff House, 1 Malua Street, Comber Bay.

Era para lá que estava indo. Era para lá que o ônibus a levaria.

Quando terminou de desenhar, a página engolida pela escuridão, olhou através da janela engordurada para a paisagem que passava. Era opaca e marrom, salpicada com os planos telhados prateados das casas. Só em vê-la, sentia sede. Ansiava por um vislumbre da costa, um pedaço azul de mar, mesmo que estivessem a quilômetros e quilômetros de distância, ainda.

Era como se alguém tivesse lançado um fio invisível através da terra, fisgando-a entre as costelas, e puxado.

O mar estava em suas veias, chamando alto como uma canção.

Jess se perguntou quanto tempo levaria para os pais perceberem que ela havia fugido. Talvez dois dias, quando ela não voltasse da excursão escolar para Canberra que tinha inventado, a mentira corroborada por um formulário com o papel timbrado da escola, meticulosamente construído na fotocopiadora da biblioteca. Talvez antes, se Max contasse a eles, o que ela temia que ele faria.

Pobre Max. Ele não merecia nada disso.

Ela havia contado a ele três meses antes, não podendo mais ignorar os bilhetes colocados em seu armário, o tom deles cada vez mais desesperado. Estava assombrado, ele escreveu, pelo pensamento de que tinha feito algo errado na véspera de Ano-Novo. Que ele a havia aborrecido de alguma forma. Ele estava tão nervoso, explicou. Tão assustado com a possibilidade de machucá-la, de deixá-la desconfortável. Ele queria que fosse algo perfeito, como ela merecia. Ela não soube o que dizer, confrontada com quão errada ela estava, com como o havia julgado mal.

Mas mesmo isso parecia trivial contra a dilatação prateada de seu corpo.

Eles haviam se encontrado na estufa e, quando ela lhe contou, a expressão em seu rosto a fez se sentir envergonhada. Seu olhar era sério sob a testa franzida, como se discutissem um trabalho escolar que Jess não conseguia entender direito.

— Eu vou ajudar — ele lhe disse. — É minha responsabilidade também.

Ela sentira, então, um impulso terrível de ir embora; de cimentar a feiura no coração dele. De dizer algo que o repeliria para sempre, para seu próprio bem.

— Na verdade — ela disse, as palavras férreas em sua língua —, não é.

Durante anos depois disso, ela ficaria acordada à noite, revendo a expressão em seu rosto. Os olhos arregalados e a boca frouxa diante do choque. Ele não havia dito nada por um momento, incapaz de traduzir o pensamento em fala, como se ela tivesse danificado algum mecanismo fundamental dentro dele.

E então:

— É ele, não é? Hennessey.

Ela queria que a conversa acabasse, desejava ir embora. Afinal, estava tão cansada. Cansada da dor na barriga, do novo peso nos membros. Do esforço em se esconder. Assim, pareceu mais fácil não dizer nada.

Não havia nenhuma questão quanto a contar a Hennessey — ou Cameron, como ela ainda pensava nele. Ele já tinha partido há muito tempo quando ela soube.

— Não é seguro para mim — ele havia dito em um dia no fim de janeiro, poucas semanas depois daquela tarde ensolarada no estúdio. — Não posso ficar.

A bibliotecária, ele lhe dissera, tinha notado sua bicicleta encostada no bloco da sala de Artes naquela tarde, ouvira os sons vindos de dentro. Ela o lembrara de manter a sala trancada, para que outros alunos não "se encontrassem" lá dentro.

Jess coçara a pele do pulso, inflamada pela preocupação, e o vira estremecer e desviar o olhar, enojado. Ele não a via mais como uma garota bonita, tão preciosa quanto as conchas em alguma praia imaginária.

Talvez nunca tivesse visto.

Quando o anúncio de um novo professor de Artes foi transmitido aos alunos, tudo o que Jess pôde fazer foi ficar fascinada pela velocidade com que ele se desvanecera tão completamente da vida dela.

Ela não tinha tido energia para lamentar sua perda: seus dias foram engolfados pelo trabalho de negação, de esconder o segredo que crescia dentro dela. O esforço solitário que era fazer isso, vomitando em silêncio no banheiro. Pegando o ônibus para Bourke para um teste de gravidez, capuz puxado para baixo sobre o rosto e, mais tarde, o ultrassom. Vasculhando brechós em busca de roupas mais frouxas e largas. O medo constante de que a verdade estivesse escrita nas novas linhas sinuosas de seu corpo; nas sombras sob os olhos.

Por meses, ela se sentara à mesa de jantar dos pais sabendo o segredo deles e esperando que adivinhassem o dela.

A maneira mais fácil de mentir para alguém, ela aprendeu, é mentir para si mesma.

E como ela mentiu. Ignorou os giros e reviravoltas do bebê dentro dela, evitou espelhos, evitou olhar para a lua pálida de seu corpo quando se vestia.

Exceto à noite. À noite, quando não havia som na casa, além da maré suave do ronco dos pais, começou a trancar a porta do banheiro e a encher a banheira, a água azul sob o luar da janela. Envolver-se com a seda fria dela. Mais tarde, em seu quarto, sentiria a pele queimar, observaria a cúpula da barriga rachando e endurecendo como a concha de uma criatura marinha. Era melhor fazer assim, quando estivesse acordada, do que deixar a água puxá-la durante o sono. Assim, ela poderia ter cuidado: trancar a porta, limpar a banheira depois, remover os fios de cabelo do ralo.

Era como se uma grande sede a tivesse dominado, tornando-se a governante de seu corpo. Mesmo enquanto dormia, estava à mercê dela.

Sydney. No escuro, o porto estava cravejado com as luzes de pequenos barcos, como se o céu tivesse despencado. A ponte a fazia se lembrar de uma carcaça de ovelha que ela tinha visto uma vez com Max, seu grande arco como uma caixa torácica exposta. Seus dedos coçavam para desenhá-la, mas não havia mais luz suficiente.

Uma baldeação. Pontas de cigarro na calçada, os restos amassados de uma embalagem de comida para viagem. Um viciado a encarou com olhos insondáveis. O fedor de asfalto, combustível e bebida, e o cheiro forte e metálico da própria cidade.

Outro ônibus, o estofamento do assento gasto e tingido de suor envelhecido. Uma lata de cerveja rolava pelo chão, tilintando toda vez que o ônibus freava ou fazia uma curva. Havia apenas dois outros passageiros: um adolescente com olhos vidrados, cheirando a álcool, e uma mulher com uma mala. Nenhum deles reparou nela.

Jess colocou os fones de ouvido e se encostou na janela, mas a bateria do *walkman* estava descarregada.

Horas se passaram, fundindo-se. O sol nasceu, dourando a terra. As coisas eram mais verdes ali; ela abriu a janela e sentiu o cheiro de eucalipto.

Havia um odor mineral também; Jess o inalou profundamente em seu peito. Era o mar. Estavam chegando.

O mato estalava ao redor dela, folhas e galhos roçando sua pele, incitando-a a seguir em frente. Ela viu, conforme o chão se inclinava, lampejos de azul através das árvores.

Cliff House se erguia à frente — um telhado afundado, uma varanda repleta de escombros. Uma janela quebrada, a outra fechada com tábuas. Subiu os degraus, tropeçando em uma garrafa de cerveja. A porta se abriu, a fechadura amassada e inútil. Lá dentro havia um cheiro de umidade; as paredes estavam inchadas de infiltrações. Mais garrafas, um saco de dormir abandonado. Na cozinha, fragmentos de cerâmica que ela reconheceu: cacos com padrão azul na pia, combinando com as tigelas de cereal que eles usavam em casa. Durante toda a vida, houve apenas três. Havia alguns outros sinais de seus pais ali: um avental desbotado em um gancho na porta da cozinha, revistas velhas amarelando na sala de estar.

Agarrando-se ao corrimão, arrastou-se escada acima até o quarto. O chão brilhava com embalagens de preservativos e lacres de latinhas de alumínio. Em um momento, a janela — agora fechada — fora deixada aberta e a chuva encharcara o colchão, de modo que agora ele florescia com mofo. Mas Jess não dormia há vinte e quatro horas e, portanto, não se importava.

Abaixou-se e se deitou na cama, fechando os olhos. Antes que o sono a atingisse — rápido e brutal como um soco —, só houve tempo para pensar nos pais, dormindo nesta mesma cama dezessete anos atrás. Para se perguntar se ela havia sido concebida ali, antes de ser abandonada, ou em outra cama, por outro casal.

Pela primeira vez em meses — anos, até —, seu sono foi escuro e sem sonhos. Era noite quando acordou, a lua pintando o teto de branco. A dor a havia acordado: uma dor intensa e incisiva, irradiando de sua pélvis em ondas cadenciadas.

Tanta dor que nunca havia sentido, tanto medo que não havia espaço para mais nada em sua mente. Observou a mudança do luar e gritou.

A princípio, pensou ter imaginado o som: vozes de mulheres cantando uma música que, de alguma forma, ela conhecia.

I sang you to sleep, and I robbed you of wealth
And again I'm a maid on the shore.[16]

Ela se arrastou para fora da cama, e de repente suas coxas estavam escorregadias, a água jorrando entre as pernas e nas tábuas rachadas do assoalho.

O intervalo entre as ondas de dor estava menor agora. Sabia que tinha que continuar, que tinha de seguir a fonte da música. Que tinha de encontrar as mulheres e se juntar a elas.

Soluçava enquanto descia a escada, as coxas trêmulas com o esforço, mas abriu a porta dos fundos para a varanda. Encontrou o começo dos degraus, a corda que dançava ao vento, esperando que ela a pegasse nas mãos.

O mar a chamava. A arrebentação branca, a ondulação azul, piscando com sua luminosidade. Era tão lindo que sua garganta chegava a doer.

A caverna a amparou. O mar abria seu caminho interior adentro, como se estivesse em saudação. Ela era confortada pelo contato frio da água contra a ardência de sua pele, contra a dor que percorria cada célula sua. A música crescia nas ondas, ficando cada vez mais alta conforme ela fazia força, um encorajamento.

Elas estavam aguardando, sabia disso. Tinha que se apressar. Tinha que se juntar a elas. Era para onde tudo isso a estava levando.

---

16. Em tradução livre: "Cantei para você dormir, e roubei sua riqueza/E de novo sou a donzela na praia". (N. da T.)

As pedras cortavam suas mãos enquanto ela empurrava, o cheiro de sangue no ar. Respirava a intensa maresia, e, quando o espaço entre suas pernas se abriu, outras partes dela também o fizeram. Não parecia mais haver uma barreira entre ela e o mar.

Ela era parte dele, tinha se tornado aquilo que temia. Era a espuma branca nas ondas, era a concha rosada no fundo do mar. Era a corrente coriácea de alga flutuando na corrente; era a cerda carnuda do coral.

A dor floresceu entre seus dedos das mãos e dos pés, no pescoço, onde a pulsação vibrava. Levou a mão à garganta; a carne estava quente e em tiras. Quando tirou a mão, viu que estava com membranas.

Outra onda de dor, agora; o corpo correndo à sua frente, uma dança cujos passos ela desconhecia. Fincou as palmas das mãos e as solas dos pés no chão irregular da caverna e empurrou e gritou e empurrou mais uma vez, e então...

A criança.

Um milagre formado pelo próprio corpo. Lisa e perfeita em suas mãos, de um branco gelatinoso. A criança abriu a boca, uma escuridão aveludada, e Jess se perguntou se não fora com a caverna, afinal, que havia sonhado, mas com isso. O bebê chorou, um lamento agudo que não deveria ser musical, mas era. Jess sentiu como se nunca tivesse havido som antes disso, como se o mundo estivesse morto e quieto antes que sua criança o acordasse.

Apertou o pequenino corpo contra o peito, sentiu a maré estremecer em meio a ambos, em harmonia com a batida de seus corações. Sussurrou seu nome.

Começou a engatinhar rumo à beirada da caverna, movendo-se em direção às vozes das mulheres, em direção à água. Foi só então que percebeu que o canto havia sumido, que tinha sido substituído por um novo som, um som inapropriado. Um som feito pelo homem, cortando mar e céu. Um motor.

Ela não se lembraria bem dessa parte.

Haveria apenas fragmentos, apenas lampejos.

Equipes de resgate, uniformes tão reluzentes que machucavam seus olhos. Mãos puxando-a. O bebê gritando. O sangue ainda escorrendo dela, pingando nas poças de rocha da caverna. Uma maca.

Um barco, balançando na sombra de um penhasco. E ali, envolto em um colete salva-vidas e inclinado sobre a proa, parecendo tão incongruente a tantos quilômetros de distância da terra nua e queimada de sol da fazenda... seu pai.

O tempo passou. Quanto tempo, não sabia dizer.

A pressão forte do neon contra seus globos oculares e a aspereza industrial de um cobertor de hospital contra sua pele. Um monitor apitou. Havia uma sensação de algo se contorcendo em sua barriga e nos seios, seu corpo ciente da ausência antes de sua mente.

Alguém estava apertando sua mão; ela abriu os olhos e viu o rosto da mãe, parecendo estranho e tenso, as feições dispostas de uma forma que Jess nunca tinha visto antes.

— Oi, querida — disse ela, quase sussurrando as palavras.

— Onde — Jess balbuciou, mas sua boca estava seca demais para falar. Estava com sede, com muita sede. Lambeu os lábios e tentou mais uma vez. — Onde estou? Onde está Lucy? Onde está o bebê?

Sua mão passou com rapidez pelos seios doloridos até o ponto sensível abaixo do maxilar. Mas estava liso, as cristas tinham desaparecido. A membrana também tinha desaparecido entre os dedos, deixando apenas carne branca coberta de crosta.

Percebeu outra pessoa no quarto com elas, sentada perto da porta, atrás da mãe.

— Pai?

— Ele foi tomar uma xícara de chá — disse a mãe, apertando sua mão. — Volta em um minuto.

Mas ela não queria ver o pai. Ele não deveria tê-la trazido — não deveria ter trazido *as duas* — para cá. Ansiava pelo ritmo da maré, pela sensação do bebê contra o peito.

O pânico explodiu dentro dela.

Lucy. Preciso de Lucy.

— Esta senhora precisa falar com você, querida — disse a mãe. Uma cadeira de plástico rangeu e uma mulher entrou no foco da luz. — Não vai demorar muito. Você precisa descansar. E depois pedirei à enfermeira que traga o bebê, Lucy, para dentro. Tudo bem, querida?

Jess assentiu. Manteve os olhos no rosto da mãe, como se a mulher fosse desaparecer se Jess não olhasse para ela. Um conto de fadas. Se ao menos tudo isso fosse um conto de fadas.

— Gostou do nome? — ela sussurrou. — Lucy.

— Sim — disse a mãe, os olhos cheios e brilhantes de lágrimas. — Lucy — ela pronunciou o nome de novo, como se o provasse. — É lindo, querida. É perfeito.

A mulher tinha um rosto estreito, as feições reunidas em uma ponta como um focinho. Segurava uma prancheta com força nas mãos. Um cordão em volta do pescoço dizia "Visitante", como se Jess a tivesse convidado para ir até ali.

— Olá, Jessica — ela disse, lendo sua prancheta. Ela não olhava para os olhos de Jess. — Sou do Departamento de Comunidades e Justiça. Estou aqui porque, devido às circunstâncias do nascimento de sua filha...

— Lucy — Jess a interrompeu. Seu coração começou a disparar.

— Devido às circunstâncias do nascimento de sua filha, Lucy, o departamento está preocupado com sua capacidade de ser mãe dela. As circunstâncias do nascimento da criança são as seguintes: você não contou a ninguém que estava grávida. Compareceu a apenas um exame, não fornecendo seus dados pessoais para que a equipe médica não pudesse contatá-la. Você fugiu de casa e, quando seu trabalho de parto começou, não foi para um hospital, mas para um local extremamente perigoso, devido ao seu isolamento e exposição aos variados elementos. Não procurou atendimento médico para sua filha ou para você após o parto.

Foi descoberta e recebeu atendimento médico apenas porque seu pai, que suponho estar familiarizado com a área, conseguiu localizá-la.

"Se ele não a tivesse encontrado antes de a maré subir, as consequências para você e sua filha poderiam ter sido muito graves.

"Diante disso, suas ações colocaram sua filha em sério risco. Assim, o departamento pretende entrar com um requerimento para uma ordem de proteção na Vara da Infância de Nova Gales do Sul, colocando Lucy em um lar adotivo por um prazo de catorze dias, após o qual o departamento tentará renovar a ordem...

— Não — disse Jess, a palavra engolida pelo sangue que rugia em seus ouvidos. Na cadeira de plástico ao lado da cama, sua mãe levou as mãos à boca.

— Vocês não podem fazer isso — protestou sua mãe, levantando-se da cadeira. — Deixe-me chamar meu marido... Nós a ajudaremos, nós a ajudaremos. Você não precisa fazer isso!

A mulher do Departamento de Comunidades e Justiça virou-se para falar com sua mãe. Jess notou as pregas carnudas de pele em cada olho, os cantos da boca curvados para baixo. A mulher olhou para seu relógio, e Jess se perguntou se ela tinha outro compromisso a cumprir, outro coração para partir.

— Como avós da criança — a mulher começou a dizer —, vocês podem se candidatar para serem nomeados tutores. Isso significaria que a criança viveria com vocês em vez de em um lar adotivo. Isso é algo que gostaria de explorar? Se sim, posso providenciar para que o requerimento seja alterado, sujeito às verificações necessárias.

Sua mãe engoliu em seco. Pegou a mão de Jess e a apertou com força.

— Jess? É isso que quer que façamos?

Jess sentiu uma cavidade se abrir dentro dela, um vórtice. Ela não era nada além de anseio: anseio pelas mãos pequenas e brilhantes, os olhos grandes e escuros. O choro que soava como uma canção em seu sangue.

As palavras *lar adotivo* pairavam diante dela. Imaginou seres sem rosto levando sua filha embora, levando-a para algum lugar distante que ela não conseguiria alcançar.

Assentiu, lágrimas escorrendo pela boca.

— Eu não queria machucá-la, mãe — ela sussurrou. — Não queria colocá-la em perigo.

— Eu sei, querida. Eu sei.

34

MARY

Na escuridão do convés da prisão, havia pouca coisa para distraí-la da dor. Do zunido de sangue nos ouvidos, da dor da sede na garganta.

Às vezes, Mary se perguntava se havia um mundo além do navio.

Fora outra garota, outra Mary, que vira as estrelas piscarem através das nuvens à noite; que observara estorninhos escreverem suas mensagens no céu. Mesmo a jovem que tremera na carroça de Kilmainham até o porto, passando pelo campo verde ainda com cicatrizes de guerra; até mesmo aquela jovem era uma estranha para ela agora.

O mundo de Mary tinha se encolhido para conter apenas o próprio corpo. Sua fome, sua sede. E a nova e estranha dor: a sensação de que algo fazia pressão através da pele macia do pescoço, de que os dedos das mãos e dos pés estavam se unindo.

Haviam dito a elas que só tinham quatro semanas de viagem pela frente. Por mais faminta que Mary estivesse, e por mais que o cheiro dos baldes de dejetos e o ruído de ratos roendo coisas a fizessem querer vomitar, o medo se insinuava em seu peito. Quando tiveram energia para conversar, as mulheres começaram a se perguntar o que as aguardava em Nova Gales do Sul.

Uma mulher chamada Lizzie, com sotaque do Norte, falou de uma menina de sua aldeia que havia sido exilada vários anos antes. Ela tinha encontrado alguém em Sydney Town para escrever uma carta para a mãe e Lizzie a lera em voz alta para ela.

— Ela escreveu que havia sido levada para um lugar chamado de *fábrica feminina* — Lizzie lhes contou, sussurrando as palavras finais para causar efeito. — Onde os colonos vinham e escolhiam as moças que queriam para servas ou esposas. A mãe dela ficou fora de si, pensando que sua preciosa menina poderia ter que se casar com um protestante ou dormir com alguém fora do casamento. A pobre mulher não conseguia decidir o que seria pior.

Mary havia imaginado um homem arrancando-a de uma fila como se ela fosse uma vaca, separando-a de Eliza. Tateou buscando a mão da irmã e apertou-a com força. Talvez não fosse tão ruim, disse a si mesma. Um homem pode ser gentil, como Da. Mas pode ser como os marinheiros, ou como Byrne.

Esse era o problema. Não parecia haver uma lógica que explicasse a diferença.

Certa manhã, depois que as rações foram entregues, Mary levou a mão ao pescoço, querendo aliviar a dor aguda que sentia ali. Engasgou quando seus dedos tocaram a carne; a maciez úmida dela, como uma membrana.

— Eliza — ela sussurrava agora. — Mova seu cabelo para o lado.

— O quê? O que há de errado? — Os dedos de Eliza voaram para o peito, roçando o avental. — É um rato?

— Quieta — Mary sibilou. — Não quero que as outras vejam. Só... preciso que me mostre seu pescoço. Chegue um pouco mais perto de mim. — Eliza se arrastou para a frente, para o espaço onde a luz serpenteava dos conveses superiores, e puxou o cabelo para trás. Mary cobriu a boca com a mão para que a irmã não a ouvisse arquejar.

Duas fendas tinham aparecido no pescoço de Eliza, no ponto exato onde sua pulsação oscilava.

Ela as observou se moverem no ritmo da respiração da irmã. A princípio, sua mente estava muito horrorizada para compreender aquilo. Mas, então, lembrou-se do arenque que Da havia pescado em Ard na Caithne, do pesadelo que tivera com Mam. O bater daquelas asas carnudas.

— Venha cá — disse Eliza, pegando os dedos trêmulos de Mary nos seus. — Não precisa ter medo.

— Mas essas feridas — Mary arfou. — Essa doença...

— Não é uma doença — corrigiu Eliza. — Mas você sabe disso, você se lembra. Naquela noite, as coisas que Mam nos contou...

Mary rolou para longe da irmã, pressionou o corpo contra a parede curva do beliche, com seu fedor de suor e alcatrão.

Fechou os olhos, mas, em vez de escuridão, viu um rosto. O rosto de Mam, aquele rosto terrível do sonho dela, com sua pele escamosa; o rosa cru de seus olhos vazios. Eliza acariciou suas costas, murmurando suavemente, mas Mary se afastou, enterrando-se mais em si mesma.

Não ouviria os sussurros de Eliza, as fantasias dela oriundas da tristeza.

E não se lembraria. Não suportaria.

35

JESS

SEGUNDA-FEIRA, 11 DE FEVEREIRO DE 2019

Jess leva a mão ao pescoço, sentindo a pulsação acelerada sob a pele. Lentamente, o quarto entra em foco. A luz cinza se move através das cortinas ondulantes, o gato enrolado na extremidade da cama.

O que a acordou? Vieram buscá-la, finalmente?

O relógio digital na mesa de cabeceira marca seis da manhã. Lá fora, há o barulho das ondas castigando a costa, mas nenhum outro som.

Ela suspira, jogando-se contra os travesseiros.

Faz seis meses desde que comprou Cliff House, seis meses desde que empacotou o escasso conteúdo de sua vida no velho Ford e fez a viagem partindo de Sydney. A casa estivera praticamente vazia por quarenta anos, disse o corretor: o homem que a comprara em 1982 havia tentado transformá-la em uma casa de veraneio para aluguel, e o casal para quem a vendera em 2001 tentara o mesmo, sem obter sucesso. A umidade, ele explicou, e o barulho. O vento, vindo do mar. Isso perturbava as pessoas, as mantinha acordadas à noite. Ele esperava que Jess tivesse o sono pesado.

Ela passara as duas primeiras semanas limpando o lugar: a casa sem dúvida exercia um fascínio sobre os adolescentes locais, e Jess enchera uma dúzia de sacos de lixo com latas de cerveja pegajosas e caixas de pizza. Em algum momento, parte do piso cedera, mas Jess não tinha dinheiro para consertá-lo — a compra havia levado todas as suas economias —, por isso, cobrira-o com uma lona que agora se estufava e se esvaziava com a brisa. Planejara remover o papel de parede, mas pensara melhor depois que uma seção revelara uma floresta de mofo.

Mas pelo menos a casa estava limpa agora. Tinha a esperança de encontrar algumas coisas dos pais, mas o corretor imobiliário disse que quaisquer itens restantes — aqueles que não haviam sido roubados — teriam sido jogados fora ou armazenados. A mesa de jantar arranhada é, até onde ela sabe, tudo o que resta deles. Da vida da qual fugiram.

Eles não queriam que ela voltasse. A mãe tinha chorado ao telefone, seu pai praguejado ao fundo.

— De que adianta voltar para lá? — a mãe havia dito.

— Não consigo explicar — respondeu ela. — É apenas algo que preciso fazer.

Nas primeiras semanas, mal havia dormido, sentada na varanda dos fundos à noite observando as ondas, ouvindo e esperando. Os sonhos tinham retornado, aumentando suas esperanças, mas, quando acordava, não ouvia nada, apenas a pressa e o rugido do mar.

E, então, decidiu pintá-las, as mulheres. Como se para deixá-las saber que ela estava lá. Que estava pronta. Seria o oposto de um exorcismo. Uma evocação.

Pretendia evitar os moradores da cidade, evitar começar novas amizades. Embora tivesse procurado Ryan, sobre quem tinha curiosidade há muito tempo. Ele estivera no *Marlin* naquele dia, trinta e sete anos antes. Perguntou-se se ele a havia reconhecido; se vira um lampejo da criança que ela tinha sido em seu rosto adulto, embora, se acontecera, não tinha dado sinal disso. Na maior parte do tempo, ela ficava sozinha, exceto por Dora, a vira-lata que tinha entrado na casa na primeira semana de Jess morando lá e depois se recusado a sair.

Ela não contava com Melody, sua vizinha lojista. Em uma manhã de setembro, seu mês menos favorito, tinha ido à loja comprar atum (para Dora) e uma garrafa de vinho (para ela). Essa seria a terceira garrafa de vinho em três dias. Dois dias antes, havia comprado um cartão-postal para Lucy em meio à ressaca e, mais tarde, ao anoitecer, fora até a caixa de correio, embriagada de Chardonnay e lembranças. Já havia se arrependido de tê-lo enviado.

— Você está bem, querida? — Melody havia perguntado quando Jess pagara, contando as moedas na mão (Melody não suportava tolos nem máquinas de cartão).

— Tudo bem, desculpe. — Jess fungara, tentando sorrir. — Hoje foi um dia meio estranho.

— É? Por quê?

Jess sentiu o cintilar intenso do olhar curioso de Melody, brilhante como um holofote. Olhou ao redor, mesmo sabendo que a loja estava vazia.

— Tipo um aniversário...

— Ah. — Melody assentiu, colocando o troco na palma da mão de Jess como um presente. — Sinto muito. Alguém próximo?

Jess percebeu que a mulher pensava que ela estivesse falando de uma morte.

Não pensou mais na conversa até mais tarde naquela noite, quando Melody apareceu na porta dela segurando uma enorme travessa de cerâmica que continha lasanha, uma garrafa de vinho debaixo do braço.

— Para conter o álcool — ela dissera, entrando.

No fim, tinham consumido a garrafa inteira, Jess falando mais do que em semanas. Melody sabia muito sobre arte, até fizera alguns esboços aqui e ali. Haviam falado sobre seus artistas favoritos: Cossington Smith e Namatjira (Melody); Werefkin, Carrington e Kahlo (Jess).

— Gostei dele — Melody disse, indicando com a cabeça a tela no cavalete.

— Obrigada — Jess respondeu, sentindo uma onda de orgulho, seguida da vulnerabilidade familiar, uma sensação de estar exposta.

— Mas ainda não está concluído. — Ela pensou que havia capturado o mar muito bem: os tons brilhantes que mudavam dependendo da época do ano, até mesmo da hora do dia. Azul-claro, violeta, verde e rosa. Também estava feliz com o movimento dele; as ondas vigorosas, as rajadas de gotículas que quase pareciam tocar seu rosto. Eram as figuras que ela não conseguia acertar. Havia passado a maior parte do dia anterior misturando tinta com todos os tipos de material: pasta de cera de abelha, até mesmo areia. Mas, ainda assim, a textura da pele — aquelas escamas iridescentes — lhe escapava.

O fracasso a perturbava. Pois significava que a pintura estava inacabada, que ela não as havia *capturado*. Esse, ela raciocinou, deve ser o motivo pelo qual mantinham-se a distância.

— Quem são elas? — Melody perguntou, e Jess sentiu a conversa sendo puxada na direção que ela estava evitando, inevitável como a maré.

— Bem, uma sou eu — Jess disse lentamente e, enquanto falava as palavras, percebeu que, de certa forma, eram verdadeiras. Tinha começado a pintar uma coisa e acabara retratando outra completamente diferente. — E a outra é...

Ela fez uma pausa.

— Tudo bem — Melody falou, inclinando-se para encher o copo de Jess. — Não precisa contar. Eu entendo. Também perdi pessoas.

Jess não sabia como explicar. Como ganhar uma pessoa também pode significar perdê-la.

Agora, enquanto observa a pálida luz da manhã florescer através da janela, lembra-se do que Melody lhe disse na última vez que se viram. Sua amiga parecia estar de mau humor: comeu menos e bebeu mais do que o normal. Algumas vezes, Jess percebeu a contração de sua boca, os músculos da garganta em movimento, como se tentassem empurrar algo para fora.

— Algum problema? — ela perguntou, e foi tudo o que Melody precisou para falar. Foi difícil ouvir sobre a caverna. O lodo frio das pedras penetrando nas costas de sua amiga, o mar. Foi difícil ouvir, difícil não lembrar.

Engraçado pensar que estavam conectadas por aquele lugar. Que ambas haviam se deitado naquelas pedras afiadas, sentindo a vida delas mudar para sempre.

Mas, ainda assim, Jess não conseguiu contar a verdade a Melody. Assim como ainda não conseguira visitar a caverna. Talvez, se Lucy estivesse ali com ela, poderia ser mais corajosa. Poderia levá-la pelos degraus rochosos, suas mãos entrelaçadas — assim como as da pintura —, e lhe mostrar.

Mas, claro, Lucy não está ali.

Ela pensa na conversa telefônica que tivera com a mãe no aniversário de 18 anos de Lucy. O prazo que tinham estabelecido tantos anos atrás — o prazo para dizer a verdade — enfim havia chegado.

— Isso me incomoda, essa ideia de que ela tem de ser jornalista — sua mãe dissera. — Eu me preocupo... com aonde isso pode levá-la.

Eu me preocupo com ela descobrindo a verdade.

— Se ela acha que ser jornalista a fará feliz, então ela deve fazer isso — Jess declarara. E depois, com mais calma: — Quero que ela seja feliz.

E ela queria. Desejava isso mais do que qualquer outra coisa.

— Eu também. O que me leva a... — Sua mãe respirou fundo. — Sei que dissemos que contaríamos a ela quando fizesse 18 anos. Mas estou com medo, Jess. Estou com medo de como ela vai reagir. Do que isso fará com ela.

Jess não havia falado nada. Estava sentada na sacada do pequeno apartamento que havia alugado no Inner West de Sydney. O apartamento que Lucy tinha visitado, não muitos meses antes. Estava anoitecendo, e raposas-voadoras planavam baixo. O miado fraco de um gato surgiu das latas de lixo abaixo. De repente, Jess ansiava por algo — alguém — a quem se apegar.

— Entendo — Jess dissera. — Ok. Bem. Você é a mãe dela, na verdade. Sabe o que é melhor.

— Jess... — a mãe protestou.

— Está tudo bem — Jess aquiescera, mesmo com o vazio se

espalhando pelo corpo. — É o melhor para Lucy, não é? — Ela fez uma pausa. — Mas posso perguntar uma coisa?

— Claro, querida. Qualquer coisa. E, querida, você é a mãe dela. Você sempre será. Não precisamos decidir nada agora. Tudo o que sempre quis foi tornar isso mais fácil para você. Para vocês duas.

— Então, deixe que ela seja feliz — Jess tinha falado. — Deixe que estude Jornalismo, deixe que faça o que quiser. Só, por favor, deixe que ela seja feliz.

— Oh, querida...

— Eu tenho que ir, mãe.

E, depois, o Natal: a pequena casa de fazenda cheirando a pudim de ameixa e o medo de seus pais. Lucy, sentada ali de pernas cruzadas, coçando distraidamente um pedaço prateado de pele no joelho. Um garfo em uma mão, o telefone na outra, olhos arregalados enquanto lia trechos do artigo do *New York Times* sobre Harvey Weinstein para os pais. Jess se encostou no balcão da cozinha, mantendo-se à parte. Se Lucy percebeu isso, não disse nada.

— Pessoal, ouçam isso — Lucy havia dito, antes de ler uma citação. — Caramba, isso daria um bom *podcast*. É isso que quero fazer, eu acho. *Podcasts*.

Suas bochechas estavam vermelhas, o cabelo curto espetado em cerdas douradas. Seu corpo inteiro parecia vibrar com o futuro. Ele emanava dela como luz.

E, de repente, com uma clareza abrasadora, Jess percebeu que sua mãe estava certa. Contar a Lucy agora poderia destruir todas aquelas esperanças e planos, todos aqueles sonhos para o futuro. Se Lucy soubesse que a história de sua vida era uma mentira, poderia perder a paixão por buscar a verdade.

E Jess não poderia fazer isso. Simplesmente não podia tirar isso dela.

Afinal, sentira tanta raiva, sentira-se tão traída quando tropeçara na própria verdade tantos anos antes. Raiva da fachada de uma vida que seus pais tinham construído com tanto cuidado. Mas, agora, olhando para o rosto inocente e alheio à verdade de Lucy, ela enfim entendeu a escolha deles. Agora, tinha a própria fachada para manter.

Foi então que pensou em Cliff House e se perguntou quem era o dono dela. Se havia uma forma de retornar para lá, voltar para onde tudo havia começado. Talvez, entendendo de onde viera, seria capaz de suportar: abrir mão de Lucy.

E talvez ela ouvisse de novo. As vozes das mulheres, chamando por ela. Aquele doce som de pertencimento.

Seu telefone vibra, e ela franze a testa enquanto o pega na cabeceira.

Há uma notificação de chamada perdida de Cameron e uma mensagem de voz.

Por que ele estaria ligando para ela? Não se viam há meses — desde antes de ela deixar Sydney, no mesmo hotel onde haviam tido o primeiro encontro após se esbarrarem por acaso em uma galeria. Fazia dez anos, então, desde a sala de Artes em Dawes Plain, desde que ele acariciara a pele dos nós dos dedos dela como se aquilo — *ela* — fosse belo.

Não lhe contou o que acontecera depois que ele tinha ido embora. Cameron parecia entender que qualquer coisa que houvesse acontecido naquele tempo estava fora dos limites para ele. Uma parte selada dela.

A partir daí, encontravam-se a cada poucos meses — com menos regularidade depois do casamento dele, dos filhos dele. Ele ligava para ela de um número privado, para que ela não pudesse retornar e surpreendê-lo em um momento inconveniente. Na maioria das vezes, tudo era organizado por meio de um daqueles aplicativos que apagavam mensagens automaticamente após seis minutos. Pareciam ser espiões.

Jess não tinha certeza do motivo exato pelo qual fazia isso. Às vezes, ela se perguntava se talvez estivesse tentando viajar no tempo, para desvendar sua história complicada.

Ela respira fundo e aciona o correio de voz.

— Jessie — ele diz, e ela estremece com o antigo apelido, a busca pela familiaridade —, estou com um pequeno problema, querida.

Um mal-entendido no trabalho. Nada que não se resolva sozinho, com um pouco de tempo. De qualquer modo... Olha, eu gostaria de ver você. Seria bom sair um pouco daqui. Me reconectar. — Outro suspiro. Jess consegue ouvir que ele está dirigindo: há o som da seta, de outro veículo passando. — Vou até você, conhecer o novo lugar... Malua Street, não é? Provavelmente vou passar a noite em algum lugar, e estarei com você amanhã. Certo. Até mais, querida.

Jess digita o nome de Cameron no Google, o medo já se acumulando em suas entranhas. Por um momento, fica tranquila com a falta de resultados, mas depois pesquisa por *Marsden College*, onde ele acaba de ser promovido a chefe do Departamento de Artes. Há um artigo do *Sydney Morning Herald*, publicado no dia anterior.

Protestos abalam escola após acusações.

As letras na tela se misturam, formando palavras absurdas e inevitáveis.

Denúncia de violência sexual.

Ela pensa no que aconteceu entre eles, tantos anos antes. Essa lembrança — suas mãos, sua boca — foi sepultada sob encontros mais recentes. Agora, ela tenta se concentrar nisso, e tudo o que consegue lembrar é de perguntar: *E você? Me magoaria, quero dizer.*

E a resposta dele. *Não.*

Seria abuso, o que ele fez?

Você tinha idade suficiente, ela diz a si mesma, e as palavras têm a cadência de um mantra, algo que já disse a si mesma antes. Então, essa dúvida estava lá, o tempo todo.

Ela tinha quase 17 anos — uma jovem mulher —, e ele tinha apenas 24. Sete anos os separavam. O que são sete anos? É pouco mais do que a diferença de idade entre seus pais.

Mas ela era uma jovem particularmente vulnerável. Insegura, confusa e hesitante. Tinha acabado de descobrir que era adotada, que seu lar não era seu lar. Que os dois adultos mais importantes em sua vida — seus pais — haviam mentido para ela.

Tudo o que havia desejado era alguém em quem se espelhar. Alguém em quem pudesse confiar, que tornasse tudo melhor.

Você tinha idade suficiente.

Mas ela não tinha, tinha?

Não para nada daquilo.

As lembranças — as lembranças do pior ano de sua vida, as lembranças que tenta tanto reprimir — vêm à tona.

O tempo passado no hospital de Sydney. As vozes abafadas do lado de fora do quarto, o clique de canetas e o farfalhar da papelada. Os pais em suas melhores roupas de domingo, beijando-a na testa antes de partir para um tribunal que, na mente de Jess, se impunha à paisagem como um castelo. Os pais perguntando quem era o pai; a mãe dizendo que Max havia lhe contado sobre o professor e que, se Jess deixasse, ela contataria a polícia, a nova escola em que ele lecionava, qualquer um que ouvisse. Ela o faria pagar. Jess não tinha dito nada. Seu pai colocara a mão em seu ombro e Jess se virara para encarar a parede.

Lembra-se da fina camada de aquarela no papel, da frustração por nunca conseguir capturar a caverna como ela parecia, como ela a sentia. Os sonhos diminuíram, junto com seu leite.

Perto de Lucy, sentia-se paralisada de medo, as palavras da assistente social ecoando em sua mente.

Suas ações colocaram sua filha em sério risco.

Começou a se perguntar se estava amaldiçoada, se ser abandonada havia rompido algo fundamental dentro dela, tornando-a indigna de ser mãe de Lucy. Estava com medo de chegar perto da filha, com medo de que seu toque a machucasse, a contaminasse de alguma maneira.

Quando tentou segurar Lucy, seus braços tremeram, como se não reconhecessem mais seu peso.

De volta a Dawes Plain, tinha se escondido na escuridão do quarto como um animal se escondendo em um canto para morrer. O choro de Lucy ecoava pela casa, o corpo de Jess doía em resposta. Lucy dormia no quarto dos pais. Jess cobria a cabeça com o edredom para não ouvir os murmúrios da mãe enquanto tirava Lucy do berço, ou a canção de ninar que entoava enquanto lhe dava uma mamadeira.

Enquanto a mãe entoava "Brilha, Brilha, Estrelinha", Jess sussurrava sua própria canção de ninar no travesseiro.

I sang you to sleep, and I robbed you of wealth
And again I'm a maid on the shore[17].

Quando até mesmo isso doeu demais, Jess pegou o novo *walkman* que seu pai havia deixado do lado de fora da porta do quarto. O antigo se perdera em Cliff House, com a mochila escolar que continha seu diário. Ele havia colocado um CD lá para ela — o álbum *The Good Son*, de Nick Cave. Uma das faixas se chamava "Lucy", uma música que ouvia repetidas vezes. Ela se perguntava o que o pai queria dizer com isso. Talvez fosse uma repreensão, um lembrete de que sua filha precisava dela. Ou talvez estivesse dizendo que compreendia: que ele sabia que Jess amaria Lucy para sempre, assim como a canção dizia, e que, até que Jess estivesse pronta para mostrar esse amor — para cuidar da filha —, ele faria isso por ela.

— Fique — disseram seus pais quando ela lhes contou que havia se matriculado na Faculdade de Belas-Artes, apenas um semestre depois do planejado originalmente. — Faça parte da vida dela. Por favor. — Mas ela tinha ido embora assim que pudera.

Precisava daquele sentimento de novo: o sentimento de que poderia fazer algo belo, mesmo que seu coração parecesse murcho e feio.

Jess apaga a mensagem de voz. Passa a manhã na mesa da cozinha, desenhando. Esboça Mary e Eliza, as irmãs que assombram seus sonhos, cujas formas pálidas já brilham para ela nas telas nas paredes.

Mas agora ela as desenha de forma diferente. Com pele escamosa e guelras pulsantes, mãos palmadas e caudas sinuosas.

---

17. Em tradução livre: "Cantei para você dormir, e roubei sua riqueza/E de novo sou a donzela na praia". (N. da T.)

Faz uma pausa para tocar a garganta, lembrando-se da maneira como sua pele se partiu em tiras, as teias de carne que tinham brotado entre cada dedo. Às vezes se pergunta se imaginou tudo, a maneira como seu corpo mudou, o canto. Se foi apenas a ilusão de uma adolescente vulnerável, confusa e em sofrimento.

Mas, quando pensa no que aconteceu nesta cidade — na lista de vítimas por afogamento —, não tem tanta certeza. É como se ela carregasse algum tipo de conhecimento estranho na base da espinha, na carne macia abaixo do maxilar. O que Melody lhe contou sobre sua própria experiência na caverna só a deixou ainda mais certa disso.

Oito homens desde 1960. Para a teoria funcionar, precisa ter havido mais. Precisa ter durado mais. Ela tem que olhar os registros da cidade, de algum modo, desde 1801. Procurar por casos de afogamentos ou desaparecimentos na área. Mas não tem ideia de como fazer uma coisa dessas, nenhuma ideia de como vasculhar registros antigos e artigos de jornal.

Lucy saberia.

Lucy.

Como sempre, a lembrança dela pesa como um hematoma.

Jess lembra-se dela quando criança. Voltar para casa no fim de cada período da universidade era como conhecer uma nova garotinha. Lucy tinha sido curiosa desde o começo: uma vez, presenteou Jess com uma pele de cobra que tinha encontrado no jardim dos fundos. Ela ainda se lembra da sensação de uma textura parecida com papel na palma da mão, lembra-se de Lucy perguntando por que a cobra tinha abandonado algo tão bonito.

— Bem, cobras crescem, assim como os seres humanos — Jess dissera. — Mas a pele delas não cresce com elas. Então, quando estão prontas, elas a trocam, e há uma pele nova e lustrosa por baixo.

Lucy mordera o lábio, os olhos arregalados, coçando a parte interna do pulso.

— Eu também posso ter uma pele nova?

Jess gostaria de poder voltar no tempo para aquele momento, puxar a garotinha para seus braços e abraçá-la.

Sim, ela teria dito, então. *Você pode. Porque é especial. Porque veio de mim.*

Jess baixa o lápis, abandonando o desenho. Arrasta a cadeira para trás, o barulho assustando Dora Maar de sua posição favorita no sofá. Ela sobe a escada de dois em dois degraus e abre as portas do guarda-roupa. Ajoelha-se, procurando a caixa de papelão em meio ao caos de meias-calças e *collants*. E lá está.

Abre e levanta o papel de seda amarelado com cuidado. A pele de cobra brilha lá dentro.

Jess passa o dia inteiro no cavalete.

É quase meia-noite quando ela termina de incorporar a pele de cobra à tela. Suas costas doem e seu estômago ronca de fome, mas o coração se sente tão leve e flutuante que poderia levantá-la no ar.

Sabia que o trabalho não estava totalmente concluído. Ela ainda não havia respondido aos *e-mails* sobre a logística da exposição, a exposição que sua galerista — alarmada por sua mudança repentina — a pressionara a realizar. Como poderia, se a peça central estava incompleta?

Levantando a bainha da saia, compara a própria pele com a das figuras pintadas. Está perfeita. A pele de cobra é translúcida, brilhando em tons de rosa, violeta e azul. Todas as cores do mar.

Prepara uma torrada para si mesma e a leva para a cama.

A cabeça e o coração estão tão cheios de alegria quanto ao seu trabalho, por ter capturado a essência de algo com tamanha exatidão, que todos os outros pensamentos são afastados de sua mente.

Só quando começa a adormecer é que pensa em Cameron. Mas no escuro — com o mar murmurando lá fora e o calor de Dora Maar ronronando a seu lado — ele está mais para um espectro, uma história de fantasmas.

Ele não virá até aqui, ela diz a si mesma. A polícia está investigando — sem dúvida, não tardarão a capturá-lo. Ela não terá que se envolver.

Não haverá necessidade de confrontar as coisas que ela fez, as coisas que foram feitas a ela. Ela pode ficar aqui em Cliff House, agarrada à beira do mundo como uma craca a uma rocha.

Sozinha e em segurança.

36

MARY

Foi Bridie quem primeiro sugeriu que arrombassem um dos barris de rum no convés da prisão. Estavam todas com muita sede. Algumas das mulheres tentaram beber a água do porão, apenas para no fim acrescentar o conteúdo do estômago ao caos que girava e espumava ao redor delas.

Mary nunca teria pensado que ansiaria por rum, pela bebida que poluía o hálito dos marinheiros e amarelava os dentes deles. Mas começou a desejar algo que entorpecesse sua mente, desviasse seus pensamentos das lembranças de Mam. Das mudanças em seu corpo e do que elas poderiam significar. A carne palmada entre os dedos dos pés, o novo brilho em sua pele, as cristas macias no pescoço. Havia se tornado uma criatura que não conhecia.

Levou três dias e três noites para arrancar um prego do barril, as mulheres se revezando com dedos murchos.

Por fim, arrancaram o prego, e uma faixa de líquido explodiu de uma pequena rachadura na madeira. Elas avançaram ávidas com suas línguas, desesperadas como gatos. Bridie rasgou uma tira de seu avental e apertou-a com firmeza contra o buraco, fazendo-a escurecer ao se empapar com o líquido. Depois, inclinou-se sobre Aoife e apertou o tecido para que algumas gotas doces caíssem em seus lábios. Mary nunca pensou que veria o dia em que Aoife aceitaria um presente de Bridie, a mulher que ela chamava de *prostituta Sasanach*. Mas as longas e sombrias semanas tinham suavizado a aspereza entre elas, como água esculpindo rochas.

Quando chegou a vez de Mary, ela tossiu enquanto o líquido descia queimando. O rum levou sua mente a um lugar onde nunca havia estado antes, mas que de alguma maneira reconhecia. Poderia ter sido o futuro, ou um passado tão antigo que não era o dela. Havia uma caverna, as paredes vermelho-escuras e curvas no formato do corpo de uma mulher. Ela estava molhada e com dor, assustada. Mas havia magia também: o som de uma criança chorando, um embrulho quente pressionado contra o peito. Ela olhou para olhos tão escuros quanto as algas às margens de Ard na Caithne; dedos minúsculos apertaram os seus. Seus seios — o corpo inteiro — doíam.

Ela deslizava para dentro e para fora do sonho, de modo que em alguns momentos agarrava-se ao vazio, ou acordava não com o choro da criança, mas com o lamento das ondas, uma nostalgia pulsando por todo o corpo.

Pensou no dia em que teve a primeira menstruação, como Da dissera que ela era uma mulher a partir daquele momento. Ela se lembrava das mulheres da aldeia, da maneira como carregavam as barrigas inchadas diante delas. Como ansiava por se juntar a elas um dia, trazer um bebê seu ao mundo.

Os sulcos no pescoço queimavam, a estranheza do seu corpo provocando-a.

Se ela sobrevivesse — se chegassem a Nova Gales do Sul e não fossem punidas por suas esquisitices, pela falta de naturalidade —, ela um dia teria um filho? Seu corpo, com todas as suas mudanças, seria capaz de tal coisa? Talvez a criança fosse doente, sofresse de alguma espécie de má-formação. Envenenada por seu útero.

E que tipo de mãe ela seria, ela própria não tendo mãe?

Mesmo que tivesse um filho, teria antes que se casar e levar um homem para sua cama. Quando chegassem a Nova Gales do Sul, ela sabia, seriam conduzidas para a fábrica feminina, onde um colono as arrancaria de uma fileira como se estivesse comprando um animal no mercado. Ela seria esposa ou serva, talvez ambas.

Não aconteceria como Da, conhecendo Mam na praia.

Não contou a Eliza sobre esses pensamentos, sobre como o futuro a aterrorizava.

Afinal, sua irmã não entenderia.

Ela já sabia como ser diferente.

Esvaziaram o barril inteiro de rum antes de serem descobertas. Foi Wright quem percebeu, trazendo a ração delas após dois dias. Ela o viu parar depois de destrancar a antepara, a lanterna balançando em seu punho, sentindo o gosto da nova doçura no ar. Seus olhos percorreram as mulheres, algumas delas mergulhadas em um sono profundo pela primeira vez em semanas, embaladas pelo balanço das ondas, outras sorrindo e cantando, como se não soubessem mais onde se encontravam.

Ele passou por cima dos corpos adormecidos e começou a verificar os barris. Não tardou para encontrar o que haviam aberto e sugado até secar, como uma fruta de verão. Mary sentiu Eliza começar a tremer a seu lado.

Wright saiu e retornou com dois oficiais e o capitão, cujas bochechas estavam ruborizadas de raiva. Quando ele falou, sua voz era tão alta que as mulheres adormecidas despertaram sobressaltadas, e o canto movido pela embriaguez transformou-se em gemidos de terror. Mary ficou surpresa que uma voz tão potente pudesse vir de um homem tão pequeno.

— Quem é a responsável por isso?

O beliche acima dela rangeu, e ela fechou os olhos com força, não querendo ouvir a confissão de Bridie, não querendo pensar no que poderia acontecer com sua amiga.

— Eu. Eu sou a responsável.

Mas as palavras eram muito fracas — muito frágeis — para terem saído de Bridie. Foi só quando Eliza cravou as unhas com força na palma de Mary é que ela percebeu quem havia falado.

Aoife.

37

JESS

TERÇA-FEIRA, 12 DE FEVEREIRO DE 2019

São cinco da manhã, e o coração de Jess bate forte no peito, tão alto que a casa inteira parece estremecer com ele. Mas não — não é o coração que ela ouve, e sim outra coisa. Alguém está batendo na porta. Jess senta-se na cama, tateando em busca da luz, antes de pensar melhor.

Deve ser Cameron. Quem mais poderia ser?

Senta-se, respirando com dificuldade, mal ousando se mover. Como se, ficando bem quieta, ele simplesmente se esgueirasse para longe, como um monstro em um filme.

— Jess! — Embora sua voz esteja abafada pelo vento, ela consegue ouvir o desespero nela. Imagina o impacto ecoando no mato, as folhas dos eucaliptos se eriçando, pequenos lagartos e roedores fugindo assustados.

Teria acordado Melody ao dirigir pela Malua Street? A janela do quarto dela dá para a rua; ela pode ter visto o facho de seus faróis. Jess sabe que ela costuma dormir com as cortinas abertas: ela gosta de ser acordada pelo sol.

Engole em seco, a boca amarga. Pensa nas palavras do artigo.

Violência sexual.

Ela não quer Melody — não quer Comber Bay — envolvida nisso.

Na mesa de cabeceira, seu telefone ganha vida. Ele está ligando. Provavelmente consegue ouvir o celular tocando do lado de fora. Não há como fingir que ela não está em casa, não agora.

Jess se arrasta para fora da cama, enrolando o longo roupão com firmeza em volta do corpo. Desce a escada tateando, não desejando acender a luz e se revelar. Na sala de estar, a lua atravessa as cortinas, sua tela brilhando com ela. Permite-se uma explosão de orgulho pela pintura concluída, como se uma parte dela já soubesse que levaria muito tempo até que voltasse a segurar um pincel na mão.

Seu olhar recai para os esboços que fez mais cedo naquela noite: Mary e Eliza, as mãos palmadas e a pele incrustada com escamas. Por algum motivo, não quer que ele as veja.

Ela as dobra, esconde-as dentro de uma gaveta da cozinha.

Então, respira fundo e cruza a sala até a porta da frente, os pés leves nas tábuas antigas do assoalho. Dora Maar enrola-se em suas pernas, miando.

— Jessie, graças a Deus — ele murmura do outro lado da porta. — Por favor, Jess. Deixe-me entrar.

Seus dedos no ferrolho estão úmidos.

Ela desliza a fechadura para trás e abre a porta.

A primeira coisa que percebe é como ele parece pequeno. Está vestindo calças de moletom e uma camiseta velha, com manchas amareladas sob os braços. Sua barriga projeta-se contra o tecido. Mesmo de pijama, com os cabelos desgrenhados derramando-se pelas costas, ela parece sobrepujá-lo.

Ele está com a barba por fazer e há uma mancha de alguma coisa — *ketchup*, talvez — em uma das bochechas. Cheira a posto de gasolina, suor e dentes não escovados.

Ele não a encara nos olhos.

Ela afasta alguns papéis e revistas do sofá e faz sinal para que ele se sente.

Na cozinha, ela enche a chaleira. Enquanto a água ferve, pega duas canecas sujas do balcão. Lava uma, mas não a outra, e, quando enche as canecas de chá, oferece-lhe a que está com uma incrustação de sujeira no fundo.

— Obrigado — ele diz, tomando um longo gole da bebida. — Sinto muito, Jess. Por aparecer assim. Queria vê-la... Não estava mentindo sobre isso. Mas, você precisa saber... Nicola me mandou embora.

Ela não se sentou. Sente-se melhor de pé, acima dele, notando a intensificação da queda de seu cabelo, o couro cabeludo aparente.

— Eu li o artigo — ela diz apenas —, no *Herald*. Sobre a faculdade.

Está lhe lançando um teste — algo que a velha Jess faria. Ele enrubesce enquanto engole o chá, os nós dos dedos ficando brancos ao redor da caneca.

Ele ergue a vista para ela, e pela primeira vez seus olhos se encontram. As pupilas dele estão dilatadas.

— Não foi assim que aconteceu, Jessie — ele alega, implorando. Levanta-se, deposita a caneca na mesa de centro e dá um passo em direção a ela. — Não foi como você e eu. O que nós tivemos... Aquilo foi diferente. Nós dois éramos jovens. Crianças. Isso são só umas garotas bobas entendendo tudo errado. Histeria adolescente. Uma caça às bruxas.

A respiração dele é rançosa em seu rosto. Há pequenas veias estouradas em seus olhos. Seu fedor é repugnante.

— *Eu* era criança — ela declara agora. — Mas você não, Cameron. Você tinha 24 anos.

— Ei. — Ele coloca a mão no pulso dela. — Vai me dizer que já esqueceu como era entre nós? Ainda consigo me lembrar da primeira vez em que a vi. — Ele está em pânico agora, implorando, as palavras se atropelando na pressa de sair de sua boca. — Uma coisinha desleixada com seu cabelo preto e camisas de manga comprida naquele calor. Tão insegura de si mesma, do seu talento. Mas eu lembro que elogiei seu desenho e você olhou para mim com aqueles seus olhos grandes, como se eu tivesse todas as respostas.

A voz dele falha.

— Ninguém nunca tinha olhado para mim daquele jeito antes. Você sabe como meu pai era, como ele me batia. Chamava-me de bicha porque eu apreciava a porra do Monet. Deixei tudo o que conhecia para trás para poder ir para a faculdade de Artes, e depois o único emprego que consegui foi trabalhar em uma escola de merda em uma cidade de merda no fim do mundo. Passei a vida inteira me sentindo pequeno e então conheci você e me senti...

As mãos dele estão cravadas na carne macia dos braços dela.

— Eu me senti importante.

Jess quer dar um passo para trás, virar a cabeça para longe da respiração rançosa dele. Sua mente está girando, esgaravatando o passado como os dentes de um tear.

Durante todo esse tempo, ela pensou que ele acreditava que *ela* era especial. Que via uma jovem com força, talento e ambição, em vez de uma garotinha com as mangas puxadas até os nós dos dedos, desesperada para cobrir o caos de sua pele, a estranheza que sentia por dentro.

Mas tudo o que ele tinha visto fora o próprio ego refletido de volta para ele. A admiração dela o fizera se sentir o homem que ele estava desesperado para se tornar.

Nunca teve a ver com ela.

— Por favor, Jess — ele diz, os dedos apertando-a com mais força agora. — Diga que não acha que tirei vantagem de você. Que eu — ele respira fundo, mas a palavra seguinte ainda sai estrangulada — *abusei* de você. Porque eu não aguentaria isso. Não suportaria.

A última vez que seus corpos haviam estado tão próximos fora no hotel de Sydney, logo depois que Jess decidira se mudar para Comber Bay. Cameron aceitara sem dificuldade que ela iria embora, prometendo que a visitaria. Mas ambos sabiam que ele não faria isso, que Jess era apenas uma distração para ele, uma distração para a qual ele não tinha mais tempo. Ele havia sido promovido a chefe do Departamento de Artes assim que sua esposa voltara a trabalhar, depois do segundo filho.

Mas agora ele fora até lá, para Comber Bay. A polícia poderia segui-lo. Alguém deveria ter visto o carro dele.

Ela está envolvida nisso agora.

— Jess? Por favor, diga alguma coisa.

— Eu não acho isso — ela diz. — Claro que não acho isso.

Ela sustenta o tom de voz, mantém a respiração estável; deixa que ele a segure. Sua mente trabalha furiosamente. Ali é Comber Bay. O Triângulo das Bermudas Australiano, com seu próprio rol de mistérios.

Um plano começa a se formar.

— O que vou fazer? — Cameron geme em seu cabelo. — O que vou fazer, Jessie?

38

MARY

Depois do ocorrido, Mary se perguntou se aquele som horrível — o açoite do chicote nas costas de Aoife — ecoaria pelo restante dos dias.

O sangue dela havia escorrido pelo mastro, manchando o convés. O capitão tinha ordenado vinte chicotadas; o cirurgião observava, o rosto tenso de desaprovação. Até mesmo alguns marinheiros desviaram o olhar.

— É errado — ela ouviu um deles dizer, a voz rouca carregada pela brisa do mar — chicotear uma velha assim.

Mary não desviara o olhar. Ela havia testemunhado. Parecia o mínimo a se fazer.

Elas haviam sido acorrentadas para o espetáculo, o metal em volta de pulsos e tornozelos lembrando-as de seu cativeiro. Como se, confinadas na escuridão do porão, pudessem ter se esquecido.

Os soluços de Bridie foram levados pelo vento, agudos como o canto de um pássaro. Sarah apertou Annie contra si, cobrindo os ouvidos da criança com seu corpo. Eliza permaneceu em silêncio, sua pele com uma palidez esverdeada. O cabelo caía em nuvens imundas em volta do pescoço, mas Mary, sabendo para onde olhar, ainda conseguia ver o movimento pulsante em sua garganta. As pernas delas, pelo menos, estavam cobertas de sujeira, revestindo a pele que era ao mesmo tempo áspera e lisa. Fechou as próprias mãos em punhos, para que ninguém visse a membrana entre seus dedos. Estranho pensar que a luz — algo que outrora desejara com tamanha intensidade — agora havia se tornado uma ameaça.

O chicote rasgava o ar.

Os olhos de Mary ficaram turvos, mas ainda assim ela não desviou o olhar da figura pálida de Aoife agarrada ao mastro, a pele de suas costas adquirindo um tom carmesim. Perguntou-se se era por isso que a visão da carcaça do tubarão havia atormentado tanto Aoife. Se teria sido algum presságio do seu próprio sofrimento.

Mais tarde, no convés da prisão, a consciência de Aoife flutuava. Juntas, as mulheres a baixaram com cuidado em um beliche.

Mary não sabia por que Aoife havia se oferecido ao chicote de nove tiras. Todas elas tinham roubado o rum; até a pequena Annie pressionara a boca na rachadura da madeira e bebera. Por que Aoife — a mais frágil — assumira a culpa?

Bridie ajoelhou-se sobre ela, deslizando os dedos pelos fios esturricados do cabelo da velha, trançando-os como se fosse uma donzela no dia do casamento. Suas lágrimas escorreram pelas costas de Aoife, onde a pele estava rachada, revelando o brilho vermelho da carne.

— Por que, Aoife? — Bridie questionou, as palavras carregadas. — A culpa foi minha. Minha.

Ela abaixou a cabeça acobreada e beijou as feridas da outra mulher. O silêncio pulsava no canto delas do convés da prisão. Sarah silenciou Annie, disse-lhe para rezar seu rosário por Aoife. Ao lado de Mary, Eliza chorava baixinho.

Por um tempo, Aoife não respondeu à pergunta de Bridie, e o medo apertou o coração de Mary. Havia tanto sangue no convés. Mesmo agora, ele pairava no ar, adocicado como cobre na língua de Mary.

Aoife estava tão imóvel, tão pequena no beliche. Mary pensou em sua voz seca e áspera, na pele que tinha veias como uma folha caída.

Todos os anos que tinha visto, todo o restante que havia conquistado. E em vez disso, no lugar, essa tortura.

— Por quê? — Bridie sussurrou mais uma vez, e, quando Aoife ainda não respondeu, Eliza agarrou a mão de Mary com força.

Ela já está morta, pensou Mary. *Eliza sabe disso, ela pode sentir.*

Mas então: uma pequena e milagrosa elevação das costas franzidas, um leve movimento da cabeça.

— Não faz diferença para mim — disse Aoife, em tom baixo e fraco. — Não verei outro inverno, e com certeza nenhum nas colônias. Você — ela respirou fundo e estremeceu — pode ser ímpia e se prostituir. Dormindo com um *jackeen*[18]. — Ela riu levemente, o som partindo o coração de Mary. — Mas você é jovem. Você tem uma chance.

— Você também tem — Bridie murmurou. — Chegamos até aqui, Aoife. Não pode desistir ainda. Não pode.

— Você não entenderia — ela disse. Sua respiração lhe fugia em pequenos tremores agora, e Mary percebeu que ela estava chorando.

— Talvez pudéssemos — Eliza disse baixinho. — Se nos contasse.

Ela se ajoelhou, tateou em busca da mão de Aoife, depois a apertou contra o peito. Mary agachou-se ao lado dela. Aoife tinha um estranho cheiro adocicado, como linho deixado para apodrecer. Mary pensou no ar no convés da prisão, espesso com o fedor de seus corpos. Imaginou aquela sujeira penetrando a carne de Aoife, alastrando seus dedos venenosos até seu coração.

— Deveríamos lavar as feridas — ela murmurou para Eliza, embora achasse que não tinham água suficiente para isso. Mal havia o bastante para beber.

— Espere — Eliza sussurrou em resposta. Levantou a mão de Aoife até a boca e a beijou. — Por favor, Aoife — ela pediu. — Ajude-nos a entender.

---

18. É um termo pejorativo para alguém de Dublin, Irlanda. (N. da T.)

A mulher mais velha soltou outro suspiro cansado.

— Naqueles primeiros dias — ela murmurou —, naqueles primeiros dias, vocês contaram histórias. Por que estavam aqui, o que tinham feito. Eu não contei. Não queria confessar.

Elas esperaram. O navio subiu na crista de uma onda e depois voltou a cair. Mary, Eliza, Sarah e Bridie seguraram os membros de Aoife no lugar gentilmente, para que ela não tombasse do beliche. Annie aninhou sua boneca de palha — agora uma coisa úmida e fedorenta, mas ainda assim o bem mais precioso da garota — no espaço entre o pescoço e o ombro de Aoife.

— Somos todas criminosas, Aoife — Bridie disse, com um pouco de seu antigo humor. — Até Sarah, embora ela não se dê o trabalho de admitir.

Aoife balançou a cabeça; o movimento a fez choramingar de dor.

— Não foi pão que roubei, nem renda. Foi uma vida. Eles teriam me enforcado se não fosse pela minha idade. Meu marido, ele era cruel. Eu não tive — ela lutou para respirar de novo — escolha. Dedaleiras. Estavam crescendo nos penhascos... um sinal... roxas como os hematomas que ele me causava. Eu me senti em segurança aqui, com todas vocês. Quero morrer me sentindo em segurança.

— Está em segurança, Aoife — Bridie sussurrou. — Nós a manteremos assim. — Sarah fez uma prece, e Eliza voltou a beijar a mão da mulher.

Mary lutou dentro de si para achar algumas palavras de conforto, mas não encontrou nada. Apenas fúria, crescendo dentro dela como uma canção.

39

JESS

TERÇA-FEIRA, 12 DE FEVEREIRO DE 2019

O suor cobre a testa de Cameron, seu queixo com barba por fazer treme. Jess sente uma pontada de repulsa. Deixou mesmo esse homem tocá-la, abraçá-la?

— Só vou dizer isso uma vez — ela fala, mantendo a voz baixa e feroz. — Então, é melhor ouvir. A polícia vai procurá-lo, se já não o estiver procurando. Talvez sua esposa minta por você, invente uma emergência familiar, uma doença... Se tiver sorte, o que tem tido até agora. Mas a polícia *virá*.

Ela deixa a possibilidade do que pode acontecer a seguir ser assimilada: uma investigação criminal. Um julgamento.

— Você não pode ficar aqui. Quando souberem que temos um histórico, este é o primeiro lugar que vão procurar. E, se o acusarem, vão querer que eu fale. Eles vão distorcer as coisas, sabe que vão. Não quero que isso aconteça. Que as coisas sejam... mal interpretadas. — Ela faz uma pausa para causar impacto. — Vou escondê-lo — ela prossegue, quando vê o medo estampado em seu rosto. — Até que todos caiam em si e percebam que isso tudo é um grande mal-entendido, como você disse. Tenho um amigo que tem um barco; vou ligar para ele. Ele vai nos ajudar a nos manter escondidos por um tempo. Mas ele não vai poder nos pegar na marina; as pessoas vão ver. — Ela respira fundo, como se a ideia estivesse surgindo apenas agora. — Tenho um plano. Outro lugar onde podemos encontrá-lo. Um lugar secreto. Mas, para isso funcionar, você vai ter que fazer tudo o que eu disser. Ok?

Ele assente, então estende o braço para ela, pegando sua mão entre as dele. Ela controla o estremecimento diante do contato úmido da pele dele na dela.

— Graças a Deus — ele sussurra, fechando os olhos, os dedos apertando os dela. — Sabia que você acreditaria em mim, Jessie. Sabia que não fantasiei o que tínhamos.

Ela não diz nada. Há uma sensação de garras arranhando o interior de seu peito. *Inspire, expire.*

Ele leva a mão dela à boca, beija-a.

— Obrigado — ele diz.

Jess dirige pela Malua Street, o cascalho estalando sob os pneus. Verifica o espelho retrovisor para ter certeza de que Cameron manteve os faróis desligados, conforme as instruções. Está ficando mais claro agora, o céu dourado e rosa através da copa das árvores.

Enquanto passam pela casa de Melody, ela luta contra a vontade de parar e pular do carro, bater na porta da amiga e contar tudo a ela. Pedir ajuda. Em vez disso, continua dirigindo.

Fica aliviada ao ver que a praia está vazia. Temia que um surfista saísse cedo, ou que Ryan Smith estivesse sentado em seu banco de sempre perto do memorial. Mas é cedo o suficiente para que ela esteja em segurança.

Depois de cinco minutos dirigindo, eles descem por uma estrada de terra que leva ao parque nacional. Ela calcula que fica a uma curta distância de Cliff House.

Ela para sob um pequeno grupo de eucaliptos, um local que não é facilmente visto da estrada. O tipo de lugar no qual alguém de fora da cidade pensaria em esconder seu carro. Claro, alguém de fora da cidade pode não notar a depressão na grama, os troncos lisos reunidos em círculo. Este é um local de piquenique, que os moradores locais adoram. Alguém iria até ali, em algum momento. Alguém veria. Ela *precisa* que alguém veja; que pense que Cameron tentou cobrir seus rastros ao ir até a casa dela, a casa de uma possível testemunha no caso contra ele. Que ele planejou algo contra ela o tempo todo — essa mulher com o poder de destruí-lo.

Ela baixa a janela.

— Deixe as chaves na ignição — diz. Cameron hesita, meio dentro, meio fora do carro. — Lembre-se do que combinamos.

Ele suspira, depois bate a porta atrás de si. Caminha em direção à porta do passageiro do carro dela e entra. Tão perto, o cheiro do suor dele é azedo, e ela deixa a janela aberta enquanto dirige, deixando o ar da manhã entrar.

Eles não falam.

Sua pulsação acelera quando passam pela praia e ela vê o que não tinha notado antes: a manobra de um surfista cortando as ondas. Mas, com alguma sorte, o carro está longe demais para ele notar.

Assim que estacionam do lado de fora de Cliff House, Jess dá a Cameron uma lista de coisas para levar.

— Água — ela diz. — Quantas garrafas puder encher. Há algumas barras energéticas no armário... Traga-as também. Qualquer medicamento que precisar. Pode ser que tenhamos de esperar um pouco pelo barco. Meu amigo disse que não pode vir de imediato.

Cameron concorda.

— E o meu telefone? — ele pergunta, os dedos revirando a aliança de casamento. — Devo desligar?

Merda.

— Sim, boa ideia. Mas traga-o... Não quero que ninguém o encontre na minha casa — ela se apressa em acrescentar, saindo do carro. — Espere. Eu já volto.

— Oi. — Os olhos de Melody se arregalam quando ela abre a porta da frente. — Você acordou cedo... Está tudo bem?

Sua amiga está vestida para o trabalho, o cabelo preso com uma bandana colorida, um avental *jeans* em volta da cintura. Jess verifica o relógio: são quase seis da manhã. Ela tem que fazer isso rápido.

— Tudo bem — ela diz, forçando um sorriso. Pode sentir que o gesto não alcança seus olhos. — Olha, posso pedir um favor? Preciso sair por alguns dias... Você se importaria em alimentar Dora a partir de amanhã? Ela está alimentada por hoje.

As sobrancelhas de Melody se erguem.

— Claro que não. Algum problema? Aonde você vai?

— Não, tudo bem — ela responde. — Só preciso escapar um pouco, sabe? Um breve respiro antes da exposição.

Ela sabe que não faz sentido. Para onde ela escaparia? Comber Bay é o local para onde as pessoas vão quando querem fugir, afinal.

Mas Melody assente devagar.

— Ok, querida. O que precisar. Tem um molho extra?

— O quê?

— De chaves.

Droga. Ela não estava pensando com clareza; deixara as chaves no gancho ao lado da porta da frente.

— Esqueci... Desculpe, estava correndo pra lá e pra cá. Fazendo as malas. Vou deixar a porta destrancada. Ninguém vai roubar umas pinturas, vai?

— Claro que não, querida.

— Obrigada — Jess diz, virando-se para ir embora. Mas Melody permanece na porta.

— Você ficou fora até tarde? Pensei ter visto faróis, pouco antes do nascer do sol.

— Ah. — A mente de Jess dispara. — Só não consegui dormir, você sabe. Pensei que dirigir um pouco ajudaria.

— Ok — Melody diz, seus olhos estudando o rosto de Jess. — Bem, me avise, sim? Se precisar de mais alguma coisa.

— Farei isso.

Antes que Melody possa responder, Jess corre de volta pela estrada, o calor dos olhos da amiga em suas costas.

A escada é ainda pior do que ela se lembrava.

O arenito está escorregadio com líquen e respingos, e a corda, desfiada e fina contra sua palma. Lá embaixo, as pedras se erguem como dentes irregulares. O mar fervilha.

— Merda — Cameron grunhe atrás dela. Direcionando-lhe os olhos, ela vê que suas bochechas estão rosadas, o peito arfando. A manhã está fria, mas manchas úmidas já se formaram em suas axilas.

— Você está bem?

— Sim. — Ele infla as bochechas, e ela vê o esforço que está fazendo para não olhar para baixo. — É que... minha aliança sumiu. Devo ter deixado cair. Às vezes eu fico brincando com ela... hábito idiota. Nicola está sempre me dizendo para não...

Ele sufoca um soluço.

— Temos que continuar.

— É — ele concorda, bufando. — Mas e se eles a encontrarem? Está gravada; vão saber que estive aqui.

Ótimo, ela pensa.

— Eles não vão procurar — ela o tranquiliza. — Não aqui. Quase ninguém sabe sobre esses degraus.

— Ok — ele diz, mas soa forçado, como se não acreditasse muito nela.

Ela se vira para olhá-lo de novo, depois sorri.

— Deixa comigo, tá bom?

Seu coração bate com força enquanto ela se aproxima do mar, da beirada da rocha que se curva ao redor do penhasco até a caverna. Vinte anos se passaram e ainda assim ela continua inalterada. A manhã brilha nas piscinas naturais, e ela imagina as criaturas espreitando abaixo. Estrelas-do-mar, caranguejos, os tentáculos enrolados de um polvo-de-anéis-azuis.

Pressiona uma das mãos no abdômen e se lembra do peso de sua filha lá dentro, aqueles preciosos momentos finais que compartilharam juntas antes do corte do motor no ar, o hospital. A mulher com as feições esquisitas, o horror sem face de suas palavras. *Lar adotivo.*

— Estamos chegando?

Ela para e Cameron a alcança, ofegante, sua respiração quente na nuca dela.

— Mais alguns passos — ela responde. Essa é a parte difícil, ela se lembra. Há uma abertura estreita entre as pedras e a saliência que leva à caverna. Eles ainda estão a uma altura considerável, o mar a metros abaixo. Uma onda bate, o esguicho encharcando a perna de suas calças. Sua pele formiga.

— Apenas faça o mesmo que eu — ela instrui, gritando sobre o barulho das ondas.

Inclina-se para a frente, suas mãos lutando para se segurar na saliência. A rocha é escorregadia e afiada com cracas. Ela aperta o maxilar enquanto se impulsiona para a frente, acima das lambidas do mar.

— Ok... — Ela se ajoelha do outro lado, estremecendo com as pedras se cravando em seus joelhos. — Me passe a mochila, então eu o ajudo a subir.

Os olhos de Cameron se arregalam de nervosismo para as ondas espumando lá embaixo.

— É seguro?

— É mais seguro do que uma delegacia de polícia.

Ele lhe entrega a mochila, e Jess testa o peso dela nas mãos, esperando que ele tenha embalado tudo. Coloca a mochila nas costas e estende a mão.

Quando a palma da mão dele está na dela, ela pensa: *Eu poderia soltar. Poderia deixar o mar levá-lo agora mesmo, empurrá-lo para a morte.*

Mas não o faz. Em vez disso, puxa-o para cima, de modo que ambos estão agora ajoelhados na saliência, encharcados e respirando com dificuldade.

A caverna é menor do que em sua lembrança, escura e úmida como uma boca. Lágrimas queimam em seus olhos com o odor familiar de maresia e algas marinhas. Lá embaixo, a maré sussurra. *Silêncio*, diz, *silêncio*. Como a canção de ninar de uma mãe.

Parece errado trazer Cameron a este lugar; um espaço feminino, com seu cheiro de ferro e leite. Ela o faz rastejar na frente dela, e mesmo no escuro sente seu corpo tenso, sente o cheiro do medo nele, acre e masculino.

Avista o telefone no bolso de trás dele, seu formato oblongo. Seu coração bate forte quando ela o alcança, puxando-o com o máximo possível de delicadeza.

— Merda — ele resmunga, e ela para, congelada no lugar. O telefone está na mão dela, a meio caminho do próprio bolso.

— Que foi?

Ele parou de se mover, parou de rastejar para a frente.

— Só... cortei minha mão em uma pedra.

Quando eles param, encolhidos sob o teto pontiagudo da caverna, ela o ouve procurando pelo telefone, revirando os bolsos, abrindo o zíper da mochila. Ele volta a praguejar, sua voz aumentando de tom.

— Qual é o problema agora?

— Meu celular. Caramba. Meu celular sumiu. Devo ter deixado cair também. — Ele encontra a lanterna e a acende, a luz amarelada iluminando seu rosto.

— Onde você o guardou pela última vez? — ela pergunta, afastando-se dele para que não perceba a protuberância no bolso de sua calça *jeans*.

— Não sei. Estava no meu bolso. Puta merda... Perder a aliança já foi bem ruim, mas meu telefone...

— Vou voltar e procurar.

Ela rasteja em direção à luz, onde a espuma do mar lambe a entrada. Quando alcança a borda da caverna, tira o telefone do bolso e o liga.

A imagem de fundo é a família dele: Nicola e os dois filhos. Ambos têm o cabelo ruivo da mãe, mas a menina tem os olhos verdes de Cameron.

Ela aguarda até que as barras da recepção de sinal apareçam e, depois de alguns segundos, joga o telefone no mar.

— Sinto muito — responde. — Não consegui encontrá-lo.

Ela rasteja de volta para Cameron, que parece assustado e doentio sob o brilho da lanterna. Olha para o teto da caverna, para as pontas brilhantes da rocha. Sente-se acolhida, em segurança.

— E agora? — Cameron sussurra, as palavras lançando acidez no ambiente.

— Agora a gente espera.

40

MARY

Em algum momento, Mary deve ter adormecido, embalada pelo movimento das ondas e pelos murmúrios das orações das outras mulheres. Ela acordou na escuridão, sólida contra sua pele: nenhuma luz filtrada dos conveses superiores. Não havia nada além da ardência da água em seu corpo, do arfar e do rangido do navio enquanto ele empina e desce. O silêncio de oitenta mulheres respirando, com seu choro e preces ocasionais.

E, então, outro som. Uma nota suave e alta seguida de outra, elevando-se e elevando-se.

Eliza, cantando um *caoineadh*, um lamento.

Não podia ser verdade, podia?

Mary estendeu a mão sobre os corpos adormecidos de Bridie, Sarah e Annie, procurando pela mão de Aoife. Estava fria e mole. Com o outro braço, estendeu a mão para Eliza, unindo sua própria voz à canção da irmã.

Aoife estava morta. O capitão a havia matado.

Quando a manhã se anunciou, viraram Aoife de costas com cuidado, afastando o cabelo da frente de seu rosto. As finas lâminas de luz faziam suas feições parecerem mais jovens, e Mary se perguntou se talvez ela não fosse tão velha quanto pensava. Talvez, se tivesse levado um tipo de vida diferente, a testa sempre teria sido serena, a boca sempre sem rugas.

Um tremor percorreu o corpo de Mary, desde os dedos dos pés até a ponta dos dedos das mãos. Era a primeira vez que ela tocava no corpo morto de alguém que amava.

Mas sabia o que deveria ser feito.

Se tivessem velas, elas seriam acesas. Se houvesse cortinas, seriam fechadas. Eles lavariam o corpo, o vestiriam com linho fino. Até mesmo o enfeitariam com guirlandas. Aoife merecia tudo isso e muito mais.

Mas ali, no convés da prisão, não tinham nada, nem mesmo uma mortalha adequada para cobri-la. Ela seria enrolada em uma vela velha e enviada para as profundezas azuis do oceano. Aoife, que tanto temera a visão do tubarão pendurado no mastro, que amaldiçoara o capitão por trazer má sorte a todos eles.

Fizeram o que puderam. As cinco juntaram o que ainda tinham de água, despejando os restos com cheiro de ferrugem no rosto e no corpo de Aoife, esfregando gentilmente a sujeira da pele dela. Bridie fechou os olhos da mulher mais velha, revelando suas pálpebras, finas e azuis como cascas de ovos. Cruzaram os braços dela sobre o peito, os membros se movendo de maneira rígida agora, enquanto a morte assumia o controle.

A frieza da pele de Aoife sob seus dedos, o suave murmúrio enquanto as mulheres trabalhavam juntas, fizeram Mary pensar em Da. Da, que já tinha 40 anos, ela sabia. Fechou os olhos por um momento, tentando evocar seu rosto: a saúde morena e madura dele, os dentes brancos e regulares. Mas tudo o que viu foi a leve curvatura de suas costas, que havia piorado nos últimos anos, a maneira como começara a apertar os olhos a distância, as novas nuvens em seu olhar.

Um dia, ela sabia, seu pai morreria. Sozinho, na escuridão fria da cabana que elas haviam deixado.

Quem realizaria esse ritual para ele? Quem lavaria seu corpo, quem cantaria o lamento, com suas filhas exiladas de sua terra?

Ela afastou esses pensamentos da mente. Não conseguia pensar em Da quando era de Aoife o corpo que jazia pequeno e encolhido no beliche.

— Queria que tivéssemos algumas flores — disse Bridie. — Flores e uma mortalha adequada.

— Que flores crescem nas Ilhas Blasket? — Sarah perguntou.

Mary pensou em dedaleiras — os sinos roxos delas, curvados e carnudos como as partes de uma mulher.

Roxos como os hematomas que ele me causava.

Havia certa justiça nisso, pensou Mary. Que a natureza tivesse dado a Aoife tal arma, e a moldado à imagem dela mesma.

Levaram o corpo de Aoife embora quando entregaram as rações do dia. Foi Wright quem veio, ele e um outro. E, embora Bridie se agarrasse com firmeza às suas pernas como uma criança à sua mãe, embora ela chorasse e implorasse para que pudessem subir no convés para assistir ao corpo encontrando as ondas, ele apenas balançou a cabeça, os dentes cerrados.

Mas Mary viu a pulsação de uma veia em sua têmpora, viu a maneira como ele não encontrou o olhar do outro marinheiro. A ternura com que embalou o crânio de Aoife, como se ela dormisse e ele não quisesse que ela despertasse.

Não tinham como saber quando ela foi entregue ao mar. Não conseguiram ouvir a oração em inglês do clérigo, nem ver o pequeno corpo em sua mortalha de pano de vela; não conseguiram ouvir o ruído dele se chocando contra a água, a correnteza levando-o embora.

Entoaram as próprias preces, as orações da Irlanda.

Mas, enquanto murmuravam, cabeças inclinadas sobre o beliche que agora estava vazio, Mary se perguntava sobre as palavras que pronunciavam. A verdade delas.

Pensou na igreja em ruínas onde Da as levara para fazer seus louvores, o altar que abrigava um ninho de pardais que deixavam oferendas em torrões brancos ao longo dos bancos. O padre — O'Sullivan — usava uma batina que esvoaçava com suas traças, guardada no espaço oco atrás de uma pedra quebrada, ao lado de um caneco e do prato de lata para a Eucaristia. Ele parecia tão certo das coisas que dizia, tendo arriscado tudo para dizê-las.

Quando falava do bem e do mal, da retidão e do pecado, fazia parecer fácil identificar a diferença entre os dois. Tão nítido quanto separar os talos de linho de suas sementes.

Mas onde isso deixava Aoife, que havia matado o marido para salvar a própria vida?

E onde isso deixava ela e Eliza?

41

LUCY

DOMINGO, 17 DE FEVEREIRO DE 2019

Lucy está sentada no sofá de Jess, o diário descansando a seu lado. Dora Maar dispara de baixo da mesa de centro para a cozinha, um rosnado escapando do fundo do peito.

Sua boca tem um gosto de coisas envelhecidas, metálico.

Ela olha para o ultrassom em sua mão, para a captura fantasmagórica dos próprios membros recém-formados. Para o nome de sua irmã.

Imagens da infância passam diante de seus olhos, como o rolo frenético de um filme. Sua mãe segurando sua mão no primeiro dia de aula, o pai ensinando-a a dirigir, cantando alto com o rádio. Sorrindo com timidez antes do baile de formatura, cada um dos pais a seu lado.

Tudo não passou de uma mentira.

Pensa em Jess. A saudade que sentia por ela quando era uma garotinha, como se alguma parte sua sempre tivesse sabido.

Enfim compreende as formas escuras que se moviam sob a superfície de sua infância. Quem pronunciara a palavra *irmã* pela primeira vez? Quem decidira que isso era o que Lucy seria? Teria sido Jess? Ela havia desejado desistir dela?

Vem a sua mente o jeito distante de Jess, a maneira como se mantinha afastada de Lucy. Pensa em seu presente de infância, uma pele de cobra, guardada por todos esses anos, agora brilhando na pintura de Jess; sua obra-prima. Pensa na senha do telefone dela.

20 09 99.

Como Jess se sentia ao digitar aqueles números no telefone inúmeras vezes por dia? A data em que deu à luz a criança da qual abriu mão? A onda de dor que sente é tanto por Jess quanto por ela própria.

Não se permite pensar no homem que pode ser seu pai, na aliança que brilha na mesa de centro. Pelo menos, não pensará nele nesses termos.

Encaixa os fatos nos devidos compartimentos, de maneira fria e prática, como se estivesse carregando uma arma com balas.

Jess teve um caso com Cameron Hennessey.

Cameron Hennessey foi acusado de violência sexual.

O carro de Cameron Hennessey foi encontrado nas proximidades. Sua aliança estava na escada que leva ao mar.

Cameron e Jess estão desaparecidos.

Eles devem estar juntos. Será que ela o está abrigando, protegendo-o? Ou Hennessey a está mantendo como prisioneira? Lucy pensa na escada onde encontrou a aliança. Para onde poderiam estar indo? Pegaram um barco para algum lugar?

Tenta visualizar a face do penhasco como a viu do outro lado da baía. Não há doca ou píer, nenhum lugar para um barco atracar.

E, depois, ela se lembra: o Mirante do Diabo. A boca escura no arenito.

A caverna.

Vasculha a cozinha em busca de uma arma, puxando uma faca serrilhada do bloco de facas. Só então percebe: há outra faca faltando.

Lá fora, o céu está cheio de nuvens, pesadas e roxas como frutas. A sensação é de que seu corpo, ou talvez o mundo inteiro, estivesse se preparando para explodir.

Estremece enquanto está na escada do precipício. A cada lado dela, os tufos de grama tremulam ao vento, e o som dos sinos de vento cresce, frenético, quase violento.

Seu coração bate acelerado de medo enquanto olha para baixo, para a queda vertiginosa no mar. As ondas brancas açoitam as pedras, a maré subindo e subindo. Tem que ir agora — se esperar, a ondulação estará muito elevada. Precisa chegar até Jess o mais rápido possível.

Lucy respira fundo, toca o formato achatado da faca no bolso.

Inicia a descida.

42

MARY

Um mês depois que Aoife morreu, os homens trouxeram baldes de água do mar para o convés da prisão.

— Vocês vão se lavar — disse Wright, erguendo sua lanterna bem alto, para que pudesse ver os rostos assustados. — E depois vamos levá-las para o convés, onde serão examinadas para ver se estão com piolhos.

Algumas das mulheres zombaram: piolhos coçavam por toda parte, dos cabelos na cabeça até os pelos entre as pernas. Mas o medo se infiltrou nas entranhas de Mary. O capitão estava tentando deixá-las apresentáveis, como se não tivessem sido deixadas para apodrecer no interior do navio durante todos esses longos meses. Isso só podia significar uma coisa: estavam quase em Nova Gales do Sul.

O sangue zumbia na carne estriada do pescoço de Mary. Pensou na pele escamosa de suas pernas, nas teias peroladas entre os dedos das mãos e dos pés. Como esconderia tal desfiguração da inspeção do cirurgião, quanto mais dos homens em Nova Gales do Sul?

Os homens distribuíram mais baldes de água do mar: o convés da prisão ganhou vida com o jorro do líquido e os gritinhos das mulheres se lavando. Ela não sabia quanto tempo tinham antes que os homens retornassem com as algemas, prontos para levá-las ao convés.

Empurrou Eliza para a frente, para os barris que rolavam e batiam contra o casco, formando uma ravina estreita onde podiam se ocultar. Ratos tinham feito seu ninho ali, e Mary se encolheu diante do cheiro de seus corpos encharcados, os montes podres de pano rasgado e as fezes sob suas mãos e joelhos.

As madeiras rangeram e tremeram com os passos dos homens que retornavam.

A boca de Mary estava amarga de terror. A respiração superficial de Eliza enchia seus ouvidos.

Os marinheiros gritavam por silêncio enquanto levavam as mulheres para o convés, deixando Mary e Eliza para trás. O alívio inundou o corpo de Mary: seu plano havia funcionado; elas haviam evitado a inspeção do cirurgião.

Mas não podiam se esconder para sempre. Mais cedo ou mais tarde, alguém veria a diferença delas. A estranheza delas.

O convés da prisão zumbia com uma palavra como se fosse uma prece.

Terra.

Quando haviam embarcado, tantos meses antes, Mary nunca poderia ter imaginado como a palavra soaria em seu coração como um gongo. A descrição animada das mulheres sobre o que tinham avistado do convés superior — o flanco distante de uma costa através da névoa — não lhe trouxe conforto, apenas terror.

Mary imaginou penhascos brancos como ossos surgindo à frente, o estalo de ferros em volta dos punhos. As mãos de Eliza se soltando das dela. Médicos com olhos afiados e dedos ainda mais afiados, cutucando e puxando o mistério de seus corpos.

Havia um cordeiro, ela se lembrava agora, nascido com duas cabeças brotando do pescoço. Os aldeões o chamaram de abominação, um sinal do diabo. Da ordenou que ficassem longe, mas Mary ouviu das outras crianças sobre as línguas que pendiam das bocas retorcidas, o pescoço de suporte que cedeu com o peso de dois crânios.

O fazendeiro dono do cordeiro o havia matado, esmagando cada crânio com uma pedra. Havia queimado a carcaça em vez de arriscar a maldição de comer ou vender a carne.

Agora, Mary pensava nos ossos delicados do rosto de Eliza, nas pétalas de suas pálpebras. No cabelo da irmã, encolhendo-se e crepitando nas chamas.

As rações daquela noite chegaram com um pouco de vinho, e os marinheiros abriram as escotilhas e lançaram o funil de lona usado para levar ventilação às partes inferiores do navio, de modo que o ar fresco suspirava contra o rosto das mulheres. O luar se infiltrava como leite.

— A primeira coisa que farei — disse Bridie — é tentar voltar para casa.

Ela mal falava há dias, e, quando Sarah zombou das palavras, Mary sabia que havia ternura por trás de seu sorriso, que ela ansiava por ver Bridie voltar a ser ela mesma.

— Como?

— Uma moça da Cornualha voltou para a Inglaterra, ouvi dizer.

— Isso é bobagem.

— Eu juro! Ela roubou um *currach*[19] e retornou para casa nele.

— Os ingleses não fazem *currachs*, sua tola.

— A tola será você quando eu estiver me divertindo em alguma taverna de Dublin!

— Sinto cheiro de *terra*! — alguém gritou, e uma comemoração se elevou, tão alta que poderia ter lançado o navio ao ar.

Mary também sentia o cheiro. Um odor penetrante que poderia ser turfa, mas não era, não exatamente. Isso fez algo se apertar em seu peito.

19. Tipo de barco irlandês com estrutura de madeira sobre o qual peles ou couros de animais eram esticados, embora nos dias de hoje a lona seja mais comum. (N. da T.)

O mar ficou mais agitado agora que estavam perto da terra, como se não quisesse deixá-las partir. Certa manhã, uma onda varreu o navio no momento em que as escotilhas foram abertas, encharcando as mulheres. Bridie riu: parecia ter ficado um tanto fora de si com sua dor pela perda de Aoife e o alívio de que sua jornada estava quase no fim.

Por dias, havia recusado as súplicas de Wright: rejeitara rum, vinho do Porto, até mesmo a promessa dourada de uma laranja. Mas, depois de um tempo, conforme o frenesi de curiosidade no porão aumentava cada vez mais, ela tinha cedido, como se se vender por informações fosse uma forma de reparação.

Mary desejou que não o fizesse. O preço pago por ela estava gravado em seu rosto, nas linhas profundas dele.

— Faltam dois dias de navegação — contou Bridie, depois que Wright a conduziu de volta pela antepara. Ela passou adiante pedaços de uma laranja: ela explodiu, doce e milagrosa, na língua de Mary. — Dá para acreditar? Mais dois dias e estarei em terra firme. — Bridie abriu bem os braços, o avental esfarrapado grudado no contorno de suas costelas, antes de se curvar tanto que seu cabelo roçou nas tábuas de madeira.

— Eu beijarei a terra! — ela disse. — Mesmo que esteja cheia de monstros, como dizem!

— Que Jesus e Maria a ajudem — Sarah murmurou.

O navio afundou, jogando Bridie no colo de Sarah.

— Oh, tenho certeza de que vão! — Bridie disse, beijando a bochecha de Sarah. — Vou falar bem de você e das outras.

Sarah riu, e Mary viu uma alegria real passar pelo rosto de Bridie, quase como se fosse a mesma de novo. Não pôde deixar de sorrir com as outras. Aninhou-se mais perto de Eliza, fingindo por um momento que tudo ficaria bem, que ela encontraria uma forma de mantê-las em segurança.

43

JESS

SEXTA-FEIRA, 15 DE FEVEREIRO DE 2019

Jess não sabe há quanto tempo estão na caverna. Ela acha que já faz três dias, mas não tem certeza: deixou seu telefone em Cliff House, e o de Cameron está submerso há muito tempo. As pilhas da lanterna acabaram, assim como a água que trouxeram de casa. Eles bebem água da chuva agora, coletada nas garrafas plásticas. Ainda há o suficiente, ela calcula, para mais dois dias, se tanto.

Duas vezes por dia, a maré inunda o local, forçando-os a escalar as laterais da caverna. Nessas ocasiões, eles se amontoam em uma concavidade formada por uma coluna irregular de rocha. A água se agita abaixo deles, corre em gotas leitosas das estalactites que roçam suas cabeças.

A maré sobe e desce, como a respiração de uma criatura. Seis marés e ela não ouviu uma única nota da canção. O tempo está acabando.

Onde elas estão?

Durante o dia, a luz é fraca, avermelhada. Mas agora é noite, e não há nada além das pedras escorregadias sob seu corpo, o barulho do mar e a respiração irregular de Cameron em seu ouvido. Ele trouxe uma garrafa de uísque com ele — deve tê-la escondido no bolso da calça *jeans* antes de abandonarem seu carro —, e o cheiro dela azeda o ar.

Ele, assim como ela, também está cansado de esperar.

Às vezes, ele grita, faz ameaças; ela tem de convencê-lo a não sair da caverna, a não fazer a perigosa escalada de volta pela face do penhasco. Mas, na maioria das vezes, ele implora e choraminga, como uma criança assustada.

— Não entendo — ele está dizendo agora, de novo. — O barco... Onde ele está? Jess, já faz dias. Não deveria estar aqui a essa altura? Por favor... Tem que haver outro lugar para onde possamos ir. Não gosto daqui, Jess.

A caverna parece apavorá-lo. Ele reclama da umidade constante, da maneira como seus dedos ficaram enrugados pela água. Às vezes, ela ouve os dentes dele batendo, como se uma febre o tomasse.

É diferente para Jess. A umidade penetrou seu corpo, sua pele se enrijeceu e efervesceu. Ela passa os dedos sobre a superfície ondulada das canelas, pensando em sua pintura. Toca a garganta e ela está franzida, como se sua pele estivesse se partindo, abrindo-se para algo.

— Já estive aqui antes, sabia? — ela revela, mais para si mesma do que para Cameron. — Eu fugi.

E lá está ela, carregando o ventre inchado por entre a vegetação crepitante; segurando com firmeza a corda na escada, sua aspereza fazendo a palma arder. Está descendo, cada vez mais para baixo, o mar puxando-a junto com a dor.

Ela está lá.

Ela está aqui.

Cameron pragueja, trazendo uma Jess sobressaltada de volta ao presente. O mar está ficando mais agitado, assim como na noite em que Lucy nasceu. Uma nuvem de gotículas irrompe na boca da caverna, encharcando-os. Jess inspira, saboreando o cheiro. O cheiro de algas marinhas, de coisas secretas que vivem abaixo da superfície.

— Não aguento mais isso — conclui Cameron. Jess consegue ouvir seus dentes batendo. — Sério, não aguento mais. Estou com frio, encharcado, cansado, e quero ir para casa.

— As pessoas contam histórias de fantasmas sobre este lugar, sabia? — Jess diz, as palavras leves em sua boca. — Muitas pessoas morreram nestas águas. Um navio afundou, cheio de mulheres condenadas. Mas a história conta que algumas delas sobreviveram. Elas passaram tanto tempo presas no porão do navio, semanas sem ar fresco ou luz do sol, que, quando o navio encalhou nas rochas, elas se tornaram algo não necessariamente humano. Algo monstruoso.

— Pare com isso, Jess.

— E há, claro, os homens que desapareceram.

Cameron não diz nada.

— Oito, ao menos, pelo que se sabe. Acho que há mais, mas as pessoas começaram a prestar atenção tarde demais. Você deve ter ouvido falar deles. Todo mundo já ouviu. Oito desaparecimentos inexplicáveis, oito homens afogados. Nenhum corpo.

— Não estou com humor para isso, ok? — Cameron diz, levantando a voz. — Já faz dias que estamos presos nesta caverna. Onde está essa porra de barco, hein? Que plano magistral o seu. Provavelmente não conseguiríamos sair mesmo que quiséssemos. Estou quase pronto para me entregar. Eu quero... Eu quero... — Ele respira fundo, estremecendo. — Só quero ver minha esposa de novo. Meus filhos. Quero ir para casa.

— Eu também queria ir para casa, sabe? — Jess diz agora, a voz mais ríspida. — Aquele dia na sala de Artes. Eu gostei, no começo. Sua mão na minha. Era reconfortante e seguro. Eu me senti... acolhida por ela. Não tinha mais certeza de nada. Não sabia quem eram meus pais. Em quem eu podia confiar. Mas depois... você continuou avançando.

— Pare com isso, Jess. Você está reescrevendo a história. Você queria, quase me *implorou* por isso...

— Você continuou avançando — Jess prossegue —, e não foi como eu achei que seria. Doeu.

A ardência dos dedos dele dentro dela. Ela dissera a si mesma, todos aqueles anos, que o estava protegendo ao não registrar o ocorrido no diário. Mas, na verdade, protegia a si mesma. Não queria se lembrar.

— Ah, cale a boca — ele vocifera, as palavras carregadas de veneno surpreendendo-a. — Até parece que você era a porra de uma virgem. E nós nem fizemos sexo!

No escuro, todos os sentidos são intensificados. A divisão de sua carne na água, o rugido das ondas nas pedras. Ela se esforça, a mente perscrutando os ruídos, procurando o som de vozes, de um canto.

Onde elas estão?

— Você é uma mentirosa — Cameron está dizendo agora. — Assim como as outras. Uma porra de uma manipuladora. Agindo como se quisesse, depois fingindo que não queria, porque se sente envergonhada. Envergonhada de ser a porra de uma vagabunda. Bom, eu não dou a mínima. Vou cair fora daqui. Vou sair daqui e arranjar um advogado muito bom, e vou dizer à polícia que me manteve aqui contra a minha vontade.

Ele está se movendo, arranhando-se nas pedras.

— Não — ela diz, agarrando-o, e então eles estão arranhando um ao outro, os corpos se aproximando cada vez mais da boca da caverna, até que Jess sente o toque frio do ar na parte de trás de seu crânio; a picada de uma lâmina em sua garganta.

44

MARY

Na noite anterior à chegada a Nova Gales do Sul, Mary acordou com um som estranho. Algo irrompendo com violência, como a ruptura do próprio tempo. Então, como se agarrada por grandes mãos, ela foi arrancada do beliche, seu crânio batendo contra a parede oposta.

Tentou se agarrar a alguma coisa, levantar-se, mas o navio se inclinou para a frente e houve outro grande som de ruptura. Mary percebeu que era o estilhaçar de madeira, o estouro de caixas e barris. O mar estava invadindo o interior do navio.

Por toda parte, as mulheres gritavam, choravam, rezavam. Um coro aterrorizado.

— Deus nos ajude!

— Não consigo enxergar, não consigo enxergar!

— Rezem por suas almas!

— Santa Maria, mãe de Deus, rogai por nós, pecadores...

— O chão! O chão!

Mary olhou para baixo e viu que a passarela de madeira entre os beliches havia desaparecido — em seu lugar, projetavam-se rochas pretas e irregulares, o mar girando ao redor delas, um branco feroz.

Ela gritou de dor quando a carne cortada de seu pescoço começou a se alargar. Pressionou uma mão trêmula contra a pele. Parecia quente e escorregadia, como o interior de sua boca.

Ouviu a voz de Eliza, chamando-a no escuro. Ao seu redor, mulheres vomitavam e gritavam de medo.

O navio balançou mais uma vez e ela aproveitou a chance e saltou de volta para o beliche, o mar lambendo seus pés. Sentiu as mãos de Eliza se estendendo para ela, puxando-a para a segurança.

— Precisamos sair daqui — disse Eliza. — Agora.

— Para onde? — Mary perguntou, embora soubesse a resposta. Seus pulmões já ardiam por isso.

— Você precisa acreditar, Mary — disse Eliza, sua voz urgente e trêmula. — Precisa acreditar e precisa se lembrar. Lembrar-se da sensação do mar em Ard na Caithne, como era frio, maravilhoso e doce. Lembrar-se de Mam, nadando à nossa frente, nos levando para as profundezas.

Mary estremeceu. Engoliu o ar, mas não conseguiu saciar sua sede por ele.

Eliza apertou a mão de Mary, colocou-a na própria garganta para que pudesse sentir as asas desesperadas batendo ali.

— Lembre-se, Mary. Por favor. A água nos torna fortes.

O buraco no convés se alargava, as tábuas desaparecendo na água. Ela pensou no navio como o tinham visto pela primeira vez: o orgulhoso ondular de suas velas, a figura de proa da sereia com seus olhos pintados. A embarcação nunca fora páreo para as ondas, para a fúria do mar.

Mary podia ouvir Annie gritando, Sarah tentando confortá-la com palavras carregadas de exaustão.

— Você se lembra do que a mamãe lhe disse sobre o céu? O lugar para onde iria se fosse uma menina muito boa? Você tem sido uma menina tão boa, minha *linbh*. Uma menina tão boa.

A risada de Bridie ecoou, entrecortada e corajosa.

— Cruel, não é? Estarmos quase lá e acabarmos assim!

Um estrondo, e o navio afundou ainda mais nas ondas. Mary olhou para cima: por um breve momento, havia um grande buraco onde antes estava o teto, e pôde ver a noite, salpicada de estrelas.

O mastro.

O impacto foi tão alto que Mary o sentiu, seus ossos e dentes se sacudindo. O cordame, rasgado e emaranhado, caiu sobre elas como uma rede.

— Agora — Eliza sibilou, sua respiração quente e irregular na pele de Mary. — Agora, ou ficaremos presas.

O mar elevou-se ao redor delas.

Mary pensou no riacho da Irlanda, na maneira como a água parecia mãos gentis em sua pele. As mãos haviam retornado. Era hora de enfim se render a elas.

O mar se enrodilhou nela, frio e doce, como Eliza havia prometido. As guelras em seu pescoço se abriram como flores, a água cantando em sua pele.

Ela não era mais esquisita, não era mais atrofiada. Desabrochava em si mesma, afinal. Sentiu sua espinha estourar através do vestido em barbatanas pontiagudas. Suas mãos, quando levadas ao rosto, eram estranhas: sentia sua pulsação na membrana entre os dedos.

Ela se lembrava agora.

Mam, pegando-a com carinho pela mão e levando-a para a praia. Seu rosto — não com crostas nem cinza, mas reluzindo em palidez. Rindo das cócegas da água sobre os dedos dos pés, e depois o enrijecimento de sua pele por toda parte, a estranha pressão na garganta. Brânquias florescendo sob o maxilar de Mam, em um vermelho aveludado como o de uma rosa. As três mergulhando fundo, os corpos sem peso.

Você gostaria de ficar no mar?, ela havia dito naquela noite, na noite anterior à sua partida. *Para nós três ficarmos juntas para sempre, com os golfinhos e as focas?*

Ela se lembrou de como chorara, de como tinha cravado os dedos dos pés na areia molhada, chamando por Da. Mam se ajoelhara, recortada contra a lua e a espuma branca da arrebentação, e a abraçara. Então, ela as havia levantado — uma criança em cada quadril — e levado de volta para a cabana de pedra, suas lágrimas escorrendo pelos cabelos de Mary enquanto lhes contava a história. A história da *merrow* que ansiava pelo mar. Que amava suas meninas, mas não conseguia separá-las uma da outra. Que esperava que, um dia, pudessem escolher seu mundo por si próprias.

E agora Mary estava ali, a mil léguas da costa de Kerry, em um oceano diferente. Mas aquele gosto esquecido da infância havia retornado: sal, algas marinhas e os minerais que compõem o fundo do mar flutuando em sua direção em uma poeira gloriosa. E parecia então que talvez Mam não estivesse tão distante, que talvez a mesma água que havia penteado os cabelos de Mam para trás de seu rosto agora roçava a bochecha de Mary com gentileza.

Enfim, a perfeição em seu corpo. Enfim, o reconhecimento de que Mam vivia, que ela não queria deixá-las para trás. Que ela as amava.

Sua pequena onda de paz logo foi engolfada pelo horror.

O navio desabou em pedaços ao redor delas, uma gaiola quebrada. Havia corpos também: homens, envoltos em bolhas de cristal, os olhos esbugalhados enquanto seus pulmões se enchiam. Mary procurou o capitão, esperando ver o medo em seus olhos enquanto se afogava. Mas não viu oficiais, apenas marinheiros, suas camisas esvoaçando como mortalhas.

Eliza nadou à frente, e Mary a seguiu, passando por barris que afundavam e pedaços de corrente, por velas que subiam como fantasmas. Os sons — os gritos e o grande estremecimento enquanto o navio se partia — foram abafados pela água. Mary ouviu apenas o barulho do mar, tão certo e cadenciado quanto o bater de seu coração.

Seus olhos se encheram de lágrimas, pequenas gotas que flutuavam para longe dela.

Lembrou-se da despedida de Bridie, dos murmúrios de conforto de Sarah para a filha aterrorizada. Virou-se para um último olhar.

Não.

Ela sentiu, em vez de ouvir, a voz de Eliza, do mesmo jeito que sentia sua respiração em sua pele.

Virou-se. Eliza nadava ao lado dela, olhos arregalados e pálidos como luas.

Você pode me ver?

Não. Posso sentir você. Seus movimentos. É tarde demais. Não podemos ajudar. Por favor, Mary... não posso te perder. Por favor.

Mary lembrou-se de Aoife. Como todas elas tinham ficado paradas e assistido no convés enquanto o chicote cortava o ar em direção a sua frágil carne. Como não haviam feito nada. Como fora fraca, assim como acontecera quando Byrne havia estendido seus dedos imundos em sua direção.

Mas ela estava diferente agora. Mudada.

Metade merrow, *metade pescadora.*

O *tír fo thuinn*, a terra sob as ondas, pertencia a ela, assim como pertencera à sua mãe.

Era tão surpreendente assim que os homens o temessem tanto?

Estendeu o braço e agarrou a mão esticada de Eliza uma última vez.

Mary, por favor.

Mas Mary se afastou dela, voltando para o navio que afundava.

O *Naiad* tombou de lado, um animal se afogando. O casco se abriu onde o recife havia rasgado sua carne. Peixes curiosos entravam e saíam, brilhando em raios de luar.

Mary nadou em direção à figura de proa da sereia, colocou a mão sobre seus olhos pintados. Olhou para os peitos empinados de madeira, a cauda de peixe com sua tinta lascada, depois para o próprio corpo. Seu avental se ergueu ao redor dela, uma membrana pálida. Não havia cauda, apenas pernas, as teias rosadas de pele entre os dedos dos pés.

Examinou a água escura e ondulante, viu apenas o giro gracioso de corpos afundando. O tempo parecia diferente sob o mar, lento e sinuoso. E talvez fosse agora, para ela e para Eliza. Mas não para os outros.

Nadou em direção ao buraco irregular na lateral do casco e parou. Havia uma sensação de formigamento ao longo de sua espinha, nos dedos das mãos e dos pés. Suas guelras tremeram. Ela deslizou para dentro.

O navio fechou-se ao redor dela, escuro como um caixão. Mary se impulsionou ao longo das passagens, passando pelo tombadilho e pelos conveses de estoque, os alojamentos dos oficiais. Algo afiado rasgou a pele de seu braço e ela gritou, o som sufocado pela água.

Seus pulmões se apertaram. O medo queimava em suas veias, as guelras vibrando com tanta força que criavam pequenas correntes ao redor.

Ela tateou o espaço à frente, procurando pelo convés da prisão, suas palmas roçando madeira estilhaçada, os pelos ásperos de uma corda; em determinado momento, algo frio e macio que não queria sequer saber o que era. O luar se infiltrou pelo buraco que havia sido deixado pelo mastro e ela se impulsionou para trás quando algo tremeluziu à frente. Então, viu que era o corpo suspenso de um rato, com pequenas mãos em forma de garras e focinho inclinado para cima, a cauda se movendo com a correnteza, como se estivesse vivo.

Pensou em Bridie, em seu cabelo ruivo balançando com a maré, os pulmões parados e inchados pelo mar.

Que covarde ela tinha sido, deixando-as para trás.

Mas estava quase lá. Tudo o que tinha que fazer era nadar pela escotilha e através da antepara, e então estaria no convés da prisão.

O portão da antepara estava ligeiramente aberto, arrancado de suas dobradiças quando o navio se partira. Mary nadou de lado, as barras estilhaçadas mordendo-a como dentes.

Sua visão começava a se ajustar, as formas no convés da prisão se formando com uma clareza terrível. Ela se esforçou para não olhar para os beliches. Para as nuvens de cabelo, os cobertores esfarrapados que subiam para revelar pés vulneráveis, cheios de feridas. Aqui e ali, uma mão pálida se erguia de um beliche, agarrando-se a nada.

Ali, trancafiadas nas entranhas do navio, jamais haviam tido chance.

Mary engoliu um soluço. Deveria estar ali, deitada, inchada e silenciosa com as outras.

Mas em vez disso, por algum truque divino que ela não entendia, tinha sido poupada.

Desejou que seu corpo continuasse nadando, para encontrar o canto do convés da prisão que tinha sido delas. Para recuperar os corpos das amigas e carregá-las até o luar, onde o céu noturno poderia tocar o rosto delas uma última vez.

Bridie, com sua risada sonora e indecente. Sarah, segurando Annie perto dela e cantarolando em seu ouvido. E a própria Annie, colocando sua boneca — seu único tesouro — no beliche de Aoife.

Todas elas, mortas.

Mas... Um borrão de movimento, que poderia não ter sido nada mais do que o luar através das escotilhas, chamou sua atenção.

Ela fechou os olhos, sentindo o mar se mover à sua volta. Aguardando. Então, lá estava: algo como uma batida de pernas na água.

Mary nadou em direção ao som, os braços estendidos como se pudesse sentir o caminho até ele. Ao afundar, o navio virara de lado, de modo que um canto do convés da prisão — o canto delas — apontava para a superfície. Foi lá que Mary viu o brilho de pés se mexendo.

A esperança surgiu em seus pulmões, uma gloriosa bolha dela, erguendo-a para cima.

Ainda há pessoas com vida!

Ela piscou, de novo e de novo, pois sem dúvida não era possível, sem dúvida eram apenas seus olhos que ainda não conseguiam compreender esse novo mundo subaquático.

Mas era real. Ela podia até ver o vermelho opaco do cabelo de Bridie.

Duas mulheres, uma criança. Suas pernas trabalhando furiosamente, respirando de um bolsão de ar sob o arco onde as vigas do navio encontravam o casco. Sarah apertava Annie contra o peito, e, mesmo quando Mary olhou para elas de baixo, envoltas em sombras, pôde notar a exaustão que fazia os músculos delas tremerem.

Não sabia como as colocaria em segurança. Teria que pegá-las uma por uma — talvez conseguisse pegar Annie primeiro, ter a criança agarrada em suas costas. Mas não havia tempo para todas elas — não havia ar.

Quem quer que deixasse iria se afogar.

Eliza, ela pensou, concentrando-se na palavra com toda a sua força. *Preciso de você.*

45

LUCY

DOMINGO, 17 DE FEVEREIRO DE 2019

Lucy respira fundo enquanto desce a escada, pedras deslizando para o abismo. Os músculos das panturrilhas tremem. Abaixo dela, o mar brilha e ondula como pele.

Mais dez degraus.

Ela se agarra com firmeza à corda, que está desfiada e úmida, causando bolhas em sua palma.

À medida que se aproxima da água, tem a estranha sensação de que está sendo puxada por algo, como um peixe com um anzol em suas entranhas.

Então, sente isso nos ossos; nas manchas da pele, que formigam ao toque da água; no lugar onde a pulsação vibra em seu pescoço.

Já esteve ali antes.

Seus dedos escorregam nas pedras enquanto ela se impulsiona para a saliência. O mar está mais alto agora, trovejando ao seu redor; o agarrar e o puxar de mãos brancas e fortes. O vento geme através das pedras, afastando os cabelos de seu rosto.

Ela consegue ver a caverna à frente, um talho escuro na rocha.

— *Jess!*

Ela grita, mas o vento chicoteia sua voz para longe.

Uma onda se enrola em sua direção, um animal pronto para atacar. Ela agarra a rocha com força, enfiando os dedos no arenito afiado com tanta força que dói. Preparando-se.

Mas, quando a água vem, é suave e gentil. Tranquilizadora.

Ela sente a pressão na rocha afrouxar, a tentação de se soltar, de flutuar para longe, acometendo-a.

— Lucy?

Um rosto, pálido e selvagem, espreita pela beirada da caverna. É Jess, seus olhos arregalados e vidrados; os cabelos emaranhados com o mar. Há algo errado com seu pescoço; ele floresce, rosa e irregular sob o maxilar, abrindo e fechando no ritmo de sua pulsação.

— Pegue minha mão — orienta Jess. Lucy não ouve as palavras, mas as sente, uma canção zumbindo em seus ossos.

Jess agarra a mão de Lucy — sua pele parece úmida, lisa e estranha — e a puxa.

Já estive aqui, Lucy pensa mais uma vez enquanto Jess a leva para o interior da caverna. Elas rastejam de joelhos, as pedras fazendo marcas na pele de Lucy. O rugido do mar é mais baixo ali, musical. Acima dela, punhais de pedra brilham como dentes.

Quando estão lá dentro, Jess se detém, vira-se para encarar Lucy.

— Você veio — ela diz, colocando os braços ao redor dela.

Lucy descansa a cabeça no ombro de Jess. Sua pele não cheira a linhaça e baunilha como Lucy se lembra, mas a algo mais pungente, animalesco. Um cheiro que pode vir da própria Lucy.

O som do coração de Jess batendo preenche seus ouvidos. Ela sente sua respiração se acalmar, o sangue se acomodando nas veias.

Reconheceria em qualquer lugar, aquele som. O primeiro que já ouvira.

A pele de Jess está suja e com crostas, o cabelo grudado na testa. Há um corte em uma das maçãs do rosto angulosa, vermelho-vivo. Os ferimentos em seu pescoço tremem.

— Você está machucada — diz Lucy, estendendo a mão. O pânico percorre seu corpo. Ela precisa tirar Jess dali, levá-la a um hospital. — O que aconteceu? Onde está Hennessey?

Jess engole em seco, seus olhos brilham como moedas.

— Como você...

— A polícia — apressa-se em responder Lucy. — Eles encontraram o carro dele.

Jess fecha os olhos, respira fundo, o que soa para Lucy como alívio.

— Ok — ela diz. — Ok.

— Onde ele está?

— Ele se foi — diz Jess. — Afogou-se.

A respiração de Lucy fica presa na garganta.

— Você não...

— Não. Não, foi um acidente. Nós lutamos. Ele... ele caiu.

Lucy engole em seco. Pensa no rosto de Hennessey, no maxilar frouxo pela idade. Imagina-o esverdeado pelo mar.

— Ele era — Lucy treme enquanto forma as palavras em sua boca — o meu pai?

Jess balança a cabeça com veemência, e Lucy fecha os olhos de alívio.

Então, deve ser Max. Max, que é gentil e amável. Que tirou Jess da água e colocou os braços ao seu redor. Que a amou.

— Ele fez isso? — pergunta Lucy, traçando os ferimentos no pescoço de Jess. Há algo familiar na sensação da pele sob a ponta dos dedos, no calor pulsante dela.

— Não — responde Jess, colocando a própria mão no pescoço de Lucy.

Há uma dor aguda, tão aguda que Lucy estremece. Jess está tirando algo de sua carne, algo antigo armazenado em suas células. Então, a pele de seu pescoço se abre; ela a sente se abrir, ganhar vida, sob os dedos de Jess.

— Uma vez você me perguntou — diz Jess, com a voz embargada — se poderia trocar de pele como uma cobra.

Lucy pensa na pintura — *As Sereias*. As duas mulheres, a pele escamosa delas. Assente, os olhos cheios de lágrimas.

— E eu disse que não. Que não, você não poderia. Mas você pode, você já trocou. Nós duas trocamos.

Lágrimas escorrem pela boca de Lucy.

— Eu já estive aqui, não estive?

Jess assente, e Lucy vê que ela também está chorando.

— Eu a carreguei até aqui na minha barriga. Tinha visto esta caverna nos meus sonhos. Este lugar escuro e seguro; um lugar entre a terra e o mar. Estava tão assustada, Lucy. Há meses. O medo cresceu e cresceu tanto, que temi que me sufocasse, que matasse nós duas. Peguei um ônibus interestadual para Sydney, outro ônibus de Batemans Bay. Queria ver... Cliff House, o Mirante do Diabo. O lugar onde tudo começou para mim. Estava na casa quando a dor teve início. Foi quando eu as ouvi pela primeira vez, cantando. Como se me chamassem. Aí, eu estava aqui, com as pedras cortando minhas mãos e a maré batendo em meus ouvidos, e depois fiz força e empurrei, e aí você estava aqui também. A coisa mais perfeita que já vi. Eu me lembro das suas mãozinhas — ela aperta uma entre as dela agora, pressionando-a com força —; elas eram tão pequenas, mas pareciam conter tudo de mim. Todo o meu coração. Eu a chamei de Lucy. Queria que tivesse o mar em seu nome.

Uma dor se espalha pelo peito de Lucy.

— Mas por quê? — ela diz, as palavras diminutas no espaço ecoante da caverna. — Por que não me quis?

— Oh, Lucy — diz Jess. — Eu sempre quis você.

Ela levanta uma das mãos de Lucy, acariciando as teias de carne entre seus dedos.

— Queria levá-la para casa, para o mar. Nunca quis que se sentisse como eu, como se não se encaixasse. Mas, então, eles me encontraram. Não me lembro muito bem do que aconteceu depois disso. — Ela fecha os olhos. — Apenas flashes... Um hospital; seu choro. A pele de nós duas descascando, meu corpo inteiro gritando de sede.

Ela respira fundo e continua.

— Havia uma mulher do governo. Do Departamento de Comunidades e Justiça. Ela me disse que eu era incapaz, que tinha colocado você em perigo, trazendo-a, dando-a à luz, aqui. Eles iam tirá-la de mim. Mamãe e papai intervieram. Eles se candidataram para se tornarem tutores, e nós decidimos, ou foi decidido, que você seria minha irmã. Íamos lhe contar a verdade quando fizesse 18 anos. Mas então... não foi tão fácil.

— Mas... não entendo. O que você quer dizer com querer me levar para o mar? Está dizendo que... — Lucy lambe os lábios rachados. — Está dizendo que queria que a gente se afogasse?

— Não seria afogamento — explica Jess, acariciando a bochecha de Lucy. — Feche os olhos.

46

MARY

Bolhas passaram por ela, rodopiando com alvura.

Eliza. Ela estava lá, as barbatanas ao longo de sua espinha se mexendo e eriçadas, listradas como um tigre em uma história do Oriente.

A bolha de ar estava diminuindo de tamanho com rapidez: Bridie e Sarah pressionavam o rosto contra a madeira úmida do casco, os dedos brancos enquanto seguravam as tábuas. Annie aninhou-se no peito da mãe, respirando debilmente o ar que se esvaía.

As mulheres se encolheram quando elas se aproximaram, seus pés batendo na água em um frenesi de pânico. Estavam apavoradas, Mary percebeu. Ela e Eliza pareciam monstros para elas.

— Bridie — ela disse.

Os lábios da amiga se moveram em resposta, mas Mary levou um momento para discernir as palavras acima dos golpes do mar contra o casco e a madeira rangendo.

— Mãe de Deus, rogai por nós, pecadores, agora e na hora de nossa morte...

— Você não me reconhece, Bridie? Pegue minha mão. Você tem que vir. Se ficar aqui, vai morrer.

Mas ainda assim os olhos de Bridie brilhavam de medo.

— Rogai por nós, pecadores, agora e na hora de nossa morte.

— Não vou machucá-la, Bridie!

Ouviu-se o baque do navio batendo no fundo do oceano. Um horror gélido brotou nas entranhas de Mary. A bolha de ar se modificou, encolhendo.

Ela tinha que encontrar uma forma de se comunicar com elas. Para lhes mostrar que, apesar da nova estranheza de seu corpo — a carne franzida do pescoço, as barbatanas —, ela ainda era Mary. Mary, que sangrara e chorara ao lado delas, que cantara com elas no escuro.

— *You should have known me before* — ela cantou, a água tornando sua voz fantasmagórica. — *I sang you to sleep, and I robbed you of wealth...*[20]

Eliza emergiu ao lado dela, e juntas entoaram o último verso.

— *And again I'm a maid on the shore*[21].

— Deus me ajude — Bridie disse, arquejante. — É você. Vocês duas.

— Respire fundo — falou Eliza. — Respire fundo e não solte.

Bridie envolveu as pernas ao redor da cintura de Mary, como se ela fosse uma criança pequena. Eliza segurou o peso de Sarah, Annie aconchegada em segurança entre o corpo delas, a mãe acariciando seu cabelo para acalmar os gemidos da menina.

— Você só tem que ser minha boa menina por mais um momento, minha *linbh* — ela disse, arfante.

Verificando se os braços de Bridie estavam apertados ao redor de sua caixa torácica, Mary deslizou sob a superfície.

A lua brilhava nas ondas, destroços batendo contra as pedras. A costa se erguia atrás delas, uma curva escura. Mary sentiu uma força irradiando da praia. Viu olhos ardendo com intensidade em uma grande floresta,

---

20. Em tradução livre: "Você já deveria saber quem eu era/Cantei para você dormir, e roubei sua riqueza". (N. da T.)

21. Em tradução livre: "E de novo sou a donzela na praia".

rostos emoldurados por árvores pálidas. A terra havia escondido seu povo em sua barriga por milhares de anos, mas agora os ingleses — homens como o capitão e seus oficiais — tinham vindo para rasgá-la ao meio. Mary não faria parte disso, decidiu. Não se aventuraria além das rochas e cavernas nos penhascos. Deixaria a terra e seu povo em paz.

Enganchou o braço em volta da cintura de Bridie e nadou para trás, deixando a amiga sentir a noite em seu rosto, o ar frio nos pulmões. Lágrimas brilhavam nos olhos de Bridie enquanto ela respirava de maneira irregular e com dificuldade.

Mary abaixou-se e deu um beijo em sua testa.

Ao seu lado, Eliza flutuava de costas, Sarah e Annie aninhadas sob cada um de seus braços.

— Olhe para isso, minha *linbh* — Sarah sussurrou, levantando a mão da água para apontar para o céu salpicado. — Todas essas estrelas. São tão majestosas, não? Não são lindas?

Enquanto as outras se agarravam a um barril flutuante, Mary e Eliza juntaram o máximo de tábuas de madeira que puderam encontrar, amarrando-as com algas e pedaços rasgados de lona das velas. Quando a jangada ficou pronta, o horizonte começava a empalidecer, as estrelas sumindo.

Elas içaram as amigas sobre a jangada, as três se segurando com firmeza umas às outras.

— Você acha que mais alguém... — Bridie considerou, mas não terminou. A pergunta pairou no ar.

Mary pensou no que tinha visto enquanto nadava pelo navio afundando. A flor mole de uma mão; fios de cabelo se movendo com a correnteza.

Nem mesmo os marinheiros tinham conseguido nadar. Que chance as mulheres tinham, trancafiadas no convés da prisão?

— Deveríamos fazer uma oração pela alma delas — sugeriu Annie, sua voz baixa na noite.

— Sim, minha *linbh* — disse Sarah.

Bridie estendeu a mão para a frente, acariciou as guelras de Mary com dedos gentis.

— Acho que temos que agradecer aos deuses antigos por isso — ela falou com suavidade. — E, deste modo, não estou muito inclinada a rezar neste momento. Vamos dar um adeus a nossas companheiras em vez disso.

Sarah assentiu. Virou-se na direção em que o navio havia afundado — não havia nada além do breu do mar, prateado pelo amanhecer que se aproximava — e arrastou a mão na água.

— *Slán abhaile* — ela disse.

— *Slán abhaile.*[22]

Enquanto o sol se erguia no céu, Bridie, Sarah e Annie descansavam, os corpos enrolados uns nos outros na jangada improvisada.

Mary e Eliza nadaram até o recife, até as mandíbulas que haviam se fechado ao redor do corpo do navio. Reuniram suprimentos para as outras — uma bolsa de água, qualquer alimento que pudesse ter sobrevivido ao naufrágio.

O recife fez Mary se lembrar da floresta na primavera, repleta de cor e movimento. Cerdas de coral rosa e vermelhas moviam-se, preguiçosas, com a correnteza. Peixes cintilavam. Uma sombra escura levantou-se do fundo do mar e flutuou para longe.

Nunca tinha visto tamanha beleza. Seus olhos doíam de olhar e, no entanto, ela mal ousava piscar. Era como se, por todos esses anos, tivesse vivido com uma grande sede e, agora, fosse capaz de saciá-la.

Estendeu a mão, acariciando as barbatanas que desciam pelas costas da irmã.

22. É uma frase irlandesa usada para se despedir de alguém que está voltando para casa. Cuja tradução literal é "lar seguro". (N. da T.)

Queria que você pudesse ver isso, ela disse.

Eliza virou-se para ela, e havia algo diferente em seu rosto, um quê de certeza em seu olhar.

Eu posso, ela respondeu. *Sempre vi isso. Este momento. Nós, transformadas pelo mar. Passei tanto tempo sonhando com isso, ansiando por isso. Pelo* tír fo thuinn. *A terra sob as ondas.*

Sei que viu.

Eu queria encontrá-la. Queria encontrar Mam.

Mary colocou as mãos nos braços de Eliza. Energia vibrava entre elas.

Sinto muito pelas coisas que eu disse. Naquela noite em que fomos presas. Sinto muito por não querer falar sobre Mam. Por não ter acreditado em você. E por... e por nos ter feito ficar para trás, tanto tempo atrás.

Eliza sorriu, lágrimas brilhando em seus olhos.

Mas você não fez, ela assegurou. *Era eu que estava com medo, que não queria ir.*

Não entendo. Eliza?

Eu tinha dito a você que não queria deixar Da. Mas você sabia que eu não diria isso para Mam; você sabia quanto eu ansiava por agradá-la. E, então, você fingiu que era você — que era você quem estava com medo. Você fez isso por mim.

Eliza começou a chorar e, logo, Mary se juntou a ela. Esse, Mary compreende, é o motivo pelo qual Eliza queria tanto que ela se lembrasse, o motivo por que queria que falassem sobre sua Mam. Ela não queria que Mary se culpasse pela partida de Mam.

Talvez nós duas estivéssemos com medo.

Sim. Talvez não estivéssemos prontas — talvez nunca estivéssemos prontas, se não fosse pelo navio e tudo o que levou a ele. Mas agora estamos aqui, e ele é nosso. O tír fo thuinn. *A menos que queira voltar.*

Mary pensou no mundo acima da superfície da água. Pensou em Byrne e em seus dedos cruéis e afiados. Pensou no capitão e na expressão em seu rosto quando ordenou que Aoife fosse chicoteada.

Mas também pensou em Da. No conforto de sua voz, em suas histórias. Na maneira como ele havia se esforçado tanto para protegê-las — de homens como Byrne, mas também delas mesmas.

Mas ele não as havia tirado do mar, do que era delas por direito? Não as havia privado da chance de escolher?

Sabia que sentiria falta de Da por cada dia que lhe restasse. As correntes mudariam e os corais cresceriam, e ela pensaria nele e se preocuparia. Se ele estava doente, se estava aquecido e alimentado. Em quem lavaria seu corpo e acenderia as velas depois que ele morresse.

Mas, mesmo que quisesse encontrar o caminho de volta para ele de alguma maneira — retornar para a pequena vila perto do riacho —, não poderia. Estava mudada. Estava livre.

Rezou por Da, rezou para o Deus no qual ele a ensinara a acreditar. E rezou para o mar com todo o seu ser. Em sua mente, viu Da retornando para Ard na Caithne, contemplando o sol sobre as ondas e sabendo em seu coração que Mary e Eliza estavam em segurança.

Quando menina, ela desejava um marido com quem dividir sua cama e preenchê-la com um filho. Esse, ela pensava, era seu propósito nesta vida.

Mas agora outro propósito fervilhava dentro dela. Pois, se por um lado havia alguns homens como Da, por outro, muitos eram como o marido de Aoife, como Byrne. Como o capitão.

O capitão, assim como Wright e os outros marinheiros do *Naiad*, haviam partido, reivindicados pelas ondas. Pensou nos ossos se desintegrando no fundo do mar, tornando-se nada. Haveria outros homens como eles, ela sabia. Navios inteiros deles desbravavam as ondas agora mesmo, trazendo medo e violência para esta terra desconhecida. Mary sentiu os novos músculos estranhos de seu corpo se contraírem, sentiu os espinhos se eriçarem nas costas. Seu sangue cantarolava com fúria.

Não, ela disse à irmã. *Eu não quero voltar.*

— Para onde você vai? — Eliza murmurou.

Bridie protegeu os olhos, contemplando o litoral. Mary seguiu seu olhar. Perto da costa, a água era azul como o olho de uma gralha. A areia estava coberta de algas e fragmentos de madeira quebrados. Pior ainda eram os corpos, inchados e arrebentados pelas rochas.

Houve um lampejo de movimento no matagal.

— Eles virão nos procurar em breve — advertiu Bridie, observando a costa. Virou-se para Sarah, que puxou Annie para mais próximo de si.

— E se nos encontrarem? — perguntou Sarah.

— A fábrica de mulheres — disse Bridie, o olhar sem brilho. — Eles vão tirar Annie de você. Um homem vai escolher você em uma fileira, para trabalhar em seu campo ou em sua cama. Se você se casar, pode obter uma permissão para sair. Mas não estará livre. Não de verdade.

Annie inclinou o rosto para olhar para a mãe. Seus olhos estavam tão cheios de medo que Mary teve que desviar o olhar.

Sarah soluçou, um som débil e contido.

— Está tudo bem — falou Bridie, a voz suave. — Não vamos deixar que eles nos encontrem. Se uma garota inglesa pode retornar para casa, então, nós também podemos.

Mary sentiu a mão de Eliza roçar a dela sob a água, sem ser vista pelas outras. A hora da despedida havia chegado.

Mary levantou-se da água, deixando que cada uma delas a abraçasse. O cabelo de Bridie estalava contra sua bochecha e, sob o fedor do convés da prisão, imaginou que poderia detectar algum outro cheiro. Turfa e flores, a terra irlandesa que ela nunca mais veria. Annie beijou a testa de Mary, e Sarah agarrou suas mãos com força.

— Obrigada — ela disse, os olhos brilhando, enquanto estendia a mão para tocar o rosto de Eliza. — A vocês duas. Por salvá-la. Por nos salvar.

Tudo o que Mary conseguiu foi assentir. A tristeza fechou sua garganta. Tantos dias e noites ela passara com essas mulheres, compartilhando a dor, o medo, a esperança delas. Mas agora era hora de dizer adeus.

Suas amigas pertenciam a um mundo, e elas, a outro.

Um mundo onde tubarões deslizavam nas profundezas, onde peixes nadavam em nuvens brilhantes. Um mundo onde canções cresciam e ondulavam, viajando por quilômetros.

Um mundo feminino.

O mundo de Mam.

Ela se lembrou do que Aoife havia dito no dia em que foram forçadas a embarcar no *Naiad*, aterrorizadas e acorrentadas.

Uma mulher em um navio. Traz má sorte.

Pensou na donzela na praia que atraía os marinheiros com sua canção. Na figura de proa da sereia e em seu sorriso pintado.

Mais uma vez, observou a caverna. A garota com seu corpo inchado e olhos arregalados e assustados. E todas as outras garotas que viriam, antes e depois dela.

Mary pensara que ser uma *merrow* significava nunca poder ser mãe; que teria que escolher entre as duas coisas, como sua mãe havia feito. Mas, agora, com a mente povoada por imagens da garota assustada na caverna, sentiu uma certeza dolorida. *Seria* mãe. Sim, juntas, ela e Eliza seriam mães de todas as garotas que chegassem a este lugar, todas as garotas que precisassem de proteção e vingança. Ela, Mary, faria isso; até que não houvesse mais vida em seu corpo, quando quer que chegasse esse momento.

Ela as imaginou mais uma vez, aquela fileira de garotas aguardando.

Manteremos vocês em segurança, Mary pensou enquanto ela e Eliza observavam a jangada se afastando, levada pela água iluminada pelo sol.

Eu prometo.

47

LUCY E JESS

DOMINGO, 17 DE FEVEREIRO DE 2019

Jess está segurando a mão da filha, sentindo a batida de sua pulsação.

Sua filha.

Por vinte anos, ela não se permitiu olhar para Lucy da maneira correta. Desviou o olhar dos olhos da filha, tão parecidos com os seus. Dos ossos delicados do seu crânio. Dos pulsos frágeis. Da pele com sua avidez furiosa pelo mar.

Vinte anos; cada um deles, uma marca em seu coração.

Neste momento, Jess sabe apenas estas coisas com certeza. Sabe que não pode se livrar do passado, das escolhas que fez ou não. Do fracasso em manter a filha em segurança.

Ela sabe que ama a filha, um amor tão vasto e furioso quanto a maré que, mesmo agora, penetra na caverna.

O mar está subindo com a tempestade. Em breve, as pedras que levam à caverna estarão submersas.

— Pegue minha mão — Jess diz a Lucy agora. O mar abre caminho para dentro, as algas roçando a pele de Lucy. Escuridão, exceto pelos redemoinhos brancos da água, o vislumbre do céu além da caverna, rasgado por um raio.

Lucy hesita, olhando para os dedos estendidos de Jess com suas brilhantes pregas de pele.

Jess está fazendo uma pergunta, Lucy sabe. Pedindo que ela escolha.

Ela pega sua mão em resposta.

Na água, Lucy se sente desabrochar.

Sua garganta se abre e ela respira: pode sentir a água nutri-la, a doce picada do sal. Estica as mãos diante dela, maravilhada com a carne palmada. Seu sangue vibra como um tambor. Ela bate as pernas, sente a força delas, a beleza.

À sua frente, Jess se move com a maré, seu corpo em harmonia com o mar, o cabelo um halo escuro e flutuante. Lucy vê a dança do coral, pulsando rosa e brilhante no ritmo da correnteza. O dardo prateado de um peixe, a sombra elegante de uma arraia.

Acima, ela sabe, a tempestade ruge: em terra, as árvores se dobram e balançam, as folhas estalam com relâmpagos. O vento levanta a areia em grandes nuvens, chicoteia as ondas brancas.

Mas, ali, tudo é pacífico, o tempo desacelerado para o espaço entre as batidas do seu coração.

Jess nada ao seu lado. Lucy pode se ver na maneira como Jess desliza pela água. O movimento de seus braços, as batidas de suas pernas.

Minha mãe.

Pela primeira vez, permite que as palavras preencham seu coração.

Sua mãe se vira para olhá-la e sorri.

Aqui, Lucy pensa. *Este é o meu lugar.*

Ela se importa com o mundo lá em cima? Com a terra verdejante, o calor felpudo de um gato em seu colo, o doce movimento de *banksias* no ar da noite?

A princípio, Lucy pensa que a sombra é a curva de uma onda, ou talvez um reflexo do céu escuro.

Mas depois ela ouve o zumbido do motor, cortando a cadência pacífica da maré.

Por um momento, Jess pensa que o tempo está dando voltas em si mesmo. Que ela não está nadando pelo mar com a filha ao lado, mas agachada e trêmula na boca da caverna, o bebê embalado em seu peito, o barco rugindo em sua direção.

Não.

Jess estende o braço e segura a mão de Lucy, puxando-a para mais perto, para que nadem como uma só criatura. Elas devem ir mais para o fundo, para os lugares onde a luz não possa alcançá-las.

Devem manter a promessa. Assumir a missão, assumir seu lugar nos abismos e marés do oceano. Lançar a rede com sua canção.

Ela pensa em Cameron, em seu corpo flutuando em algum lugar abaixo.

Ainda pode sentir o beijo da lâmina em sua garganta, ainda pode sentir o cheiro de seu suor, pungente de medo. Ele a segurara, mantendo seu corpo para fora da caverna, o vento rasgando-a. Ela esperava o chamado da sereia, certa de que viria a qualquer momento. A canção que envolveria o corpo de Cameron e o puxaria para as profundezas.

Mas não aconteceu.

Desesperada, cravou os dentes em seu antebraço, e a pressão dele na faca afrouxou.

Foi uma coisa simples, então, arrancá-la das mãos dele e enfiá-la em suas entranhas.

Mais tarde, depois que ela rolara o corpo dele sobre a beirada da caverna e o vira cair no mar lá embaixo, o sangue se espalhando ao redor dele, ela enfim ouviu. O canto.

Vinha dela mesma.

Depois, permaneceu na caverna, faminta pelo mar. Seu corpo ansiava por ele, mesmo com a boca azeda dos últimos biscoitos que tinham trazido de casa, nada para beber além de água da chuva contaminada com plástico. Mas ela estava com medo de se soltar, de uma vez por todas. Com medo de olhar para a superfície da água com seu brilho ilusório de sol, torturada por tudo o que havia deixado para trás. A sensação de um pincel nas mãos, o cheiro de tinta e linhaça. A risada de Melody; o timbre suave da voz de sua mãe ao telefone.

E, acima de tudo, a chance de rever Lucy.

Agora, com a filha a seu lado, não há nada no mundo lá em cima que possa impedi-la.

Ela puxa a mão de Lucy, sente seu sangue desacelerar enquanto elas se aprofundam, buscando a escuridão.

E, então, um novo barulho. O estalo da fibra de vidro na rocha. O motor desliga, e há o som de um barco virando de lado, rolado por uma onda, e algo está caindo na água, envolto em prata e branco.

Um homem, sua jaqueta impermeável balançando ao redor dele.

Lucy sente a água ondular em sua pele. Algo rompeu a tranquilidade. À frente, os peixes se espalham, registrando um intruso.

Ela sente a torção do corpo de Jess ao seu lado e segue seu olhar. Um homem, flutuando em direção a elas, boca aberta para o mar.

Seu corpo encolhe para apenas um pensamento, uma palavra.

Pai.

Ela solta a mão de Jess e bate os pés, impulsionando-se em direção a ele.

É ele. O homem que a roubou deste lugar, que a tirou da caverna como se ela fosse dele. O homem que tirou sua filha dela e a criou como se fosse sua.

É isso que Jess vê, nos olhos vazios e abertos, o sangue se erguendo em tiras de sua cabeça. Nas mãos, estendidas e moles, tremendo com a correnteza.

Mas ela também vê seu pai.

Seu pai, que registrou sua primeira palavra em um caderno que ele guarda com carinho, mesmo agora. Que segurou sua mão na dele quando ela deu seus primeiros passos incertos. Que a tirou do mar — duas vezes — porque queria protegê-la, mantê-la em segurança. Porque ele não suportava deixá-la partir.

O pai que a chamou de *Jessica*. Um presente de Deus.

Sua garganta se fecha.

Ela nada.

Lucy já está lá, um braço em volta de sua caixa torácica, o outro agitando-se em descontrole para Jess vir, seguir, ajudar.

E Jess se impulsiona com força, pegando-o pela cintura e empurrando-o para cima, para cima, para cima, em direção à luz e ao ar.

Ela pediu que Lucy fizesse uma escolha.

Mas, às vezes, não há escolha.

Só existe amor.

48

LUCY

ABRIL DE 2019

Lucy olha no espelho, passando os dedos pelas cerdas de seu cabelo. Está ficando mais longo, agora, e os fios louros são duros. Ela inclina a cabeça para o lado, observando a pulsação em seu pescoço. A carne ali é apenas levemente estriada. Toca a pele tenra com sua leve crosta de sal. Pela janela, vê o fio azul do oceano através das árvores. Aguardando por ela.

Inclina-se para a pia, joga água no rosto, fechando os olhos com alívio.

Demora um pouco antes de descer, os dedos descansando na maçaneta.

Seu relógio marca 10h28 — ele estará ali a qualquer momento. Sons lhe chegam do andar de baixo: o barulho da chaleira fervendo, a batida do aço de alguém cortando frutas. Melody rindo de uma das piadas do pai, o barulho dos pratos enquanto a mãe põe a mesa.

Mãe. Pai.

Lucy se recompõe.

É difícil se livrar de vinte anos de hábito. Mais difícil ainda aceitar a verdade sobre sua família.

Todos concordaram em levar as coisas um dia de cada vez.

Ouve-se um arranhão na porta do banheiro, e Lucy sorri quando a abre para encontrar Dora Maar esperando do lado de fora. A gata inclina a cabeça e mia, os olhos verdes semicerrados.

— Já vou — diz Lucy, coçando atrás de suas orelhas.

Seu coração dispara enquanto ela desce as escadas, a mão pegajosa no corrimão. O cheiro de *croissants* e café chega até ela.

— Docinho! — Seu pai, parado na bancada da cozinha, se vira. Ela ainda não está acostumada com a inclinação assimétrica de seu sorriso; ou com o seu cabelo ainda começando a crescer depois de raspado, incapaz de esconder a cicatriz irregular da cirurgia. — O que você acha? É o suficiente para seis?

Ele se afasta — seu lado esquerdo seguindo o direito, como um imitador desajeitado — para que ela possa inspecionar a salada de frutas que ele preparou. Cubos âmbar de melão, uvas, fatias crocantes de maçã, rodelas de banana. Seus dedos tremem na faca, ainda inseguros. Ela consegue ver seu orgulho nisso, nessa tarefa que estaria além de seu alcance há apenas algumas semanas.

— Parece ótimo — diz ela, e ele sorri, corando de prazer.

— Não exagere — fala a mãe lá da mesa. — O menino sempre foi um *whippet*, mal o via comer alguma coisa.

— Eu lembro. — O pai dela ri.

Lucy valoriza o som. Quase compensa a cor de cera em seu rosto, a leve queda no canto esquerdo da boca. Ela afasta a lembrança de como ele parecia na água, envolto pelo próprio sangue. O pequeno barco que ele havia alugado chocara-se com o recife, jogando-o no mar. Ele havia batido a cabeça no casco.

Uma lesão cerebral por traumatismo.

Teria morrido, os médicos disseram mais tarde, se não o tivessem alcançado a tempo. Se não o tivessem arrastado para a praia, se Lucy não tivesse corrido — com o pescoço ardendo enquanto as guelras se fechavam, o ar queimando os pulmões — para Cliff House, onde encontrara a mãe andando de um lado para o outro na varanda, os olhos vermelhos e o rosto branco.

Houve um resgate aéreo e, depois, longas semanas no hospital com iluminação fluorescente, quando nenhum deles viu o sol por dias a fio. No começo, seu pai apenas dormia, as bochechas afundando em cavidades, as mãos se afinando no cobertor do hospital. Quando ele enfim falou, seus lábios lutando em torno das palavras, foi Lucy quem ele chamou.

— Docinho — ele disse, o som estranho em sua boca recém-franzida —, me desculpe.

— Está tudo bem, pai — ela respondeu, embora ele não fosse seu pai, e não estivesse tudo bem, ainda não.

Mas ficaria. Ela acredita nisso.

Lucy olha ao redor procurando por Jess. Ela está do lado de fora, na varanda dos fundos, cotovelos apoiados no corrimão da sacada.

Há uma tensão em sua espinha que Lucy passou a reconhecer como um sinal de nervosismo. Ela tem visto muito disso nos últimos tempos. Jess contou a ela um pouco dos interrogatórios da polícia. Os detetives aceitaram sua versão dos eventos — que Hennessey havia sequestrado Jess depois que ela ameaçara relatar seu paradeiro e a mantivera refém na caverna. Que ele havia dito a ela para contar a Melody que estava indo embora, que havia ameaçado machucar sua amiga se Jess revelasse a verdade. Ele havia pegado uma faca da cozinha dela e, mais tarde, a segurado contra sua garganta. A luta que resultara na queda dele para a morte também levara à perda da faca, mas os ferimentos no rosto de Jess contaram sua própria história. Assim como os registros telefônicos de Hennessey — a triangulação do celular o colocara na caverna no dia em que Jess dissera que ele a havia sequestrado.

Quando o último interrogatório terminou, Jess havia desaparecido no mar por horas. Quando emergiu, seu corpo brilhando enquanto ela se arrastava escada acima, as guelras se fechando e a membrana entre os dedos recuando, havia uma aparência renovada e genuína em seu rosto. Como se algo tivesse sido lavado.

— Oi — Lucy diz agora, fechando a porta dos fundos com suavidade atrás de si. — Você está bem?

Jess vira-se para encará-la, sorrindo. Ela bufa e depois enrola o cabelo em um nó rebelde no topo da cabeça.

— Sim. Só... você sabe. Nervosa.

Jess ainda está um pouco magra demais, com uma aparência um pouco insubstancial demais. Elas têm dormido juntas no quarto enquanto os outros estão acomodados lá embaixo, e Lucy se pega acordando no meio da noite, como se para verificar se ainda está respirando.

— Você sente falta delas? — Jess perguntou uma vez, enquanto observavam o luar ondular pelo teto.

— De quem?

— Mary e Eliza.

— Um pouco — respondeu Lucy, surpreendendo a si mesma. Nas primeiras semanas, não notou a ausência delas; estava no hospital com o pai, e o sono tinha sido roubado em momentos difíceis. Gradualmente, teve a sensação de algo estar errado. Como se virar e perceber que não tinha mais uma sombra. — Sim.

— Por que acha que elas pararam?

— Não sei. Talvez porque não precisamos mais delas.

— Não precisamos?

— Não. Agora temos o mar.

— E uma à outra.

— Isso mesmo.

Lucy coloca uma das mãos nas costas de Jess.

— Vai ficar tudo bem — ela diz. — De qualquer modo, se alguém deveria estar nervosa, sou eu. Estou prestes a encontrar meu verdadeiro pai pela primeira vez, de forma apropriada.

Jess ri, depois franze a testa, virando-se para olhar o mar. O céu está sem nuvens, a água mantendo todo o seu azul. A distância, uma gaivota passa pairando. Lucy sente um anseio por isso, pelo oceano contra a pele.

Mais tarde, ela diz a si mesma. Quando os outros estiverem dormindo. Elas entrarão na água e deixarão que ela as transforme.

Depois, enquanto o ar da noite seca sua pele, ela se sentará aqui, na varanda, e escreverá. Sobre todas as coisas que elas veem nas profundezas cambiantes, onde o *Naiad* jaz partido no fundo do oceano. As costelas enferrujadas das correntes, as tábuas podres dos beliches. Aqui um rosário, ali o disco de latão de uma moeda. E, ao redor, o lodo verde dos ossos.

Oitenta mulheres cujas histórias não foram contadas, cujos nomes foram esquecidos.

Ela tem a lista de passageiros, os arquivos, os fatos. O tear para tecer uma história. Ela as colocará de volta na história. Ela as trará à superfície, à luz.

Não importa que não volte para a universidade; que não se torne jornalista. Afinal, há mais de uma forma de dizer a verdade.

Não se orgulha do que fez com Ben, da violência de suas mãos em volta da garganta dele. Mas, de certo modo, está feliz que isso tenha acontecido. Isso a trouxera aqui, a este momento. A essa nova compreensão de quem ela é, de seu lugar na história.

— Sinto muito — diz Jess. — Por termos mentido para você. Sei como é. Não saber de onde veio. A que lugar você pertence.

Lucy coloca um braço em volta da cintura de Jess, aperta-a com força.

— Mas você sabe — ela diz com suavidade. — Você pertence a mim.

Barulho de pneus no cascalho. O coração de Lucy dá um salto. Ela sabe que deveriam entrar. Mas quer mais um momento, parada ali e olhando para a água, o corpo de Jess quente contra o dela. As duas, apenas.

Ouve-se o rangido da porta dos fundos se abrindo. Melody fica parada na porta, como se pedisse permissão para interromper o momento.

— Meninas? — ela diz. — Max está aqui.

EPÍLOGO

COMBER BAY, NOVA GALES DO SUL

TRINTA E SETE ANOS ANTES

Antes de ser Mike Martin, antes de ter filhas para perder e tantos segredos para guardar, Robert Wilson acordou em seu quarto em Cliff House e viu a lua nascer sobre o mar.

Beijou o topo da cabeça da esposa. Ela murmurou em seu sono, então rolou para longe dele, para encarar a parede. Ele podia ver que suas mãos tinham pousado na superfície plana de sua barriga.

Robert suspirou enquanto dobrava o edredom de algodão e se arrastava em silêncio para fora da cama. Ficou parado por um momento, observando a forma adormecida da esposa, emoldurada pelo luar que entrava pelas persianas. Ficou impressionado com a beleza de seu braço nu: o bíceps levemente musculoso, a inclinação de sua escápula. Sua esposa tinha um corpo robusto: tornozelos fortes, quadris ainda mais fortes. Quadris de gravidez, você poderia chamá-los, se fosse cruel.

Um desperdício, sua mãe havia dito antes de morrer.

Robert concordou que era um desperdício. Sua esposa nascera para ser mãe. Não por causa da largura dos quadris ou da força dos braços, mas porque... bem, era difícil colocar em palavras, e, mesmo que não fosse, não havia ninguém para ouvi-las. Se houvesse alguém para ouvir, Robert teria dito que sua esposa era como a areia dentro de uma ostra, formando a pérola. Ela trazia à tona o melhor de todos que a conheciam.

Foi por isso que se odiou tanto enquanto descia os degraus, enquanto trocava de roupa pelas que havia deixado do lado de fora na noite anterior: calças de pescador, botas, um suéter grosso e uma capa de chuva pesada. Ele fechou a porta da frente com um clique suave. Judy não acordaria, ele sabia. Ela era esposa de um pescador e estava acostumada ao fato de ele acordar antes do sol.

Enquanto descia os degraus de pedra, o mar iluminado pela lua brilhando a distância, a culpa gradualmente diminuiu, substituída por um friozinho de emoção na barriga.

A noite estava fria, mas a pele de Robert estava escorregadia de suor quando ele chegou à caverna. Seu maxilar doía de tanto apertá-lo: toda vez que descia os degraus íngremes de arenito que levavam à água, imaginava o crânio se partindo nas pedras lá embaixo, Judy de camisola, abrindo a porta para a polícia.

Às vezes, não tinha certeza de por que continuava voltando. Mas em certas noites ele acordava e se vestia, seu corpo agindo quase por conta própria, dançando alguma música relembrada.

Teve que se abaixar para entrar na caverna. Já sabia que ela ainda não estava lá: aprendera a conhecer seu cheiro. Um cheiro feminino, leite, peixe e sangue, mas de certa forma agradável. Agora, a caverna cheirava a rocha úmida e líquen, a vazio.

Na primeira vez, e nas vezes seguintes depois dela, Robert não acreditou no que seus olhos lhe diziam.

Ele estava sozinho no *Marlin*, bem cedo numa manhã. Ryan não tinha aparecido — ele não era o mesmo desde a morte do irmão —, e fora um trabalho árduo puxar a rede. Ele ancorara na sombra do penhasco, para poder assistir ao nascer do sol. Os peixes olhavam, com os olhos vidrados, da rede. Ele sentou em um caixote e se serviu de uma xícara de chá da garrafa térmica. Seus músculos doíam. Escamas de peixe brilhavam em suas mãos.

Um trecho de música, talvez uma mulher cantando, tinha chegado até ele. Um rádio de outro barco, ele pensou (embora não houvesse nenhum por perto), ou da costa (embora ele estivesse, sem dúvida, longe demais para ouvir).

Então, um som ondulante, como se a água tivesse engolido algo, e a música tivesse sumido. Sentiu uma pressão no couro cabeludo, na pele da nuca. Virou-se, procurando a fonte. Apenas as ondas se movendo, rosadas sob o sol; a luz refratada cegando-o.

E, então, pelo canto do olho. Uma barbatana?

Ficou tenso, observando a água escura e oscilante, o movimento de algo pálido. Depois, ela emergiu, a reluzente impossibilidade dela, apoiando os cotovelos na lateral do barco.

Os mitos não lhe faziam justiça.

As escamas dela brilhavam sob seus dedos, frias ao toque. Quando se beijaram e as mãos dele seguraram seu queixo, ele sentiu a batida de suas guelras contra a pele. Sua voz, quando ela falou, era musical, mas de alguma forma imprópria, como um instrumento mal afinado.

A princípio, quando ele perguntou, ela não disse seu nome. Mais tarde, quando o fez, ele teve dificuldade em entender: sua boca não conseguia formar as sílabas, como se tivesse passado uma eternidade desde que ela as pronunciara.

Mare, ela poderia ter dito. Talvez significando "mar".

Ele não conseguia decidir se ela era bonita apesar de sua monstruosidade, ou por causa dela.

— De onde você vem? — ele perguntou a ela uma vez, a maré suspirando ao redor deles. Ela sorriu, mostrando as fileiras afiadas de dentes, como se soubesse que era a maneira dele de perguntar: *o que você é? Você é real?*

— De um lugar distante — ela disse em sua voz estranha e cadenciada. — Sou uma visitante aqui. Como você.

Com o tempo, ele aprendeu suas origens, seu propósito. Sobre o destino dos homens que tinham desaparecido, embora ele só conhecesse bem Daniel.

Judy nunca gostara dele, ele se lembrava.

— O jeito como ele olha para mim — ela soltou uma vez, simplesmente.

— Acontecerá comigo também? — ele disse, sentindo o beliscão dos dentes dela contra a parte macia de seu pescoço. — O que aconteceu com Daniel e os outros.

— Não — ela falou, sussurrando a palavra contra sua pele. — Você é diferente, não é?

Ele não conseguia decidir se tinha sido uma declaração ou uma pergunta.

Talvez fosse uma instrução.

Ansiava por levar um pedaço dela para casa, sentir que ela estava com ele de alguma maneira. Certa vez, voltando da caverna com o cheiro salgado dela no nariz e a lembrança de sua pele escamosa contra a dele, tentou desenhá-la. Mas os rabiscos furtivos na mesa da cozinha (ele tinha medo, sempre, de que Judy acordasse) não lhe faziam justiça. Nunca tinha sido bom em desenhar pessoas. Talvez porque os rostos mudassem muito, ou porque elas próprias estavam sempre mudando. Essa era a magia delas, uma magia que ele não conseguia capturar. Quando Robert desenhava um rosto humano, sentia-se como se tivesse prendido uma borboleta para estudo. Como se tivesse pegado algo que brilhava com vida e beleza e o matado.

Não faria isso com ela.

E, então, em vez disso, decidiu desenhar outra coisa para lembrá-lo, em segredo, dela. Algo que o fizesse recordar a extensão lustrosa de suas barbatanas, os espinhos trêmulos. Algo que fosse bonito e cruel ao mesmo tempo.

Um peixe-leão.

A maré trouxe água para dentro da caverna, e lá estava ela, seu corpo envolto em espuma. Mais tarde, ele iria vasculhar sua memória em busca de sinais. Uma curva em sua barriga, um renovado peso nos seios brilhantes. Mas não havia nada.

Meses se passaram. Um dia, ele chegou em casa e encontrou Judy sentada à mesa da cozinha, as mãos tremendo ao redor de uma caneca de chá. Ela olhou para ele com olhos tão cheios de esperança e medo que ele teve que desviar o olhar.

— Bobby, estou grávida — ela contou. Ela havia esperado mais para contar a ele, com medo de que fosse apenas questão de tempo antes que estivesse enrolada no chão do banheiro, o seu filho em formação estremecendo para fora dela.

Quando o inevitável voltou a acontecer, algo dentro de Judy pareceu morrer também.

Ela se afastou dele na cama. Falava pouco e fazia longas caminhadas, com o binóculo pendurado em uma tira em volta do pescoço, preferindo os pássaros como companhia. Quando voltava, seus pés deixavam rastros de areia brilhante nos ladrilhos. Ele se perguntou, um tanto esperançoso, se ela tinha um lugar como a caverna, um lugar para onde ia a fim de esquecer.

Uma manhã, ele acordou se sentindo diferente. Uma pressão estranha, bem no fundo da barriga. Já tinha se sentido assim antes? Não conseguia se lembrar. Ele tirou o sentimento da mente.

Na água, o sol pintava as ondas de vermelho, como se estivessem pescando em meio a sangue. As redes não voltavam, exceto por meadas emaranhadas de algas marinhas. Os homens estavam nervosos, os olhos turvos. O hálito de Ryan fedia docemente a bebida.

— Levante a âncora — disse Robert, ligando o motor.

O sentimento estava de volta, uma canção zumbindo em seus ossos.

— Quer que eu lance? — Ryan disse quando eles ancoraram na sombra do penhasco, o *Marlin* balançando com suavidade na correnteza.

— Espere um segundo — falou Robert. Seus olhos examinaram as ondas. Ele não tinha certeza de se estava esperançoso ou com medo de vê-la. Por um lado, ansiava por isso; não tinha levado o barco até a caverna com base na estranha agitação em suas entranhas? Mas sabia que não era seguro, não com os outros ali.

A distância, algo chamou sua atenção. Um lampejo branco. Provavelmente apenas a crista de uma onda, ele disse a si mesmo.

As ondas batiam contra o casco. Havia um som quase como o canto de um pássaro, mas estranhamente humano, as notas dele tocando sua espinha.

— Minha nossa — espantou-se Ryan. — Que diabos foi isso?

— Parecia minha sobrinha bebê — disse Dave.

— Estamos no mar, idiota.

Ryan e Dave começaram sua troca de farpas de sempre, mas Robert não os ouviu. Havia algo dentro da caverna. Algo pálido, pequeno e...

Antes que de fato se desse conta do que fazia, Robert estava removendo de maneira frenética sua capa de chuva e as botas. Ele subiu na lateral do casco, os dedos dos pés tocando-o como um mergulhador.

— Cara, que porra é essa...

Mas os gritos dos homens foram sufocados pela corrente de água em seus ouvidos, em seu nariz. Ele ressurgiu, tossindo e ofuscado. Os músculos se moveram para a frente, impulsionando-o através da agitação e da espuma do mar.

Depois, na traseira da ambulância, Robert olhou para o pacote úmido em seus braços.

Os olhos dela estavam arregalados e tão azuis que eram quase pretos, como a parte mais profunda do oceano. Suas pequenas mãos se curvavam, abrindo e fechando, a pele entre os dedos palmada. Prata brilhava ao redor dos lóbulos de suas orelhas, de sua boca.

Ela soltou um murmúrio, os olhos escuros encarando-o. Algo se abriu em seu peito.

Ela era perfeita, e ele soube então que nunca mais a deixaria.

AGRADECIMENTOS

Escrever este livro foi uma das coisas mais difíceis que já fiz. O primeiro — e, na verdade, o segundo e o terceiro — rascunho deste romance tinha pouquíssima semelhança com a história que você acabou de ler. Antes de encontrar Mary, Eliza, Lucy e Jess, escrevi — e apaguei — quase 300 mil palavras em dois anos. Foi o tempo que levou para encontrar *As Sereias*.

Uma pessoa muito importante me manteve firme durante esse tempo — minha maravilhosa agente, Felicity Blunt. Claro que sou tendenciosa, mas acredito de coração que Felicity é a melhor agente literária da área hoje. Foi sua orientação e seu incentivo que me levaram a esta história. Obrigada, Felicity.

Também não consigo imaginar este romance existindo sem a contribuição de minhas brilhantes editoras, Sarah Cantin e Amy Perkins. Fui uma autora de sorte por me beneficiar de seu entusiasmo, precisão e visão. Muito obrigada, Sarah e Amy — já sinto falta das nossas chamadas no Zoom!

Um enorme agradecimento também à minha agente nos Estados Unidos, Alexandra Machinist, por seu maravilhoso apoio e encorajamento. Você e Felicity são o time dos sonhos!

Também sou muito grata a Beth Coates e Jo Thompson, por todo o apoio durante o processo de produção.

Obrigada à minha agente de direitos estrangeiros, Tanja Goossens, por ajudar meus romances a encontrar lares em todo o mundo. Aprecio muito todo seu árduo trabalho.

Muito obrigada a Flo Sandelson, Rosie Pierce, Georgia Williams e Emma Walker da Curtis Brown, e a Katherine Flitsch, da CAA.

Na St. Martin's, sou muito grata a Jen Enderlin, Drue VanDuker, Lisa Senz, Anne Marie Tallberg, Marissa Sangiacomo, Katie Bassel, Michael Clark, Mary Beth Roche, Robert Allen e Emily Dyer. Um agradecimento gigante também a Michael Storrings e ao restante da brilhante equipe de arte da St. Martin's Press pela minha linda capa.

Na The Borough Press e na Harper Fiction, meus sinceros agradecimentos a Jabin Ali, Maddy Marshall, Emily Merrill e Emilie Chambeyron. Obrigada a Claire Ward e a toda equipe de arte da Borough pela deslumbrante capa do Reino Unido.

E a todos na The Borough Press e na St. Martin's Press que ajudaram a levar não um, mas dois dos meus romances ao mundo — vocês têm minha mais profunda gratidão. Obrigada por tudo o que fazem.

Um enorme agradecimento às minhas excelentes editoras de texto, Amber Burlinson e Linda Sawicki, e também à minha revisora, Sarah Bance.

Obrigada a Bianca Valentino por sua generosa orientação e percepção.

Gostaria também de aproveitar esta oportunidade para reconhecer algumas das obras literárias sem as quais *As Sereias* não poderia ter sido escrito.

Em primeiro lugar, à maravilhosa Charlotte Runcie: obrigada por seu lindo livro, *Salt on Your Tongue: Women and the Sea*, que foi uma fonte de inspiração. Seu trabalho me levou à descoberta da antiga canção tradicional "The Maid on the Shore", cuja letra está entrelaçada a este romance. Sou muito grata a você.

Consultei tanto meu exemplar de *The Fatal Shore* do falecido e grande Robert Hughes enquanto pesquisava este romance, que ele agora está literalmente caindo aos pedaços. Recomendaria esse livro a qualquer um que queira ler mais sobre a história do exílio de condenadas na Austrália; ele se baseou em uma pesquisa meticulosa e foi escrito com uma beleza impressionante. Obrigada, Robert, pelo seu trabalho.

Também sou grata à maravilhosa fonte de estudos em *Convict Maids: The Forced Migration of Women to Australia*, de Deborah Oxley, *A Cargo of Women*, de Babette Smith, e *The Tin Ticket*, de Deborah J. Swiss.

Não teria sido capaz de dar vida a Mary e Eliza sem, em particular, *Modern Ireland: 1600–1972*, de R. F. Foster, e o brilhante livro *Irish Country Life*, de Olive Sharkey.

Meus sinceros agradecimentos ao Museum of Country Life no Condado de Mayo, Irlanda, onde passei um dia fascinante em 2021, e ao Hyde Park Barracks Museum em Sydney, Nova Gales do Sul.

A cada livreiro que defendeu *O Clã das Mulheres Weyward* e agora *As Sereias*, obrigada por tornar meus sonhos realidade. Um grande agradecimento também a Niamh e Mary O'Donnabháin, pela ajuda com as frases irlandesas usadas neste romance. Todos os erros são inteiramente meus.

Para minhas brilhantes amigas autoras, Lizzie Pook e Ally Wilkes: obrigada pelo incentivo e pelos conselhos constantes. Não sei onde estaria sem vocês.

Minha maravilhosa amiga Cheryl O'Sullivan: obrigada por ler tantas versões diferentes deste romance e por sua generosa orientação sobre a língua e a cultura irlandesas. Sou muito grata por nossa amizade.

Obrigada também a Bethan Mackey e Victoria Atkins, por navegarem em alto-mar comigo.

Obrigada, tio David e tia Susan, pelas preciosas lembranças de infância de Rosedale — vou guardá-las para sempre.

Mãe, obrigada por ler cada rascunho e por seu amoroso incentivo através dos oceanos. Um imenso obrigada a Brian, meu maravilhoso padrasto, por seu apoio constante.

Pai — obrigada por inspirar este romance com seus contos da história da nossa família e por ler as várias versões iniciais deste livro.

Obrigada aos meus irmãos mais novos, Adrian e Oliver, por todo o apoio — e por serem jovens tão maravilhosos. Estou muito orgulhosa de vocês dois. Obrigada à minha madrasta, Otilie, por colocar *O Clã das Mulheres Weyward* nas mãos de tantas pessoas!

Em seu cerne, este romance é sobre a capacidade da água — e do laço entre irmãs — de curar e transformar. Se algo o inspirou foi o amor e o apoio que minha irmã Katie me mostrou enquanto eu me recuperava de um derrame em 2017. Katie, nunca esquecerei o dia em que você me levou para nadar no London Fields Lido. Obrigada por me ajudar a me encontrar de novo.

Por último, mas não menos importante, Jack. Obrigada por me ajudar a criar artigos de jornal realistas, por me trazer xícaras de café dia após dia, por me fazer rir quando eu queria chorar. Acima de tudo, obrigada por acreditar em mim. Continuei seguindo em frente por sua causa. Eu te amo.